中央高校基金创新团队项目"中外诗歌发展问题研究"（SWU2009110）

跨学科诗学论丛

中国新诗研究所 编

文体意识与精神疆域

蒋登科 著

中国社会科学出版社

图书在版编目(CIP)数据

文体意识与精神疆域/蒋登科著. —北京：中国社会科学出版社，2021.9

（跨学科诗学论丛）

ISBN 978 - 7 - 5203 - 7917 - 5

Ⅰ.①文… Ⅱ.①蒋… Ⅲ.①新诗—诗歌研究—中国 Ⅳ.①I207.25

中国版本图书馆 CIP 数据核字（2021）第 027738 号

出 版 人	赵剑英
责任编辑	郭晓鸿
特约编辑	杜若佳
责任校对	师敏革
责任印制	戴 宽
出 版	中国社会科学出版社
社 址	北京鼓楼西大街甲 158 号
邮 编	100720
网 址	http://www.csspw.cn
发 行 部	010 - 84083685
门 市 部	010 - 84029450
经 销	新华书店及其他书店
印 刷	北京明恒达印务有限公司
装 订	廊坊市广阳区广增装订厂
版 次	2021 年 9 月第 1 版
印 次	2021 年 9 月第 1 次印刷
开 本	710×1000 1/16
印 张	25.25
插 页	2
字 数	365 千字
定 价	138.00 元

凡购买中国社会科学出版社图书，如有质量问题请与本社营销中心联系调换
电话：010 - 84083683
版权所有　侵权必究

目 录

"在地"的诗歌研究
　　——谈蒋登科《文体意识与精神疆域》……………吉狄马加（1）

上编　在现象中探路

作品解读与文学研究 ……………………………………（3）
诗人的艺术姿态及其艺术效应 …………………………（9）
诗歌的无名时代 …………………………………………（21）
网络时代：诗的机遇与挑战 ……………………………（27）
微信时代：新诗探索的得与失 …………………………（41）
新时代诗艺的双向交流 …………………………………（46）
诗歌情色抒写的尺度问题 ………………………………（51）
历史叙事与艺术表现的深度融合
　　——当前军旅抒情长诗创作及其艺术启示 ………（62）
新时期散文诗的几个群落 ………………………………（78）
散文诗：从观念的变迁开始新的探索 …………………（107）
四川诗歌：值得不断言说的文化现象 …………………（123）
回响在甘南草原的吟唱
　　——甘南青年诗人群印象 …………………………（129）
靠山与面海：闽东诗群的形成机制初探 ………………（137）
《诗刊》：风雨兼程六十年 ………………………………（148）

1

下编　在文本中寻美

臧克家诗歌的人格精神初探 …………………………………（165）
创造性的借鉴之路
　　——论艾青诗歌的借鉴方式 ………………………………（182）
卞之琳:现代主义的坚持者 ……………………………………（195）
呈现与遮蔽:文学史书写中的孙毓棠 …………………………（202）
梦幻中的真性情
　　——何其芳《预言》的艺术特色 ……………………………（216）
童心发现的善美世界
　　——漫论郭风的散文诗创作 ………………………………（224）
孔孚山水诗之艺术追求给予中国新诗坛的启示 ……………（239）
耿林莽:抒写生命的"史诗" ……………………………………（250）
李瑛诗歌的新形态 ………………………………………………（258）
"洗净归人隐匿心壁深处的苍苔"
　　——张默旅游诗臆读 ………………………………………（270）
略谈唐大同的散文诗 ……………………………………………（287）
在诗意的发掘中寻回失落的世界
　　——韦其麟散文诗的一种读法 ……………………………（294）
《赋格》的诗学价值与文学史意义 ……………………………（307）
论张新泉的诗歌创作 ……………………………………………（332）
傅天虹:多重身份下的诗意人生 ………………………………（343）
简政珍:沉思者的诗艺探索 ……………………………………（351）
平凡的美丽与朴素的深刻
　　——评王小妮的《十支水莲》………………………………（362）
纯净语言、平和日常与时间智性
　　——论李琦诗歌的审美理想 ………………………………（370）
民族精神:作为母题与参照
　　——论吉狄马加的诗歌创作 ………………………………（381）

后记 ………………………………………………………………（393）

"在地"的诗歌研究

——谈蒋登科《文体意识与精神疆域》

吉狄马加

蒋登科的《文体意识与精神疆域》一书，收录了作者过去 30 年间一批重要的诗歌评论文章。蒋登科在《后记》里说，"在这三十年间，新诗艺术发生了很多变化，我们所处的环境、我们的人生也经历了很多变化"。相信身边很多关注诗歌、创作诗歌、研究诗歌的朋友，对此都会有相同的感触。20 世纪 90 年代以来，随着市场经济的不断发展、全球化程度的日益加深、人民物质生活和精神生活水平的持续提升，中国诗歌的发展面临着新的语境，也打开了新的格局。表面上看，90 年代以前那种思潮流派风起云涌、诗歌新闻频繁爆炸的"热闹"景象，似乎相对不那么多见了。但实际上，诗歌与中国人生活的关联程度一直在不断加深，优秀的诗人诗作层出不穷，中国诗歌进入了稳定而持续的繁荣期。到今天，中国诗歌总体状况上的开放性、多元性、活跃性，可以说达到了历史上一个新的高峰。《文体意识与精神疆域》一书里收录的文章，有很大一部分是聚焦于过去 30 年间那些重要的诗歌趋势现象、以及具有代表性的诗人。在此意义上，蒋登科的这本评论集以及他这些年来所一直坚持着的诗歌评论研究工作，本身构成了对 90 年代以来中国诗歌重要繁荣期的见证和思考。

因此，《文体意识与精神疆域》一书给我留下的第一个突出印象，就是鲜活的在场感。蒋登科将这本书分成了上、下两部分，第一部分名为"在现象中探路"，集中关注中国当代诗歌的重要发展趋势以及具有

"在地"的诗歌研究

代表性的诗人群体群落；第二部分叫作"在文本中寻美"，主要是诗人个体创作的评论研究。不论是研究现象趋势还是分析具体文本，蒋登科的当下意识和在场姿态都是非常鲜明的。蒋登科对现象的研究带有鲜明的问题意识，他能够敏锐地捕捉到时代语境和诗歌传播方式的变化，由此展开对诗歌自身的思考（如《诗歌的无名时代》《网络时代：诗的机遇与挑战》《微信时代：新诗探索的得与失》等），能够从较高的理论站位上探讨全新历史语境下诗歌的精神向度与艺术姿态问题（如《诗人的艺术姿态及其艺术效应》《新时代诗艺的双向交流》等），显示出对诗歌现场重要刊物平台的追踪关注（如《〈诗刊〉：风雨兼程六十年》），其对散文诗创作和军旅诗歌、地方诗人群体等具体题目的观察分析，也都能够纳入当下诗歌总体发展图谱中深入展开。这些话题与现象，本身是中国当代诗歌发展至今的阶段性景观，同时也浓缩并折射着中国新诗史上诸多一以贯之的重要命题；蒋登科的文章，可以说是通过"当下性追踪"和"历史化思考"两个层面的融合，把这些景观和命题很好地呈现了出来。对具体诗人文本的分析也是类似。蒋登科善于从当下的重要诗人诗作中，提取出具有代表性、趋势性的风格取向；而在对臧克家、艾青、卞之琳等经典诗人的论述之中，蒋登科也乐于在具有生长性及延续性的历史话题谱系中展开讨论，那些对过去时代诗人诗作的分析，因而也随时构成着对当下写作乃至中国诗歌未来发展的观照启迪。

蒋登科这本书给我的第二个印象，是内容具有丰富性、视野具有包容性。近30年来的中国诗歌，无疑是景观丰富、样态多元的；它令人瞩目的活力在相当程度上源自其内部的复杂多样，甚至可以反过来讲，中国当下诗坛的巨大活力本身，就呈现出多解、复杂的样态。因此，优秀的诗歌研究者，必须要同时具备思考的深度和视野的广度，要能透过对不同群体流派、不同风格现象、不同诗歌案例的全面了解和充分思考，形成对中国诗歌总体发展状况的评价判断。蒋登科在这方面做得很好。他没有被特定的惯性审美模式或理论话语框架所限囿，而是能够秉持着包容性、容留性的诗歌观念，去透视诗歌现场呈现给我们的丰富景观。从蒋登科的文章中，我们能够充分感受到他研究视野的宽阔，他并非只聚焦于特定的类型范畴，也没有固守着单一的美学立场，相反，对于不同谱系内风格各异的诗人和作品，蒋登科都能够找到相应的理论武器乃至话语方式来进行准确的评说。因此，《文体意识与精神疆域》一书展示给我们的诗歌图景，也是较为丰富和全面的。

这样的丰富性和包容性，从侧面证明了作者对诗歌自身的尊重。这就是我要说的第三点，蒋登科对诗歌文本的扎实解读、对个人发现视角的强调重视，对我们当下的诗歌研究具有重要的启示意义。改革开放以来，随着中外文学交流的持续深入，种种理论话语涌入中国文坛。这些理论，在有效充实了文学研究"武器库"的同时，也带来了某些副作用，例如片面关注理论思辨，而对具有个体特殊性的鲜活文本有所忽视，有时还会出现用固有理论来生硬套解作家作品等现象。蒋登科对此显然有所警醒。在《作品解读与文学研究》一文中，蒋登科特别提到，文学研究偏离文学文本的现象在现今的学术界并非个别。对此，蒋登科的观点十分明确，那就是"任何拓展都不应该淡化作品解读，而是应该尽可能地回到作品本身，回到文学的美学研究，至少以文本和美学原则作为基础"。在这本书里我们可以看到，蒋登科在诗歌文本细读分析方面，下了很多功夫。因此，他能够"知人论世"地谈论诗人、实事求是地分析作品。蒋登科的文章无疑显示出很深厚的理论功底，但他并没有"以空击空"地运用理论，让话语和逻辑徒劳"空转"，而是令理论充分服务于对具体文本的解读发现，让自己的论述紧紧贴合着诗歌材料的真实土壤。换言之，他始终注意保持着自己诗歌研究的"主体性""在地性"。

今天，面对着高度繁荣、空前复杂的诗歌现场，我们既需要那些宏观性、整体性的诗学理论建构，也需要足够多具体、在地、充满独特发现的文本现象扫描。作为一位长期活跃在中国诗歌现场、对当下诗坛充满热情与见地的诗歌研究者，蒋登科的这部评论集，无疑为我们更深入地了解中国诗歌现状提供了新的途径和契机。

是为序。

（作者系全国人大常委会委员，中国作家协会副主席、书记处书记）

上编

在现象中探路

作品解读与文学研究

有些作家曾告诉我，他们并不看重有些专家的评论，因为有些研究者根本不读作品，说得极端一些，有些人根本读不懂作品，作为一个从事文学批评的人，我的看法当然有所不同，甚至对其观点予以了反驳。但是，当我们冷静地面对事实或者对某些研究成果进行认真反思的时候，我们又不得不承认，这些作家所谈的现象实际上是存在的，而且不是个别的。这不能不引起文学教育者、研究者的重视。

文学是与人的存在紧密关联的艺术样式，文学研究的角度当然是很多的，与人有关的任何角度都可能成为文学研究的切入点，从哲学、政治学、社会学、经济学、心理学、文化学、传播学、美学甚至法学中，我们都可以找到与文学相关的因素。这一特点决定了文学研究是一个大有可为的学科。不过，也正是这样的特点，可能使一些研究者找到了在研究中疏离文学特点甚至文学文本的借口。这些年来，随着学术的开放、学科之间的交流和融合，文学的研究领域、研究方法等发生了不小的变化，尤其是文学的文化研究成为许多研究者争相追逐的一种时髦。这些变化在更新文学研究理念与方法的同时，也在一定程度上忽略了文学自身规则中的文本探讨。

文学首先是一种艺术，艺术首先讲究美，从文艺美学的角度切入文学本应该是文学研究的基础。也就是说，研究文学的人，首先要阅读作品，并通过大量阅读和借助相关的理论来评判作品的优劣，能够比较全面、准确地谈出某篇作品好在何处，不足又在哪里。同时也应该知道，不同文体作品的评价角度、方法是不同的，同为文学家族成员的诗歌、

上编　在现象中探路

小说、散文、戏剧文学虽然有相通之处，但它们又有各自不同的文体特征，而正是这些特征才使得一文体获得了自身的艺术生命力。我们不能以评价小说的方式评价诗歌与散文，当然也不能以解读诗歌的方式解读散文与小说。在中国传统文论中，尤其是作为其主体的诗论中，几乎每一个具体的诗学观念的论述，都是与对作品的具体感悟结合起来的，很少有抽象、空洞的论述。文学研究脱离作品解读，脱离对构成文学文本的艺术因素的细致把握，就可能隔靴搔痒，说得天花乱坠，结果却不得要领。

中国的文学批评成果是很多的，但每个评论者的学术风格各不相同，不同的读者对批评成果的阅读兴趣也是有所不同的。中国传统文论的主体是诗论，大多以诗话方式出现，通过对具体作品的解读来揭示诗的艺术特征与规律，通过对不同时代、不同诗人的作品的对比揭示中国诗歌在艺术上的演变轨迹。在中国现代文学批评史上，鲁迅、刘西渭、沈从文、废名、艾青、唐湜等人的文学批评，大多针对具体作品出之，或者通过具体的创作体验表述自己的文学观念，虽然有时并不具备所谓的系统性、完整性等特征，甚至缺乏所谓的学术性气质，但他们的评论首先是在读懂了作品的基础上展开的，使我们可以通过他们的评论了解作品，了解文学的特点，了解鉴赏文学的角度，了解中外文学发展的脉络，这对于文学和文学批评的发展，对于文学批评保持文学的本性是有很大帮助的。

也许有人会说，解读具体作品，即使再独特、精细，也不会有多少学术价值，因为具体作品并不能代表文学的整体，更难以揭示文学发展的历史。事实上，上面谈到的批评家多是作家，有自己的创作体验；他们也具有开阔的视野，对中外文学的发展历史非常熟悉。因此，他们在解读作品时，才能够切中要害，把握对象的特色与新意。鲁迅解读浪漫派文学、俄罗斯文学甚至法国文学，沈从文对当时一些文学现象、作品的理解，刘西渭、废名对一些作品的文本解读，唐湜分析九叶诗人的作品，等等，都能够引经据典，在作品的解读过程中流溢出丰富的学识，能够在文学发展的纵横坐标中揭示解读对象的独创性与不足之处，使我们读后可以获得对具体作品的文学价值、文学史价值的相当清晰的感受。他们所引据的不是深厚的理论，而主要是从丰富的阅读中获得的对文学作品的具体评价。

现在的文学研究者越来越多，研究方法越来越新颖，切入的角度越来越丰富，学术专著越来越厚重，但我们总觉得，文学研究偏离文学文本的现象在现今的学术界并不是个别现象。

有些名气不小的学者在谈论某些作家、作品的时候，往往是围着作品转圈子，对作家的处境、思想、心理和当时的社会、文化语境谈了许多，洋洋洒洒上万字，但最终没有落脚到对作品本身的分析上，使人觉得玄而又玄，如在雾中，难以获得评论者对作品的看法；有些著作或论文，谈论了不少文学现象以及与这些现象相关的哲学、政治、历史、文学史实，论述了这些现象在哲学、文化等诸多方面给我们的启发，也引用了不少作品或其片段，只要是历史上出现过的现象，都一股脑儿搜罗尽净，但就是没有对这些作品的优劣作出美学上的评价。这样的著作或文章，其资料价值、社会文化价值当然是不可低估的。但它们包含的艺术价值、文艺美学价值却值得怀疑。

不读诗，无以言。从另一个角度说，不读文学作品，就难以搞好文学研究。文学研究者的基本素养首先是对作品的鉴赏、评判能力，而在对具体作家作品进行评价的时候，这种能力尤其重要。我们常常见到一些评论家有一种很独特的本事，评价一个就赞美一个，而赞美的理由都是差不多的，仿佛他所读到的都是文学经典，而结果却是，许多作品没有经过多长时间就已经被人淡忘了。文学领域经常出现一些新现象，这是值得关注的好事情。这些年来，"下半身写作""身体写作""美女作家""私人化写作"等现象层出不穷。有一些批评家专门追随这样的新现象，而且多有溢美之词。因为"新"，所以人们对他们的溢美往往都给予理解。但是，值得注意的是，这些新现象的生命力并不一定长久，受到读者关注的时间比较短暂。那些溢美之词的学术价值自然也就值得怀疑。这中间有批评家的学术道德问题，也可能与他们的文学鉴赏能力不高有一定关系。这样的批评，对于文学自身、学术发展都没有多少好处，顶多是为自己获得名声、为作家扩大炒作效果提供了一些手段而已。

当然，我们并不是说当下就没有优秀的批评成果。不少评论家其实也意识到阅读作品的重要性。但他们的研究绝不仅仅停留在作品解读的层面，而是由此提出了"文学的伟大""消极写作""文学亟须向外转"等观念，这些都是具有重要价值的学术发现，而且它们大多出自对文学作品的解读，使人们更容易了解与理解，使文学批评在很大程度上摆脱了庙堂气。鉴赏能力与阅读大量的文学作品有关，也与一定的理论修养、学术视野有关。对文学作品进行鉴赏、批评，不读作品肯定不行。而理论修养可以为判断作品的优劣提供理论上的支撑。它首先使评论者知道对于不同体式的作品应该从不同的角度展开。评价诗，如果只是分析里面的人物、故事、情节，而忽略对情感、意象、节奏、韵式等的关注，那么，这个评论者可能就是诗歌的门外汉，他的评论也就可能是不准确的。同时，经过长期的发展，有些文学理论已经为我们提供了一些评价作品优劣的基本标准，这些标准虽然不是定法，但既然是人们所接受的，总有其道理。作品阅读和理论修养还可以为评论者提供开阔的学术视野，使他们在评价作家作品的时候，不至于成为井底之蛙，而是有了更多的参照，能够把对象置放于文学发展的长河中加以考察，这样一来，一般就不会把一个优秀的初学者与屈原、李白、莎士比亚、鲁迅等相提并论，也不至于每见到一篇优秀作品就将其判定为文学经典，见到一个新的文学现象就趋之若鹜，大加赞赏。

这些年，因为参与本单位研究生的招生工作，不少考生都提前与我联系，打听有些类型的考题的解答方式。有一门考试是"中国现当代文学评论写作"，由考生结合指定的一首新诗，或一篇散文，或一篇短篇小说，或一个论题撰写一篇论文。有考生问，这样的一个题目，就写一篇短文章，怎么能考察出学生的水平（也许是希望打听评分标准）？我觉得对于一个打算从事文学研究的人来说，这样的问题实在有些幼稚。我告诉他们，不能小看对一篇作品的解读和评价，在一篇不长的评论文章中，我们至少可以了解考生在这样几个方面的水平：①作品鉴赏与解读能力，看他们是否知道解读某一文体的作品的切入角度，是否能够从不同侧面评价一篇作品的优劣；②是理论水平，看他们是否具有与该文体有关的文学理论知识，是否能够把有关知识与具体作品的解读有机结合起来；③是学术表达能力，考察他们使用术语是否准确、恰当，文章组织是否具有逻辑性，是否完整。这几个方面的能力，应该是进行研究性学习的基本前提。

对于这门考试，我们没有指定参考书目，主要是希望考生能够通过对大量作品的阅读和对相关研究成果的了解来培养自己对文学的理解和评价能力。但是，还是有学生缠着要我们推荐一些阅读书目。在这样的情况下，我往往推荐两类书，一类是具体的作品，尤其是现代文学史上比较公认的作家的文集，罗列一大堆名字：鲁迅、郭沫若、闻一多、臧克家、何其芳、艾青、冯至、卞之琳、九叶诗人……另一类是文学评论类刊物或著作，尤其是鉴赏类书刊，比如《名作欣赏》。我之所以比较看重《名作欣赏》这种刊物，是因为它所发表的文章大多是对具体作品进行解读的，而且大多数文章都有一定的理论含量，把作品解读、理论思考较好地结合起来，可以培养读者解读作品的角度和作品评价的一些艺术标准。这种刊物涉及的作品范围也比较宽，古今中外都有，尤其是与当下的文学创作结合得比较紧密，这对于我们了解当下文学的发展也有一定帮助。而且，该刊选择作品具有自己独特的标准和眼光，大多数作品都具有自己的特色。据该刊2005年第3期报道，第三届鲁迅文学奖中篇小说、短篇小说共有八篇作品获奖，而该刊的"佳作邀赏""新作拔萃""佳作有约"等专栏重点评价过的作品就占了五篇。这个比例是让人兴奋的。"名作"的称谓是名副其实的。

作品解读的角度是很多的，就文本而言，有的从语言、形式的角度解读，体味作品在语言表达、体式建构等方面的特色；有的从内容方面打量，分析作品与作者、与社会文化的关系；有人还从哲学、文化学、心理学等方面切入，从更深、更广的层面探索作品的特色。这些角度在文学研究中都具有各自的特点与优势，对于丰富文学鉴赏、研究各有其作用。在学科综合越来越受到关注的今天，在文学的文化研究十分流行的今天，文学研究的领域大大拓展了，但我们需要注意的是，有些研究已经脱离了文学本身，出现了借文学研究之名而不研究文学的情形。文学研究领域还可以也需要进一步拓展，但任何拓展都不应该淡化对作品的解读，而是应该尽可能地回到作品本身，回到文学的美学研究，至少以文本和美学原则作为基础，而不能把文学研究等同于其他学科，否则文学研究最终可能被其他学科所取代，从而失去其自身的学术界限。

早在20世纪40年代，朱自清就在他的著作中提出了解诗学方面的主张。在90年代，孙玉石以此为基础对解诗学进行了更为全面的阐释，同时出现了不少研究文学鉴赏的著作，吕进、孙绍振、尹在勤、吴思敬等从不同角度对文学鉴赏的普遍规律、对具体文学样式的特征和鉴赏规律等进行了有益探索。而且出现了大量的鉴赏具体作品的"鉴赏辞典"之类的著述。这些都对文学、文学评论的普及产生了一定的促进，同时也为更具学术性的文学研究提供了良好的基础。

2005年2月11日，于重庆之北，柳林苑

诗人的艺术姿态及其艺术效应

诗歌究竟应该是以个人为本位还是应该以群体为本位，或者说，诗歌究竟应该是个人性的还是个性化的？这种争论在20世纪80年代开始就一直没有停止过，持这两种观点的人都有，而在有些时候，持个人化观点的人似乎更多，尤其是在代表未来诗歌发展方向的年轻诗人那里。造成这种现象的原因其实并不复杂，简单而言有三点：其一，有些诗人认为，诗歌写作既然是以个人创造、个人劳动为主的艺术活动，个人性自然应该是它的主要特点；其二，随着思想的解放和社会的开放，以人为本的观念逐渐深入人心，一些诗人就把这里的人理解为"个人"，把艺术奠基于对个人的观照；其三，年轻诗人思想活跃，创造力强，脑子里较少过去那些关于诗歌的固定的框框套套，敢于挑战一些新的问题，试图和以前的做法不同，个人本位就成为他们的选择之一。其实，以群体为本位和以个人为本位的诗历来都有，唐代诗人杜甫和李商隐可以说是这两种倾向的代表，而这两种诗都流传下来了，喜欢它们的读者可以各取所爱。

诗的本位问题，说到底，就是如何在创作中处理诗与现实的关系问题，或者说，是诗人在面对现实的时候采取怎样的艺术姿态的问题。个人、群体、社会、世界并不只是几个简单的词语，每一个概念的内涵都很丰富，它们之间的关系也非常复杂。人文学科发展了几千年，几乎都是围绕这几个词语展开的。就现象来说，关于个人、群体、社会、世界的诗都可以存在，而且都有其独特的价值。在诗中没有个人，那是空洞的诗，说教的诗；在诗中只有个人，那是孤独的诗，私人的诗。究竟要

上编　在现象中探路

怎样才能在诗中既保留个人感受的新鲜，又使读者能够读出和自己有关的情感或启示，是很多诗人都在思考和尝试的话题。

关于诗与现实的关系，古今中外的诗人、评论家有许多描述。清代赵翼说："国家不幸诗家幸，赋到沧桑句便工。"（《题遗山诗》）清代沈雄也说："国家不幸诗家幸，话到沧桑语始工。"（《古今词话》）诗人概括诗歌发展历史，并通过自己的体验，以诗话的方式描述了诗歌与现实的关系。在现代，许多有成就的诗人也有过类似的表述，郭沫若、闻一多、臧克家、艾青、胡风、袁可嘉等都发表过有价值的观点。即使在西方，一些现代主义诗人在强调诗的个人性、创造性的同时，也不反对诗与现实应该保持独特的关系。总体来看，人们对于以群体为本位而又具有个性的诗给予了更多的肯定，即使在当下也是如此，这可能和中国诗学传统有一定的关系。

20世纪80年代中期以来，由于种种原因，一些诗人忽略了对广泛的外在现实的关注，而是躲在个人的世界里甚至自己的内心世界里苦心经营，在一定程度上导致了诗歌与读者的疏离，我们不能说那些作品不优秀，有些作品在艺术想象、艺术表达等方面所体现出来的诗人才气令人眼前一亮，但结果却是诗的读者少了，诗的影响力减小了，把它称为"偏于一极的诗歌时代"[①] 应该是合适的。2008年以来出现的一些重大的事件，如"5·12"汶川大地震、北京奥运会、中华人民共和国成立六十周年、"4·14玉树大地震"等所激起的社会影响，群体、国家的力量得到了更大程度的体现，又使人们（包括许多诗人）重新开始关注诗与现实的关系，很多诗人都创作了在读者中受到欢迎的作品。我们不是说这些作品都是优秀的，但它们所产生的艺术效应确实和个人化的作品有所不同的。因此，这是一个值得关注的诗学现象，同时也说明诗与现实的关系是非常复杂的。

诗的精神向度主要来源于诗人的艺术姿态，也就是诗人观照世界、表现世界的基本立足点、出发点和精神上的最终归宿。就诗歌发展的历

---

① 蒋登科：《偏于一极的诗歌时代》，《北方论丛》2010年第1期。

史来考察，诗人的艺术姿态取决于他们对诗与世界关系的理解，在具体的创作和作品中，这种姿态其实不只是个人本位、群体本位两种情形，细致一点划分，可以概括出对话、介入、逃避、消解等几种更具体的类型。而每一种类型在诗的表达、诗的格调、诗的影响等方面所产生的艺术效用都是有所不同的。下面就对这一话题进行一些简单的探讨。

一 对话

对话方式是诗人与他所打量的对象处于平等的位置，通过对世界的平等观照揭示诗人对世界的理解和认识，抒写其人生态度。这种姿态在中国传统诗中非常普遍。许多诗人通过对外在世界的打量来揭示人与世界的关系，并反观人的地位与价值，揭示生命的规律。在这样的诗中，诗人并不比其他人高明，不是高高在上，而只是艺术的发现者、心灵的表现者，以平和、关爱、抚慰的心态表达自己的人生观照。

在中国传统诗歌中，山水诗是能够较好地体现这种姿态的诗歌类型之一。山水诗通过寄情山水，或者说是通过与山水的对话，抒写诗人的性情、追求和对人生的思考。由山水诗引发的对外在意象的大量使用，是不少其他题材的诗篇对这种姿态的一种延续。通过这种对话，诗人发现一些人生的哲理，甚至提出具有普遍意义的人生哲学，比如苏轼的《题西林壁》："横看成岭侧成峰，远近高低各不同。不识庐山真面目，只缘身在此山中。"由自然景观升华出对人生的理解，揭示出距离与美的关系，成为千古名篇。陆游的《游山西村》："莫笑农家腊酒浑，丰年留客足鸡豚。山重水复疑无路，柳暗花明又一村。箫鼓追随春社近，衣冠简朴古风存。从今若许闲乘月，拄杖无时夜叩门。"其中的一些诗行，表面看似乎是在写自然风光，如"山重水复疑无路，柳暗花明又一村"，但实际上已经升华为对于人生与世界的思考，达到了一种哲学式的开阔与包容。在诗人那里，山水已不仅仅是普通意义上的自然"山水"，而是寄寓了诗人情感的对象，或者说，"山水"已经成为诗人生命的一部分，主体与客体合为一体，处于平等地位，因而，在农业文明相对发达的古代中国，山水诗往往与诗人的心态、情感能够很好地达成一致。

在新诗中，这种姿态也是诗人切入历史与现实、抒写心灵的重要的方式之一。优秀的诗人往往不以先入为主的姿态给对象定性，而是试图通过深刻、广泛的体验，发现和提升对象所蕴含的诗意和人生启迪。诗人的主体意识是通过对对象的精神蕴涵的挖掘而揭示出来的。郭沫若、闻一多、臧克家、艾青、何其芳、绿原、鲁藜等诗人对农民命运的关注、对民族灾难的审视、对民族精神的把捉，都是通过具体场景、对象体现出来的。对于困境与迷茫，他们没有怒发冲冠，而是深入内里，通过独特的艺术手段表达出来，使读者能够从中体会到诗人所抒写的现实与忧患。卞之琳、冯至、穆旦等诗人虽然比较明显地借鉴了现代主义的表现手段，不过，他们对人生、现实的冷静思考一方面体现出思想的深刻，另一方面也是与历史、现实的对话，从中发现了具有普视意义的人生哲理，甚至生命哲学。

在诗歌创作中，对话不是简单的语词沟通，而是深度的心灵甚至生命交流，其间纠缠着矛盾、冲突，只是诗人处理这些矛盾、冲突的方式是多角度、多侧面的，有时甚至显得冷静、平和，其基本立足点是不把自己放在高于他人、高于世界的位置上，居高临下，对着世界和他人指手画脚。

二 介入

介入姿态是揭示诗人与世界关系的另一种切入方式。其实，只要写诗，诗人都需要介入，介入世界，介入内心，但这里所谓的"介入"包含"干预"的内涵，就是诗人不但要揭示现实与生命的本质，而且要对其作出诗人自己的审美评价或审美判断。这种姿态在过去主要是针对具有现实主义特色的诗歌而言的。在中国诗歌中，介入现实的最早源头在《诗经》。《诗经》中的"风"诗中有许多揭示现实苦难、官民冲突的作品，其实就是对生活与现实的介入，如《硕鼠》《伐檀》等。这种追求在中国诗歌发展中一直得到了很好的延续，在每一个时代都出现过关注现实、以批判的姿态而为读者所喜爱的作品，杜甫的《茅屋为秋风所破歌》以及"三吏""三别"等作品在中国文学的发展中占有非常重要的位置。在新诗史上，由于国家、民族的苦难一个接着一个，介入现实的诗也非常多，尤其是在20世纪三四十年代，几乎所有诗人都创作过关注现实、关注民族命运的作品，体现出非常开阔的视野、非常明朗的情感向度。臧克家的《老马》，艾青的《雪落在中国的土地上》《北方》《太阳》，田间的《给战斗者》《假如我们不去打仗》等作品因为对现实与苦难的介入而成为新诗史上的经典。1976年的"天安门诗歌运动"也是直接介入生活的，许多作品针对当时的社会现象进行了大胆的揭露与批判，成为中国诗歌在艺术上复活的重要标志。20世纪70年代末80年代初是新诗艺术在遭到重创之后重新复苏的时期，也是新诗史上最辉煌的时期之一，"归来者"诗人、"朦胧诗"诗人、"新来者"诗人①三路大军会聚诗坛，因为思想解放的深入和改革开放的实施，许多诗人的思想活跃起来，针对社会、精神领域的诸多禁锢进行深入思考，大胆抒写他们的人生理想，如柏华的《阳光，谁也不能垄断》、叶文福的《将军，你不能这样做》、舒婷的《祖国呵，我亲爱的祖国》、北岛的《回答》、骆耕野的《不满》、梁小斌的《中国，我的钥匙丢了》等，都产生了广泛的影响，对当时的精神解放和后来的诗歌精神的重建发挥了重要作用。

还有一种情形就是，诗人在深入了解历史、文化、现实的基础上把握了社会、文化发展的大趋势，但他们不直接揭示现实中存在的问题，而是抒写自己对于现实、对于生命方向的追寻。郭沫若是这方面的具有代表性的诗人。他的作品使用大意象，追求宏大叙说，但这不是空洞

---

① "归来者"诗人是指在"文革"之前即开始诗歌创作且取得较大成就的诗人，他们在新时期重新开始了诗歌创作，很多人因此而形成了自己诗歌创作的第二个高峰，以艾青等为代表，这个称谓也来自艾青1980年在四川人民出版社出版的诗集《归来的歌》；"朦胧诗"诗人是指在"文革"中就开始诗歌创作，在70年代末期正式走上诗坛，在70年代末80年代初引发了诗坛上关于新诗潮（后称为"朦胧诗"）的讨论的诗人，以北岛、舒婷、顾城、杨炼、江河等为代表，这个称谓来源可能有多种，但最主要的恐怕应该是来自章明在《诗刊》1980年第8期上发表的一篇批判文章《令人气闷的"朦胧"》；"新来者"是吕进在论及雷抒雁、叶延滨、傅天琳等人的诗歌创作时使用的一个概念，主要是指在新时期开始诗歌创作的诗人，年龄和大多数"朦胧诗"诗人差不多，但他们没有被列入"朦胧诗"群体，如雷抒雁、叶延滨、傅天琳、李钢、李小雨等。

的、没有精神基础的诗意追求，而是把握了生命与现实发展的方向，因而，他的作品实际上是对现实的另一个层面的揭示，其精神内涵是具有普适特征和恒久价值的。《凤凰涅槃》是对追求新变的五四时代精神的赞美，但作品所表达的不断破坏旧我、重造新我的求新意识是具有普遍价值的。田间和七月诗派的一些诗人在面对民族灾难时对民族精神的呼唤，也具有这样的特点。有些作品看似缺乏独创性、缺乏深度，但在那个特殊年代、特殊氛围下，诗歌不只是一种艺术品，而且是迅捷地传达思想、凝聚人心的手段，诗人所表现出来的使命意识是可以产生广泛共鸣的，因而对其艺术价值尤其是精神价值，应该给予历史的、客观的定位。当然，这种介入方式，如果把握不好，没有深厚的现实基础，违背了历史、文化、生命发展的规律，诗人没有获得真正的艺术发现，就可能成为空洞的说教或者成为口号、政策的分行改写，20世纪50年代后期到"文革"期间的一些创作，就把诗歌推向了远离艺术的歧路。

在以介入姿态关注现实的诗中，还有一种值得注意的特殊的诗歌样式，就是讽刺诗。讽刺诗在中国历史悠久，源于《诗经》，延续于其后的每一个时期。它通过归谬、夸张等艺术方式揭示现实、生命中的负面现象，尤其是对象的非正常本质，抒写诗人对于正常生活的期待。明代王磐的《朝天子·咏喇叭》就是为人称道的优秀之作："喇叭，唢呐，曲儿小，腔儿大。来往官船乱如麻，全仗你抬身价。军听了军愁，民听了民怕，哪里去辨什么真共假？眼见得吹翻了这家，吹伤了那家，只吹得水尽鹅飞罢。"把当时的官民关系揭示得淋漓尽致。在时代、社会的转型期，讽刺诗往往比较发达，20世纪40年代袁水拍的"马凡陀山歌"是现代讽刺诗的代表，诗人臧克家也写过《宝贝儿》《生命的零度》等不少为人称赞的作品。杜运燮的"人物浮绘"其实也是讽刺诗的一种，是九叶诗派作品中的一道独特的风景。20世纪80年代，随着思想解放的深入，讽刺诗一时间成为热潮，刘征、余薇野、罗绍书、梁谢成等诗人创作了大量讽刺诗，影响广泛。

作为一种影响广泛的诗歌样式，除了文人创作，讽刺诗还以民间歌谣的方式在坊间流传，直接针对社会上的各种非正常现象进行讽刺、批判。这种歌谣在每个时代都存在。与普通的抒情诗相比，讽刺诗语言比较尖利，情感比较直露，在一定程度上缺乏含蓄蕴藉的张力，因而具有较强的时效性。当讽刺的对象逐渐淡化甚至消失之后，这些作品可能就较少受到读者关注。但讽刺诗对现实、生活的介入与干预是具有艺术价值的，一些诗人甚至因为讽刺诗或具有讽刺特点的诗而陷入"文字狱"。20 世纪 50 年代后期，流沙河就因为在《星星》诗刊发表总题为《草木篇》的五章散文诗而被打为右派，长期遭受磨难。在反右运动中，更多的诗人因为作品对现实问题的介入而遭受磨难，甚至因此而失去了生命。

随着诗歌"向内转"倾向的出现，诗人介入的对象和方式也可能发生一些变化，由对外在世界的艺术打量转向对内心世界、对生命的深度思考，而且是以批判的态度为主。较早表达这种态度的是诗人李金发，他借助象征主义的艺术手法，抒写个人内心世界，抒写迷茫的生命体验，受到诗界关注。虽然有不少批判、质疑的声音，但模仿者也不少，说明这种探索是独特的、有价值的。戴望舒、施蛰存、废名等诗人延续了这种传统，在诗歌精神的建构上体现出了独特的追求。20 世纪 40 年代后期的"九叶诗人"对这种方式推向了一个新的层面，穆旦的《诗八首》、郑敏的《寂寞》等都属于这种情形。到了 20 世纪后期，这种介入的姿态在更多诗人那里都受到重视，一些女性诗人以艺术的方式反思女性的生命与价值，倡导女性意识，如唐亚平的《黑色沙漠》、伊蕾的《独身女人的卧室》、翟永明的《女人》组诗等，都以其鲜明的特色而受到关注。不过，由于这些作品的参照视野多以"个人"的体验作为核心，较少把"我"与"我们"、"个人"与"群体"较好地结合起来，因而在其出现后也受到了一些读者和专家的批评和质疑。但这些作品开拓了新的艺术视野，尝试了新的艺术方式，对新诗艺术的发展肯定是有好处的。

三　逃避

逃避姿态是处理诗歌与社会关系的又一种方式，就是诗人回避对社会现实的广泛考察和观照，而以他人的观念或纯粹的个人选择来抒写对于世界的看法。在古代诗人中，一些诗人因为个人的仕途不顺而愤世嫉俗，或者因为个人利益献媚权贵而歌功颂德，都在一定程度上存在着对现实的逃避。

在新诗史上，逃避姿态主要体现为两个极端。

其一是按照外在的政治、文艺政策的要求抒写诗人对于现实的思考，而忽略对于现实的深刻、全面的打量。这种情形在 20 世纪 50—70 年代的诗歌中比较普遍。上面说什么、政策说什么，有些诗人就跟着说什么，甚至出现了概念化、公式化、口号化、浮夸、迎合等现象，如 20 世纪 50 年代后期的赞歌和"土豆大如船""人有多大胆，地有多大产"一类的违背基本事实的歌唱等。这是一种先有理念再以分行的方式阐释理念的写作，把从体验到创作的诗歌写作程序颠倒了，其作品的艺术质量和艺术价值可想而知。除了少数自觉接受这种创作姿态的诗人之外，造成这种结果的主要原因不在诗人，而在于外在压力——诗人首先是人，在一些特殊的情况下，诗人也不得不屈服于巨大的外在压力。当然，也有一些诗人因为不愿意随波逐流而放弃了创作，比如九叶诗人中的杭约赫、唐祈等，一些诗人创作的作品不能（也不敢）拿出去发表，如唐湜的历史题材长诗，牛汉、曾卓、流沙河以及一些"地下诗人"在"文革"期间创作的作品。对于这些坚持艺术个性、坚持诗人良知的诗人和作品，历史一般会给他们做出公正的评价。

其二是由于矫枉过正导致的个人化。在当代诗歌发展的一些时期，诗的政治化、观念化给新诗发展造成了巨大的伤害，后来的一些诗人就反其道而行之，因此误解了诗与现实的关系，认为诗与政治、现实无关，只需要按照自己的个人视角来打量世界即可，也就是说不客观、全面地把握世界，而只是抓住自己所感受、体验到的一个或几个侧面来揭示自己对世界的认识。20 世纪 80 年代以来的中国发生了很大变化，虽然我们不应该回避其中存在的一些问题，但总体上看，中国社会、文化的发展与进步是有目共睹的。而有些诗人却不关注这种变化的现实，只是抓住他们所体验的社会、文化的负面因素，就大肆书写，揭示人的困顿、压抑、阴暗，或者只书写琐屑的个人身世感。我们不是说，这些现象、感受不能在诗中表现，但应该把它们放置于变化、发展的进程中加以书写，这样才符合历史、文化发展的规律，否则，诗歌所表现的世界就是片面的、失真的。这实际上是对本真现实的一种逃避，至少是人为的遮蔽。孙绍振对这种情况给予过尖锐批评。他在1998年1月号的《诗刊》上撰文对"后朦胧诗"进行过深度解剖，对由"新潮诗"演化而来的"后新潮诗"进行了全面的打量，他并不反对创新，但他客观分析了"后新潮诗"所存在的致命的缺陷。他说："今天，孙绍振在这里却表示，目前大量新诗他看不懂了。不但如此，而且还在本年度《星星》的八月号上发表了文章，要'向艺术的败家子发出警告'。"他说："在我们的诗坛上，虚假现象可以说是铺天盖地而来。或者用一个年轻诗歌评论家的话来说，就是到处都是'塑料诗歌'。用外国文化哲学理论廉价包装起来的假冒伪劣诗歌占领了很大一部分诗坛。"他指出："我们希望一切诗人都能把对于诗的使命感，对于自我的使命感，对于时代的使命感统一起来，首先做一个真正意义上的人，然后再谈得上把自己的生命升华为诗。我无法相信，没有真正意义上的使命感，光凭文字游戏和思想上和形式上的极端的放浪，会有什么本钱在我们的诗坛上作出什么骄人的姿态。"[①] 在他看来，责任感和对于世界的真实体验是诗歌创作所不可或缺的。在反思诗坛上的某些偏颇的时候，我们不应该导致另外一种偏颇。

采用逃避的姿态对待现实，并不是说诗人和外在世界没有关系——任何人其实都是无法从根本上脱离现实的，而是说，诗人在处理这种关系时不愿意直接面对，或者因为现实给诗人带来了打击或者创伤，于是他对现实感到失望，于是采取了故意逃避的态度。无论是写诗，还是处理任何现实中的问题，逃避都难以达到理想的效果。因为逃避而获得的体验，往往是个人的、表层的甚至带有很大的虚假成分，因为逃避而得出的结论，往往是和事实出入很大的结论。

---

① 参见孙绍振《后新潮诗的反思》，《诗刊》1998年第1期。

四 消解

"消解"这个词来源于西方，其基本含义是对既有思想、观念、现象中的不合理元素的批判、否定，是一种批判性继承，是推动文化、精神发展、更新所必需的重要手段。但是，由于深受西方后现代文化思潮的影响，有些诗人把这种批判性的发展定位为单一的"否定"，主要体现为对既有的而且为人们普遍接受的现象、观念、思想进行否定、嘲弄，体现出摧毁崇高、消解理想、反对文化的精神追求，而又没有新的精神建构起来，最终导致诗歌在思想、精神上的迷茫。换句话说，消解是介入的独特方式，后者比较客观、辩证地打量现实，而前者则主要是以反叛的、否定的态度打量现实。

在新诗史上，可以称为"消解"的思潮较早可以追溯到新诗诞生的时候，人们对传统的否定其实就是一种消解，但在当时，人们找到了另外一些可以建构诗歌艺术的元素，比如西方的文化、艺术观念，也找到了白话作为诗的语言媒介，因此没有导致诗歌的最终失落。20世纪40年代，一些诗人的消解倾向也比较明显。诗人穆旦的《诗八首》对爱情的消解就有这样的特点。我们知道，从人们的总体观念上看，爱情是美好的，是人类心灵的归宿之地，是人类和谐、健康发展的条件，也是人类繁衍、发展的基础。当然，世界上没有绝对的事情，爱情也是如此。古代诗歌中就有闺怨诗。不过，歌唱爱情美好的作品一直是爱情诗的主流，其中包括思念、怀念、向往甚至忧郁等。如果仅仅把《诗八首》作为纯粹的爱情诗来看待，那么，它们在没有考虑爱情的全面特征的情况下，却抓住爱情中的某些个别的、阴暗的现象，用不美好的一面来消解人们心目中的美好爱情。这其实是把个人的身世和爱情的本质混同起来了。

因此，诗歌所表现的不是普遍的爱情，只是穆旦自己体验到的爱情，是个人性的，是在自己的爱情受挫以后产生的一些否定性体验。这些作品并没有从艺术的角度揭示爱情的本质，最多只是揭示了片面的真实，在一定程度上是对爱情的消解。如果我们面对的爱情都是这样，那么，我们可能都会对爱情持怀疑的态度，甚至玩弄爱情。这组作品的创造性体现在诗人发现了爱情的某些不同的内涵，变味的内涵，而且还揭示了人与人、人与社会之间的冲突。更重要的是，穆旦写的爱情其实只是一种象征，他的主要目的是揭示人与人、人与社会之间的复杂关系，揭示社会带给诗人的思考。这样一来，诗的内涵就扩大了，深沉了，因而能够使人常读不厌。

在"朦胧诗"时期，"我不满""我—不—相—信"等声音，其实是对"文革"践踏人性的反思和消解。北岛的"卑鄙是卑鄙者的通行证/高尚是高尚者的墓志铭"（《回答》），是对十年动乱的准确而又深刻的揭示，而且升华为对中国人劣根性的一种诗意的概括。

但是，80年代中期以后，一些诗人对于历史、现实的消解却越来越普遍，他们可以质疑孔子的价值，把象征中华文明的黄河低俗化、庸俗化，把人的精神肉体化，把美好的理想虚无化，把崇高的精神愚玩化，而他们又没有发现或者建构一种具有导向作用的精神来支撑人与社会的发展，最终导致诗歌缺乏精神向度。我们所说的精神缺失，不是没有精神，而是缺乏具有导向价值的精神，没有大家共同接受的精神。这与消解思想的广泛流行有着密切的关系。

诗人以不同的姿态打量世界，可以获得对世界的不同认识。但不同的姿态所产生的艺术效用是不一样的。人们现在都承认诗人和普通人没有什么区别，但就诗歌发展的历史看，这种看法是不全面的。诗人不应该凌驾于他人和世界之上，不过，优秀的诗人确实比普通人站得高、看得远，他们可以从现象中发现本质，从负面中看到动力，艾青就说过"把忧郁与悲哀，看成一种力"。优秀诗人总是能够通过诗篇带给读者关于生命的启迪，如果诗人打量世界的方式存在问题，他们不但不能提供启迪，反而会给读者带来更多的迷茫与困惑。这是与诗人作为时代精神"代言人"的身份不相符合的。

诗歌精神的建构应该是从多方面展开的。具体说，就是应该全面打量历史与现实，辩证地对待其中的一切，通过诗人自己的思考，张扬对人的发展具有意义的思想与精神，批判、解构对人与社会发展具有阻滞作用的内容。诗人是时代精神的发现者与建构者，如果我们的诗人在精神境界上与普通人没有什么差别，甚至其视野、境界还不如普通人，所看到的、体验到的还没有普通人思考得全面，他们所抒写的内涵不能对精神、文化的建设有所促进，那么，诗歌的发展、诗人的地位与形象将会受到很大的影响。与20世纪80年代相比，90年代以来的诗歌和诗人在读者心目中的形象已大异其趣，个中原因值得我们深思。

2009年4月6日，草于重庆之北
2009年10月12日初步修改
2011年3月8日改定

诗歌的无名时代

我们经常在报刊和网络上读到关于当下诗歌的文章，大多数人都认为，现在的优秀诗人和优秀作品很多，很多刚刚出现的诗人有时也被认为成绩斐然，潜力巨大。很多人都从内心对这种局面感到高兴。但是，当我们认认真真地找到一些作品集中阅读的时候，多数时候却又是失望的。那些作品不像人们评价的那样完美，所抒写的感情、所采用的艺术手法有时很难在不同年龄的读者那里都产生共鸣。我感觉到，尽管作品的产量不少，但现在不是诗歌的高峰时期，甚至可以称为无名时代。

这里所谓高峰时期，主要是指广为人知的名诗人、名作品大量出现的时期，而且，即使过了比较长的时间，这些诗人、作品仍然会被人们提起，他（它）们不但支撑着当时诗歌艺术的殿堂，也成为书写诗歌历史的重要力量。在新诗史上，至少有三个时期是无法回避的高峰时期，第一个时期是五四时期到 20 世纪 20 年代，当时的诗人并不是很多，但因为处于新诗的草创和探路时期，在新诗史上，那些诗人基本上都成了大人物，谁都无法回避他们在艺术探索上取得的成就。即使后来的很多研究者时常指出其中存在的一些问题，任何文学史、诗歌史和研究活动都不能回避对那些诗人和作品的关注；第二个时期是抗战时期，诗歌和当时的国家、民族命运融合在一起，成为全民关注的文化现象，诗人多，作品多，影响大的作品也多；第三个时期是新时期，面对一个很长的无诗时代，出现了许多新的观念、手法和诗人、作品，成为中国新诗重新获得新生的标志。这里所谓的"无名"，是当下诗歌发展的一种状态，主要包含两层意思，一是作者的无名，二是作品的无名，最终导致了诗歌在一个特殊时代的暂时退场和沉寂。这种现象不一定代表优秀诗人、诗歌的缺乏，但它暗示的是作品与读者、与社会之间缺乏共鸣以及诗歌内部的生存状况。

先说作品的无名。这主要说的是诗歌的地位和影响。

回顾新诗的历史，我们会发现，在任何时期，都会有一些诗人因为某一篇作品而受到广泛关注，那些作品最终成为诗人的成名作甚至代表作，那些诗人也因为这些作品而获得声名并被人们记住。这样的例子很多，比如郭沫若的《凤凰涅槃》，闻一多的《死水》，徐志摩的《再别康桥》，戴望舒的《雨巷》，臧克家的《老马》，艾青的《大堰河——我的保姆》《雪落在中国的土地上》，卞之琳的《断章》，何其芳的《送葬》《我为少男少女歌唱》，田间的《假如我们不去打仗》，冯至的《十四行集》，郑敏的《寂寞》，杜运燮的《滇缅公路》等，在1949年后的很长一段时间里，我们也可以举出闻捷的《苹果树下》，贺敬之的《回延安》《桂林山水歌》，郭小川的《甘蔗林——青纱帐》《白雪的赞歌》，洛夫的《石室之死亡》，叶维廉的《赋格》，郑愁予的《错误》等。尤其是在"文革"结束之后差不多十年时间里，由于历史造成的文化空白，人们对于诗歌几乎充满了虔敬的感情，出现了许多受到关注的诗人和作品，如李瑛的《一月的哀思》，柯岩的《周总理，你在哪里》，北岛的《回答》，舒婷的《致橡树》《神女峰》，顾城的《一代人》《远与近》，韩翰的《重量》，雷抒雁的《小草在歌唱》，流沙河的《故园六咏》，叶延滨的《干妈》，杨牧的《我是青年》，杨炼的《诺日朗》，李钢的《蓝水兵》，翟永明的《女人》，杨然的《中秋月》等。在新诗发展历程上，这些诗人和作品已经成为合二为一的存在，谈到某个诗人，我们就会想起对应的代表作。反过来也是这样。很多作品都与当时的时代语境和艺术水准有着密切的关联，尽管这些作品随着时间的流逝和艺术的发展，也不断体现出自身的局限和不足，但在其出现的时候，确实代表了诗歌在某一方面的艺术进展，成为诗歌探索的某种标杆。更为重要的是，除了语言、形式等方面的特色之外，这些作品大多数都和当时的时代，和中国历史文化具有某些内在的关联，个性较为明显，显示度较高。

从 20 世纪 90 年代开始，新诗的情形似乎发生了一些变化。作为一个复杂群体的"第三代"诗人标新立异，提出了不少新的艺术主张，但是他们的作品也主要是在各自的圈子里和少部分读者那里流传。就作品而言，除了韩东的《有关大雁塔》，伊沙的《车过黄河》，于坚的《零档案》，王家新的《帕斯捷尔纳克》等作品外，我们很难看到在读者中产生广泛影响的作品以及由它们对应的具有影响的诗人。进入 21 世纪之后，诗歌面临的情形更加突出，除了一些对诗歌的"恶搞"行为之外，比如所谓的裸体朗诵、"梨花体""羊羔体"等，真正在艺术探索上受到广泛关注的情况很少。换句话说，在新时期之后，新诗的发展面临着很多困惑，名作不多，名诗人很少，大诗人缺乏。我一直有一个看法，优秀的诗人都是有代表作的，代表作不仅是诗人才气、创造力的直接体现，而且影响广泛，深受读者喜爱，属于可以让人反复阅读的那种作品。有些诗人的代表作还可能是新诗艺术探索的一种导向，成为一定时段内诗歌风气的开创者。每一个优秀的诗人都应该拥有自己的代表作，否则他就可能成为这样一种诗人：好像所有作品都在水平线之上，但没有一件作品能够成为读者长久的记忆，更无法成为诗歌艺术发展的风向标，最终还是会被时间所淘汰。代表作越多的诗人，往往就是成为名诗人甚至大诗人，最终成为新诗发展的见证者、引路人，也成为诗歌史研究者不得不关注的对象。

在网络时代，这种情况似乎不多见了。要说现在的诗人没有才气，这是误解，很多诗人的诗美感悟能力、对人生思考的深度都是过去的不少诗人所难以企及的。要说现在的诗不好，这也是偏见，很多作品在语言的采用、表达角度的选择、想象力的丰富性等方面，都是过去的诗所难以达到的。要说没有读者，也显得武断，那么多诗歌刊物还在出版，甚至还有很多人自掏腰包创办"民间刊物"，尤其是在网络上，我们在几乎每个有关诗歌的网站、论坛、博客上，都可以读到许多很有见地的阅读感想，那些都是读者的声音。

再说作者的无名。这一点主要体现在两个方面：一是现在的网络写作非常流行，很多诗人的名字首先是在网络上出现的，之后才逐渐走向纸质媒体。网络传播具有典型的无名性特征，很多写作者在初期都喜欢使用笔名（网名），有些名字和我们日常使用的名字差异很大，很难被人记住。网络的功能主要是传播信息，和诗歌的内在化特征有很大差异，而且网络上的作品总是很快就被覆盖，即使是好作品，也很难受到读者的广泛传诵。不过，从写作动因上看，这些作者之所以使用网名，是因为他们在写作之初基本上没有什么功利之心，只是为了自我表达、自我娱乐的需要，根本没有考虑名声之类的问题，这种取向切合诗歌的自在特征。二是诗人太多。在过去，诗人的称谓很神圣，成为诗人是很难的，首先要在报刊上发表大量作品，而且要有比较有影响的作品。现在的网络时代，诗歌的"发表"省略了许多程序，只要写出了分行的文字，无论优劣，在网上一挂，就可能有人阅读，甚至很快就可能被封以"诗人"的称号。因此，在网络世界里，诗人的称号可以说是满天飞的，随便一个人都可以写上几首称为诗的作品，都可以拥有"诗人"的称号，于是，在看起来并不活跃的诗坛上，诗人的数量并不少，但是能够因为作品的优秀而被更多人记住的名字并却不是很多。

在一个诗歌时代，诗歌及其作者都处于一种无名的状态，毫无疑问是出现了什么问题。那么究竟是什么原因导致了如今诗歌的无名时代这种现实呢？我想，大致应该从以下几个方面去考察。

社会关注度低。随着社会文化多元化格局的出现，诗的社会地位和精神净化功能逐渐减弱。在20世纪80年代，诗歌是很受社会关注的，一个诗人创作了优秀作品，几乎全社会都在关注，作品也很快就被传播开去，产生广泛的社会影响。诗人受到的关注也很多，一些优秀诗人进入校园、社区参加朗诵会或者举办讲座，听众往往都很多，甚至可以成为当地的重大新闻。但是，进入市场经济时代之后，全社会的关注重心转向了物质建设，实用性逐渐成为人们价值观念的中心，关注诗歌的人越来越少，即使是优秀诗人和优秀作品，其产生的影响也往往只是在诗歌圈子内。再加上诗歌圈子本身也是多元的，认同与不认同的人同时存在，这就必然导致诗人和诗歌的社会地位大不如前。

诗歌的多元发展。过去的很多时候，诗歌在思想上的追求是相对单一的，主要围绕在主流话语的艺术阐释方面，接受者所需要的精神营养也相对集中，一首好诗出现之后，整个社会都可能在关注它；而现在，人们的思想具有明显的多元化特征，任何一首好诗的接受者可能都只是读者中的一部分；读者往往也只关注大量诗歌作品中适合自己口味的部分，诗歌的关注度必然降低。诗歌的多元发展也必然出现诗人、读者的分流，使任何一种追求的诗歌在拥有一些读者的同时也会失去一些读者。即使是在当下的"诗歌热潮"中，任何一类诗歌的读者都不一定很多，何况读者群体本身也在萎缩。

诗人的构成越来越复杂。现在，诗人发表作品的途径越来越多，有些人在报刊发表作品，有些人主要在网络发表作品，还有些人主要在自己创办的民间报刊上发表作品，他们的影响多是在自己参与的圈子里，而圈子之外的人则关注不多。这些圈子虽然是无意中形成的，但对诗的影响不能说不大。诗歌的功能发生了很大的变化，过去的诗对社会性强调甚多，而现在，诗歌的自我表达、自我娱乐功能似乎显得更突出。诗人之间因为观念认同而出现的相互欣赏似乎多于读者、评论家对诗人作品的关注和评价。

诗歌自身的原因。新时期之后，诗歌在技术上的进步是明显的，在视野上的拓展是广泛的，在个人体验的深度上是值得关注的。但是，我们不能忽略的事实是，诗的社会精神、文化关怀在萎缩，我们不能说个人化写作、私人化写作都完全脱离了现实，脱离了生活，脱离了中国的文化语境，但是，它们提供的精神营养越来越淡薄，出现了诗歌精神矮化、淡化、琐屑化，甚至一定程度上的缺失。很多诗歌带给读者的不是精神的启迪，心灵的净化，而是在精神层面上与诗歌作品的隔膜。而有些追求大气、张扬精神建设的作品，在语言上、形式上又没有多少创新，尤其是缺乏内在的机智，读起来缺乏诗味。这种矛盾情形的大量存在使诗的影响越来越小，甚至导致了诗人自我感觉良好而读者却骂声不断的情况。

市场经济的发展往往导致精神文化的矮化，或者说是传统文化逐渐淡出人们的视野、心灵，出现诗歌的无名时代是很正常的。那么，我们如何看待这样一个特殊的时代呢？是不是诗歌就会从此走上下坡路，失去其价值了？当然不是。可以说，当下的诗歌逐渐回到了它本应属于的位置。诗歌是重要的，但只是在部分人那里体现出自己的重要性。事实上，诗歌本来就只是部分人的事情，全社会都看重诗歌，对于文化、社会的发展不一定是好事。20世纪50年代后期的诗歌"放卫星"时代就是如此，不但没有为诗歌发展提供多少艺术营养，而且还在很大程度上破坏了诗歌的名声。在这样一种自在自足的状态下，诗人不需要在任何指令下创作作品，而是按照自己的真实体验来写作，使诗歌在艺术、思想的质地上回到了本真的状态。诗歌很难带来物质上的收益，不少人失去了利用诗歌去获得诗歌之外的收获的机会，那些非诗人、伪诗人、假诗人在这个圈子里肯定难以混下去，很快就会放弃这种功利行为，这在一定程度上可以净化了诗人队伍，为诗歌的发展提供人才的准备。

多年前，我曾在一章散文诗中写过这样的话："不被人提起就不会被人忘记，不被人爱抚，就不会被人抛弃。"对于诗歌，无名时代不一定是坏事，它可能正是诗歌的自我调节时代。在当下，诗坛上的争鸣甚至争吵比过去明显减少了，真正爱诗的人们都以自己特有的方式为诗歌奉献着自己的才能和智慧。诗坛的嘈杂不一定是诗歌繁荣的标志，诗坛的沉静却可以为孕育大诗提供良好的语境。无名时代的诗歌对去功利性特征的追求、对浮躁社会风气的躲避，带给我们的可能将是扎得深、留得下、传得远的优秀作品，而那些作品也需要我们摆脱浮躁心态、调整既有观念，回过头去重新甄别，反复琢磨。

2011年8月17日，重庆之北

网络时代:诗的机遇与挑战

一个时代有一个时代的文学,一个时代也有一个时代的诗歌。在任何类型、任何风格、任何流派的诗歌创作中,作为背景、题材、主题来源或者话语方式的时代及其精神特质,都是不可能被完全忽略或者人为回避的,它总是或直接或间接、或隐或显地以不同的方式存在于作品之中。战争年代的诗歌不涉及诗与战争的关系,那恐怕是虚假的诗;灾难时期的诗歌没有一点有关灾难的影子,那恐怕是冷血的诗;网络时代不关注、不讨论诗歌与网络的关系,那恐怕也有点自欺欺人的味道。

我们很难准确确定最早的网络文学作品是在什么时候出现的,但网络文学出现、发展的时间确实不长,基本上可以认为是在 20 世纪 90 年代才开始的。随着技术的发展,"网络已经在不长的时间里成为现代人生活中不可或缺的交流、沟通手段,也影响了文学的创作与传播,甚至出现了独特的'网话文'。诗歌也与网络结下了不解之缘。在世纪之交的几年里,网络成为诗歌最重要的传播媒介之一……正是在这样的条件下,'网络诗歌'这个概念应运而生"。[①] 而随着网络文学的发展,关于网络文学的现状、特点、走向等的研究,已经成为学界、业界的重要话题之一,欧阳友权、周宪、张颐武、白烨、谢有顺等学者发表了大量的研究成果。2010 年的第五届"鲁迅文学奖"也将网络文学列为评奖对象。根据官方发布的权威数字,网络文学已经成为文学发展的重要力量。2010 年 5 月,中国作家协会、广东省作家协会联合主办了"网络

---

① 蒋登科:《传播方式、网络诗歌及其他》,载《现代传播》2009 年第 3 期。

上编　在现象中探路

文学研讨会"，说明网络文学的影响已经从民间实验走向了官方视野。中国作家协会党组书记、副主席李冰在报告中，通过数据肯定了网络文学的影响和价值，也提出了自己的一些看法。他说："中国互联网络信息中心发布的报告显示，中国网民总数已达4亿，其中，网络文学用户规模达到1.62亿，占网民总数的40%多。""中国社科院的文情报告认为，从2000年网络文学实体书的出版高潮，到2004年商业盈利赢模式的创建，网络文学迈出了产业化的步伐，其商业出版以年均20%的速度增长。""据全国重点文学网站（频道）粗略统计，目前各种文体的网络业余作者超过一千万，全国文学网站签约作者超过一百万，网络文学的日更新字数将近1个亿。网络文学的读者80%为20到40岁的受教育程度较高人士。日浏览量约有5亿—6亿人次。"① 这些数字是传统的写作、出版方式和阅读方式所难以相比的。而且，这些数字所蕴涵的潜在内涵也值得关注，尤其是它们所涉及的作者、读者大多是具有较高文化修养的年轻人，他们肯定是将来文化的传承者、创造者。在一定程度上说，关注网络文学就是关注年轻人，关注年轻人就是关注中国文学的未来，就是关注中国文学可能的发展方式和方向。

吕进在谈到诗的传播方式的重建时认为："网络是一个虚拟化的世界。网络为诗开辟了新的空间，在诗歌领域，近年特别令人瞩目的是网络诗。日益发展的网络诗对诗歌创作、诗歌研究、诗歌传播都提出了许多此前从来没有的理论问题。信息媒介的变化能够导致人的思维方式和审美方式的变化。作为公开、公平、公正的大众传媒，网络给诗歌带来了革命性的变化。网络诗以它向社会大众的进军，向时间和空间的进军，证明了自己的实力和发展前景。"② 这是对网络在现代诗歌发展中的作用所进行的理论概括，肯定了网络诗这种特殊的诗歌传播、创作方式的存在和影响。它也说明人们已经敏锐地感觉到网络带给社会文化、文学艺术的影响。

---

① 李冰：《在网络文学研讨会上的讲话》，载《作家通讯》2010年第3期（总第159期）。
② 吕进：《三大重建：新诗，二次革命与再次复兴》，载《西南师范大学学报》（人文社会科学版）2005年第1期。

一 网络写作与网络诗歌

在网络文学中,诗歌写作者、诗歌作品所占的比例可能是最高的。这大概有以下几个方面的原因:(1)中国是诗的国度,在各种文体中,诗歌写作、阅读的参与者历来都是人数最多的;(2)诗歌的篇幅相对短小,写作、阅读所花费的时间也相对较少,适合快节奏的现代生活对文化方式的要求;(3)诗是抒情的艺术,是性灵的表达,在首先不考虑艺术质量的前提下,任何人都可以创作一些称为诗的作品并在网络上发布。但是,从商业操作、赢利模式上考察,在市场经济的语境之下,诗的经济效益肯定无法与小说、奇幻文学、影视文学等样式相比。因此,如果笼统地将诗放在网络文学这个大的语境中考察,尤其是和经济效益结合起来考察,对网络诗歌是有失公平的。我们应该在承认网络文学发展的大背景上,专题研讨网络时代的诗歌发展,研讨诗歌在网络时代的文化创造、文化传承等方面的价值与问题。

谈论网络与诗歌的关系、考察网络在诗歌发展中的地位和作用,我们至少要把网络的功能划分为两种不同的类型:作为传播方式的网络和作为写作方式的网络。

如果单纯作为一种传播手段,网络的发展和普及对诗歌的传播、发展只有好处,甚至可以带来诗歌传播方式的一次巨大的革命。就诗歌的出版、发行而言,传统的平面媒体(纸质媒体)的印刷量、发行量毕竟是有限的,这就可能导致作品的受众面会受到限制,根据有些诗集的印数显示,历届"鲁迅文学奖"获奖诗集的发行量(尤其是首发量)都不是很多。有些在新诗发展早期甚至在20世纪上半叶出版的经典诗集、经典诗选也因为出版时间较长而难以找到,失去了它们本应继续发挥的文化传承价值。在网络时代,这样的问题可以比较容易就得到解决,人们可以把已经发表的优秀作品以电子文本的方式重新放到网络上;可以通过照相或扫描等方式,将过去的报刊、诗集、诗选等按照和原样近乎一模一样的方式进行复制,并把它们上传到网络上,使它们重新进入传播历程。这样一来,诗歌的传播范围、影响范围肯定会扩大很多，一些近乎消失而又具有历史价值的文献就可以重新"复活"，甚至真正实现跨民族、跨地域、跨时代的传播。

在当下对网络文学、网络诗歌的研究中，人们关注较多的主要是网络的传播功能。但是，网络所具有的越来越强大的功能，已经使它在很大程度上超越了单纯的传播媒介地位。我们所面对的不只是网络这种工具，而是一个"网络时代"。在网络世界，网民已经不是单纯的信息接收者，他们可以参与信息提供、信息创造、信息传播、信息评价等各种活动。网络生活已经成为现代生活方式的一种，在有些人群中甚至已经成为主流的生活方式。近些年，"物联网"的发展更是将网络的影响推向了生活的方方面面。

网络也改变了许多诗人的写作方式，这是网络对诗歌发展产生的最本质的影响。如果我们把这种写作方式称为"网络写作"，就可以发现，网络不只是一种发表、传播诗歌作品的媒介，它有时甚至以自己特有的方式"参与"到诗人的创作之中。在前网络时代，诗人创作诗歌之后，主要是在报刊上发表，或者在出版社出版。那是千军万马过独木桥的时代，能够发表或者出版作品的人毕竟是少数，一个人要想最终成为诗人，是要经历许多艰难的。因此，在那个时代，写诗的人必须遵循一些大家认可的诗的文体规律，抒写多数人能够感受的情感体验，采用人们能够接受的抒情方式，甚至要揣摩报刊编辑的好恶。那样的时代、那样的创作方式确实推出了许多优秀的诗人和作品，我们现在读到的经典作品大多是以这样的方式创作出来并走向读者的。当然，在那种追求精品的时代，有些诗人可能被遮蔽了，有些作品也可能永远不知道去向。在网络时代，我们不能说这些限制已经完全没有了，但是在很大程度上是被打破了。

从1999年"界限"诗歌网站和网刊的出现开始，不同类型的诗歌网站逐渐遍布各地，跨越了地域和文化，成为诗歌写作和发表的重要园地。可以毫不夸张地说，所有写诗的网民都或多或少地在诗歌网站、论坛上留下过自己的足迹或者作品。2008年5月的"汶川大地震"进一步催生了人们对诗歌尤其是网络诗歌的关注。在当时，以《孩子快抓紧妈妈的手》等为代表的诗歌在网络发表之后,迅速流行。这些作品自然、平易,具有明显的音乐性,适宜朗诵和传播。它们所抒写的对生命的关注和尊重打动了几乎所有读到听到它们的读者,带给人们温暖和力量,许多纸质媒体、广播电视节目等也予以刊播,甚至配上了画面,形成多媒体相互配合的局面。"地震诗歌"是网络诗歌受到全社会关注的一个重要事件,说明网络已经成为创造和传播诗歌文化的重要平台。

二 网络诗歌写作的主要特点

周宪认为,在网络和信息时代,和官方传媒同时存在的还有"草根传媒"。"草根传媒又被学界称为'私传媒'或'自传媒',即自愿在视频或论坛网站上提供信息的个人或组织。它们不同于官方传媒,带有显而易见的民间性。从生产角度说,这些传媒主要分散在民间的不同地域或空间里,以网络或手机为主要的联系通道。草根传媒是网络和民间文化。"[①] 从这个角度看,网络诗歌的写作与传播也带有明显的"草根"特点,具有比较典型的民间性。通过与传统写作方式、传播方式的多侧面比较,我们可以发现网络诗歌的写作主要具有以下特点。

即时性。在传统的写作中,一首诗从创作到发表、出版并走向读者,需要经过酝酿、写作、修改、审稿、编辑、印刷、发行等大量的程序,花费的时间比较多。而在网络写作中,作者可以立即将创作的作品上传到网络上,甚至直接在网络平台上进行写作。作品从创作到走向读者的过程差不多是同时完成的,几乎没有时间间隔。传播速度的快捷是网络诗歌和传统诗歌的重要区别之一。尤其在微博出现之后,这种即时性、快捷性特征体现得更加明显。

互动性。在传统写作中,除了作者身边能够看到手稿的极少数人,人们对作品的评价往往是在作品发表出来之后。作者与读者、评论者的交流、切磋,因为空间和技术等方面的原因,需要较长的时间才能实现。在网络写作中,这些时空上的限制都被消除了。只要作品传到网

---

① 周宪:《当代中国传媒文化的景观变迁》,载《文艺研究》2010年第7期。

上，读到它的读者、评论者就可以立即发表意见，而且发表意见的方式也很简单、很自由甚至很随意，几乎可以不受人事方面的制约；反过来，作者也可以在同一时间对这些意见表达赞同或者不赞同等看法，甚至可以根据读者的意见立即对作品进行修改。

自由性。诗歌是一种追求心灵和精神的无限自由的文体。在过去，不是所有人都能够写诗，即使写了，也不一定能够得到发表并被读者阅读。那些真正将作品变成印刷文字的人，往往因此而受到读者、朋友甚至领导的敬重。在过去的很多时候，诗人的地位较高，当然和当时的社会风气有关，但也和写作、传播方式有着密切的关系。网络写作却不同，无论是谁，只要有一定的文字基础，能够懂得适合自己的输入法，他就可以在网上发表自己的作品，而且想怎样写就怎样写，想写什么就写什么，甚至可以不管别人是否认为他写的是诗，只要自己认为写的是诗就够了（甚至自己也不一定认为那就是诗，只要觉得有点意思，随便放到网上就行了）。在这种语境中，任何人都可以通过这样的方式实现成为诗人的梦想。但是，这种缺乏限制的诗歌生产方式，在很大程度上打破了诗之为诗的许多规则，诗歌形式上的规范性、诗歌精神上的超然性、诗歌气质上的贵族性、诗歌表达上的创造性等都受到极大的挑战。于是，我们发现，由于不需要考虑报刊的选择，不需要考虑读者的感受，在网络诗歌中，除了少数作品具有特色之外，大量琐屑的、个人化的、私人化的感受充斥其间，过分随意的语言、形式和缺乏提升的精神内涵，使诗歌失去了必要的精致与精美。在这样的文化语境中，诗歌创作的神秘感淡化了，诗人和诗歌的地位也因此而受到了挑战。

爆破性。这里所说的爆破性是指网络写作对诗歌这种文体带来的爆破性影响。如果说大部分的网络诗歌和平面媒介上的作品在本质上还没有多大区别，那么有一小部分作品却是平面媒体所望尘莫及的，比如使用网络语言（如符号语言、数字语言等）创作的作品，比如通过鼠标点击其中的一些关键词而可以一层一层阅读的所谓"多媒体诗"，比如以 Flash 等方式配有活动图片、活动字体的网络诗等。这些跨媒体、超文本的诗歌的表现方式是平面媒体无法实现的。对于传统意义上的诗歌来说，这些都属于具有爆破性质的实验，但这些方式写出来的诗究竟是对诗的破坏，还是丰富了诗的表现手段，或者为诗歌发展提供了新的可能，都还需要时间的检验。

虚拟性。和现实的物质世界不一样，网络世界本身就是虚拟的。网络时代的诗歌写作也是一样。在传统的写作中，写作工具、发表阵地、传播媒介等都是可以眼观手触的，具有质感。而在网络写作中，我们所面对的一切都是虚拟的、数字化的，而失去了质感的东西有时也是容易消失的东西，其历史感、文化感已经不那么强烈。如果遇到网站出现问题，所有的资料就可能在瞬间消失。在传统的写作中，即使诗人使用了笔名，因为能够发表作品的人毕竟有限，而且报刊社都保存着这些人的真实资料（比如联系信息和真实姓名等），我们也可以通过一定的方式找到这个诗人是谁，时间长了或者作品的影响大了，我们也就把这个笔名和本人一起对待了。在网络写作中，很多人使用的是网名，有些人还不断变换网名，由于网民数量巨大，有关网站也难以保存和提供这些人的真实信息，即使是自己身边的人甚至家人，我们都难以确认他们的真实身份，很难将他们和现实中的人联系起来。因此，对于网络诗歌的写作者，除了在传统写作中已经获得了一定的名声或者采用真实信息发表作品的诗人，读者一般不会去了解他们的个人信息，即使想了解也难以获得。这种"无名性"使人们可以更多地关注作品的质量而不是作者身份。但因为这种虚拟性，网络上也经常出现一些违背事实的、不负责任的或者发泄个人情绪的评价文字，有的甚至带有人身攻击、人格侮辱的成分，这会造成对诗歌创作和个人尊严的极大伤害。

网络写作的这些特点为许多喜欢写诗的人提供了纸质媒体所无法替代的便利。他们不一定要成为诗人，但是他们希望以诗的方式抒写自己的感受。他们不一定要被众多读者承认，但他们找到了一种属于自己的倾诉方式。他们可以不考虑诗歌的文体特征，不追求诗的经典化甚至精致化，只是按照自己的感受和认识在写着。整个网络已经发展成为一个和现实社会对应的虚拟社区，其中又有很多不同主题、不同类型的小型社区或者专题社区。在诗歌方面，我们曾经经常见到的是以群体形式存在的诗歌论坛、诗歌网站，在最近几年，个人博客（Blog）、个人空间、微博等又成为网上诗歌创作、发表的重要园地，其数量之多，令人瞠目，更是传统的平面媒体所无法比拟的。在这些虚拟的诗人（诗歌）社区里，许多写作者不一定在平面媒体上发表过作品，但他们却在网络世界里拥有自己的读者群，于是出现了许多在传统媒体中很少露面但在网络上影响甚大的诗人。这种格局甚至形成了传统写作者和网络写作者之间的争论。一些传统写作者认为，网络写作太随意，缺乏评判，很难有优秀之作，更难以进入文学史；一些网络写作者则认为传统写作、发表方式太落后，跟不上时代发展的潮流，思想、情感的自由也受到了更多的限制，难以实现艺术上的创新。只要还存在传统写作和网络写作这两种方式，这样的争论就会长期延续下去，不过很难有一个大家都能够接受的结论。

网络诗歌的流行和热闹，在一定程度上说明诗歌的生命力和潜力是巨大的。一些在传统媒体上很难露面的诗歌作者将自己的阵地迁移到了更为便捷、随意的网络上。在物质至上的社会文化语境中，虽然诗歌刊物、诗集的发行量减少了，但诗歌并不缺少作者，也不缺少读者，只是很多人习惯于从传统的写作方式、传播方式的角度去了解和考察诗歌现状，忽略了网络这一新兴媒介，忽略了网络诗歌这种独特的写作方式，忽略了在网络世界里活跃的众多诗人。

三 网络诗歌发展面临的一些问题

相比于传统的诗歌写作，网络写作有其优势和特点，这是毋庸置疑的。周宪对"草根传媒"的积极意义进行了总结，认为"它丰富了传媒的资源和格局，形成了一个不同来源的多元传媒文化结构。此外，草根传媒为公众表达意愿提供了一个渠道。……最后，草根传媒与官方传媒的张力关系，形成了比较有趣的发展趋向，那就是官方传媒不断地从民间草根传媒学到一些东西，进而改进自己的策略和方法"。[①] 可以看

---

① 周宪：《当代中国传媒文化的景观变迁》，载《文艺研究》2010年第7期。

到，网络已经成为表达和了解民意的重要途径，对官方媒体都产生了越来越大的影响。但是，在承认其特点、价值和广泛影响的同时，我们也必须看到，在当下的文化语境中，具有"草根传媒"特点的网络诗歌写作及其传播也存在不少局限，给诗歌发展带来了诸多挑战，自然也带来了一些值得注意和进一步研究的问题。

（一）缺乏评价标准

诗歌评价的标准是一个很难说清楚的话题。由于诗歌的构成元素丰富而复杂，诗歌创新的手段多种多样，不同时代、不同诗人和读者（评论家也是读者）都可能有自己的标准。《诗刊》等刊物曾经开展过关于诗歌标准的讨论，参与者甚多，但最终没有得到一个能够被大多数人接受的结论，只是推动了人们对诗歌标准的思考。在多元化的诗歌时代，这样的结局是可以预料的，也是正常的。不过，既然是诗而非其他文体，人们的心目中肯定还是存在着关于"诗"和"好诗"的判断标准的，比如独特的精神发现、语言的精美、形式的规范、表达的新颖、篇幅的长短等。在传统的诗歌写作中，大多数诗人都要考虑到这些元素，都要考虑到这些元素要怎样安排、组织才能够更好地表达自己的体验，适合读者的需要。但是，在网络写作中，作者可以不考虑这些元素，可以不考虑自己写的是不是诗，而是率性而为，使一些在诗歌发展中总结出来的优秀的诗歌品质受到了挑战，比如诗的音乐性、诗的含蓄蕴藉的张力、诗歌格调的高雅，等等，是不少自由的网络写作者不太关注的，于是我们读到了许多语言散漫的作品，读到了和散文差不多的作品，读到了粗俗的、作者自以为是的作品。诗歌不是物质产品，单一的标准对诗歌来说肯定是不适合的，但诗歌毕竟是具有自身特点和规律的文学样式，没有标准也是不行的。

（二）缺乏第三方监督

"监督"这个词也许不适合用于谈诗，但是在现代社会，由于人们对于自由的无限制的追求，"监督"就成为许多行业、许多领域所不可或缺的一道程序，也是保证产品质量的必要手段。诗歌写作主要是个人行为，别人的"监督"是很难实现的。在传统的写作中，"监督"者主要是报刊和出版社的编辑（在发表、出版后，也包括评论家和普通读者）。编辑按照自己对诗歌的理解、读者对诗歌的可能的要求，或者报刊、图书在出版方面的要求等对诗人的作品进行选择、修改、编辑加工（有时是提出问题，由作者进行处理）。这种"监督"虽然可能使一些优秀的作品被忽视，也可能使一些质量不高的作品被推向社会（这和其他行业的监督差不多），不过从总体上说，即使不是所有编辑都是优秀诗人，但他们大多都是读过大量作品、视野比较开阔的人。能够通过编辑的选择在报刊上公开发表出来的作品大多数还是属于中等及以上水准的，在艺术上往往也能够在诗的文体、情感、表达等方面为诗的发展提供一些正面的效应，为读者提供艺术上、情感上的一些启迪。编辑的导向作用对于诗歌的发展是非常重要的。在新诗史上，不少优秀诗人是因为遇到了优秀的编辑而走向诗坛的。五四时期，宗白华曾担任《学灯》副刊的主编，郭沫若从日本投寄的所有作品几乎都是通过他在报纸上发表的，这给郭沫若带来了很大的鼓励，使他创作了著名的诗集《女神》中的大多数作品。这些作品是初期新诗的经典，也为新诗的基本定型做出了贡献。后来，宗白华赴德留学，《学灯》副刊的新主编不再发表郭沫若的作品，这使他在很长时间内失去了创作动力。在网络写作中，诗歌的发表除了由网站承担的政治、法律等方面的统一监管之外，诗歌作品是直接走向读者的，基本上没有人对其在思想上、艺术上进行监督，任何作者都可以随意发表作品。自由是自由了，但自由带来的作品质量的参差不齐，也使网络诗歌广受诟病，曾经受到广泛关注的"梨花体""裸诵"等事件就是从网络上炒作起来的，对诗歌的形象造成了相当大的负面影响。

（三）诗歌经典化的可能性降低

以传统方式发表的作品，因为数量相对有限，可以被广泛阅读、反复阅读，一些优秀作品被大多数读者认可之后，就逐渐成为新诗的经典，成为承载民族、时代的文化基因的重要文本。网络写作改变了这种格局。除了作品自身的质量之外，网络作品的不断被覆盖、遮蔽，也使人们忽略了对其中一些优秀作品的关注和选择。网络包含着海量信息甚至云量信息,信息的了解是网络阅读的主要目的,浅阅读是网络阅读的基本特点,对于诗歌这种需要投入心力的文学样式,阅读者很难像阅读印刷作品那样对所有作品进行细读,这就导致了阅读频次的一次化,阅读效果的表面化,作品评价的随意化,忽略了对诗歌作品的全面、深刻的美学感悟。这种阅读方式导致的结果,可能就使网络作品很难被认为是诗的精品,即使有精品,也很难被遴选出来并受到大多数读者的推荐。王蒙在谈到当下文学的"泛漫化"特点时说,"这(指泛漫化——引者注)是一种文化生活的民主化,也是整个社会走向民主的一个进程。千万不要以为民主一扩大,文化就能上去,不一定,文化上质与量不一定协调。大家都参与文化了,如网络文艺,它也许反映的是大多数网民的平均数,而不可能是文化的高峰,不可能出现文艺的奇葩"。[1] 泛漫化也是网络诗歌所具有的特点之一,这种格局和造就经典作品的语境是存在不小差异的。

(四)过程的消失淡化了诗歌创作的艰辛,诗歌载体的文化感、历史感越来越弱化

虽然诗歌创作有时是灵感一现的产物,但大多数诗人在酝酿情绪、寻找表达等方面还是要花费大量心血的;有些作品还经过了长时间的、反复的修改。很多诗人体验过"吟安一个字,拈断数茎须"的创作艰辛。在传统的写作方式中,一首诗的创作过程、修改信息等,可以通过手稿等方式被完整地保留下来。这些信息是了解和研究诗人创作心态的重要资料,也揭示了诗歌创作的艰辛。诗人在不同版本中对作品的修改,也是研究诗歌创作过程、诗歌版本的重要文献。因为这些过程的存在,这些创作、发表、传播诗歌文化的载体往往具有比较厚重的历史感,容易使诗人、读者产生对诗歌艺术的敬畏。而网络写作则有所不同,诗人的创作过程基本上被淡化了,即使进行过反复的酝酿、修改,但酝酿、修改的痕迹很难被保存下来,这不但使一般读者忽略了诗歌创作的艰辛,失去了对诗歌艺术的敬畏,而且使诗歌创作的心理研究、诗

---

[1] 王蒙:《泛漫与经典:当前文艺生活一瞥》,载《文艺研究》2010年第7期。

歌创作的过程研究、诗歌的版本研究等失去了根基。传统的写作工具和传播媒体是可以触摸的，而网络则是虚拟的，因此，网络诗歌在很多人的心目中是缺乏实在感、厚重感的，也是缺乏历史感、文化感的。

由于网络写作的特点和局限，网络和网络诗歌在非常热闹、繁荣的表象之下，带给诗歌的不完全是正面的效应，既推出了一些好的作品，也存在大量的质量低劣、格调低下的作品。这种泥沙俱下的现状，需要阅读网络作品的读者拥有很大的耐心，才能找出其中的优秀之作，享受到网络传播、网络写作带来的好处。问题是，不是所有人都有或者愿意花费这样的时间和精力，——人们使用网络的目的之一就是因为发表、收集信息的快捷，可以节约大量时间，——不少人因为读到了很多质量不高的作品，就在一定程度上失去了对诗歌的热情和信心，最终败坏了读诗的胃口。

四 应对挑战的几点设想

面对网络时代和网络写作的挑战，诗歌界、诗学界甚至编辑出版界都应该有自己的态度和策略。要想使网络为诗歌艺术的探索发挥尽可能满意的效果，以下几个方面是我们应该尽量做到的。

（一）承认网络传播、网络写作的必然，承认诗歌的写作在网络时代和非网络时代是有所不同的

网络已经非常普及，网络写作也成为不可逆转的存在，这是我们必须接受的现实。对于网络写作，不同的人可能有不同的态度，一些不接触网络的诗人，因为不了解网络写作的状况，他们依然坚持着自己的传统写作方式，不承认网络诗歌或者拒绝参与其中；一些有着传统写作经验、又注重网络传播的诗人，他们把自己创作的作品上传到网络平台上，实现了传播方式的多样化与现代化，但他们的作品在本质上还是非网络写作；还有一些诗人（尤其是年轻诗人），他们在平面媒体上发表作品不多，主要作品都是在网络上发表和传播的，他们的名声也主要是在网络世界里获得的，因此他们依赖网络，坚持他们的网络写作。不管是持哪种态度的诗人，都应该承认，随着科学技术的发展和生活方式的

转换，在网络时代，诗歌与网络搭上关系是必然的，而且网络写作和传统写作在诸多方面都存在差异。拒绝承认网络诗歌，是不明智的；不承认传统写作与网络写作差异的眼光，不是发展的眼光。

（二）选择优秀的网络诗歌，以传统的方式加以保存和传播，提高网络诗歌经典化的可能，也为网络诗歌写作提供一些范例和参考

网络的信息量巨大，一些优秀作品被淹没其中，有时很难被人发现。在传统媒体和新媒体共同存在的今天，我们应该寻找能够使二者沟通、交流的有效方式，其中之一就是遴选网络诗歌中的优秀作品，在传统媒体上发表、出版。对于这一点，一些刊物已经意识到并开始付诸实践，它们开设了自己的网站、论坛，让诗歌写作者自由发表作品，同时又在其中通过读者推荐、编辑审稿等方式选择优秀作品在刊物上发表；《诗刊》《星星》《诗选刊》等刊物还开设了专门的网络诗栏目。一些在网络上活跃的诗人可能也意识到网络的局限，开始将在网络上写作和传播的质量较高的作品，重新在平面媒体发表，实现和传统写作方式的交融。最近几年，一些诗人或者网站还编辑出版了网络诗选，比如游承林主编的《2007中国最佳网络诗歌》（中国文化出版社2008年版）、西叶和苏若兮主编的《界限——中国网络诗歌运动十年精选》（重庆大学出版社2009年版）、墨写的忧伤主编的《中国网络诗歌精选》（中国戏剧出版社2009年版）、游承林和黄少群主编的《2008中国最佳网络诗歌》（中国文化出版社2009年版）等，都就选择了不少比较优秀的作品。但真正有分量、具有保存价值的选集还不多，还需要更多的诗人、读者、评论家参与其中。优秀的选本既可以为网络写作者提供创作时的必要参照，也可以为网络时代的诗歌走向经典提供更大的可能。

（三）对网络传播、网络写作、网络诗歌等进行专题研讨

无论是拒绝承认网络写作还是迷恋网络写作，其实都是由于对诗歌写作方式了解的片面造成的。这些问题是可以通过反复的交流、研讨和争鸣加以解决的。有关的文学（诗歌）组织、诗歌研究机构、文学（诗歌）期刊、诗歌网站或网络平台，可以组织一些有关网络传播、网络写作的研讨活动，对网络诗歌进行必要的研究、总结和引导，指出其

强大的优势和可能的发展趋势，尤其是要指出网络诗歌发展中存在的问题，发扬长处，克服不足，实现传统写作方式与网络写作方式的交融，实现传统的传播方式与网络传播方式的融合，将二者的优势和特点都发挥到最大的程度，最终实现诗歌艺术的健康发展。

　　传统的诗歌写作方式已经延续了几千年，在相当长的时间内肯定不会消失。但是，诗歌期刊、诗集、诗选集的平均发行量在不断下降，也是不可回避的事实。在网络时代，诗歌发展所面临的机遇、挑战和困惑是很多的，怎样实现传统写作与网络写作的接轨与融合，怎样实现传统传播与现代传播方式的接轨与融合，怎样评价和引导网络写作中出现的一些新的现象，等等，都是我们必须面对和认真思考、解决的问题，最终目的是在承认网络写作、网络传播不可逆转的前提下，实现诗歌艺术的繁荣与发展。李冰认为，对于网络文学，由于网络技术的快速发展，"我们的未知远远多于已知"，因此，"对于网络媒介创作、传播、阅读、存储的知识我们需要学习，对网络文学大众化、自主性、娱乐性的特点我们需要研究。网络文学的未来发展前景和历史作用，现在作出估量和评论还为时过早。我们无法预料20年后或50年后网络文学是什么状态，就像20世纪80年代人们无法预料流行歌曲今天在文艺中的地位和在演艺市场所占的份额一样。对新生事物要热情支持、积极支持，而不能站在它的对立面。要帮助它成长，而不能阻碍它成长"。[①] 无论是作为个人还是作为文学界的领导，这样的表态都是有眼光的。这种包容的态度，可以促使传统的诗歌写作、传播方式和网络诗歌的写作、传播方式相互吸收、相互影响，最终促进诗歌创作、传播的繁荣与发展。

2011年7月，于重庆之北

[①] 李冰：《在网络文学研讨会上的讲话》，载《作家通讯》2010年第3期（总第159期）。

微信时代：新诗探索的得与失

诗歌史意义上的"新时期"已经成为历史。我们正处在一个诗歌发展的新时代。新时代的内涵非常丰富，时代、社会、文化、艺术的发展也因此面临着新的机遇和可能。诗歌传播方式的新变，以及这种变化所带来的各种复杂现象，是诗歌艺术在这个时代的重要表征之一。

在21世纪之初，吕进教授针对当时的诗坛现状，提出了新诗面临的"三大重建"任务，即诗歌精神重建、诗体重建、诗歌传播方式重建。这些年来，即使人们不使用"三大重建"这个说法，但我们必须承认，诗歌界、诗学界从不同角度讨论诗歌精神、诗体建设、诗歌传播的文章确实很多。

要实现这"三大重建"，难度和成效肯定是不一样的。诗歌精神建设涉及的范围太宽，需要依托历史、现实、艺术演变和社会导向等诸多方面的共同作用，肯定不是一朝一夕就能够见到成效的；新诗诞生之时，"诗体解放"就是重要的突破口之一，其后以自由诗为主体的多种诗体同时在发展着，并出现了越来越自由甚至缺乏诗体规范的趋势，要在这种语境之下以相对统一的规则重建诗体，估计也存在很多困难。相比而言，只有传播方式更为直观可感，实施起来相对容易，成效也最为明显。

其实，传播方式的重建这个说法似乎也不太准确。对于诗歌创作者、研究者、读者而言，传播方式只是一种手段，是外在于他们的，他们无法创造、控制传播方式的变化。无论是针对传统的图书、报刊，还是针对现代的广播、电视、网络，等等，我们所能做的，其实只是大胆地去尝试、借鉴、使用各种有益于诗歌发展的传播方式而已。反过来，传播方式的变化则可以在很大程度上影响诗人的创作和读者的欣赏方式，甚至影响诗歌的发展路径。

自20世纪末开始，随着网络技术的普及，新诗中出现了一种被称为"网络诗歌"的诗歌现象，其传播的方式主要有论坛、网站、博客、微博等，为新诗走向读者提供了更加丰富的方式和手段，读者因此获得了更多的阅读途径，诗人之间、诗人与读者之间、诗人与评论家之间的交流、讨论在网络上也非常活跃，于是诗歌界出现了一大批以网名（不完全是传统意义上的笔名）发表作品的写作者，他们在传统的纸媒上很少露面，却活跃在网络世界里，甚至拥有大量的追随者。网络的发展使我们面对的世界出现了双重性，除了传统意义上的现实世界，还有一个和现实世界对应的虚拟世界。在诗歌领域，我们也面对了一群主要活跃在网络的写作者。不过，他们中的很多人在后来依然回到了现实中的纸质媒体，比如《诗刊》《中国诗歌》等很多刊物开设过"网络诗选"之类的栏目，当然网络上则有很多作品是从传统媒体上搬过去的。现实世界和网络世界存在着相通，你中有我，我中有你，它们在现代社会都不可或缺。

就历史看，文学艺术与科学技术既存在着冲突，又相互支撑。五四时期，民主、科学是唤起大量参与者、唤醒民众的口号和旗帜。科学技术对文学艺术的影响是多方面的，除了单纯技术层面的，还涉及科学精神的渗透和诗学表达。现代科学技术引导的是快速、便捷、多元的生活方式，对人们的生活、工作甚至思维、表达等影响很大，就创作来说，也影响到人们的情感、心理等诸多方面。网络诗歌给新诗的发展带来了新的可能，甚至在一定时期内影响到纸质媒体的发展。随着技术的进步、移动终端的普及，过去的网络传播在最近这些年又逐渐过渡到以微信为主的传播。它们在本质上是一样的，都是现代技术在诗歌传播领域的应用，但微信的涉及范围大大拓展了。

诗歌的传播并不只是一种外在存在，它的变化可以在很大程度上影响写作者的参与程度，自然也会在一定程度上影响诗歌的发展。五四时期，宗白华主编《时事新报》副刊"学灯"，郭沫若每有作品寄来，他都予以刊发，甚至用整版刊发，激发了郭沫若的创作热情，最终才有了著名的《女神》的结集出版。后来，宗白华出国留学，接替他的编者不再发表郭沫若的作品，使他的创作走向了一个低谷期。网络和微信的出现使很多写作者可以通过简单的方式将自己的作品发布出来，一方面是推出了新作，而且在数量上远远超过了传统纸媒发表的作品；另一方面使许多默默坚守的写作者、梦想成为诗人的爱好者可以借助这种便捷、自由的方式发布自己的作品，进一步激发了他们的创作热情，这对诗人的培养、诗歌创作的繁荣发挥了不可忽视的作用。相比于传统的网络，微信借助的主要是移动终端，在阅读上更为便捷，而且可以将视频、音频等元素加入其中，使诗歌作品能够立体地呈现出来，读者可以不分时间、地点地欣赏诗歌作品。因为微信平台的出现，诗歌界甚至出现了一些现象级事件，比如余秀华的作品及其讨论，李元胜的作品及其多种版本的谱曲，等等。可以说，微信以其多种功能为平面的诗歌插上了飞翔的翅膀，在推动诗歌创作、诗歌文化传播、普及等方面的作用不可低估。

任何事情都具有多面性。作为传播方式之一的网络、微信也是这样。

我们注意到，那些影响较大的微信平台大多数是作为单纯的传播媒介而存在的。它们选择和发布的作品很多都是新诗史上的优秀作品，或者是在一些纸质媒体上刊发过的作品。这些作品因为经过了多道选择、修改、编审的程序，总体质量较好。也因为如此，一些重要的诗歌刊物，如《诗刊》《星星》等的微信平台受到的关注度相对较高。它们在推进优秀诗歌走向读者的过程中发挥着重要作用。

问题在于，作为一种自媒体，微信平台的申请并不复杂。随着微信在诗歌传播中的作用越来越凸显，各种微信公众号大量出现，只要愿意，任何一个自然人都可以申请这样的平台。微信公众号为那些难以在纸质媒体上发表作品的诗歌爱好者提供了发布渠道，这对于发现和培养诗人肯定有好处，事实上，一些重要的纸质刊物（如《诗刊》《星星》《扬子江》等），有时就通过微信作品发现了一些优秀的诗人，并将他们的作品刊发在纸质刊物上。但是，大多数微信平台在发布作品的时候，并没有像纸质媒体那样经过多次审稿、修改、编校等程序，平台管理者大多数也没有经过严格的理论培训和编校训练，只要他们愿意，每天都可以通过平台将作品发布出来，有些作品甚至是刚刚写出来就立即发布，根本没有经过沉淀、打磨、修改等必要的环节。这种便捷的发表方式肯定推出了一些在以前不为人知的诗人和作品，但也在很大程度上强化了诗歌界本来就存在的浮躁之风，一些人几乎每天都热衷于在朋友圈、微信群推广各种各样的微信链接，使本来应该安静思考、感悟的诗人、读者，在这种浮躁的语境中难以认真打量现实、思索生命，探索诗歌的艺术规律。一些诗人通过微信平台相互捧场，对作品的评介、鉴赏存在超乎实际情况的抬高。客观地说，很多微信平台发布的作品很难说具有多少新意，由此出现了大量的低水平、同质化的作品，在诗意的发现和表现上都给人似曾相识的感觉，甚至只是初学者的水平。这样的推广对诗人的成长、诗歌艺术的发展并没有切实的好处。

  因此，我们时常要面对这样的事实，有人因为在一些微信平台上发表了几件作品，就天天泡在微信的海洋里不能自拔，甚至申请一个公众号自任主编，也有人为了避免浮躁，避免在海量的垃圾信息、低水平作品中耗费时间而拒绝使用微信。对这两种情形，我都不完全赞同。面对微信这种已经和我们的生活息息相关的现代传播方式，我们可以依托它去关注诗坛上的一些有价值的信息，通过那些严谨的、优秀的诗歌平台了解当下诗歌发展的大致情形，而不能因为在某个公众号上发表了并没有经过严格审查、筛选的作品，就以为自己已经成为诗人甚至是著名诗人了。时间对艺术的筛选是残酷的，艺术的自身淘汰力也是巨大的，无论我们怎样浮躁，发表多少作品，最终只有极少数的优秀作品能够在这种无法人为控制的淘汰机制下存留下来，绝大多数作品很快就会被新的作品所覆盖。因此，我们应该尽可能保持安静，加强深度阅读，研究诗歌艺术的特征和规律，关注丰富的历史和新鲜的现实，经过艰苦的艺术思考和探索，创作出具有特色、新意、符合诗歌艺术发展规律的作品。

  无论传播技术如何发展，传播的内容始终是第一位的。微信公众号再多，如果没有优秀作品的支撑，其影响力和发展潜力就不会很大。优秀的微信公众号恰好是由于掌握了优秀的作者、优秀的内容，才能够获得持续发展的活力。新时代应该有新气象，新时代的诗歌应该有新面貌。如果我们只是置身于一种功利性的浮躁之中，只是利用新的传播方式低水平地重复自己，那么，我们就很难期待诗歌艺术可以在这样一个时代取得大的进步。

2018年7月3日，于重庆之北

新时代诗艺的双向交流

和以前经常使用的"新时期"相比,"新时代"除了时段的变化,还具有更丰富的新内涵。在这些变化中,最重要的内容之一就是对中国社会主要矛盾的判断发生了变化。1981 年的十一届六中全会指出:"在社会主义初级阶段,我国社会的主要矛盾是人民日益增长的物质文化需要同落后的社会生产之间的矛盾"。2017 年的十九大报告指出:"中国特色社会主义进入新时代,我国社会主要矛盾已经转化为人民日益增长的美好生活需要和不平衡不充分的发展之间的矛盾。"从经济社会的基础看,"落后的社会生产"转变成了"不平衡不充分的发展",也就是说,中国已经取得了很大的发展,只是在发展中还存在不平衡不充分的问题;就人们的需要来看,从"物质文化需要"到"美好生活需要"是一个飞跃,或许可以说,是从生存需要转向了生命发展的需要,对精神生活的要求达到了一个更高的程度。诗歌无法离开现实,也不应该离开现实,因此,在这种语境之下,包括诗歌在内的文学艺术的发展应该具有新的向度、新的目标、新的手段。

新时代是新时期的延续和深化,是过去主要注重经济发展转向全面发展的时代。全面深化改革、扩大对外开放是新时代的必然选择。从国家层面讲,改革开放或许主要是针对经济发展、社会管理、科学技术等实用性领域,但经济社会的发展从来不是孤立的,"美好生活"一定会和文化、文学、艺术等精神领域的发展相伴而行,它们也是构成社会发展进步的重要元素。在关注新时代诗歌的时候,我们应该考虑如何在进一步的改革开放中,实现诗歌艺术的不断发展。

就其基本内涵来说，改革是针对国家内部的治理，而开放则是针对其他国家和地区的交往与交流。在这里，我想主要谈谈新诗面对开放语境时的发展问题与路向选择。

对新诗史有所了解的人都知道，新诗和外国诗歌的关系非常密切。新诗的诞生和外国诗歌的影响有关，那是利用强大的外在力量来实现对长期固化的诗歌观念、诗歌形式、诗歌语言等的全方位突破。新诗艺术的发展和进步，也和外国诗歌有着深度关联。在新诗艺术发展历程中，哪个时期和外国诗歌艺术交流比较密切，那个时期的诗歌艺术就是多元的、丰富的、充满活力的，推出的诗歌作品和积淀的艺术经验就比较厚实。20世纪20年代、80年代的诗歌发展就是比较明确的证明。相反，哪个时期的新诗探索和外国诗歌艺术的交流较少甚至拒绝接受和外国诗歌的交流，那个时期的新诗艺术就会显得比较单一、单薄，积淀的艺术经验也就比较有限。20世纪50年代到"文革"的诗歌发展可以作为证明。"美好生活"的内涵是很丰富的，应该是物质和精神同步发展，是外在世界和内心世界的和谐共生，因此，在新时代的开放语境中，新诗和外国诗歌的交流应该也必须是一种不能忽视的选择，是新诗发展的必然路径。我们的诗人应该抓住这种趋势，在诗歌艺术探索中做出更大的成绩。

开放就是敞开大门，有来有往，既吸纳新鲜空气，又输送新鲜思想。在开放的语境中，新诗发展至少应该在两个向度上做出努力，一是拿来，二是输出。

在百年新诗的发展历程中，中国新诗在处理和外国诗歌艺术的关系的时候，我们面对的主要是"拿来"，就是借鉴和学习外国诗歌的优秀艺术经验，促进新诗艺术的发展。在未来的发展中，这种做法依然会继续而且有效地延续下去。世界各民族在其发展中，形成了各自的独特文化，有些文化是相通的，可以为其他国家、民族所接受和享用，同时为其他国家、民族的文化、文学、诗歌发展提供营养。对于这种优秀的诗歌艺术经验，我们应该大胆地"拿来"，将其融合到新诗艺术的发展之中，丰富新诗的精神，提升新诗的语言，强化新诗的艺术生命力。

上编　在现象中探路

在新诗艺术的借鉴过程中，我们至少需要在以下两方面用力。

一是要选择优秀的外国诗歌作品和优秀的翻译家。由于文化底蕴、语言、习惯等的不同，外国诗歌在情感方式、语言方式、精神指向、价值观念等方面都有各自的特点，和中国新诗在很大程度上存在着差异，因此，在借鉴和学习外国诗歌的时候，对优秀作品的选择就显得非常重要，我们一定要选择那些在艺术上具有独特性、创新性、突破性、包含人类共同理念的作品进行翻译和介绍，而不是那些已经过时，在其自己的民族都显得落后、落伍的作品。对于那些在外国诗歌中显得非常独特，在新诗中有所缺失，但对新诗艺术的发展可能具有推进作用的作品，我们要给予特别的关注。同时要选择优秀的翻译家。客观地说，在百年新诗的发展中，我们翻译介绍的外国诗歌不可谓不多，但在文本选择、翻译水准上都堪称上乘的作品并不是很多，有些作品读起来让人觉得缺乏新意，有些甚至使人觉得不知所云。这当然有文化差异、文本选择等方面的原因，但也存在翻译水平上的问题。外国语言和现代汉语存在很多差异，其他国家的诗歌在转化为汉语表达的时候，自然就存在很多障碍，直接按照别人的方式生硬地翻译过来，中国读者可能难以理解和接受，这种译本也难以传达微妙的诗意，而如果只是按照汉语的方式来改写，可能就会失去翻译介绍的价值。在既有的翻译作品中，受到关注最多、影响最大的外国诗歌有很多是由诗人翻译的。诗歌不同于叙事文学，在诗歌翻译中，最好的翻译者可能是精通某种外语的诗人，尤其是中国诗人，他们既熟知原作的文化背景、艺术特色，了解诗人的整体创作、艺术个性和艺术影响，又熟悉汉语和新诗的独特表达方式，知道新诗需要补充怎样的营养，可以在两种语言的诗歌文本之间自由来往，最终以真正属于诗歌的方式将这些作品翻译成汉语。

二是要有选择外国诗歌的基本标准。在任何领域，掌握标准的人是最有发言权的人。翻译介绍外国的诗歌作品，不外乎欣赏别人在艺术探索中所体现的独特的、具有生命力的艺术元素和思想理念，获得美的享受；而对于写作者，可以从中获得一些独到的艺术营养，丰富和发展新诗艺术，推动新诗的进步。因此，在选择作品的时候，我们不应该见到什么就拿来什么，而是应该有所选择。选择的基本标准主要看引进的作品是否对中国文化、诗歌的发展具有促进作用，是否能够对中国文化、诗歌的发展有所修正、补充、完善。从精神层面上说，要考虑那些抒写人类共同理想、关爱生命、充满悲悯情怀，高扬人的价值，张扬生命品质的作品，而那些低俗的、反人类的、琐屑而缺乏精神价值的作品，则不应该成为选择的主体。在艺术上也应该有我们自己的标准，那些在艺术表现上显得一般化、离开外国文字就难以存在的作品，可以少考虑或者不考虑，而那些在不同语言的表现中都具有自身特点，具有独特的艺术价值，对中国读者和新诗艺术探索具有启示意义的作品，应该重点加以介绍。而就目前的情况看，我们对外国诗歌的翻译介绍大多都是译者根据自己的个人兴趣在进行选择，缺乏系统性和规划，也缺少人力物力的投入，这是不利于引进优秀外国诗歌的。

　　在过去，新诗和外国诗歌的联系，大多是单向的，简单来说就是主要围绕"引进"开展工作，而很少考虑过新诗的"输出"。在新时代诗歌发展中，在新诗发展开始了又一个百年的时候，"输出"也应该成为推进新诗艺术发展的向度之一。恰如在新时期，中国的发展主要依靠的是引进外国的技术、资金、产品，而在新时代，中国技术、资金、产品的输出已经取得了可喜的进展。其实，新诗的"输出"一直都有，早在20世纪20年代后期，新诗诞生之后不久，美国芝加哥的《诗刊》就翻译介绍过新诗，而在1936年，英国就出版过阿克顿、陈世骧编选和翻译的《中国新诗选》，在那之后，国外翻译界一直断断续续地介绍中国新诗，出版过多种新诗选本、个人诗选，尤其是在新时期以来，国外文学界、翻译界对新诗越来越重视，不少中国诗人，尤其是旅居海外的诗人都出版过外语版的个人诗集，也出版过一些影响不小的诗歌选本。不过，换一个角度看，作为一个历史悠久的诗歌大国，相比于对外国诗歌的"引进"，新诗的"输出"无论在数量上还是在范围上、影响上都还有很大的差距，新诗在国外的传播范围非常有限，更是很少被学术界作为主流研究对象。这一方面可能是因为新诗艺术自身还存在很多不足，创新性、独特性不够，加上中国文化、文学的影响力还不够大，没有引起国外读者、研究者的重视；同时，我们在推介新诗方面也还做得不够，在浩如烟海的作品中，还缺乏可供推广的优秀选本，对优秀诗人及其作品也很少开展全面的推广介绍工作，大多只是通过一些交流活动进行介绍。因此，在新时代，遴选优秀的诗人和新诗作品，组织优秀翻译家对这些作品进行翻译介绍，向外国读者系统地推广新诗，应该是助力新诗艺术发展、实现文化自信的重要方式之一。

  从开放的角度说，新时代的发展目标之一是构建人类命运共同体，这其中当然包括精神、思想的相互交流与沟通，最终实现国家、民族之间的相互理解与认同，实现人类的共同发展。在这种语境之下，世界似乎会变得越来越小，国家、民族之间的樊篱应该也会越来越少。而在这个过程中，包括新诗在内的文学艺术可以发挥重要作用，这也是促进新诗艺术交流、发展的重要契机。我们应该抓住这个机遇，为新诗艺术的发展开辟更加有效的路径。

2018 年 12 月 26 日，草于重庆之北

诗歌情色抒写的尺度问题

爱情历来是诗歌最重要的艺术主题之一。它传达异性之间的心灵体验。从《诗经》开篇的《关雎》到现在的新诗，爱情诗之多，可能是其他题材的诗歌无法相比的。在历代诗人中，没有写过爱情诗的人也是凤毛麟角。一般而言，除了吟咏爱情哲理的诗篇外，爱情诗往往都存在一个主体和一个与之有关的对象。对象作为主体的另一面而存在，有时实有其人，有时是想象中的。飞扬其间的是诗人对爱情的体验、向往或回忆。

在中国现代诗人中，汪静之几乎专门写爱情诗，1922年出版的诗集《蕙的风》抒写了诗人对爱情的讴歌，是当时比较有新意的作品。朱自清对情诗的出现持肯定态度："中国缺少情诗，……真正专心致志做情诗的，是'湖畔'的四个年轻诗人"，并认为"汪静之氏一味天真的稚气"[1]。但也有一些人对于汪诗持否定态度。胡梦华就写了《读了〈蕙的风〉以后》[2]，认为诗集在内容方面"言两性之爱的都流为堕落轻薄"，会"引导人走上罪恶的路"；而在艺术上"未有良好的训练与模仿"，"求量多而未计及质精"。一批倡导新文学的学者对胡梦华的观点给予了反驳。周作人指出，情诗的出现应该是人的解放、文学发展的结果，"诗本是人情迸发的声音，所以情诗占着其中的极大地位，正是当然的"。评价情诗的优劣，"当先看其性质如何，再论其艺术如何"。

---

[1] 朱自清：《中国新文学大学·诗集·导言》，见《中国新文学大学·诗集》，上海良友图书公司1935年版。

[2] 胡梦华：《读了〈蕙的风〉以后》，载《时事新报·学灯》1922年10月24日。

上编　在现象中探路

"情诗可以艳冶，但不可以涉于轻薄；可以亲密，但不可流于狎亵；质言之，可以一切，只要不及于乱"。所谓"乱"，是指"过分，——过了情的分限，即是性的游戏态度，不以对手当对等的人，自己之半的态度"。他认为，汪诗没有"不道德的嫌疑"，"仿佛是散在太空里的宇宙之爱的霞彩"，"在放射微细的电光"，是"诗坛解放的一种呼声"。① 后来的许多诗人如闻一多、徐志摩等都写过不少爱情诗。在当代还出现过舒婷的《致橡树》，林子的《给他》等情诗作品，在台湾，余光中、郑愁予、张错、席慕蓉等诗人的爱情诗也为人称道。

其实，与现在一些诗人的作品相比，汪静之的作品是非常正统的。20世纪末期以来流行的"下半身"诗歌观念就是如此②。"下半身写作"主张诗歌由关注精神（上半身）转向关注肉体，反对人与传统、文化、知识、精神等的联系。"下半身写作，追求的是一种肉体的在场感。……只有肉体本身，只有下半身，才能给予诗歌乃至所有艺术以第一次的推动。这种推动是唯一的、最后的、永远崭新的、不会重复和成旧的。因为它干脆回到了本质。"③ 他们宣称："我们亮出了自己的下半身，男的亮出了自己的把柄，女的亮出了自己的漏洞。"④ "下半身写作"是个人化写作的极端化发展，"标志着营造诗意时代的终结"。⑤ 这种主张在很大程度是在消解人，消解作为艺术的诗。

情诗需要情，这无须论证。与爱情相关的另一个概念就是"色"。情是对爱情的精神体验、情绪体验。"色"与肉欲有关，它本身并不是一个贬义词。"情""色"结合是传统爱情的最终归属。在诗歌史上，那些抒写美好情感的优秀情诗令人反复阅读，在一代代读者中产生了长久的影响。但现在有些人，在诗中过分强调"色"的成分，使读者对

---

① 周作人：《情诗》，收入《自己的园地》。此处转引自潘颂德《中国现代诗论四十家》，重庆出版社1991年版，第42—43页。
② 2000年7月，沈浩波等人在北京创办了民间刊物《下半身》，因此得名。后来经过网络、报刊的广泛炒作，备受关注。
③ 沈浩波：《下本身写作及反对上半身》，杨克主编《2000中国新诗年鉴》，广州出版社2001年版，第546—547页。
④ 同上书，第547页。
⑤ 李师江：《下半身的创造力》，《下半身》（民间诗刊）2000年创刊号。

爱情和诗歌都产生了怀疑甚至误解。"下半身写作"的不少作品放逐"情",只写"色",只写欲望,可以称为"色诗"。界于情诗与色诗之间有一种诗,既写情,也写与情相关的"色",不同于传统意义上的爱情诗,也不同于赤裸裸的色诗,我们可以用"情色诗"来概括。不管是情诗、色诗,还是情色诗,都会涉及情色的关系和情色抒写的尺度问题。尺度把握得好的作品,可以给人美的享受;如果把握不好,则可能给人非诗的感觉。

关于诗歌情色抒写的尺度,曾有不少人谈过。周作人所说的不"轻薄"、不"狎邪",也就是不"乱",即不能"过分"——"情的分限",都是他认为的情色抒写的尺度。以此为基础做进一步思考,诗歌情色抒写的尺度至少应该从这样几个角度去把握:区分情绪体验与肉欲体验、区分私人体验与大众接受心理、区分诗艺术与性爱教科书。情诗属于诗,应该以抒写情感、情绪体验为主,即使与色有关,也要用极其含蓄的、艺术的方式出之。

一 保持在"人"的分寸之内

爱情是美好的,但那主要是一种精神层面的东西。由"情"引发的"色"更多的是属于人的本能,是人的动物性的一面,并不是标志人的本质的因素。但在现实中,"情""色"的结合是爱情的最后结果,所以诗中写由"情"而生的"色"并不算触犯天条。但在处理"情""色"关系时,却需要一番考究。"情"的因素,也就是精神层面的因素,在一定程度上具有公众性,应该是爱情诗的主要内容。而"色""欲"是属于个人的、私密的事情,即使有"情"作为前提,一般也不应在诗中作为主要内容张扬。当然,无"情"之色只是本能的发泄,更与诗无关。如果诗中过分张扬本能之"色",其实就是在张扬人的动物性,与人们所普遍接受的人的本质存在差距。所谓人的分寸,就是尽可能地表现人与动物相区别的特性。台湾学者郑慧如认为:"性/肉感,虽不能说是坏事,究竟不易给人崇高的印象。而对于某些人而言,肉欲只是一种欲望,一种逼迫。因为不能节制这种欲望而沦入痛苦或不幸,

上编　在现象中探路

甚为凄惨可怜，但不崇高；因为追求肉体自主而遭来异样的眼光，甚为无辜可悯，但不崇高。在生命的意义上不崇高，就叙述事件的文学境界而言，也不崇高。尤其要是有人陷于泥沼而不能自拔，只求肉欲而无自尊，其罪恶感、去从救赎感，更令人不忍卒睹。"[1] 作者从道德、美学等角度对文学（诗）表现"肉欲"的情形进行了评价，对其境界是不看重的。

下面这首诗就是一个例子。作者所写的也许并不是杜撰的感受，但因为放逐了情的因素——界定人的特性的因素，剩下的只有"色"与"欲"，而且极其直露，无论是内容还是艺术，都属于不美、不崇高的那一类。

> 我要讲的是一个女人/生活在北方某个小城/她的阴道宽阔通畅/如同一家黑店/总是门面大敞/有一段时间/她有了特殊的癖好/就像胖子爱吃肥肉/苍蝇爱叮牛粪/她想搞搞男诗人/那些南来北往的/那些略有名声的/那些聪明睿智的/那些瘦削苍白的/那些有老有少的/只要来到此处/便被一把揪住/不拘粗细长短/皆被视为硬物/一律塞在身下/被搞的诗人兴奋异常/在各个城市奔走相告/"她就像一只老母鸡/骑在我身上咯咯乱叫"/另一个则略显羞怯/"我们只是随便搞了搞"/倒是这女人陷入了绝望/带着肥短的双腿骂娘/"一年下来诗人搞了不少/用过的阳具足有38条/那些狗屁不通的诗章/跟他妈废纸有什么两样"（沈浩波《38条阳具》）

这或许是作者的某种意念，但他所写的"诗人"也好，"女人"也好，都是那种没有脱开动物特性、缺乏人的独特属性的存在物。这作品实在没有艺术性和美感可言，因为艺术是人的创造，不是动物性的展览。

人的构成中还包括文化、道德等精神因素。文化、道德是一个民族长期形成的公众意识。我们承认，有些道德规条可能遏制人的发展，但

---

[1] 郑慧如：《偷窥人体诗——以〈新诗三百首〉为例》，载《台湾诗学季刊》1997年第19期。

现在有些人一概反对道德与文化的约束，其实是在把人拉回到原始的动物的层面，而放逐了人之为人的社会属性。"知识、文化、传统、诗意、抒情、哲理、思考、承担、使命、大师、经典、余味深长、回味无穷……这些属于上半身的词汇与艺术无关，这些文人词典里的东西与具备当下性的先锋诗歌无关。"① 放逐情的"色""欲"，放逐情的所谓诗，都是轻佻的，而"轻佻是放纵肉体的官能需要而践踏集团的规定和道德伦理"②。人是有情之物，"在欲海中下锚的心会迷失，欲求的满足不及真心关爱与慰藉的千分之一，只有真情能治愈一切"。③ 仔细分析，一些人反文化、反道德，实际上是在为自己从事无文化、不道德的事情寻求说辞。以表现肉欲、本能为目的的诗，不管是表现人的解放，还是表现别的什么，都与艺术的目的存在差异，与一个民族长期形成的道德、文化观念产生冲突。

作为一个正常的人，身体与思想、感情与欲望是同样重要的。没有思想、感情的肉体是动物性的，甚至是行尸走肉。但有些人只强调身体甚至肉体，反对人的思想、感情，宣称"只有找不到快感的人才去找思想。在诗歌中找思想？你有病啊"。④ 他们也反对诗歌应该承担自己的艺术责任："承担和使命，这是两个更土更傻的词，我都懒得说它们了。"⑤ 这种极端的观念是在把诗歌艺术引向它的反面。在文学史上，极端化的追求有时确实给诗歌的发展带来过推动，比如初期白话诗人对传统文化的反动，但随着艺术的发展与时间的流逝，人们更多是对那种极端化主张所带来的负面因素进行反思。作为人的精神的表达方式，诗歌有其自身的辩证法，超出其法则，也许可以在一段时间内获得诗歌之外的地位、名声，但从长远看，其对艺术和人生发展所产生的作用不一定很大。浜田正秀认为爱可以分成精神的爱和肉体的爱两种。"肉体的

---

① 沈浩波：《下半身写作及反对上半身》，杨克主编《2000 中国新诗年鉴》，第 544 页。
② ［日］浜田正秀：《文艺学概论》，陈秋峰、杨国华译，中国戏剧出版社 1985 年版，第 68—69 页。
③ 吴菀菱：《非离襦宣言：诗歌中的爱情观》，载《台湾诗学季刊》1996 年第 16 期。
④ 沈浩波：《下半身写作及反对上半身》，杨克主编《2000 中国新诗年鉴》，第 545 页。
⑤ 同上。

上编　在现象中探路

爱是冲动的、强烈的，它只能达到官能部分的而不是全部的满足。精神的爱则与此相反，它虽是看不见摸不着的，但却是持久、深厚的"。①在以人作为主体的诗歌中，尤其是在情诗中，那种体现人的重要属性的"精神的爱"才具有持久、深厚的生命力。离开人的任何一种属性，艺术都可能走向偏颇，最终走向末路。

二　考虑公众的接受心理

人具有个人性，也具有社会性。社会性是人与动物的本质区别之一。根据现代社会的理念，人们所展示、接受的主要是人通过社会性所表现出来的因素，而对于"私人"的事则以"隐私"加以界定。从文化发展的角度看，只有人的社会属性所体现出来的因素才会真正对社会文化的发展产生影响。爱情（尤其是爱情引发的性爱）在很大程度上是属于"私人"的事，当到达这个层面，就应该以"私人"的方式来体现，而不应该以具有公众性的艺术来揭示。"在密室里所进行的那种情爱是快乐的，但它必须是只在两人时所进行的秘密典礼"。② 爱情，尤其是性爱，在两个人之间是一种美好的存在，除了爱情或性爱教科书，它是不宜以公开的方式展示的。在诗中，赤裸裸地描写性行为，实在是对人的误解，也是对诗的艺术特征的误解。

诗是艺术，具有公众性，是供人欣赏的。一般来说，诗都是要公开发表的，不只是成人阅读，其他年龄段的读者也可能会阅读。那些描写性爱、欲望的诗，在部分已形成自我价值观的成人读者那里也许不算什么，他们已经培养了自己的"免疫力"。但对未成年人和青年人的影响就不同了。还没有完善自己人生观的他们，也许更有兴趣去阅读那些"新奇"而还没有经历的东西，这给他们带来的负面影响肯定不会很小——他们接受的主要不是其中的"美"。那些过多情色描写的小说已在读者尤其是未成年读者那里体现出它们的负面影响。一直被认为高雅、优美的诗却也去步人之后尘，有些人在诗中写性爱甚至性行为，实

---

① ［日］浜田正秀：《文艺学概论》，陈秋峰、杨国华译，中国戏剧出版社1985年版，第68页。
② 同上书，第70页。

在是抓稻草而弃金条。他们以为这样追风赶潮，肆意喧闹，诗就能与风行的小说和流行文化抗衡，改变诗的边缘化处境。但他们实际上并没有找到诗歌边缘化的病因，不但无法改变诗的命运，反而会给诗的发展带来新的威胁。

有人认为，"盲目的乐观和无知地向冒险挑战的行为"，"是极其轻率而又自私、粗野而又不负责任。为所欲为等于是无计划的放纵行为，它们毫不顾忌这会给旁人带了麻烦"。[①] 过分描写色情、性行为的所谓的诗，就具有这样的特点，会给读者带来麻烦，也会给诗歌艺术的发展带来麻烦。从历史看，不管现在的人们是否承认，诗人的责任心、使命感都是不可或缺的。诗人至少应该具有一种文化上的公德意识。

三 注重情感与精神的抒写

爱情诗抒写的主要应该是精神层面的体验，而不是某种与情相关和不相关的行为的过程。爱情的美好，首先美在爱与情。爱情诗也如此。诗人林子在《给他》中写道："你来这里可别到处打听——/那终日站在眼前的维纳斯侧着恋儿/装着没有看见我那抑制不住的微笑/从心的深处涌出来，每当读着你的来信；/桌上那排美丽而知情的诗集啊，/它们顽皮的笑声常惊醒我的痴想……/这支忠实的笔是懂得沉默的，/它洞悉我灵魂里的全部秘密；/……可别询问它们啊，/亲爱的，不然我会羞得抬不起头来……"一个女性对恋人的思念是心中的秘密，甚至在对方知道后"会羞得抬不起头来"。这是一种发自内心的甜美、纯洁的爱情体验。舒婷的《赠》的一节："我为你举手加额/为你窗扉上闪熠的午夜灯光/为你在书柜前弯身的形象/当你向我袒露你的觉醒/说春洪又漫过了/你的堤岸/你没有问问/走过你的窗下时/每夜我怎么想/如果你是树/我就是土壤/想这样提醒你/然而我不敢"，这是一种欲说还休的情感，给人美好的诗意的回味。

---

① ［日］浜田正秀：《文艺学概论》，陈秋峰、杨国华译，中国戏剧出版社1985年版，第63页。

但是，也有另外一类诗，并不以爱、情作为艺术主旨，而是以"色""欲"甚至具体的性行为作为歌咏对象。美国诗人康明斯有一首《碰一碰》[1]，以男女对话的方式刻画了一个从挑逗到偷情的整个过程。在美国文化中，人们也许可以接受，但在中国文化中，恐怕就不是我们所说的精神层面的东西，而是过度直白的欲望描写了。但有些中国诗人却对这样的方式加以发挥，写出了有过之而无不及的色情诗。"下半身写作"中的许多作品都具有这样的特点。

尹丽川在一首诗中写道："为什么不舒服一些/哎，再往上一点，往下一点，再往左一点，再往右一点/这不是做爱这是钉钉子/噢，再快一点，再慢一点，再松一点，再紧一点/这不是做爱这是扫黄或系鞋带/喔，再深一点，再浅一点，再轻一点，再重一点/这不是做爱这是按摩、写诗、洗头或洗脚/为什么不再舒服一些呢？嗯，再舒服一些嘛/再温柔一点，再泼辣一点，再知识分子一点，再民间一点/为什么不再舒服一些。"这样的"诗"里，除了欲望的发泄，自然无情可言。这些所谓诗所表现的，已是完完全全的"性的游戏态度"了，不是人们所说的爱情。如果这样的诗也叫爱情诗，那便是对爱情的公然亵渎，也是对艺术的公然亵渎。中国台湾一位学者说："肉麻当有趣，固俗不可耐，强把下流的性趣混入诗中作情诗，除能赤裸裸地展露出作者的'A'片形象外，别无可取。"[2] 这并不是针对尹丽川等人的创作而谈的，但用来评价他们作品的"艺术价值"，应该说是很恰当的。

歌德在《浮士德》中说："在一个人的身上有着两个灵魂，这两个灵魂相互排斥：一个灵魂陷入粗俗的欲望之中，紧缠着现世不肯离去；而另一个灵魂则竭力想超脱尘世，朝着先人们的极乐世界飞去。"[3] 杨匡汉说："诗是抒写心灵的艺术，是表现情感与经验的艺术。……只要在确实存在而又健康向上的情思范围内，那么，内容的多义性、结构的

---

[1] ［美］康明斯：《碰一碰》，宋颖豪译，中文译本见《台湾诗学季刊》1997年第19期。
[2] 冬山客：《郎情妹意处处诗》，《台湾诗学季刊》1996年第16期。
[3] 转引自［日］浜田正秀《文艺学概论》，陈秋峰、杨国华译，中国戏剧出版社1985年版，第15页。

开放性、情绪的朦胧性，无疑可以指向诗意的丰富性和高容量。"① 这样的主张是大多数诗人、诗论家和读者都认同的。以此为标准看，尹丽川等人的欲望诗是"粗俗"的，不是"心灵的艺术"，更不在"健康向上的情思范围内"。他们是向下的，向肉体的，向欲望的，向人的动物性一面的。这样的所谓诗，没有艺术性，当然也就很难说对诗歌艺术的发展有什么切实的推动了。

四　追求艺术的含蓄性

含蓄是诗的重要艺术特征。即使写情色，即使涉及某种行为——由爱情生发的行为，如果以含蓄的手法出之，人们或许可以在一定程度上接受。"文学是表现生命的总体的，它不能采取片面的立场。所谓丰满的精神，不是排斥两种倾向中的任何一种，而是使两者都能充分展现。"② 这里所谓的两种倾向，是指感性与理性。以这种观念用来处理处于两极的许多现象，都是具有说服力的。情、色在爱情中可以说是处于两极的，但也是可以融合的。而融合的技巧是决定爱情诗是否成功的重要因素。

在新诗中，写情色的例子不少。余光中的《双人床》中就涉及爱与欲的描写，但诗人加入了对社会的关怀，而且是以象征的手法非常含蓄地写出来的，对于具体的行为没有做细致、赤裸的刻画："让战争在双人床外进行／躺在你长长的斜坡上／听流弹，像一把呼啸的萤火／在你的，我的头顶窜过／窜过我的胡须和你的头发／让政变和革命在四周呐喊／至少爱情在我们的一边／至少破晓前我们很安全／当一切都不再可靠／靠在你弹性的斜坡上／今夜，即使会山崩或地震／最多跌进你低低的盆底／让旗和铜号在高原上举起／至少有六尺的韵律是我们／至少日出前你完全是我的／仍滑腻，仍柔软，仍可以烫熟／一种纯粹而精细的疯狂／让

---

① 杨匡汉：《诗美的积淀与选择》，《中国新诗萃·50年代—80年代》，人民文学出版社1985年版，第3页。
② [日]浜田正秀：《文艺学概论》，陈秋峰、杨国华译，中国戏剧出版社1985年版，第15—16页。

上编　在现象中探路

夜和死亡在黑的边境/发动永恒地一千次围城/惟我们循螺纹急降，天国在下/卷入你四肢美丽的旋涡。"读这样的诗，我们可以从中体会到一些与爱情有关的体验，甚至肉欲体验，但诗人没有直接表露，而是以艺术的方式出之，给人含蓄的美感。同时让人觉得诗人试图在表现"生命的总体"，而不是其中的一个方面，尤其不是肉欲的方面。

张健的人体诗《乳》[①]："两座小山峰/对望一百年//登山者气喘吁吁。"诗不长，只有三行。读者似乎能够从中感觉到一点什么，甚至包括人与人之间的肉体关系，但又不是直白道来，给人想象的空间与余地。徐望云的《偷情》[②]，除了题目比较露骨外，一点也看不出色情味道：

露水在叶尖上悠悠苏醒
那时，世界还在睡梦中
寂寞了好久的一盏灯
忘情地迎上来拥抱她
仿佛两地重逢的恋人

所以，每当晨光外出回来
她那晶莹剔透的眼神
总会不经意地流溢出
一整夜的缠绵
而让她羞得

躲进了熙攘的风中……

如果不是因为这首诗的题目，我们很难把诗人的抒写与色、欲联系起来。它是一种心灵的抒写，而且是通过意象、象征等艺术手段来实现的。与那些色情诗比起来，徐望云的诗具有更多的诗美价值。

[①] 张健：《乳》，载《台湾诗学季刊》1997年第19期。
[②] 徐望云：《偷情》，载《台湾诗学季刊》1997年第19期。

情色文化是人类文化的一个方面，同样是诗歌文化精神的一个方面，应该在社会文化建设中发挥作用。而当下的有些情色诗已经远远超出了人们的审美期待和接受心理，成为放逐人的本质的艺术现象。这是需要警惕的。

在倡导诗歌精神重建的今天，诗歌中的情色问题值得关注。除了过度抒写人的本能、欲望之外，有些人对个人甚至私人的其他体验也津津乐道，看似细腻，在艺术表现等方面也有一定的特色，但过分"向下"的倾向普遍存在于不少作品中，琐屑化、低级化、庸俗化成为不少诗作者的趣味，在打破崇高、消解理想之后，他们所得到的就是这样的精神追求，看不到诗的大气，看不到诗人对人类命运的关怀。这种现象值得反思。诗具有很强的个人性，诗是出自个人心灵的体验，但大诗人通过个人所体验的绝对不只是个人的、私人的东西，在他们那里，个人、私人始终与群体、世界、人类联系在一起。

2004 年 11 月 10 日，于重庆

历史叙事与艺术表现的深度融合[①]

——当前军旅抒情长诗创作及其艺术启示

近年来,随着一大批中青年军旅诗人的崛起和大量优秀军旅诗作的诞生,尤其是当前的军旅抒情长诗在表现重大的历史题材和现实生活的同时又结合着精细的艺术探求,在承接先前军旅诗歌表现主题和观照对象的同时又实现了艺术上的"转向"和超越,追求宏大的历史叙事和精致的艺术表达的深度融合,军旅诗的发展步入了新的历史阶段。为庆祝中国人民解放军建军80周年,《解放军文艺》2007年第8期以整期的篇幅集中推出了7部军旅题材长诗,其作者基本上都是中青年诗人,既体现了军旅诗创作在题材、主题、艺术手段等方面的新尝试和新收获,探索了军旅诗发展的新的可能,也为当下的新诗创作提供了有益的艺术启示。

一 宏大的历史叙事

与老一代军旅诗人相比,中青年军旅诗人有着特殊的成长经历和战争体验,他们虽然较少实战经历却有对战争和历史的认知经验,对当前军旅生活有着独特的体会和认识。因此,当下军旅抒情长诗的表现内容是丰富多元的,而且,即便是对之前相同的军旅诗歌题材的表达也呈现出不同的情感认同和价值取向。这种差异表明新一代军旅诗人在自己的生活现场中对战争、历史和军旅生活产生了特殊的情感体验和价值判断,

---

[①] 本文系与熊辉教授合作完成。熊辉现为西南大学中国新诗研究所所长,教授,博士生导师,西南大学学术委员会委员。

是在承传并坚守军旅诗歌惯常的精神价值取向的基础上作出的积极调整。

表现或思考历史以及战争仍然是当前军旅抒情长诗的主要内容，但这并非简单的战争文化心理的表现或影响，而是诗人对历史、人性和社会现实的思考。"实用理性与狂热的非理性的奇特结合，民族主义情绪的高度发扬，对外来文化的本能排斥，以及因战争的胜利而陶醉于军事生活、把战时军队生活方式视作最完美的理想境界，等等，可以笼统地概括为战争文化心理"，在很多"描写和平生活的文学作品中，也难以摆脱这种战时的痕迹。譬如，当代文学中反映社会主义建设的作品里，主人公的英雄行为往往从战争的回忆中得到鼓励"[①]。如果说这就是战争文化心理以及它在文学作品中的具体体现的话，那么当前的很多军旅长诗无疑打上了战争文化心理的烙印，虽然和平年代的诗人没有亲历过实际的战争现场，但他们往往能够从历史经验和现实身份赋予的对战争的特殊体验中感受到战争铸就的英雄品格，也很自然地认同并承传了人民军队在战争中体现出来的战斗精神，并认为在新的历史条件下其仍然是支撑中国社会发展的宝贵精神财富。王久辛在《大地夺歌》中表现出对军人坚韧的奋斗精神的仰慕；周启垠的《血之水》在刻画战争场面时插入了历史与现实的比照，突出了我们应该记住那些在解放战争中牺牲的英雄，是他们让今天的生活"丰衣足食，燕舞莺歌"；吴天鹏的《铁血红》主要表达共产党人在抗日战争中的智略和勇敢，在民族解放战争中所起到的重要作用，从"卢沟桥事变"到白洋淀的游击战争，从南京大屠杀到太行山上的无畏杀敌，从毛泽东的"论持久战"到抗日战争的最后胜利，诗人从人民子弟兵的身上找到了"生命原野上的恩情之发"，他无法"放弃对铁血浩荡阔美的膜拜"，对生命的热爱和对信仰的忠诚让诗人在对革命军人产生敬畏的同时也难以忘记历史的沉重。这些作品显然受到了战争文化心理的影响。

但是，为纪念中国人民解放军建军80周年而创作的抒情长诗是在丰富的文化和文学背景中诞生的，军旅诗歌经过20世纪的"革命诗

---

① 陈思和：《中国当代文学关键词十讲》，复旦大学出版社2002年版，第2—15页。

上编　在现象中探路

歌""大众歌调""抗战诗歌"以及后来的"政治抒情诗""边防诗歌"等发展阶段以后，在开放的文化语境中已经积淀起了自身独特的艺术和精神传统。在当前多元化创作潮流的推动下，很多军旅诗人已经自觉地摆脱了老一代作家在战争经历中获得的抒情内容，开始探讨更加深纵的人性问题和历史问题，战争仅仅是一种叙事载体和抒情触媒。王久辛的长诗如《狂雪》《致大海》《蓝月上的黑石桥》等在对历史和战争的书写中引发人们对现实进行深层次的思考，在《大地夯歌》中，诗人在肯定革命党人具有坚定的政治信仰和美好的憧憬时却语重心长地喟叹道：

　　如果前进的时代没有灵魂
　　我们该怎样来面对希望
　　如果提高的素质没有理想
　　我们又该怎样来期待未来

　　我们的时代随着科技文明的进程前进了，但我们因为"灵魂"的丢失而看不到生活希望，我们的素质在教育制度和传播媒介的推动下提高了，但我们却因为理想的泯灭而无法期待未来。王久辛对现实社会信仰、道德和理想沦丧的忧虑必将启示更多的人去关注和思考我们这个时代的病症，推动民族精神的建构。周承强的《风从大崮走过》在再现孟良崮战役、突出它的历史意义时对人性和历史进行了深刻的反思和拷问，兼顾了文学的"使命意识"和"生命意识"。比如，诗人在孟良崮战役的最后时刻安排了"萧云成"和"周志远"这两个人物出场，通过重温一段"人情割裂的日子"引发读者对人性的深思："人心躺在历史深处一言不发/是啊我们曾经是兄弟/可我们在来路上丢失了什么？"为什么本是同根生的我们在赶走了外来侵略者后会走向"相煎"残杀的地步？这不仅涉及人性的问题，也涉及历史抉择的问题，发人深省。又比如，在写历史对个人生命价值的嘲弄时，诗人这样写道："如果时光倒回抗日战争/另外一些人无疑也是/可敬可爱的英雄。"是的，同样是中国人，同样是浴血沙场，为什么有的人成了历史的"罪人"，有的人却被写入光荣的史册？诗人在赞扬人民解放军崇高的同时也清醒地认识到战争对于塑造一个普通士兵历史形象的重要性。

　　如果仅仅从政治信仰的角度去解读军旅抒情长诗在对社会重大历史题材的抒写中渗透出来的社会意识形态，就会失之偏颇，也会抹杀这些作品固有的个性化抒情特征和艺术性审美追求，进而简单地认为它们在主流社会意识形态的传播中扮演着工具性角色，否定其合法的艺术性身份。事实上，无论从马克思主义文学批评还是诗人自身的社会认知来看，生命个体在本质上仍然是一种客观的物质和社会存在，这决定了诗人（每个人）的思想观念必然会受到在他们所生活的社会中占据主导地位的意识形态的制约，其诗作中的社会意识形态并非只是主观的政治信仰所致，而是个体思想和意识存在的构成要素。因此，"'意识形态'不是一套政治信条，而往往是被无意识地奉行的由社会关系构成的世界的形象和图景"。[①] 以正文的《光辉的八一》为例，这首概括了解放军八十年奋斗历程的诗可以被看作史诗：《南昌枪声》宣告了人民子弟兵的诞生和武装革命的开始；《井冈风云》书写了开辟农村包围城市的革命新路，丰富了马列主义的内容；《长征岁月》不仅确立了中国共产党新的领导核心，而且长征途中体现出来的精神铸就了红军如铁似钢的英勇形象，在中国人民解放军的历史上留下了光辉的一页；《延安灯火》书写了我军在民族解放战争中做出的不懈努力和取得的伟大胜利；《命运决战》写中国人民在两种命运的抉择中气势如虹地"克辽沈，战淮海，／取平津，夺南京"，最终让"中华民族站起来，／天翻地覆太阳升"；《和平征途》写的是在中华人民共和国建立之后，人民子弟兵积极地参与到建设中去；《东方巨响》写的是我军在艰苦的环境中加强自身建设，在难以想象的处境下成功地研制出"两弹一星"；《精兵之路》写的是第二代领导人的治军思想，确立了军队"革命化""现代化""正规化"的建设目标；《科技强军》写的是第三代领导人的治军思想，

---

① ［英］拉曼·塞尔登编：《文学批评理论：从柏拉图到现在》，刘象愚、陈永国译，北京大学出版社2003年版，第406页。

上编　在现象中探路

在"科技强军"的建设思想和"三个代表"的政治思想的指引下,人民军队正"继往开来朝前迈";《新的使命》写的是第四代领导人的治军思想,保卫全国人民奔小康是军队在新世纪里的神圣使命,而且在新的历史条件下,人民军队应该牢记胡锦涛同志2006年6月27日在全军军事训练会上的讲话,推进我军机械化条件下的训练向信息化条件下的训练的转化,"听党指挥、服务人民、英勇善战"[1],才能更好地"捍主权,作栋梁,/维和平,争荣光"。

也许有人会认为像《光辉的八一》这样的长诗是在客观存在的主流意识的影响下对解放军光辉历史的抒写,诗歌所必备的主观性和个性化特征的缺失降低了作品的诗性隶属度。但我们从这些作品的语言形式中却能够清晰地看见个人体验和个性化表达的跃动,作为一个长期生活在部队的诗人,对战争和军队的理解必然带上浓厚的意识形态色彩,这并非诗人主观为之,而是与生俱来的流淌在他情感的血液中的自然元素。正如德国文论家阿多诺所说:"抒情诗从主观性转化为客观性,是一种特殊的悖论,这与人们在诗中首先看到的是语言形象有关。……语言又是概念的媒介,因而不可避免地要同普遍性和社会发生关系。在一首高明的抒情诗中,主体不带有任何材料的痕迹,发出心的呼喊,直到让语言自己跑来应合。这就是主体把自己当作客体献给语言时的自我忘却,就是主体流露时的直接性和无意性。这样,语言就在最深处将抒情诗与社会联系在一起了。"[2] 张春燕的作品具有很强的个人体验,但透过这些自由的诗行和情思,我们依然可以看见宏大的叙事隐现在作品中。她的《大疆无涯》之《山域之山》组诗主要抒发了西部戍边战士的心声,比如《神仙湾童话》中的"前哨班"士兵在艰苦的自然条件中怀揣保卫祖国和人民的坚定信仰,从而"把乡愁安置在暴雪的迷雾中";《行走北疆边防》中的边防士兵"永远等待没有足音的归期"让我们普通人的"忧郁、焦虑和伤痛/苍白如失血的水藻",他们"团结

---

[1] 胡锦涛:《在纪念红军长征胜利七十周年大会上的讲话》,2006年10月22日。
[2] [德] 阿多诺:《谈谈抒情诗与社会的关系》,载朱立元、李钧主编《二十世纪西方文论选》上卷,高等教育出版社2002年版,第686页。

更多坚强的石头成为朋友"让我们充分领会到了边防战士孤独寂寞的心思；《沙漠的女儿》写了河西走廊的女兵在黄沙中产生了很多美好的幻想："沙漠的盛宴随处可见/眷念是故乡吹箫的孤独少年"，面对孤独和黄沙大漠，女兵没有退却，"沙"在她们的眼里"成为一滴/永不言败的泪水"。《雪域之雪》和《海域之海》组诗是对驻守在祖国东北边疆的战士以及中国海军情怀的抒发，读之亲切感人。由此可见，军旅诗人的作品实质上与其他诗歌类型一样，都是诗人在特殊的环境中形成的审美观念和情感体验的自由抒发，并非在背离个人化体验的基础上对社会主流意识的刻意阐释，当前军旅诗人的作品应该划归"无名"写作而非"共名"写作，他们仍然很好地实践了诗歌审美理念并实现了艺术创新。

当前的军旅抒情长诗在肯定人民军队的战斗精神的同时，倾向于认同人民在战争胜负和历史抉择中的决定性作用。军人的斗志是决定战争胜负的关键力量，在回顾中国人民解放军的奋斗历程时，诗人们无不被人民子弟兵的战斗精神折服。正文的《光辉的八一》始终贯穿着对人民军队的精神和战斗力量的歌颂。王久辛凭借着全面而深刻的历史认知能力和激越的情感想象能力创作出了《大地夯歌》。长征给他的感受如同一首震撼人心的夯歌，这支"大地上的夯歌啊/不仅震撼着世界/还震撼着世界以外的九重云天"。即便是在和平年代的建设大潮和危难关头，人民军队在行动中体现出来的为民精神依然令人感动，刘笑伟的《和平颂》抒写了在和平年代里，解放军在建设战线上建立了新的功勋，在保护人民群众财产和生命安全的紧要关头，在唐山大地震、大兴安岭失火、洪水泛滥等"和平年代"的战役中体现出新一代人民子弟兵对军人作风和精神的承接和发扬，而军事演习、进驻香港特别行政区等显示了人民军队和平年代的军人精神面貌。吴天鹏的《铁血红》所赞扬的"铁血红"是具有像铁一样坚硬作风的中国人民解放军在血雨腥风的战争年代铸就的红色军魂，这军魂带领民族朝着理想、自由、信仰和希望的方向不断进发，"向太阳"前进的脚步必将温暖每一个中国人的心房，必将让辽阔的国疆处处焕发光彩，"铁血红"是指引民族走向复兴的部队精神。不过，他们却都认为人民的力量是决定战争和历史走向的关键力量。《醒狮》（郭宗忠）表达了在民族危难的关头需要每一个中国人站起来进行不屈不挠的斗争，人民的积极参与才能取得战争的最后胜利："每个人都是一块砖/所有的砖头即合在一起/筑成了中华民族的不朽长城"，人民军队在"开满金色雏菊的城墙内外"将"愤怒的子弹毫不迟疑地/射向豺狼的心脏"，民族之爱"筑起的城墙才坚不可摧"，侵略者最终被赶出了我们"亲爱的家园"。《风从大崮走过》（周承强）要表达的主题之一便是："在人心的天平上/只有向背问题/而无强弱可言"，得人心者得天下，中国人民解放军的胜利是"父老乡亲"的胜利。人民是"撰写史诗的人们"，在和平安宁的社会里，他们正在书写更加厚重深刻的"史诗"。周启垠在《血之水》中传达出这样的历史认识，即战争的胜利是属于人民的，人民是左右战争的关键力量。比如诗人第五部分专门以《人民送大军过江》为题，写了"那穿着破旧衣服的男人女人""冒着死神炮火"奔赴战场，而一些群众则倾家出动，护送人民解放军渡江作战，解放全中国："那是一个姑娘撑船的背影/爸爸在船头/哥哥在船尾/战斗的队伍就坐在船上"，突出了人民对解放战争的有力支持。最终是人民的力量让渡江战役取得了胜利，让解放全中国的理想成为现实，诗人在诗歌中这样叹服人民的力量："我渐渐懂得 那翻滚的/是人民的力量/那是雄浑的力量/鼓动着热血与泪水的力量/摧枯拉朽的力量/风云浩荡！"正是人民有了"坚强 团结与向上的精神"，祖国才有今天的"豪放与婉约"，才有更加美好的未来，如同江水一样"浩浩荡荡"地朝向"东方的阳光"。

当前的军旅抒情长诗不管是在对战争的理解还是对主流意识形态的表现上都体现出与以往同类诗歌的差异，而这种差异正是当代军人真实情感的抒发，是合历史性和人性的上佳作品。

二　精致的艺术表达

如何将宏大的历史叙事和高度凝练的诗歌文体完美地结合起来是每一个书写军旅长诗的诗人在创作中必须解决的实际难题。这批中青年军

历史叙事与艺术表现的深度融合

旅诗人通过对语言的艺术性操作、营造意境、采用多样化的修辞手法和叙事结构的合理安排等,让自己的长诗创作在情感和艺术上达到了有机的契合并成就了作品的历史和艺术价值。

语言表达的形象性是诗歌的基本品格,但对于表达重大历史事件尤其是残酷的战争而言,语言的生动形象更能显示出诗人艺术创作的成熟。周承强的《风从大岽走过》生动地刻画了孟良崮战役的惨烈景象,周启垠的《血之水》则用大量的诗行描述了人民解放军渡江作战的动人场面,这两首诗应该是近年来军旅诗歌中将战争场面刻画得最为逼真的作品,读之会产生一种真实的现场感。而吴天鹏的《铁血红》主要书写的是中国人民的抗日战争史,诗人在回望这段历史的时候心中充满了激越的情感,在强烈的民族情感的驱动下对日本军人侵略面孔的刻画显得入木三分:

> 洞开的城门更适合进入
> 于是一面血淋淋的膏药旗进来了
> 伴随着怪异的号叫
> 高筒靴子之上的小胡子
> 摇晃着挂在腰上的东洋刀
> 靴底的铁掌敲击在石板上
> 滑稽而杂乱

这几行诗勾勒出了日本国旗表征出的侵略气质和日本军人丑陋而狰狞的形象,反映出诗人语言表达能力的高超。王久辛也善于雕琢诗歌的语言,他常常把沉重而抽象的道理表达得诗意盎然,比如他在写共产党员方志敏、瞿秋白等人因对共产主义信仰的忠实而不惜牺牲生命的时候这样写道:"他们用他们全部的生命/昭告世界 信仰啊/就这么绚丽夺目 迷人烂漫/生如鲜花娇艳之盛开/死若流星横空之一闪/仿佛天下的美集于一身/命她所有的钟情者/海枯石烂 心也不变。"很多诗人在表达抽象而坚定的政治信仰时通常很难具有如此形象的诗意呈现,王久辛

69

上编　在现象中探路

能够在表达技巧和诗歌精神等方面达到这样的高度，足以见出他诗歌艺术的成熟。

　　诗歌语言的形象性更多的时候是通过意象和意境体现出来的，这种将作者的主观情感与客观景象交融而成的表现方法使诗歌显得优美而婉转，诗情饱满而含蓄。"移情入境"是中国诗歌传统中非常典型的意境营造方式，诗歌艺术的隶属度很多时候取决于意境的营造，如果仅仅有强烈的抒情冲动而没有理想的抒情媒介，诗情就会流于空洞和浅白，因为"情仅仅是诗的胚胎，要将它培育成诗，必须找到适合于它的媒介物，这就是景。诗由情胚而孕育，借景媒以表现，情胚与景媒交融契合才产生诗的意境"。[①] 郭宗忠的诗歌很好地承传了传统诗歌的艺术表现方法，其作品中充满了具体意象与感性情感的有机结合，充满了抽象情感与具体物象的搭配，诗歌情感的张力与语言的弹性让《醒狮》等作品诗性浓重。诗人这样表达"卢沟桥事变"后的民族危难：

　　　　那一声炮响是一场梦吗？
　　　　划破了卢沟桥晓月的宁静
　　　　摇动的大地。停顿的风
　　　　危难的日子　惊飞的鸽子没有了窝
　　　　孤单地落在别人家的屋顶
　　　　警醒不睡
　　　　惊慌失措的月亮
　　　　从此蒙上一层惨淡
　　　　蒙着岁月和历史的雾纱

　　郭宗忠没有直接写日本人的入侵让中国人失去了昔日宁静的生活，让中国人失去了自己的家园，让中华民族的历史蒙上了阴影，而是通过对"晓月""鸽子""雾纱"等意象的刻画诗意地表达出了"卢沟桥事

---

① 袁行霈：《中国诗歌艺术研究》，北京大学出版社1996年版，第36页。

变"后中国大地、人民和民族历史等遭受的巨大变迁。诗人在写中国人民奋力抗击入侵者时所体现出来精神气魄时也别具特色："我知道了源源不断的黄河水/为什么一直狂奔不息/我知道了万里长城/为什么会是一个民族的脊梁"，这种"托物言志"的表达方式让郭宗忠的作品在军旅诗歌中格外醒目。此外，张春燕的《大疆无涯》也是通过诗人细致的艺术探求和意象间的奇特组合而形成了强烈的张力，其"文本空白结构"留给读者充分的鉴赏和想象空间。

如何将宏大的历史叙事在诗歌中表现得形象生动呢？通常情况下，诗人注重采用一些修辞方法来烘托这类诗歌的艺术效果。正文在《光辉的八一》中通过外在韵律和内在韵律的统一来达到书写解放军历史的目的。郭宗忠应用"虚"与"实"的错位搭配中凸现作品的诗意，比如他的长诗《醒狮》中有这样两行诗："把隐忍的苦难/一层一层缝进厚实的鞋底"，"苦难"是抽象的虚的情感，而"鞋底"是具体的实的物象，二者通过诗人的抒情需要而巧妙地结合在一起，诗歌的张力和艺术性由此而生。周启垠在《血之水》中也应用了这样的艺术表达形式，比如在"四月芬芳的桃花汛/上涨着战争的浪涛"这两行诗中，"桃花汛"分明写的是桃花开放的花期，它怎么会像洪水一样"上涨"呢？即便是像洪水一样上涨，又怎么不是水的浪涛而是"战争的浪涛"呢？但正是这种"错位"的搭配，形象地表达了中国人民解放军"打过长江去，解放全中国"的决心。周承强善于通过一些具体的细节和画面来突出重大的思想主题，《风从大崮走过》为了表达解放军和人民的鱼水深情而择取了"帮奶奶挑水劈柴的十名勇士"和"邻居大娘"因为战士的牺牲而"痛心得哭红了双眼"这两种具体而典型的形象，同时夹杂着对在解放战争中英勇牺牲的战士坚韧品格的诗意歌颂："血水流红的坡地板结坚硬/多年后仍然寸草不生/我听到一种深情的鸟叫/它在呼唤一种什么样的情怀/苹果滴翠板栗飘香山楂透红/……/尽情展示着沧桑中的坚韧。"周承强还通过蒋介石和毛泽东等将士在战争中的行动和心态，来体现人民解放战争中两支军队的人心所向和最终必然出现的历史结局。王久辛则在《大地夯歌》中采用了多种修辞方法，他

上编　在现象中探路

的序诗沿袭了《诗经》中"兴"的抒情传统，即为了言说红军当年为了求得生存进行的艰苦卓绝的斗争而先言井冈山五月清晨的景象，通过猜疑一只松鼠看见的内容而引出自己眼中的历史情景。他还应用顶针的修辞手法在作品中造成一种紧凑的音乐效果，比如"这夯歌的每一个音符/都不是音符而是命运的旋律/这旋律的每一节乐章/都不是乐章而是生命的绝响"。

中国新诗在节奏韵律上因为对"内在律"的把握而实现了对传统诗歌的超越。作为当代新诗的重要组成部分，军旅抒情长诗在注重外在形式和音乐性的基础上也十分看重诗歌的内在音乐性。在新诗历史上，《女神》因为摆脱了古诗形式的限制而确立了自由诗的经典范式，同时它还在音韵上开创了不同于古诗的内在音乐性传统。郭沫若在《三叶集》中说："我想我们的好诗只要是我们心中的诗意诗境底纯真表现，命泉中流出的strain，心琴上弹出的melody，生底颤动，灵底喊叫；那便是真诗，好诗，便是我们人类底欢乐底源泉，陶醉的美酿，慰安的天国。"[①] 郭沫若认为诗完全是情绪的表达，这与华兹华斯所说的"诗是强烈感情的自然流露"有一致性。因此，如果按照古诗那样去品读今天的新诗，去讲求音韵的抑扬顿挫，那我们的阅读期待就难以得到满足，但如果我们顺着诗人的情绪一直读下去，就会体味到浓厚的情绪和急促的情感节奏给诗歌带来的是情绪美、抒情美和音乐美。正文先生《光辉的八一》是外在音乐性和内在音乐性俱佳的作品，该组诗由10首诗构成，每一首诗的第一节都记载了解放军在不同历史时期为人民和民族所做出的牺牲和贡献；第二节都是讲人民军队在不同的历史时期所体现出来的精神和气势，以及每个历史时期领导人的治军思想。从长诗的角度来讲，这种有规律性的情感抒发有助于造成一种内在的情感节奏，在增强诗歌音乐性和节奏感的同时使整个组诗得到了有机的协调统一。再以王久辛《大地夯歌》中的诗行为例：

---

① 郭沫若：《郭沫若致宗白华的第一封信》，载《三叶集》，上海亚东图书馆1920年版。

夯锤　夯锤哟夯锤

重如千钧的夯锤哟

当你被举起来

就是希望被举起来了哟

举起希望　举起希望哟

把希望举得高高　举得

高高哟　夯下去夯下去

夯下去啊　把希望

夯实啊

这样情绪急促的诗行在王久辛的作品中随处可见，但诗人并非仅仅使用这样的抒情方式来打造诗歌的内在节奏，因为优秀的诗歌总会有丰富的音韵方式，如果仅仅以强烈的节奏来一以贯之的话，那长诗就会给读者的阅读鉴赏带来"劳顿"，在激昂的情绪支配下一口气读完上千行的诗歌非但不会让读者达到净化心灵的目的，反而会使读者感到疲惫和茫然。因此，在王久辛的诗歌作品中，我们还会经常读到这样的诗行："一线金橘色的霞缕／从云翳的缝隙中穿出／斜斜地照在赶往乌江的／先遣团脚上"，这种具有深远的意境且节奏舒缓的诗行夹杂在诗中，与那些情绪紧促的诗行一道共同造成了跌宕起伏的音韵效果，诗歌的节奏也由此丰富起来。像吴天鹏的《铁血红》，刘笑伟的《和平颂》等长诗作品都具有这样的音乐性效果。

宏大的历史叙事决定了文学作品不可能是单线条式的表现方式，对于诗歌而言同样如此。俄国文论家巴赫金在研究陀思妥耶夫斯基小说的基础上提出了"复调"理论，他认为文学作品中存在众多的各自独立而不相融合的声音和意识，小说由具有充分价值的不同声音组合成真正的复调，其借用这个音乐术语在于说明文学创作中的"多声部"现象。[①] 王久辛在《大地夯歌》每一章的开头都用老百姓劳动时为了减轻

[①] ［俄］巴赫金：《陀思妥耶夫斯基诗学问题》，载朱立元、李钧主编《二十世纪西方文论选》下卷，高等教育出版社2002年版，第68—92页。

上编　在现象中探路

体力耗损带来的痛苦而唱的夯歌，通过一种原始而晓畅的文学形式将每一章所要抒发的情感传递给读者，消除了读者的诗歌鉴赏活动与诗歌文本之间的"隔膜"。从结构的角度来讲，每一章都是在先采用夯歌后创作出富于智性和艺术性的现代诗，有助于形成"双文本"，造成长诗的复调效果，通俗的民歌体和学院气十足的新诗体之间交相辉映，从不同的艺术和语言形式上传达出诗人对人民军队曲折而光辉的历史的书写。王久辛在表达自己对长征感受的同时，插入了长征路上诸多的英雄形象，比如对毛泽东雄才伟略的刻画，对方志敏、瞿秋白为了信仰而不惜牺牲生命的歌颂，对董振堂、陈树湘以及众多战士为了信仰而搏杀沙场的钦佩。同时，诗人选取了长征路上比较重要的几个据点作为自己诗情展开的依托点，比如红色革命根据地瑞金，确立了新的领导集体的遵义，逃过了敌人封杀的赤水，处于国统区的闽浙赣根据地，考验人的生命极限的雪山草地，打通了中央红军北上的腊子口等，这些地点使红军长征途中的许多重大历史事件有了具体的依托，使读者对历史有了形象而生动的现场感。这些人物和大量场景的描述如同一个个动听醒目的音符，共同组成了王久辛在他的诗歌作品中精心谱写的"夯歌"。如果没有这些具体人物和具体场景的刻画，《大地夯歌》就会失去现有的鲜活的生命而成为一首空洞的曲调，读者就不会从中获得巨大的灵魂震撼和心灵的净化。从另外一个角度来讲，人物和地点的交替出现和抒情对象的交替更换让诗歌更加血肉丰满，它们构成了长诗的两条主线，每一条主线在自己所承载的情感中又自成一统，在长诗中发出了自己完整而优美的"音调"，最终将这首《大地夯歌》谱写成为一个复调式的交响乐。

三　军旅诗创作的艺术启示

以上从诗歌内容和诗歌艺术的角度分析了当前军旅抒情长诗取得的历史性突破，从纵向的新诗发展历程和横向的各类诗歌比较中，我们发现这种突破不仅预示着军旅长诗已经跨入了新的发展阶段，显示出军旅诗歌的艺术性和历史性进步，而且其艺术成就在当下诗坛中具有普适性和启示性。在诗歌艺术追求和价值取向"多元化"的时代，目前的军旅抒情长诗在诗歌精神、诗歌文体、艺术观念等方面显示出来的巨大成就无疑为新诗的发展路向提供了合理的参照。

　　从诗歌精神的角度来讲，20世纪80年代中后期的社会转型改变了包括新诗在内的文学精神价值的取向。在惯常的价值体系和审美观念遭受"解构"后，新诗在艺术上有了长足进步的同时却脱离了社会与时代，导致担当意识的缺失。回顾新诗近百年的发展历程，在诞生之初的艰难的生存语境下，在革命战争时期的"救亡"思潮中，在中华人民共和国成立后政治至上的一段时期内，新诗的精神一直跟着时代和民族命运的脉搏在跃动，尽管诗歌可能充当了"工具"和"传声筒"的社会角色。因此，我们在承认诗歌的文学性身份的时候也不应该将社会担当意识、时代使命以及精神建构放逐出诗歌门外，达到生命意识和使命意识的协调。那么，面对嘲弄意义、反对理性、解构崇高、取消价值的"后现代"思潮，优秀的民族诗人应该在作品中表现怎样的精神和情思呢？当前的军旅抒情长诗冲破了"平面化"的价值取向，对历史、人性、社会现状等进行了深刻的人文关怀，对民族的美好未来作出了寓言式的判断。比如正文在《光辉的八一》之《和平征途》中写人民子弟兵在新中国建立后积极地参与到建设中去，广大官兵自觉地发扬战争年代艰苦奋斗的优良传统，在思想政治上永葆军人的本色，怀着"为人民服务"的信仰在"急难险重"中"赴汤蹈火"，艰苦创业。诗人表达这种情思实际上警醒人们包括军人应该把持创业精神，不断推动民族的发展进步。王久辛对社会有敏锐的洞察能力和担当意识，这导致他的诗歌总是充满沉重而忧虑的音符。他在《狂雪》《致大海》《大地夯歌》等作品中都表达出了浓厚的忧患意识，目的是希望他所热爱的民族和人民能够在"渔歌"声中、"阳光"下、"和平"里幸福地生活。周承强在符合人性的立场上创作诗歌并在作品中思考人性，对价值取向紊乱导致人性扭曲的当下社会而言是一种鞭挞。总之，为庆祝中国工农红军成立80周年而作的这批军旅抒情长诗对历史的诗意表达本身就是对新诗精神的积极建构，必然带来军旅诗歌乃至整个新诗精神和价值取向的新变化。

上编　在现象中探路

从诗歌文体的角度来讲，诗体重建始终是当代诗学的前沿性问题，因为新诗自诞生之日起就有"重内容轻形式"的发展趋势。面对今天诗歌艺术的多元化发展态势，我们不必将创作拘泥于郭沫若的"内节奏"或艾青的"散文美"，也不必寻迹闻一多的"三美"的创格主张和何其芳的"现代格律诗"论，新诗要真正地实现诗体重建，"在无限多样的诗体创造中，有两个美学使命：规范自由诗和倡导格律诗"。[①]"自由诗"的"自由"是极其有限的自由，并非没有任何形式约束的完全自由，诗歌创作界尤其是部分"诗人"应该打破"自由诗便是无形式、无格律的散文语句的分行排列"的错误文体观念，要注重诗之为诗的诗性要素。现代格律诗建设的中心问题是艺术实验，要在借鉴西方诗歌形式因素的同时承传传统诗歌形式因素，才可能建设起符合当下审美观念的格律新诗。的确，诗歌作为一种形式艺术，"新诗诗体建设再不能无政府主义地听之任之下去，必须一步步走向定型"，[②] 军旅抒情长诗的创作体现出自觉的文体意识，比如正文的《光辉的八一》整个组诗由10首诗歌构成，每一首诗歌之间的形式是相对应的，保持着整齐的诗歌创作形式；而每一首诗歌分为两节，每一节之间也是对应均齐的，不仅注意到了每一诗行之间的整齐，而且注意到了押韵，即注意到了诗歌的外在音乐性。在诗歌形式建设被很多人忽略甚至有意遗忘的当下，正文的这组诗无疑具有很强的现实意义和诗学意义。像王久辛的《大地夯歌》，周启垠的《血之水》以及刘笑伟的《和平颂》等可以说在一首长诗中实践了多种诗体，虽然总体上讲他们创作的是自由诗，但我们从长短不一的诗行中经常会看到几行押韵或排列整齐的诗句，表明他们在创作的过程中有自觉地形式意识。如何让中国新诗走出"形式建设难"的处境，自觉实践并探索多样化的创作道路，戴着适合自己情感舞步的"镣铐"才能成就优美的姿态，诗人如果没有一定的形式意识或形式常识，就如同舞者失去了音乐和节奏而会导致舞步的杂乱无章，

[①] 吕进：《从文体看中国新诗》，载《西南师范大学学报》（哲学社会科学版）1999年第1期。
[②] 骆寒超、陈玉兰：《新诗二次革命论》，载《西南师范大学学报》（人文社会科学版）2005年第1期。

诗歌也就失去了它赖以存在的外在生命力。

此外，近期的军旅抒情长诗为长诗创作也提供了诸多有益的启示。比如王久辛在《大地夯歌》中采用了"双文本"并有意造成了"复调"效果，有助于多角度地展现宏大的历史现场和现实思考。张春燕的组诗通过对相对独立的具体的人和景的写照让读者联想到一幅幅联动的画面，从而将某一历史时期军人的生活及情怀整体性地传递给读者。正文从思想和形式上保持了长诗的同一性；郭宗忠通过意象的巧妙组合而增强了长诗的张力和诗性色彩；吴天鹏用自己的语言天赋成就了"最富动感"的长诗；郭宗忠的形象思维赋予了长诗出色的诗性品格；周承强和周启垠通过细腻的战争刻画传达出长诗应有的宏大意义；刘笑伟的长诗展现了"和平"年代的军人精神。

总之，当前的军旅抒情长诗由于抒情主体所处的时代语境的变化和历史知识构成背景的差异而呈现出新颖的艺术表达和深刻的情感体验，在对历史、战争、社会和生命个体的客观思考以及对艺术的不断创新中体现出新一代军旅诗人的创作特点和军旅诗歌自身的发展进步。愿军旅诗人在不断进步的时代和艺术语境中创作出更多具有社会历史价值和艺术价值的抒情长诗！

2007 年 9 月 19 日，于重庆之北

新时期散文诗的几个群落

自诞生以来，中国散文诗获得了巨大的发展，也取得了丰硕的收成。散文诗文体的中国特色已明显凸现出来，它独特的文化底蕴、人生意绪、美学品格等都体现了散文诗文体的成熟。

在将近八十年的发展历程中，中国散文诗出现过三个相对集中的发展阶段，第一个阶段是 20 世纪 20 年代，散文诗的创作与研究都取得了辉煌的收成，特别是鲁迅的《野草》，竖起了中国散文诗的第一块里程碑。第二个阶段是在 50 年代，随着时代与文化的转型，诗人紧绷的神经有所放松，他们把眼光投放到火热的现实生活之中，抒写着民族与时代的自豪，散文诗创作也因此复苏，出现了以郭风的《叶笛集》，柯蓝的《早霞短笛》为代表的散文诗创作热潮。第三个阶段是从 70 年代后期开始的，伴随着思想文化的解放，散文诗出现了前所未有的繁荣势头，在文体探索、美学追求等方面出现了多元化格局。

当然，在这些相对集中的阶段之间，中国散文诗并没有完全绝迹，只是由于种种社会的、文化的、艺术的原因，从事散文诗创作的人相对少一些，其艺术上的追求主要是对它之前的繁荣阶段的艺术探索的一种承袭，具有开创性的成果不多。在这里，我们不想全面探讨中国散文诗的发展历史，只想对 70 年代后期开始的散文诗艺术探索中的几个主要群落做一些简单描述，以期为中国散文诗的发展找到一些有益的艺术指向。

一 "归来者"散文诗作家群

"归来"这个概念，源自诗人艾青于 1980 年在四川人民出版社出版的诗集《归来的歌》。该诗集收录了艾青重返诗坛之后创作的作品。人们用"归来者"诗人群指那些曾从事过诗歌创作却因为种种外在原因被迫停止歌唱，在新时期又重返诗坛的诗人。

在散文诗领域也有这种情形。有些散文诗作家20世纪50年代（甚至40年代）就开始散文诗创作并取得了一定成就，但是，他们由于诗外因素的严重冲击而被迫停止写作，有的长达十余年，也有长达二十余年的。这是中国文学的悲剧，也是中国散文诗的悲剧，更准确地说，应该是中华民族、中国文化的悲剧，形成了中国文化的沙漠化时期。

这批散文诗作家主要有郭风、柯蓝、陈敬容、刘北汜、田一文、莫洛、丽砂、叶金、羊翚、李耕、许淇、胡昭、徐成淼、刘湛秋等。他们中有的人一度失去了创作自由，有的人曾因散文诗而备受磨难，这为他们的身心和创作都带来了极大的创伤。新时期之初，不少人都在他们出版的散文诗集的前言、后记里表达了这种心灵的剧痛。

刘湛秋说："那时我写这小散文诗，没想到竟背上如此沉重的包袱。"他甚至决定，在编完以"文革"前发表的作品为主的散文诗集《写在早春的信笺》上之后，便与散文诗告别①。柯蓝在1979年回忆他的创作历程时说："我从一九五六年在上海报刊上发表短小的散文诗算起，到现在也有二十三年了。自然，我习作散文诗的时间，比这还要更长。在这么长的时间里，我为这么一种微不足道的小东西（一种文学样式），倾注过自己的心血，而且是如此坚持不懈。这，也许是愚蠢的，至少是不明智的，甚至可以说是非常可悲的。"② 许淇的散文诗集《呵，大地》收集的是他开始散文诗创作到70年代后期的作品，其间的跨度蕴含着许多悲酸，诗人自称是"从小青年直写到中年"，面对这一切，许淇说他的"感慨已超出'羞愧'、'汗颜'之上"，他甚至反问："是懒么？无能么？还是中国的作者都过于矜持、慎重？"③ 在"归来者"

---

① 刘湛秋：《写在早春的信笺上·后记》，上海文艺出版社1979年版。
② 柯蓝：《迟开的玫瑰——〈早霞短笛〉重版前言》，见《早霞短笛》，上海文艺出版社1981年版。
③ 许淇：《呵，大地·后记》，上海文艺出版社1981年版。

上编　在现象中探路

散文诗作家的文章中，这样的感叹和愤慨随处可见。

然而，他们所感叹的并不只是个人的遭遇，他们关注的是散文诗的命运，他们是在以这种方式呼唤着散文诗创作的繁荣。事实也是这样，当新的创作机遇来临，当他们又获得了歌唱的权利，便毫不犹豫地亮开了歌喉。"归来者"散文诗作家群是中国新时期散文诗复苏的最早参与者与实施者，是新时期散文诗创作的重要力量。

"归来者"散文诗作家给新时期的散文诗带来了最直接的艺术滋养。他们坚持已有的创作经验，并对这些经验予以补充和调整，形成了新时期散文诗艺术探索的独特景观。

其一，坚持了散文诗创作中说真话、抒真情的艺术传统，这一点是与新时期开始的抒情诗的创作情形相一致的。说真话、抒真情，就是要真实地表达人生体验、人生意绪，并由此表达对民族、时代乃至人类的认识。

柯蓝在总结新时期开初几年的散文诗创作时说："散文诗必须来自生活。只有从当前人民群众的现实斗争中，汲取养料，散文诗才能从个人狭小的圈子中，从空虚的惨白无力的自我表现中摆脱出来，这一点也是这几年散文诗的总倾向所证实了的。大凡受群众欢迎的好的或较好的散文诗，都充满了生活的气息和对生活的理想、光明的追求、向往，也总是鼓舞人们向上、前进的。"[①] 可以把这段话看成是散文诗对说真话、抒真情的艺术目标的追求。在具体的创作中，散文诗并不只是表现光明而忽视对非光明因素的揭示，但这种揭示应该有一种纯正的艺术路向，恰如艾青写《光的赞歌》《在浪尖上》《古罗马的大斗技场》，曾卓写《悼一棵枫树》，李瑛写《一月的哀思》，流沙河写《故园九咏》，雷抒雁写《小草在歌唱》一样。

同抒情诗乃至所有的文学样式一样，新时期初期的散文诗也面临着对一个噩梦时代的反思与重新认识。但是，散文诗这种文体在表现上的独特性，决定了它一般不直接涉及重大的社会课题，诗人们主要是把他

[①]　柯蓝：《中国散文诗选·序》，广西人民出版社1983年版。

们对时代、人生的思索投入到个人的人生体悟中去。

郭风在"文革"中也坚持散文诗创作,只是没有发表,这些作品在新时期初期才与读者见面。他那个时代的反思不是从正面切入的,而是借助对大自然的歌唱,童话般地展示诗人所追求的人生境界,像《山中叶笛》《雪天漫笔》《花卉·风景画自选》等,"暗示着那时大自然与人类生活的不和谐,反映了抒情主人公在不和谐社会生活中追求内心和谐的执着。作者没有像许多人那样赤裸裸地描绘十年动乱中人间的悲惨故事和人们感情世界的灾难,而是给我们提供了一个特定年代的特殊心境,这是一种又不满、愤怒转向冷静的思索,继而又从思索中看到了希望,从而获得了内心和谐的宁静的心境,这种心境在抒情主人公对大自然平静的陶醉,微妙的感知中,得到了独具个性的表现"。① 这是典型的郭风品格,即使是对逝去的艺术家的追忆,他也是在这样的心境下去写的,不剑拔弩张,而是含蓄深沉,甚至只是点到为止或一笔带过,让读者去品味去思索。

《夜霜》的末段是这样的:

> 这一刻间,我忽地无缘无故地思念起一位友人来,一位刻苦的、勤奋的、谦逊而又有点固执的画家来了。

不是"无缘无故",而是情从景生。诗人没有交代具体的事件是什么,但明眼人一看便知,诗人在文字背后潜藏着对某种经历的深沉反思。

柯蓝的声音有所不同。他仍然坚持对现实和理想的热切歌赞,但他也看到了生活的沉重,他开始沉思,开始把一些给论式的情思融入现实观照之中。《酒》是这样写的:

> 呵,豪饮不尽的酒。世世代代的人把你酿造,当作知己。我不知道是要向你赞美,还是把你诅咒。你有时又如此钟情,而更多的

---

① 王光明:《1977—1980年散文诗创作漫评》,《散文诗的世界》,长江文艺出版社1987年版,第156页。

上编　在现象中探路

却是把人欺骗。

小小一杯，轻轻一饮。多少语言向你申诉，多少情意向你倾注。你都轻轻接受……

呵，豪饮不尽的酒。五彩缤纷，眼花缭乱。用你浇火，火更烈。用你浇愁，愁更绝。用你弹拨人生的琴弦，曲短意不尽，弦断情不灭。

呵，豪饮不尽的酒。应该是用人生酿造的美酒。用理想着色，用斗争加浓。喝吧，干杯。这样的美酒千杯人不醉。人生美……

诗人对"酒"的思考其实就是对人生的思考，他在深思中发现了人生的本质。凝重的思绪与理想光辉交相辉映，形成了柯蓝的散文诗在传达方式上的变化。

柯蓝对人生的思考似乎比早年单纯的赞美体现出了更多的人生意蕴，也更全面地体现了生命的真实。他对"怀念过去"的心态是这样思考的："也许眼前的现在，蒙上了困难的灰尘，失去了一切光彩。""也许眼前的现在，是一块刚开垦的土地，还没有播种值得留恋和幻想的种子。或者，你播种过了，却是一个歉收的季节，留给你的只是失望和痛苦……"（《过去·未来》），这里包含着诗人对人生的新认识。在《我坐在窗口……》中，诗人写道："窗外的阳光和哺育我的土地，使我执着地眷恋，因为它们是我的现在和未来。窗上的星星和月亮，使我陷入不解的思念和惆怅，因为它们是我即将遗忘的过去。""眷恋"和"惆怅"两种心态同时出现于作品中，体现了柯蓝开始多侧面地打量人生，真实地记录人生的全貌，而他的人生目标没有变："我将和一切过往的未来谈话。"心中充满渴望。在总体上，柯蓝新时期的散文诗仍然体现了明朗、向上的风格，只是比过去多了一些沉思，也多了一些人生的真实，多了一些艺术的魅力。

在"归来者"散文诗作家中，李耕是一位特别引人注目的诗人。他从复出诗坛开始，便以深沉的人生思索受到人们的欢迎，他的《春笛九章》《生命的回音》等系列作品，既有对过往的反省，也有对未来的憧憬。诗人在40年代后期开始创作时就写过："我挨过了冬天，又是冬天，过了冬天，还是冬天哟……在这没有春天的国土上，我受尽了严冬的挫折。"（《我是来自严冬的》）当春天真正来到的时候，他的歌声明亮起来，可是又一场噩梦耗去了他二十多年的人生。但在面对人生的磨难时，李耕不再像早年那样显得无奈与低沉了，他虽然仍然歌唱《噩梦》《命运之歌》《鲜花与骨灰盒》《墓》等沉郁的人生现实，而他从噩梦中"得到了一双清醒的眼睛"（《醒来的时候》），这双"眼睛"使他能更真实、更清楚地打量人生，他由此对生活产生了这样的感受："是甜，又似苦；是苦，愈觉甜。"（《酒》）这种深刻的人生认识更符合人生的真貌。

下面是李耕的《我的画像》：

一朵苍白的小花。

几处暗红的血斑，是寒霜的残恶的遗迹；几许浅褐的皱纹，是凛冽的春雪留的鞭痕；几点透明的泪，是爱的露洒的同情和怜悯。

这不是我：

是我留在坎坷路上的影。

一片自由的云。

飓风曾撕裂它成为碎片，碎片却化为飞蝶在花丛中寻觅失去的芬芳；乌云禁锢它洁白的意志，意志却化为泪雨洒在洁白的花的思念上。

这不是我！

是我留在往日梦境中的自语。

一茎卑贱的草。

活在卑贱的小草之中。它祈求的只是：一寸硗瘠的泥土，一勺淡淡的水。它祈求的只是：一年一度绿，绿在绿群中。它祈求的只是不怕自己枯萎死，但愿大地不荒芜……

> 这是我吗？
>
> 仍在大地播着卑贱的种籽。

这章散文诗由三个板块构成，是三种心态、三种经历，既展示了诗人的人生与心灵历程，也体现了他的人生追求。它可以说是诗人对一代人的人生思索的概括，没有回避苦难与艰难，但更展示了作为一个普通人的"祈求"与希望，真实、真诚，有一种特殊的艺术魅力。

说真话、抒真情是"归来者"散文诗作家群奉献给新时期散文诗坛的重要经验，为中国散文诗的健康发展提供了艺术上的基本规范。可以说，"归来者"散文诗作家群是承续四五十年代散文诗创作高潮和下启散文诗文体新探索的重要群体，他们以自身的创作实力和成绩确立了在中国散文诗史上的地位。

其二，对使命意识的重视与崇高人格精神的追求是"归来者"散文诗作家群在创作上的又一特点。无论是对历史的反思，还是对个人经历的沉思，"归来者"散文诗作家群都体现出了对人生的重视，对未来的向往，以对时代、民族、人生的使命意识和崇高的人格精神超越了苦难，寻找着人们所渴望的生命路向。

李耕的《未死的树》较早地昭示了这种信息：

> 我是在苦难中认识这穷汉的。
>
> 严冬时，它残叶萧萧凋尽，肩胛袒袒裸露，头颅疏疏光秃。它赤贫，赤贫得不屑骇怕霜欺雪压，风敛雨夺，雷袭电击；它赤贫，赤贫得直面僵冷的朔风而扬声大笑。
>
> 我是在苦难中认识这穷汉的。
>
> 规劝它离开这硗瘠的山坡。它说：离开它而死，不如死也不离开它！规劝它回避严酷的冰冻。它说：我坚信春天会来临！
>
> ……
>
> 果真，春来时，披给它一身闪闪灿灿的金紫色的叶蕾，把它打扮成了满身珠光宝气的侯爵。

> 它，是个富有者了！
>
> 但它笑了笑：我，仍然是穷汉啊！
>
> 真的吗？
>
> 真的！我从不想占有一苞一叶。我的爱，全给了土地，给了耕耘的人们，给了我们共有的春天。

这株"未死的树"是富有魅力的，它贫穷，但它也富有。这正是诗人认定的人生法则，是他个人心灵的写照，也是对时代精神的艺术升华。博爱与奉献是"归来者"诗人群超越不幸的精神支柱。

新时期的散文诗所体现的博爱与50年代有所不同，它是从苦难中升华出来的，因而更深沉、更具魅力。使命意识使散文诗获得了一种共同的中心和主潮精神，也使散文诗体现出浓郁的理想光辉和向善向美向上的生命意绪，从而消除了对苦难的思索可能导致的感伤与伪饰。可以说，因为"归来者"散文诗作家群重返诗坛，新时期散文诗创作从一开始就确立了具有诗学意义的艺术航向。

对这一特点，我们可以从许多"归来者"散文诗作家的作品中获得佐证。除了固执地思索人生的李耕外，郭风的散文诗从大自然中获取人生意绪，清新和谐，本来就是对生命的礼赞。柯蓝更是坚持了他早年的创作路子，在作品中增加了清醒的沉思，他1979年发表的《车轮》可以说明这一问题："即使是短暂的停顿，甚至绕道而去。或者，时而缓慢，时而迅猛。但你也是为了向前，向前！"这"车轮"是人生的步履，更是民族和时代的发展轨迹，对目标的坚守体现出诗人执着的人生追求。这种追求洗去了一代人心中的苦恼和忧伤。

> 我从果园漫步回来，我心上的树枝也果实累累。我心里的果园也充满阳光，歌声荡漾……
>
> 这是因为我对往昔岁月的眷恋，和对未来的向往，洗去了我心上的忧伤，我心上的忧伤。
>
> 于是，我希望的果实，理想的果实，探索追求的果实，才能成长。

上编　在现象中探路

>愿我心里的果园，永远充满阳光，永远歌声荡漾。
>
>——柯蓝《果园》

真诚的心灵坦露，魅人的理想光辉，使作品具有强烈的使命意识。诗人所体现出的意志力量、道德情怀和人生智慧，使我们感受到一种创造的欲动和温暖的人文关怀。

这一特点，从刘湛秋对春天的歌唱、徐成淼对奋进情怀的赞美以及一些老诗人的歌吟中，都可以找到。"归来者"诗人群从一开始就没有迷失人生与艺术的目标，特别是没有忽略艺术的指向作用，他们试图在作品中展示人生的真谛，给更多的人以正面的、向上的艺术启迪和心灵净化。事实证明，"归来者"诗人群所坚持的这种艺术路向是正确的，在其后的不少散文诗作家那里，虽然表现手段千变万化，甚至借用了现代派手法的一些侧面，但他们的美学旨归却基本上是一致的，这些都与新时期散文诗所获得的突破性进展和"归来者"诗人在艺术创造上所体现出来的独特追求有很大关系。

其三，求实地推进散文诗的文体探索，是"归来者"散文诗作家群的第三方面的艺术特征。新时期散文诗从一开始就不同于50年代的散文诗，除了在内容上有更多的人生沉吟与凝思之外，对散文诗文体建设的重视也是十分重要的侧面。

新时期散文诗的转向与发展首先是诗人把散文诗当成散文诗来写，即以散文诗独特的审美方式来表现诗人的人生思索、人生体悟。换句话说，在"归来者"散文诗作家那里，散文诗开始摆脱数十年困扰自身发展的非诗因素。说真话、抒真情的艺术追求便是散文诗文体获得独立和创造性的重要标志之一；在表现方式上，散文诗也出现了对散文诗文体的正面建设。在这方面，郭风、柯蓝、李耕、许淇、刘湛秋等都做出了突出的贡献。

具体地说，散文诗在新时期一开始就注重了对它与散文、抒情诗之间的界线的进一步廓清。主要体现在以下几个侧面。

一是对散文诗小中见大的美学特征的重视。柯蓝多次强调散文诗在体式上的短小，这是一种文体上的策略，虽然有一点机械，但在恢复和确立散文诗的文体特征方面产生过一定的影响。"归来者"散文诗作家的创作大多遵循了这一原则，从而形成了散文诗文体的基本规范。

二是对散文诗意境的重视。散文诗是具有双重视点的文学样式，既叙述外在世界，又歌唱心灵世界，而它的叙述与歌唱是融为一体的，没有明显的界线，这就决定了散文诗要利用有诗意的情节、细节来建构相应的意境，从而与散文区别开来。"归来者"散文诗作家在这方面是比较突出的，他们在创作中革除口号式的表现，将人生的感受融入对美的传达之中。柯蓝在早期创作中注重理性的抒写，而从新时期开始，他则把哲理抒写融入具体的体悟之中，《酒》《沙漠之梦》等都是这方面的代表。

下面是他的《沙漠之梦》：

　　白天，我们的骆驼队，在一片无垠的白色的沙丘上，留下两行长长的不尽的黑点。

　　月夜，我们骆驼队，在一片无垠的白色的沙丘上，留下的也是两行长长的、不尽的黑点。

　　我坐在驼峰上向前后眺望，我几乎分辨不出白日和黑夜了，我象是在梦中。此刻，我觉得现在和梦境有时是相通的。是梦幻中的路在生活中再现了呢？不是生活中的路本身就是这样漫长……

这是柯蓝的新追求，作品中的人生沉思是有魅力的，作品的意境营造也是在他以前的作品中所不多见的。

三是对散文诗意象营造的重视。意象是诗歌独特的诗美要素，意象的形成是散文诗在文体上获得真正独立的重要标志之一。不少散文诗作家都在为此而努力，但真正获得这种艺术上的超越，主要是从"归来者"诗人群那里开始的。许淇的许多作品都不太注重外在物象的描述，即使有描述，那也是诗意的描述。

下面是许淇《齐白石》中的段落：

>　　时间几乎不存在。白石老人依然坐在他的藤椅里。坐多久了？仿佛已经坐了许多许多年。
>
>　　忽然间，他的似醒非醒的昏朦的眼瞳，盯住窗台上一只甲虫——民间叫做"花娘子"或者"花大姐"的那种普通的甲虫。
>
>　　比他颜料盒里最昂贵的朱砂还要鲜红。
>
>　　他的眸子因自然美的发现而闪亮，犹如贪婪的守财奴；银丝蒙绒的嘴巴蠕动吟哦，将藏匿的珍宝细数。

诗人用了相当多的笔墨来描述极普通的小甲虫，他要表现的是画家独特的慧眼和发现美的能力，看到"小甲虫"，画家"视网膜里尽是他一生笔底的草虫世界"。这里的"小甲虫"是一个意蕴丰富的意象，它是诗人表现画家敬业精神的心灵寄寓。

从"归来者"散文诗作家开始，散文诗的一些传统表达方式开始得到调整与更新，一些新的表现手段诸如意识流、蒙太奇、变形等也开始在创作中被采用，不但强化了散文诗的表现力，也使散文诗文体得到了新的发展。可以说，"归来者"散文诗作家群不仅以自己的创作获得了他们在新时期散文诗坛的独特地位，而且以其求实的文体探索为后来的散文诗创作重新确立了文体规范，为散文诗文体的进一步发展奠定了具有诗学意义的基础。

二　诗情被激活的中年诗人群

人们说，诗歌是年轻人的事业，就整个诗歌创作来看，这种说法不无道理。但是，具体到新时期的散文诗创作上，情况又有些不同。由独特的审美视点所决定，相对于抒情而言，散文诗与外在世界有较多的联系。这就要求散文诗作家不但要有发现诗美的敏感心灵，而且要有准确驾驭外在世界的艺术功力。在散文诗作家中，不少人是在具有相当的生活积累、人生积累和艺术积累的前提下才开始创作的。他们既有诗的激情，也有冷静把握世界的人生深度。

在新时期的散文诗队伍中，有这样一个独特的中年诗人群体，从年龄上讲，他们不完全属于"归来者"散文诗作家群，也不是刚刚步入文坛的年轻诗人。与"归来者"散文诗作家群相比，他们也有丰富的人生经历，但在散文诗创作方面，他们没有过去的艺术思维模式；与年轻的散文诗作家相比，他们没有浮躁的艺术心态，艰难的人生或丰富的经历使他们能冷静地观照世界。他们是新时期以来散文诗创作的中坚。

这些诗人包括耿林莽、丁芒、王尔碑、刘再复、于沙、纪鹏、刘允嘉、陈犀、柯原、唐大同、韦其麟、敏歧、海梦、邹岳汉、方航仙、刘虔、钟声扬、王中才、陈志泽、陈慧瑛、蔡旭、鄢家发、王敦贤、桂兴华、田景丰等。他们在以前没有从事过散文诗创作或者不主要从事散文诗创作，但是有些人已是非常有成就的抒情诗人。这些诗人的共同特点是具有丰富的人生经历与人生思索，当新的时代来临，他们的经历和思索把他们的心灵激活，使他们投身到散文诗创作中。他们的人生积累决定了他们具有较高的起点，当他们把自己的作品奉献给诗坛的时候，中国散文诗便获得了强大的生命力，形成了多元纷呈的艺术格局。

我们可以从以下几个方面对这个诗人群作轮廓式的把握。

其一，多侧面地观照现实与人生。散文诗不是乖巧的文体，不是不食人间烟火的文体，它总是与民族、时代和人生现实有着千丝万缕的联系。这种联系并不都是肯定与被肯定的联系，因而，散文诗在表现人生的时候，也不都是采取肯定的审美评价。在新时期的散文诗创作中，这一特点在以中年为主体的散文诗作家群中有突出的表现。

中国当代的散文诗（包括"归来者"散文诗作家的有些作品）主要是从眼前的现实中思考人生，而与"归来者"散文诗作家群几乎同时出现于散文诗坛的中年"新秀"则把视野拓展得更开阔。虽然观照目下的现实人生并没有不妥当，但是，更开阔的人生视野可以获得更广远的人生参照，获得对人生更准确的诗美评价。

于是，在中国散文诗中，历史与现实交融了，赞美与沉思结合了，肯定性的审美评价与凝思型的人生思绪同时出现了，由此构成了新时散文诗在美学流向、艺术风格上的多元与丰富。

刘再复是一位评论家，新时期也从事散文诗创作。他说："作家要

上编　在现象中探路

成为'人类灵魂的工程师',散文诗作家当然也应当如此。而我觉得,要当人类灵魂的工程师,首先应当成为民族灵魂的工程师,应当努力铸造我们的新型的崇高的民族灵魂。……通过我们的散文诗有意识地影响我们民族的性格。"[①]　对民族的深层观照和对民族灵魂的塑造是刘再复散文诗的起点和归宿,他所承续的是鲁迅《野草》的艺术格局。刘再复的散文诗富于理性和激情,时有悲壮激越的情绪自心中流出,这是中国散文诗(特别是当代散文诗)中很少见到的。他所观照的是历史,是人类的沧桑,他"倚着长城与天安门城墙思考,倚着昆仑山与喜马拉雅山思考,倚着辽阔的蓝天与素洁的白云思考……",把个人、现实置于历史中,试图从中找寻人的精神本质。他写了一系列以历史人物和历史事件为题材的散文诗,然而,他所作出的审美评价既是发于历史的,也是源自现实的。试读下面几个片段:

  呵,红楼的故土,辜鸿铭的故土,我们的故土,积习实在太深了。一条长辫,几千年编织成的根。坚固的盘根错节,拔掉他何其艰难,费去了许多先驱者的血,也熄灭了许多象辜鸿铭那样该灿烂的人生。

——《辜鸿铭的辫子》

  我们土地上旧的成法竟是那样强大,逼着那么多英雄背叛自己的果敢,抛弃伟大的起点,使自己的人生只有半截子的辉煌。

——《怀严复》

诗篇是凝重的,也是悲壮悲愤的。对历史深沉的思考获得了新的生命的起点,这比那种浅表地表现人生与现实的散文诗要厚实得多。它给人以沉思,更给人以警醒,甚至使刘再复对自己的人生也进行解剖与反省,他宣布:"假如我设置一个地狱,那我将首先放进我自己"(《假如

[①] 刘再复:《强化散文诗创作的艺术气魄》,载《星火》1984 年第 2 期。

我设置一个地狱》），这样的作品所具有的强大的人格力量是自不待言的，因为它发现的是真理与良知。

人们呼唤学者型的作家，实际上就是呼唤有巨大包容量的作品，刘再复是比较典型的学者型散文诗作家，他的作品是典型的学者型散文诗。他说："我是从书本上讨生活的人，很少有时间细致地观察自然界，写的东西大半只是一些时代的情绪，人生的情绪。我对人界的敏感似乎超过对自然界的敏感，'说明'的力量似乎超过'描述'的力量。"[①] 他的作品的理性与激情所留给人们的也许不是空灵的余味，而是品味不尽的沉思。这是散文诗的高境界，是散文诗获得强大艺术张力的重要标志。刘再复的散文诗带给新时期散文诗界的是对散文诗的深度、广度和厚度的艺术追求，这正是柔弱的散文诗强化艺术生命力的重要因素。

对人生与现实的多侧面观照使新时期的散文诗获得了艺术上的重要突破，它突破了视野的狭窄，突破了表现手段的模式化倾向，突破了诗美格调上的单一化格局。

其二，注重对生命意识与使命意识的张扬。诗歌是通过个人之心表现人生与人类。优秀的诗歌既传达诗人的人生意绪也传达诗人对人生与民族、人类的思考。诗人的生命发展总是与民族、时代的发展同时进行的，诗人应该在张扬个人生命意识的同时也张扬使命意识。散文诗的生命意识与使命意识的和谐，就是诗人既要认识到生命的自身发展轨迹又要在丰富的人类经验中来校正这种轨迹。但是，在相当长的时间内，散文诗只注重对时代情绪的表现（并且主要是一种肯定型的审美判断），人的个体生命在很大程度上被放逐，被忽略，从而出现了散文诗创作中的模式化、概念化倾向。在调整这种现状的过程中，以丰富的人生经历步入散文诗创作领域的诗人们是有重要功绩的。

当然，他们的调整与开拓并不是完全放弃对时代的思考，而是从两个向度展开的，一是个人如何投入历史与时代的洪流之中；二是历史与

---

① 刘再复：《告别·序言》，福建人民出版社1983年版。

上编　在现象中探路

时代的潮流如何在解放个体、推动个体的过程中发挥作用。

下面是耿林莽的《枯水季节》：

世界总在遗弃着什么。

坠叶纷纷。绿篱外的那条小路，飘满了弃儿的残躯。

（曾是情侣们走过的草径，露珠打湿了凉鞋）

池塘水枯。

是池塘遗弃了水，还是水遗弃了池塘？

无处寻觅蛙声与游鱼。

灰烬是昨日之火的遗孤。因烟，分解出去，游离出去，飘飘然作东方少女的环舞。

这自然也是风景。

而我忽然想起了你。黄昏坐于苍茫的危庐，目光中有一种漠漠的探求。

而我忽然想起了你。

可以脱去夜的黑礼服，但原欲之蛇环绕你的双臂，润滑地游过皮肤的夏季。

然后我们坦然地站起，接受世界的遗弃。

诗人以丰满的意象结构表达对人生与社会的思考，既有对生命困顿的沉思，也有对社会的反省，生命意识与使命意识的交织构成了作品开阔的美学空间：对生命与使命的双重思考。

人的生命与使命有时候并不都能和谐地结合在一起，这就造成了生命的困惑。在这一群散文诗作家中，对生命困惑的感悟时有出现。然而，丰富的人生经历和对未来的信念又使他们获得了一种奋进与突破的人格力量，他们试图从困顿之中寻找消除困顿的有效方式和路径。这就使他们的作品闪射着耀眼的理想光辉，在和谐中延续着和谐，也在不和谐中发现和创造着和谐，最终获得生命意识与使命意识的和谐。在这方面，王尔碑、敏歧、唐大同、于沙等诗人都是比较突出的。于沙的《犁》写道：

> 犁的出现，是因为有荒芜存在。哪里有荒芜，哪里就有犁。犁铧是被荒芜磨亮的。
> 战胜荒芜，是犁的宣言。
> 同荒芜势不两立的，还有牛。你看，它迈开四蹄，拖着重负，和犁的步伐是多么一致呵！
> 还有种子，你看，它正揣着绿色的畅想，花雨般地降落。
> 我，一个耕耘者，是属于犁、牛和种子的阵线的。

新时期的中年散文诗作家群正是扮演着"耕耘者"的角色，他们"拖着重负"，开垦荒芜，将生命意识与使命意识完美地融合在一起，他们寻找和发现的正是当下的人们应该具有的精神流程，二者的交融构成散文诗正确的美学流向：人既是个体的，也是群体的。他们努力寻求这两个层面的一致。

其三，散文诗表现手段的更新。这个群体从步入散文诗殿堂开始就显出了个性与活力，一个重要的标志就是他们的散文诗在诗美传达手段上的多元化。

散文诗有自身的文体规律，但在这个规律的引领之下，每一种能强化散文诗文体规律的手段都是应该被接纳的。艺术上的"多元归一"是散文诗真正繁荣的艺术标志。

在继承中外散文诗创作既有经验的前提下，他们吸纳了其他文体乃至现代主义艺术的表现手段，丰富了散文诗的表现力。比如刘再复的理性思辨强化了散文诗的表现力与震撼力；耿林莽的意象营造强化了散文诗的诗美包容量；敏歧的冷抒情方式使散文诗获得了"大特写"式的独特表现；王尔碑的情绪跳跃与柔美抒情使散文诗获得了从现实中升华诗情的特殊手段；唐大同的直抒胸臆和大江东去的气势使散文诗走出清浅，获得了奔涌的激情流荡……每一位散文诗作家都在探索着强化散文

上编　在现象中探路

诗表现力的路向和方式，这在以前的散文诗创作中是比较少见的。

变形、夸张、隐喻、反讽、蒙太奇等艺术手段的移借使散文诗在艺术上获得了一次超越。

在散文诗表现手段的更新方面，耿林莽是十分优秀的。《忧郁之旋》有这样的片段：

　　紫色高岸，墨绿的菖蒲，如发如须。镶着银灰的雾，黑郁郁迷魂的荒原。
　　江是一条忧郁的旋律。

　　木排顺流而下，流转，流转。
　　江声。月色。楚歌。
　　放排人撑篙而立，茫茫然你和你的孤独。

　　急流，险滩，哗啦啦的浪敲响了崖壁。
　　江的幽灵，浪的骑士，放排人赤裸着昂昂之躯，如箭出弦。
　　哗啦啦，哗啦啦。披挂着一身冷的冰凌。
　　狂舞，狂舞，湿漉漉的全裸。
　　冲越魔息之谷。

这章散文诗写的是诗人对死亡的认识，表现的是一种生命意识，把人与自然、瞬时与永恒交织在一起，有一种沉郁之感，超越之感，悲壮而具有力度。诗人采用的表现手段是陌生的，也是新奇的。色彩的诗意化、意象的繁复、情节的跳跃、虚实的映衬、动与静的对比等，都为诗人的情绪传达提供了有效的服务。

当然，散文诗表现手段的更新在耿林莽他们那里不是完全割裂与既有方式的联系，他们在更新散文诗的表现手段上所采取的是"渐变"的方式，既对散文诗既有的表现方式有所依傍，又大胆地吸纳新的艺术营养。他们的创新是在散文诗文体规律制约下的创新，是求实的创新，既考虑了散文诗文体变革的艺术呼唤，也顾及了接受者的审美趣味。他们所追求的是散文诗的个性而不是个人性。他们的散文诗文体探索所架设的是诗人主体、世界客体与诗美接受者之间的新的"桥梁"，没有因为探索而阻隔几方面的沟通，因而是具有诗学意义的。

可以说，新时期才步入散文诗坛的被时代激活了诗情的中年诗人是中国新时期散文诗创作的实力派，既是承上的一群，也是启下的一群。他们接续了中国散文诗的优秀传统，又为未来散文诗的发展提供了经验。

三 散文诗的新生代

这里所说的新生代，不只是一个年龄上的概念，也不只是对具有先锋意识的散文诗作家的称谓。而是二者兼而有之，指的是在 80 年代中期开始步入散文诗领域的青年诗人群。这个群体的构成十分复杂，这里主要探讨他们在创作中所体现出来的与前面两个诗人群体有所不同的艺术倾向。

同新时期以来中国新诗创作的整体情况有所不同，在散文诗艺术的热潮和流变中，年轻散文诗作家所发挥的作用似乎要小一些。在抒情诗领域，"朦胧诗""第三代"等重要的诗歌潮流（不一定是具有丰富诗学意义的潮流）都是由青年诗所掀起的，影响到整个抒情诗探索的方向。而在散文诗领域，现代主义的潮流不十分明显，这也许与散文诗所体现的牧歌意绪和现代主义诗歌的人生体验方式、美学追求难以完全达成一致有关，也与散文诗在文学中只是一个小文体的位置有关。但是，青年诗人特有的敏锐与求新心理也促使他们向现代主义诗歌学习和借鉴，我们试图对这些方面作一些简要的探讨。

其一，走向本体：诗人文体自觉性不断提高。

散文诗作家的文体自觉性就是创作者对散文诗文体的自觉认识和在创作中的自觉遵循。散文诗作家文体自觉性的形成是散文诗文体得以诞生和存在的重要标志之一，而散文诗作家文体自觉性的提高则是散文诗走向成熟与独立的重要标志。

散文诗新生代诗人与新时期抒情诗探索的某些情形不同，他们更注

上编　在现象中探路

重对散文诗文体规律的遵循，其探索是在散文诗文体规范的制约之中进行的。或者说，这些散文诗作家都比较注重文体自觉性的提高，可以用他们自己对散文诗文体的认识作为佐证。

曹剑说："在这里，抛却了诗的韵律与分行，这一切成为散文诗美妙舞蹈的无形的镣铐；在这里，抛却了散文的无端叙述，与面面俱到，许多词藻成为不合格的士兵，在感情的风沙雨雪中被淘汰了；在这里，抛却了小说的有头有尾，时、地、人、事。然而，也正是在这里，集中了诗的跳跃，散文的随意，小说的描述，乃至于消息的简洁，通讯的潇洒。"①

马及时说："这实在是一种误会：或长或短的几百字中，洒几滴泪水，来几深呐喊，或堆砌几打美丽的词藻就叫散文诗了？那散文诗独特的魂魄呢？散文诗的本质是诗，一刀剖开，你的散文诗会流出殷红的诗的鲜血么？若连一丝儿诗歌生命的血渍也没有，那，最多是一具散文诗的躯壳罢了。"②

这些都是有代表性的观点。前者是对散文诗文体特征的概述，后者则是就散文诗的"形"与"质"的问题发表的看法。这些观点与某些人提出的所谓"宣言"不同，它们都源自诗人对散文诗的熟知，有的还是诗人对自己创作经验的总结。它们与人们认定的散文诗的文体规范是基本一致的，在这种观念指导下创作的散文诗，不管表现什么题材或采用什么手法来表现，都会在散文诗文体轨道上发展，而不会出现"越轨"现象。

诗人文体自觉性的提高使新时期散文诗创作的起点也相应提高，新时期散文诗新生代诗人所取得的成就正是源于此。更可贵的是，这种艺术素质使他们在创作上能够于求实中创新，尽力克服非诗因素的侵入，使散文诗能够获得符合文体规律的发展。

其二，走向主体：探索生命的本真流向。

"生命意识"是现代诗学中常用的术语，指的是诗歌对人的生命的

---

① 曹剑：《毕生心血结成诗》，见《当代青年散文诗人15家》，哈尔滨出版社1991年版。
② 马及时：《跋涉者的随想》，见《当代青年散文诗人15家》，哈尔滨出版社1991年版。

关注与思考。散文诗是一种具有现代性的诗体，在现代文明的境遇之下，具有探索意识的青年诗人自然也会把对生命本质的追寻纳入他们的艺术视野。

对生命意识的强化是对那种"无我"的艺术追求的反叛。在过去的散文诗中，不少作品所表现的都是"我们"的情绪，最多也只是对人们的共同认识的一种概括，缺乏对生命本身的深入思考，以致出现了模式化、概念化和缺乏艺术性的倾向，以表层的理想主义替代了对深层的生命流向的思索。新时期的新生代散文诗作家群敏感到这种缺陷，并在创作中努力加以克服。

桂兴华在他的散文诗集《美人泉》的序言中说："我集中地坦露自己，为了反抗当前散文诗领域中流行的思维模式：无我！"他说："无我者，对整个民族正站在贫瘠的黄土高坡上的现实视而不见，总是熟门熟路地唱着满肩的阳光。该忧的不忧，该患的也没患，远离了最沉重、最迫切的社会问题，只是简单地成了推理概念的宣传品。在涉及情感世界时，又必然忸怩作态，遮遮盖盖，倾诉不象倾诉，不会也不敢真诚，没有交给读者什么东西。"① 走向主体，就是撤弃虚伪，走向真诚与深入。

现代人的主体感受是十分复杂的，但都与人们所处的生存环境有关。青年散文诗作家敢于揭示这种心灵现实，敢于表现生命的焦躁不安与动荡飘流。

在这方面，韩嘉川、园静、韩新东、雪迪、灵焚等做出了努力。灵焚被王光明认为是"中国当代散文诗园地的一个怪才"②。他的散文诗集《情人》中有不少具有探索性的作品，《飘移》"隐喻了现代文明盲目性，人类被双重放逐后的无归宿感"。③《房子》和《陌生人》也有这样的内涵。下面是《房子》的一个部分《裂变》：

---

① 桂兴华：《集中地坦露自己》，见《当代青年散文诗人15家》，哈尔滨出版社1991年版。
② 王光明：《中外散文诗精品赏析》，花城出版社1991年版，第244页。
③ 同上书，第245页。

上编　在现象中探路

　　一脚踩进卧室血压就升高,已经过去和即将到来的那一段往事如蜂群密布的正午。
　　躲是躲不掉的,目光缠着脚印越走越远越深。
　　我们无缘无故认识,你说得对,我们无缘无故认识。
　　不知怎样,揭开自己像揭开生日蛋糕上的一层玻璃纸。我们互相走进去——
　　就迷路了。
　　天地靠得太近太近,我刚想说什么,却发现你不在了。
　　瓷盘心安理得摆在床头,一切都没有发生。

　　一种生命的孤独、流浪从字里行间流出,其间还潜藏着对人的本能的某种体悟。作者对生命的体验是深刻的。但回归主体并不是回归个人,而是要创造散文诗的个性。过分迷恋自我只会导致主体的进一步迷失。散文诗应该尽量张扬艺术个性而回避个人性,纯粹的生命意识难以获得对生命主体的全方位认识。
　　伴随生命的流浪意识而来的是对家园意识的重视。寻找生命的家园与归宿是现代诗歌包括散文诗的重要美学特征。这不仅是现实的家园,更是生命的家园。耿翔说:"我在散文诗里,一向寻找一种家园意识。"他所谓的家园是一种"没有被浸染的东西"[1]。说到底,就是生命的真实。
　　下面是耿翔的《古河道》:

　　温柔如水,是我们最初的女儿之身。
　　在时间的河道里,却被还原成火。
　　天空无言。大地无言。
　　一切,如石陨落。
　　自一片死亡地带,挣扎成一丝不挂的裸体,在历史的岸边,我

---

[1] 耿翔:《寻找一片净土》,载《当代青年散文诗人15家》,哈尔滨出版社1991年版。

们横陈。

　　任河床壁立。

　　任河道延伸。

　　岁月以无情的技法，把厮守我们的古河道，涂成一种颜色。

　　高天之下，满滩凝固的石头，都回忆着水的流动。有一首歌，还在干裂的石纹里，时断时续。

　　敲断所有的河道。

　　水和火，相容成一种骨髓。

　　活在你的命运里，我们如鹰，不肯飞去……

　　苦难与艰辛都在这里了，归宿也在这里，诗人的追寻是在回归主体以后的追寻，是现代人生命的追寻。与茫然的流浪相比，能去寻找，已经包含着更多的生命的价值，即使最终也许找不到归宿。

　　走向主体带给散文诗的似乎主要是生命的忧患，这种忧患比浅表的赞美具有更多魅力，它至少在呼唤生命的觉醒，它至少在探寻生命的真谛。生命的悲剧性有时候能给人以更大的震撼力，这也许是青年散文诗作家的探索所提供给我们的主要启示。

　　有些人出于诚挚的艺术良知，曾对当代散文诗创作深表忧虑。李松樟就曾说过："似乎散文诗人们不会（或者不愿意）面对困窘。很少有人深切地感受到（真正自我感受而不是抄袭模仿别人）纷繁动荡的时代以及我们自身生命某种程度的觉悟所带给我们灵与肉的压力和困扰。主体意识的觉醒（这在诗歌领域已经是陈词滥调了）仍然是散文诗人面临的重要课题。当诗歌大踏步走进自我深层，走进灵魂的幽冥边界，并带着充血的声音给中国当代文学以深远的震动之时，散文诗却几乎是迟钝地陶醉于林间溪畔，乐而不返。"[①] 但是，从新时期散文诗的探索来看，他所忧虑的现实其实已经得到了改观。虽然不能说已经取得了重要突破，但主体意识的回归业已昭示了散文诗步入一种新的艺术境界的

---

　　① 李松樟：《散文诗：需要一种声音》，载《当代青年散文诗人15家》，哈尔滨出版社1991年版。

可能。这是令人欣喜的。

其三，走向深沉：人格精神的重新定位。

在新时期新生代散文诗作家中，有些人对诗的崇高性有所淡化乃至反叛，他们追求所谓的普通人生活，日常化艺术，追求对自我乃至人的本能的极端表现。但是，在新时期的散文诗中，对崇高人格精神的重塑仍然是散文诗在美学上的主流。

之所以提出对人格精神的重塑，是因为新生代散文诗作家所认定的人格精神虽然与传统的人格精神有相通相似之处，但在表现这种精神的时候，他们采取了不同的方式，尽力避免表层的、哲理式的明白倾诉，而是将对人格精神的塑造确立在对人的生命认识的（多种向度的生命认识）基础上。

对人格精神的表现，其出发点还是"人"与"生命"，他们认为："应该充分认识自己的生命"，并由此去认识人、认识人类。"散文诗把视角放在'人'身上，才能使作品具有一种厚重感、历史责任心与强烈的感情色彩。"[①] 对人格精神的重塑就是在表现生命意识的同时强化对使命意识的重视。

下面几位诗人的创作自白也许可以为我们提供一些有益的思考。

谢明洲说："现在，我的篮子里只剩下了两件东西，一件是爱，一件是诗。诗与爱，爱与诗，我现在只拥有这两件东西。这两件东西使我的生命充实而富有，痛苦而辉煌。"[②]

韩新东说："我最喜欢歌颂的是苦难，在此种逆境下方能铸造我们有力而坚定的人格。我们给艺术以生命。艺术给我们以快乐。"[③]

曹剑说："散文诗的精髓即在于以其散、短、平、快、轻的形式表述与颂扬了当代人无上崇高的心性与刻骨铭心的底气和内蕴，写得越深，影响即越远；写得越远，影响即越深。"[④]

---

① 朱一鸣：《唤起一种幻想与期待》，载《当代青年散文诗人15家》，哈尔滨出版社1991年版。
② 谢明洲：《我的篮子》，载《当代青年散文诗人15家》，哈尔滨出版社1991年版。
③ 韩新东：《真正写出你自己》，载《当代青年散文诗人15家》，哈尔滨出版社1991年版。
④ 曹剑：《毕生心血凝成诗》，载《当代青年散文诗人15家》，哈尔滨出版社1991年版。

园静说:"我歌唱,我倾诉。我倾诉我的痛楚、失落、困惑、创伤,也倾诉我的追求、憬悟和重建的人生信念。尽管,有无声的泪,露滴般濡湿了雪一样洁白的诗笺,但那泪水的后面是悲壮的燃烧,是我的真诚和对生活的挚爱。这种爱使得我九死而未悔,坚持着积极的理想主义的追求……"[①]

可以看出,富有探索精神的青年散文诗作家几乎都有一个共同的特点,他们以爱与美为基础,在痛苦与辉煌之间重塑对生命的信念。由于各自的"痛苦"不同,因而出现了千变万化的散文诗;而艺术目标的基本一致,又导致了散文诗在格调上的相对整一。他们的作品中出现了以悲壮的生命体验取代清纯的牧歌意绪的倾向,但究其实质,他们所追求的生命本真仍然是一种解放、一种舒展、一种和谐,是更深层面上的牧歌意绪。他们的忧郁不是感伤,他们的痛苦不是完全的丧失,忧郁与痛苦之中包含着挚爱与寻觅,渗透着一种"力",那便是人格精神的力量。

下面是李松樟的《滴水莲之死》:

午后的桌上没有茶。我们全都口干舌燥了。滴水莲痛苦地挤出一滴汁液,谁也没发现那叶子轻松后愉快地叹息一声。

窗外没有喧嚣,是一条无人的街。

谈的什么都记不得了。好象是有关挑战者号的;好象是有关今早的报纸新闻;一位花甲老人跳楼自杀……

这午后没有意象可捕捉。窗台上驻足的黑蝴蝶飞走了,冰凉的水泥板上留下一小片湿湿的阴影,擦也擦不去。

没有力气汲水的滴水莲,叶子被谈话人喷出的尼古丁香雾毒蚀。明天枯萎吧,我们不愿做涂炭生灵的嫌疑。

烟蒂是思想的垃圾。扫除时,别忘了拣拾那里面或许还在燃烧的丝缕。然后,向全世界征集:谁能写一篇有关滴水莲死亡的消息?

[①] 园静:《永远无法穷尽的美》,载《当代青年散文诗人15家》,哈尔滨出版社1991年版。

手法有点荒诞,但它体现了诗人对美的失落的感受,其中包含着忧患与讽喻,正是这种忧患意识暗示了诗人特有的生命追求。

有些诗人在表现生命体验的时候,写得更明朗一些。他们把生命中的冲突以及面对冲突时的生命感受比较直观地显现出来。

下面是园静《睡莲》的第二部分:

来不及掩住澄明的秋池,来不及彼此说一声:坚强些,再坚强些!
灰色的雷霆是震怒的幽灵,灰色的骤雨,倾下那么多灰色的震怒。

我的莲!我的真诚唤醒的真诚!
冷雨中,有褪色的残瓣凋零,有怯懦的荷叶沉没。
优美的倒卧声中,透明的血,一瓣瓣,流成湖水的底色。
我的莲!我的挚爱感应的挚爱!冷雨中,我不能责怪你们——
如此善良的芳馨　如此灰暗的暴风
如此柔弱的美丽　如此凶残的幽灵

优美的倒卧声中,我支撑起摧折的花茎。摧折的枝头,受伤的意象是唯一的孤芳。
唯一的孤芳并不自赏。唯一的孤芳凝望着远天。整个冬季,我只能自己温暖自己了。
忽有一种馨香的声音馨香地飘来:坚强些,再坚强些!
落红之下,一颗颗坚忍的种子,打着芬芳的手语……

单从表现手段上来看,作品并不新奇,但它所表现的对苦难的体悟却让人从中获得一种人格的启迪。优美的旋律强化了这种表现,强烈的对比增加了作品的张力。园静的散文诗常常表达一种对生命的宗教般的虔诚,她不会因为苦难而放弃对生命的挚爱。

让自我迷失于自我痛苦之中,是生命的悲哀。恰如韩新东的《棋局莫测》所言:"在围棋中观察一场战争。这无声的撕杀足以让人类不得安宁。我们彼此围住自己,尔后,我们在自己之中再也走不出去。"只有走出围困,生命才能延续。散文诗对人格精神的强化实际上是对生命的深层苦难的化解与升华,是现代人面对生命艰难时的良好心态和方式。从这个意义上说,新生代散文诗作家在总体的艺术追求上体现出了合理性与诗学价值。

其四,走向现代:散文诗传达手段的异变。

散文诗的现代意识自然包括对现代人生的认识和对散文诗传达手段的新探索。对前者,我们已在前面作过探讨,这里,主要就散文诗传达手段的现代性作一些思考。

现代手段是指对传统手段有所变革有所突破的诗歌表现方式,这是与向现代主义艺术的借鉴密切相关的。

具有现代意味的话语方式很多,诸如变形、暗示、象征、荒诞、蒙太奇等,这些方式的共同特点,就是打破人们习有的语言思维模式,将人们从现实之中引入一种新的文化语境。现代诗歌传达手段的异变所暗示的是人们思维方式、认识方式的变革。

在中外散文诗作家中,已有不少人尝试过这些手法。下面是台湾诗人管管的《鬼脸》:

突然一个夏闯进来把一车厢的脸煮成糯米稀饭,只有一些黑枣儿在稀饭里滚动着。那个急急要下车的女子只好用手捧着那张脸挤了出去,事已迟矣,那捧在手里的脸已经有一些自指缝里溜掉,站在月台上那株梨树上,而且还多捧了别人一把胡子。

而另一个跳车的少年却捧了一张脸,而把鼻子眼睛和眉毛忘在车厢那锅稀饭里一株荷花的脸上。

这章散文诗所写的是人们在夏天坐火车时拥挤不堪的场面。诗人大胆地采用了变形的手法,将脸、人等形象进行变形处理,形成了一种夸张的荒诞效果。

在新生代散文诗作家中,使用现代手法从事创作的诗人也不少。下

上编　在现象中探路

面是党兴昶的《敲门》：

> 我想敲门。
> ——却不知道门在哪里。
> 忽一日，有人告诉我：门是有的，随处可见。
> 于是，便有了门。
> 楼舍上有，院墙上有，大街有，小巷有，前后左右、上上下下都有……一层层，一扇扇的门向我旋来。
> 我便赶紧去敲。
> ——当然没有敲开。
> 又有人告诉我：不能用手去敲，要用头。
> 于是，便用头撞。
> 先是轻轻地撞，怕撞昏了头，只能轻轻地。没有开。便换个门，还是不开。疯了，没命地撞，不知道撞了多少回，终于把头撞昏。
> ——门开了。
> 一个怪声高叫："你撞开了地狱之门，那就请进！"
> 苦求。挣脱。
> 没有了门，我便顺着当初的路，茫然地行。
> 两面青山挤来，只有一线幽谷。山壁峭立，没有别路，只有前行。
> 我不再想敲门。
> 据说，我本来进了一个门。

作者用怪诞的手法抒写了人与世界的阻隔与生命的困惑。"门"是虚拟的，"敲门"是虚拟的，荒诞之中却暗示了一种无奈。

再看灵焚《飘移》中的一个部分：

> 多少年之后，风还在翻越波浪，喘息着靠近天空。
> 天空很低，由树冠支撑。参差不齐的四极距离可以摸抚的地方。不知昏睡多久了，梦里的风沙已经停息，桔子色的土壤上驼队

显得疲惫不堪。

　　太阳以及月亮最辉煌的时刻在那一次昂首之际已经呼啸而去，雁阵成为化石，没有仙人掌的地方，孙子们挖掘着接近我们。

　　这里什么地方？山不像山，海不像海，鸟声已经绝迹。还记得那一次我随你晕眩的目光升起？

　　这是高原吗？垂下的四肢如绝壁苍苍茫茫。

　　铁门的响声在遥远的地方滚动，我是被这声音惊醒了吗？在眼睛睁开之前总要回忆点什么思考点什么吧！可是大脑浑浑沌沌，尽是千年无人打扫的风尘。

　　以手加额，霜雪从心底漫卷而至。额上佝偻着无数男人和女人圣洁的肉体在呻吟。

　　那个富足的股票经纪人饿死在神秘的塔希提岛上，呼唤世界始终没有回声，昼夜成为一幅空前绝后的谜。

　　就这样闭着眼睛飘移吧！管他从哪里来，到哪里去。

　　可以说，这章作品的思路很"紊乱"。作者采用了跳跃、反讽、隐喻等现代艺术手段，直观地呈现了现代文明的盲目性以及它给人的生命带来的盲目性。

　　散文诗表现手法的更新是散文诗文体探索走向深入的体现，昭示了散文诗开始从轻浅走向凝重，从表现感觉世界走向了表现体验世界。

　　当然，新生代散文诗作家所体现出来的探索远远不止以上这几个方面，这里只是择要描述。

　　需要注意的是，在青年散文诗作家中，仍然存在着浮躁与粗浅的弊端，有的是因为在求新中只"唯新"，而不求实，只标榜自我而忽略了在自我中表现人类的生命思索，在语言上也试图创立一种"新"的语言，那实际上只是一种只有他自己才能看懂的"语言"；有的是因为太缺乏对使命意识的强化与表现，让生命的苦难流浪进了无边的"黑洞"；还有些是因为对散文诗文体规律缺乏了解，其艺术修养和人生修养都还存在欠缺，只是因为某种诗外的目的才把他们推到了"诗人"

的行列，从而倾倒了一堆堆粗浅的艺术垃圾。

耿林莽说："在倡导散文诗的现代化，弘扬时代精神，倡导作家的社会责任感，有一点忧患意识的同时，对散文诗这一文体本身的美学优势，对它所应承担的以高度纯净的诗美精品美化和净化人类的心灵这一崇高的精神文明建设的使命，是不应有丝毫忽视的。"[1] 散文诗无论怎样转型，无论怎样现代化，都必须遵循它的文体规律，都必须以"诗"与"美"两个标准为前提，这样才能对散文诗的发展产生求实的推进。

1998 年 5 月，草于重庆之北

---

[1] 耿林莽：《散文诗的青春美》，见《当代青年散文诗人 15 家》，哈尔滨出版社 1991 年版。

散文诗：从观念的变迁开始新的探索

类似散文诗的文学作品在很早就出现了，中国古代的一些赋体作品、骈文作品就可以归入其中，不过，现代文体学意义上的散文诗诞生于19世纪中叶的法国，其开创者和命名者都是法国诗人波德莱尔，全世界第一部散文诗集是波德莱尔的《巴黎的忧郁》。经过许多诗人的长期探索，散文诗逐渐成为一种世界性的诗体，出现了屠格涅夫、泰戈尔、纪伯伦、圣·琼·佩斯等影响巨大的散文诗作家。散文诗在20世纪初的新文化运动中随着西方文学翻译、介绍的热潮传入中国，其后在中国诗人的不断探索之下，取得了不小的成绩，成为中国新诗中一个不可或缺的诗歌类型。但是，和其他一些附属性文体一样，如报告文学（属于散文范畴）、杂文（一般认为属于散文范畴）、纪实文学（报告文学之一类，在文体上属于散文范畴）、书信（一般认为属于散文范畴）等，散文诗一直没有成为诗歌的正宗，始终处于边缘地位，更不用说在整个文学发展中的地位和影响了。要真正提高散文诗的创作质量，扩大散文诗的影响，我们首先必须了解散文诗的特点、处境和存在的问题，有针对性地进行探索。

一 回顾：尴尬中的探寻

在国外，我们很难见到关于散文诗的系统的研究成果，不是因为别国没有优秀的散文诗作家、作品，也不是因为别国没有优秀的理论家，而是因为人们没有刻意把散文诗从诗中分离出来单独对待，只是认为它就是诗，一直把它当诗来看待，研究诗其实也包括对散文诗的研究。专门从事散文诗创作的人也不是很多,很多作家都是同时兼事多种文体,哪种文体适合表达自己的感受,他们就会选择哪种文体。一个作家同时是诗人、小说家、剧作家,在西方许多国家是很普遍的现象。

在中国,人们研究文学,似乎喜欢把文体分得很细,要对每一种文体的特点都进行条分缕析的讨论,一定要找出每种文体最具个性的构成元素并努力张扬这些元素。这样的研究当然有价值,可以更清晰地把握每种文体和其他文体的区别。在创作中,除了少数作家可以同时兼有小说家、诗人、散文家等身份之外,比如近现代的郭沫若、鲁迅、老舍,当代的贾平凹、黄亚洲、虹影等,多数人只是在某一种文体上展开探索。在文学探索中,专注、执着当然是对的,但是,我们必须承认,这种研究和创作格局也必然会带来一些问题,比如,文体之间的交融很少,跨文体、超文体写作的情况比较少见,这在一定程度上制约着中国文学的发展,尤其是阻碍了文学艺术上的创新。一些复合型的文体试验不仅很难得到承认,甚至在很多时候要遭受诟病。

因为这种情况,自引进中国以来,散文诗在中国文学中的处境一直比较尴尬。有些问题至今没有得到很好的解决。

其一,散文诗究竟属于诗还是属于散文,或者是一种独立的文体,学界一直争论不休。一般认为,散文诗是属于诗的一种样式或者类型,无论是徐成淼的"精灵"说,还是王幅明的"混血儿"说,都认同散文诗属于诗歌这种看法。从散文诗的情感内涵、诗化语言、艺术格调等方面看,这种观点是符合它的本质的。但在诗歌领域,因为散文诗从作家队伍到作品数量都属于"少数派",散文诗在诗歌圈子中的地位并不是很高。除了专门研究散文诗的著作,绝大多数诗学理论著作都很少把散文诗作为诗歌研究时的重要对象;许多诗歌选本,往往不把散文诗和抒情诗选到一起。此外还有另外一些看法,比如认为散文诗是具有诗意的散文,或者散文化的诗,这就把它划到了散文领域。这种情况在文学刊物发表的作品中也有所体现,除了专门的散文诗刊物外,既有诗歌刊物发表散文诗,如《诗刊》《星星》《诗潮》《扬子江诗刊》《绿风》等,也有散文刊物发表散文诗,比如《散文》《散文百家》《散文选刊》

散文诗：从观念的变迁开始新的探索

等，还有综合性的文学期刊发表散文诗，如《人民文学》《十月》《海鸥》《西北军事文学》等，有些是开设有专门的栏目，标出了"散文诗"的称谓，有些则直接将其列入短篇散文之中。

基于这样的处境，在散文诗创作和研究中，有些人主张散文诗既不属于普通的抒情诗，也不属于散文，而是一种介乎二者之间的一种独立的文学样式。从文体的构成看，这种观点不太容易成立，因为要在传统的诗歌、散文、小说、戏剧文学的分类之外重新增加一种文体，是很困难的。坚持这种观点的人也许有着某种逆反心理，觉得散文诗受到的重视不够，故意要把它加以特别的标榜。这样的心情可以理解，但在创作、研究中，这样的观念不太容易被更多的人（尤其是不写散文诗的人）接受。

其二，散文诗的篇幅一般较短小，在许多作品越写越长的时候，它甚至显得无足轻重。在不少报刊上，散文诗在很多时候是作为"补白"刊发的（其他作品排完之后只剩下半页或者大半页位置，正好找一二章短小的散文诗补上空白部分）。一些散文诗作家也对散文诗进行过令人吃惊的描述，比如认为散文诗是写诗不成而留下的东西，郭风先生在其《叶笛集·后记》中就说过："写作时，有的作品不知怎的我起初把它写成'诗'——说得明白一点，起初还是分行写的；看看实在不是诗，索性把句子连结起来，按文意分段，成为散文。"[1] 这段文字说明散文诗和诗有着亲缘关系，但这也容易使人觉得散文诗是诗的"边角废料"，最终形成散文诗在艺术上赶不上诗的错觉。

其三，文学界对散文诗没有给予足够的重视。很多报刊发表散文诗，散文诗界的活动也很多，从表象上看，人们对它很重视。但是在一些高档次的文学奖项中，散文诗还没有自己的位置。到目前为止，"鲁迅文学奖"已经评选过五届，还没有散文诗集获奖。与此对应的是，在诺贝尔文学奖的评选中，却有一些诗人因为散文诗（作为诗歌）而获奖，比如印度的泰戈尔、法国的圣·琼·佩斯等。这并不是说，只要

---

[1] 郭风：《叶笛集·后记》，《叶笛集》，作家出版社 1959 年版。

有散文诗集获得"鲁迅文学奖",散文诗的地位就自然提高了,而是由此可以看出散文诗在中国的文学领域并没有受到足够的关注。据说,有些散文诗作家曾经向有关部门提出过允许散文诗单独参评"鲁迅文学奖"的建议,但至今没有被采纳,这在一定程度上是因为散文诗、散文诗作家在中国诗歌、中国文学中的影响力还不够。

早在 1963 年,诗人余光中就对散文诗说过这样一段话:"在一切文体之中,最可厌的莫过于所谓'散文诗'了。这是一种高不成低不就,非驴非马的东西。它是一匹不名誉的骡子,一个阴阳人,一只半人半羊的 faun。往往,它缺乏两者的美德,但兼具两者的弱点。往往,它没有诗的紧凑和散文的从容,却留下前者的空洞和后者的松散。"① 对于散文诗文体来说,这种看法肯定是片面的;对于散文诗作家来说,这样的评价肯定是偏颇的。但是,我们不得不承认,这样的情形在散文诗发展中是存在着的。基于这些情形,我们可以说,散文诗的处境并不很理想,甚至可以说散文诗属于当下最寂寞的文体之一。令人高兴的是,仍然有许多诗人在这样的处境中艰难地摸索着,为散文诗的发展贡献着自己的才能与智慧。从诗歌和散文诗艺术的发展上说,这些人是应该受到尊敬的。

二 再回顾:一些值得肯定的成绩

散文诗的文体地位、社会地位比较尴尬,并不是说这种文体就没有人关心、没有人喜欢、没有什么成绩了。恰好相反,正因为处于文学的边缘,功利性相对较少,散文诗一直保持着相对纯净的文学品性,参与创作的人很多,在读者中也有着较大的影响。我们可以从以下几个方面简单考察一下这些年来散文诗发展的大致情况。

(一) 散文诗组织与活动

1985 年 5 月 13 日,中国散文诗学会在北京成立,这是中国当代的第一个散文诗群众组织,是散文的诗人、理论家、编辑家、翻译家和教

---

① 灵焚:《或者为一位老诗人曾经的轻狂挽歌》"编后记",《大诗歌》,中国青年出版社 2010 年版,第 294 页。

育工作者自愿结合的社会团体,柯蓝、郭风曾经担任会长,创办了《中国散文诗》杂志,还出版过《散文诗报》。该学会倡导散文诗就像报告文学一样,应该作为一种独立的文学形式而存在,并非从属于诗歌。在接下来的岁月里,散文诗界又先后成立了中外散文诗研究会、中外散文诗学会等群众性组织。这些组织就像散文诗作家的"家",他们通过它们相互交流诗艺,共同研讨散文诗的发展。

(二) 散文诗阵地

在现代文化语境之下,任何文学样式要得到发展、形成影响,相对稳定的阵地是少不了的。其实,散文诗的阵地一直是比较多的,除了大量的文学、诗歌报刊开设有散文诗专栏之外,还有专门的散文诗刊物,湖南益阳的《散文诗》是一份影响很大的期刊,其上半月版注重发表知名诗人的作品,也同时注重发现和培养新人,下半月版属于"校园版",为培养散文诗的后续人才发挥着不小的作用;它的小开本非常符合散文诗作为一种精致文体的个性特征;四川成都的《散文诗世界》最初是以丛刊的形式出版的,后来采用了香港刊号,是中外散文诗学会的会刊。在许多文学期刊发行量不断减少的情况下,这两家专门的散文诗刊物却能够通过发行养活自己,可以说是文学期刊中的奇迹。一些报刊还开设有专门的散文诗专版,20世纪90年代前后有林登豪主持的《福州晚报》散文诗副刊,进入新世纪之后又有亚楠主持的《伊犁晚报》的天马散文诗副刊,这些副刊依托发行量较大的报纸,可以不考虑自身的生存问题。还有大量的民间刊物、丛刊,如新疆的《散文诗作家》、重庆的《中国微型散文诗》等,都为散文诗的发展提供了有益的阵地。除此之外,散文诗的创作和传播也没有忽略对新媒体的利用,网络上发表的散文诗数量相当可观,而且还出现了专门发表散文诗作品、评论的网站,为散文诗作家之间的交流、沟通提供了重要的平台。

(三) 散文诗创作成果

中国现代散文诗创作的高峰是鲁迅。在当代,具有代表性的诗人包括柯蓝、郭风、耿林莽、王尔碑、李耕、许淇等,从20世纪80年代开始,散文诗的创作队伍大大扩展,他们创作出版的散文诗作品集数量很大，柯蓝、郭风、敏歧、田景丰、黄神彪等都在散文诗的编辑、出版方面做出过不小的成绩，《黎明散文诗丛》《中国99散文诗丛》《中国皇冠诗丛》（该丛书的一半为散文诗集），等等，影响甚广。进入21世纪之后，虽然文学作品的出版因为经济的原因而出现了更多的困难，但散文诗集、选集的出版仍然比较活跃，尤其是一些选集的出版为散文诗的发展提供了活力和动力。进入21世纪之后，每年均有两部年度散文诗选的出版：一是邹岳汉主编的年度散文诗选，由漓江出版社出版；二是由王剑冰主编的年度散文诗选，由长江文艺出版社出版。它们已经得到了散文诗界的认同，很多人都因为有作品入选这两个选本而感到自豪。此外，散文诗的断代选本、导读本等也产生了不错的影响，比如在纪念散文诗引进中国90年时由王幅明主编的《中国散文诗九十年》（上、下卷，2007），既有作品，也有理论，被认为是中国现代散文诗最权威、最全面的选本；在纪念中华人民共和国成立60周年时由王蒙担任总主编的《新中国六十年文学大系》专门收入了一本《60年散文诗精选》（王宗仁、邹岳汉主编）等，也是具有经典性特点的选本；王兆胜编著的《精美散文诗读本》（2009），主要是从文本角度对中国散文诗发展所进行的艺术总结。一些地域性散文诗选本也受到关注，20世纪90年代，广西民族出版社出版的《中国散文诗大系》为每个省区市出版一个选本，容量可观；王幅明选编的河南散文诗选《河，是时间的故乡》2010年出版，作品比较精粹，装帧精美。这些选本的发行量都相当不错的。

因此，在寂寞中发展的散文诗仍然比较活跃，在一些热心人的组织下、在众多散文诗作家的积极参与下，散文诗的创作所取得的成绩还是比较可观的，虽然不说可以大书特书，至少在诗歌的多种样式中，散文诗属于比较活跃也比较有成绩的文体之一。

三 问题之一：观念的更新是关键

散文诗创作取得了一定的成绩，是不是就不存在需要进一步解决的问题呢？当然不是。如果一种文体在发展中已经没有什么问题需要解决了，只能说明这种文体的发展已经走到了尽头，走到了无路可行的状态。

观念的调整是任何艺术发展的前提。在五四时期，首先是经过了长时间的观念酝酿，才有了新文学的诞生；在20世纪70年代末80年代初，诗歌界出现了关于"朦胧诗"的讨论，当时许多人对"朦胧诗"提出了尖锐批评，认为它们看不懂，不是诗，而今天再回头去看，我们也许会认为"朦胧诗"仍然存在一些观念化的因素，还不够完美。为何会出现这种感受呢？主要是因为我们的诗歌观念发生了变化，我们的审美期待更高了。"朦胧诗"讨论的主要收获之一就是推动了诗歌观念的更新。

散文诗领域一直显得比较平静，这一方面可能说明散文诗队伍比较和谐团结，但另一方面也可能暗示着散文诗探索不够活跃，散文诗观念缺乏变化和创新。不管存在哪种情形，都将对散文诗的发展产生不良的影响。不幸的是，事实恰好就是如此。

散文诗观念存在的问题至少可以从两个方面来加以简单审视。

其一是散文诗的理论研究不够活跃。王光明在1987年出版了《散文诗的世界》，这是中国当代第一部散文诗理论专著，也是具有开创意义的著作。其后，随着散文诗创作成果的不断涌现，又出现了多部散文诗研究著作，耿林莽、徐成淼、王幅明、徐治平、方文竹、黄永健、田景丰、喻子涵、庄伟杰、王兆胜、蒋登科等都在散文诗研究方面做出过成绩。但是，相比于散文诗创作，相比于抒情诗的研究，散文诗的理论研究远远不够。一是研究成果不够多；二是研究角度相对单一，主要在两个角度展开：散文诗文体和散文诗作家，较少有人从文学、诗歌发展的大格局中探讨散文诗的现状，分析散文诗发展所存在的问题和可能的对策；三是研究视野存在局限，如果不在整个社会、文化、文学、诗歌发展的大语境中开展研究，我们就很难发现散文诗的特点、问题和需要调整的地方，就难以跟上文学发展的大潮，自然也难以对散文诗的发展产生正面的推动，有时甚至会产生自以为是的虚妄之感，把散文诗看成是各种文学类别中成就最高、影响最大的文体。事实上，这样的心态在散文诗界是存在的。

其二是创作中体现出来的观念相对陈旧。我们不是说，在新时期以来散文诗的艺术观念一点都没有发生变化，而是说这种变化还不足以适应当下文学发展的大潮流，不足以改变散文诗的边缘化地位。比如，过去的人们一般认为散文诗属于文学中的小花小草，适宜抒写小感触，在新时期以来的散文诗中，这种情形并没有多少改变，因而没有出现过鲁迅那种深度解剖自我的作品，也没有出现过圣·琼·佩斯那种气势恢宏的作品；又比如，散文诗语言在过去一般追求清新、优美、顺畅、舒放，这当然是和散文诗的特点有关的，但这种情况在近些年来几乎没有大的改变，抒情诗所采用的一些新的表达方式、话语方式没有被很好地借鉴到散文诗的探索中来；还比如，在世纪之交的抒情诗写作中，对叙述、细节的重视成为一种潮流，这种追求生活化、客观化的探索在一定程度上避免了诗歌的空洞化、观念化，引发了诗歌探索的日常性潮流，但散文诗在这方面的探索还不够深入，叙述与叙事的关系处理得不够理想，观念化的情况还普遍存在……如果这些影响创作向度的观念得不到调整和发展，散文诗艺术将很难获得实质上的突破，很难出现具有创新性的诗人和具有创造性的作品。

在新时期以来的散文诗探索中，由于受到整个文学、诗歌观念变化的影响，在20世纪80年代后期到90年代前期，散文诗观念的变化也受到了重视，尤其是被称为"探索散文诗"的试验，对散文诗观念的突破产生了不小的影响，也出现了不少受到关注的作家和作品。但是，在其后的发展中，这种创新、探索意识并没有被很好地延续下来，自然会影响到散文诗文体的丰富和发展，影响到散文诗整体水准的提升。如果不能在散文诗的观念方面实现实质性的突破，散文诗艺术的进步将会长期面临窘困之境。

四 问题之二：同质化倾向亟待克服

所谓同质化倾向，主要是说当下的散文诗中缺乏具有个性的名篇佳作，很多作品面孔相似。在鲁迅时代，《野草》中的作品，即使隐去作者姓名，读者也可以大致判断出它的作者。但是现在，面对隐去作者名字的作品，我们可能很难判断它们的作者究竟是谁。同质化倾向在散文诗中体现在很多方面，有总体上的类似，也有某些元素上的类似。

题材与主题近似的作品多。散文诗创作比较活跃，散文诗笔会活动比较多，这对散文诗的交流和发展是有好处的。但是，有些笔会活动是带有功利性的，目的就是邀请一些散文诗作家到当地参观考察，创作一些赞美当地历史文化或者自然景观的作品。我们当然不排除这样的作品中可能出现优秀之作，但总体上说，这样的活动在本质上属于社会应酬，是外在于艺术的，和散文诗的艺术成就没有必然关系。于是，我们因此而见到许多报刊发表了题材、主体相近的散文诗，有时甚至连续发表多期。这种外在的书写方式，和散文诗这种文体的艺术要求存在差异，看似繁荣的背后蕴含着极大的隐忧。如果说，这是属于比较极端的例子的话，那么，在大量并非人为组织的散文诗中，我们同样可以发现题材、主体类似的作品不少，有些在表达方式上都很相近。偷懒的写作、平庸的表达在散文诗领域并不是个别现象。

表达方式的趋同情形比较普遍，轻浅的作品广泛流行。抒情诗中有一种直抒胸臆的表达方式，其中也有不少优秀的作品，比如陈子昂的《登幽州台歌》、普希金的《假如生活欺骗了你》、裴多菲的《自由与爱情》等，这些看似直白的作品抒写了广泛而深刻的生命体验，几乎没有第二个人能够重复，因而成为同一主题的"唯一"。但是，如果这种方式把握不好，没有深刻而独特的艺术发现，就可能落入理念化、概念化的泥淖。在诗歌发展中，更多的优秀作品都采用了间接的、意象化的抒写方式。散文诗也一样，一些直抒胸臆的作品，因为表达的感受是读者已经熟悉的，作品往往给人缺乏新意、缺乏创造的感觉，成为"无名"的格言、警句。在散文诗中有一种哲理散文诗，要写好实在不容易，它要求诗人必须要具有开阔的视野、博大的爱心，否则就会和普通人的发现没有多少差异。在当下的散文诗中，抒写肤浅、轻巧、表面情感的作品大量存在，阅读的时候一览无余，读了之后不能带给读者启迪或者思考。从表面上看，每一章作品都是不同的，写的是不同的题材，表达的是不同的感受，但在本质上属于同一类型，就是表达上的表面化而非深度的体验化。这些作品的共同特点是缺乏个性和创造性，既缺乏独特的诗美的发现，也没有独特的诗美的表现。这样的作品不能为散文诗的发展产生本质上的推动，倒会使人产生对散文诗艺术的怀疑。

同质化倾向其实就是一种重复，就是用不同的文字进行的"抄袭"。这样的创作很容易败坏读者的阅读兴趣，很难出现具有个性的作品，长期下去将对散文诗的声誉和地位产生极大的负面影响。

造成这些情形的原因当然很复杂，比如社会的浮躁、物质的诱惑、艺术素养的欠缺等。概括起来，大致有：一是有些诗人的生活积淀不够深厚、艺术积累不够扎实、艺术视野不够开阔，不足以适应散文诗艺术创新的要求；二是有些诗人对于语言和诗歌失去了敬畏之心，以为随便写写就可以是诗，甚至就可以成为优秀作品；其实，散文诗和诗歌一样，如果没有语言上的独特造诣，如果不打破常识性思维和常识性表达，是难以超越别人的，自然难以创作出好的作品；三是诗人的想象力缺失，就事谈事、就情抒情的情况相当普遍，很多人难以通过自己的艺术创造获得诗歌的超越性，难以在作品中克服平面化而创作出具有立体感觉、多维体验的作品。

基于这样一些原因，我们有必要提倡散文诗的难度写作和精品意识。诗人首先要克服浮躁情绪，克服自我满足的心理，深入体验人生，同时要广泛阅读优秀作品，提高艺术修养，将作品的质量意识放在第一位，努力使自己写出来的每一章作品都是新鲜的，都是不同于别人的。即使是在激情澎湃的时候创作出来的作品，也应该进行适当的"冷处理"，反复推敲、修改，使其臻于完善甚至完美。在20世纪50、60年代，柯蓝、郭风他们写出一本薄薄的散文诗集，需要花费几年的时间，而现在，有些人一天就可以写出一大组，一年就可以写出好几本；有些人甚至可以在没有任何实际体验的情况下，一口气为某个地方的征文写出看似精彩的作品，但实质上体现了诗人的某种虚伪——带有功利目的的虚伪。在他们那里，散文诗创作好像是一件很简单的事情。诗人以这样的态度对待散文诗，对待诗歌创作，他们得到的回报也将是相呼应的，那就是优秀作品的缺失。

带着诗外目的从事诗歌创作，失去对艺术的敬畏之心从事诗歌创作，或者把诗歌写作看得和日常生活一般的轻松容易而没有难度感……这些都是当下散文诗创作中存在的现象，如果不加以克服或调整，是很难创作出优秀作品的。

五 问题之三："无我"与"唯我"需要协调

如何处理"我"与"我们"、个人与群体、诗歌与现实等关系，虽然只是一些常识性的问题，但也是任何诗人都必须面对和解决的问题。

诗歌创作始终是个人的劳动，是个人思想、情感、才华的艺术呈现。在诗歌中"无我"，将失去诗的独特性、创造性；在诗歌中"唯我"，会使诗歌失去和他人、和世界的联系，最终失去读者。

在当下的散文诗创作中，这两种极端的情形都或多或少地存在着。

所谓"无我"，主要是指那种缺乏艺术个性、缺乏新鲜发现、缺乏表达特色的散文诗，这类作品缺乏语言机智，缺乏包容量，缺乏"我"的新鲜与亮丽，题材是大众化的，感受是大众化的，语言是大众化的。读这样的作品，像是读知识介绍，或者读旅游解说词，或者读日常琐事，我们很难从作品中看出诗人独特的艺术发现、创造才华，作品显得比较平淡，难以使人眼前一亮或者心灵一颤。

所谓"唯我"，主要是指诗人在创作中只考虑自己，心目中没有他人、世界，"我"的体验、感受就是作品的中心和指归，不断在创作中回味、品尝那些不断重复的、琐屑的个人体验、个人身世，甚至个人的阴暗的感受、私人的体验，格调与境界都不一定很高。这种姿态所导致的结果往往是，作品在语言、意象、切入角度等诸多方面都给人比较新鲜的感觉，但是在情感内涵上却很难让人接近，甚至难以理解。

在诗歌史上，无论是"无我"的诗还是"唯我"的诗，无论是缺乏个性的诗还是个人性的诗，都很难经受时间和艺术的检验。优秀的诗歌应该是能够在表达诗人的个人创造、独特发现的前提下，也表达众多人的类似感受，通过个人通向他人与世界。"一个诗人，在写作的时候不一定考虑了个人与群体的关系，但他的修养里应该有这种因子，他的观念里应该有这种因子。……以群体为本位的诗，即使写个人的体验，也往往表现、隐含了能为其他读者所接受，所理解的情感体验，这就是诗的普视性。具有普视性的诗就是人人心中有，个个笔下无的那种诗，就是别人想说但无法说出而被诗人说出的那种诗，是诗人个人的艺术发现与他们对群体的关注结合在一起的诗。"[1] 换句话说，优秀诗歌总是在个人与群体、艺术与社会之间寻找着沟通与和谐，达成沟通与和谐的交接点是诗人、读者、社会在心灵上的交合与默契。如果诗歌不能为这些对象提供这样的交接点，诗的艺术效用将难以得到发挥。

海，汹涌的大海，/我听到你召唤的涛声——/一切江河，一切溪流，/莫不向着你奔腾；/但它们仍然是水，/是水！它们属于/你，也属于自身。（陈敬容《水和海》）

"水"和"海"的关系就是诗歌创作中诗人与他人、世界的关系。诗的普视性的来源是丰富的，但从诗歌创作的角度考察，有三个方面是值得注意的：其一是通过对普遍人生的关注，在熟悉之中创造艺术上具有陌生性的诗篇；其二是通过对个人体验的提升、超越，使个人体验升华为群体体验，形成诗的普视性；其三是诗歌应该有向度，有境界，能够在一定程度上引导读者走出生命的黑暗与困境，走向生命的纯净与完美。只要经过了这些方面的经验积累、心灵历练和艺术加工，很多具有良好艺术素养、思想储备的诗人是可以写出既具有个性又为读者喜爱的诗歌、散文诗作品的。

六　结语："我们"的一些启示

散文诗的发展存在一些问题，是否有具体的办法加以解决呢？办法肯定是有的，而且不同的诗人、不同的学者会有不同的看法。在诗歌发展中，要找到一种为大多数人能够接受的办法或者评价标准，是很困难

---

[1] 蒋登科：《诗的个人性与普视性》，载《西南大学学报》（社会科学版）2008年第6期。

的。在诗歌艺术的发展中，很多时候首先是有观念的变化，有大量的艺术实验，之后才出现对其进行总结的理论概括。对未来诗歌发展的预测往往是以经验和现状为前提的，经验的可信度又需要创作成绩来证实。

在前面的讨论中，我们已经说过，当下散文诗面临的主要问题很多，其中，缺乏更新的观念、媚俗的功利思想、缺乏创造精神和探索性等，可能是制约散文诗艺术水平的要害。

许多热爱散文诗的人都在关注着散文诗的命运，不少人发表过自己的观点。在这里，我愿意特别介绍以"我们"命名的一种诗学理想。之所以这样选择，一是因为这种设想是一个群体在共同的讨论中形成的，具有比较广泛的基础，也具有一定的代表性；二是它的基本特征是在尊重个人创造精神的前提下超越了单纯的个人，具有比较开阔的视野，可信度相对较高；三是他们不但有观念上的倡导，而且进行了大量的创作实践，取得了不错的成效。

2009年3月，最初起源于周庆荣、灵焚、阿毛、宓月、亚楠等诗人并经过一年多碰撞、修正、补充而形成的一种新的散文诗观念基本成熟，经过广泛征求散文诗界几代诗人的意见，3月31日正式发布了《我们——北土城散文诗群的态度》[①]。这个具有宣言性质的短文，共有20句话，从不同角度发表了对于散文诗的看法，内容相当丰富，可以说涉及从诗歌观念到诗人修养，从个体到群体的关系，从历史、现实到未来发展等话题。虽然没有涉及散文诗创作的具体技术问题，但它所涉及的观念问题，确实是散文诗发展所必须解决的关键问题。因为篇幅原因，我们无法对"我们"的观念进行细致全面的讨论，但概括起来，其核心主张大致有这样一些方面：

其一，追求共同性，保持多样化。"我们每一个人都有自己的脚印，我们可以保持着自己的行走姿态""我们认同每一种个体的存在"。对个性、创造性的尊重，是艺术创作的基本前提，在诗歌创造中，没有对"我"的尊重，也就没有"我们"的升华。

---

① 《我们——北土城散文诗群的态度》，灵焚、潇潇主编《大诗歌》，中国青年出版社2010年版，第304页。

其二，强调散文诗的艺术承担，坚守艺术的尊严。"我们让责任的双肩扛起思考的头颅，实现生命的站立""我们坚守写作的尊严。我们之所以写作，因为我们有些话想说""我们选择悉心呵护人性的乡愁"。散文诗篇幅短小，但散文诗不一定就是小花小草，它和其他文体一样，同样可以并且应该承担文化传承、文化创造的责任，为人性的纯洁、人的境界的提升发挥自己的作用。真诚应该是散文诗的基本品格之一，散文诗应该发自内心，源于生命体验，一切表面的、虚伪的精美、优雅都可能是穿着奢华外套的枯枝败叶。

其三，强调艺术的包容性，既关注历史与现实，也关注未来，关注所有有意义的艺术探索。同时承认艺术探索的没有止境，不故步自封。"我们知道：活着，就要衔接历史，经历与见证现实生存，在我们的脚印里成长出更茁壮的未来""我们在净化自己中提升自己；我们在完成自己中瓦解自己"。散文诗具有自身的特点，这是其存在的文体基础。但是，这不是说散文诗就应该故步自封，不思进取，而是应该不断吸收、消化其他文体的长处，不断提升自己的诗学品质，不断超越已有的观念和实绩。无论是对于个人还是对于一种艺术样式，自我重复、自我满足永远是艺术发展的敌人。

其四，追求个体与群体的融合，在尊重个体的同时，张扬群体的意义。"我们的意义在于尊重个体的生命意义，进而选择作为群体的存在意义。"尊重个人的目的是探寻群体存在的意义，二者是相辅相成。在散文诗探索中，无论个人的感受多么独特丰富，无论个人的表达多么新奇精美，如果作品艺术境界没有蕴涵或者提升为具有群体意义和价值的存在，这样的作品最多只能是实验品，难以进入经典作品的行列。

其五，强调人格具有的巨大力量，关注诗人的人格建设和诗歌的人格精神。"我们认同作为平民生存的人格理想、价值理想、审美理想""我们相信胸怀决定语言的力量，人格产生作品的高度""我们追求高尚，我们怀抱理想；我们不回避浪漫，我们不狂傲现实"。诗人的人格和作品的人格精神是确定作品艺术境界的基本元素，也是艺术作品发挥艺术作用的内在力量。人格建设的内涵很开广，比如如何处理个人与社会、群体的关系，如何处理现实与理想的关系，如何处理崇高与渺小的关系，如何处理世俗与境界的关系，如何处理多元与主流的关系，等等，这些问题都是需要每一个诗人认真思考、认真对待的。

其六，倡导"大诗歌"。"'我们'提倡'大诗歌'理念，相信'大文学'的可能性；我们从个体化写作中走出，在平等的对话中发展。"散文诗是一种独特的诗歌样式，但它不应该是自足、自在的，更不应该是自我封闭的。它是诗歌的一种，在许多方面总是和历史、社会、文化以及其他文体保持着或直接或间接的关联。"大诗歌"理念可以打破一些既成的樊篱，可以为诗人思考散文诗提供一些更丰富的角度，为散文诗艺术的探索提供更开阔的诗意空间。

这个宣言使用的是"态度"一词，这在一定程度上淡化了流派特征，是以大视野、大胸怀在真正关心散文诗的发展。"态度"中所具有的包容意识、承担意识等都是散文诗发展所必须考虑的，可以在很大程度上避免本文前面所谈到的散文诗发展所存在的问题，比如强调个人的创造性的同时又追求诗歌的群体意识，可以避免那种"无我"或者"唯我"的散文诗，倡导"大诗歌"概念可以避免圈子意识，可以避免抒情诗和散文诗之间的各种争议，实现不同诗歌样式之间的交流与融合。

这个"态度"提出之后，网络上形成了一股热潮，许多散文诗作家为之叫好。在诗歌甚至散文诗发展的历史上，类似的宣言是很多的，但是就散文诗而言，没有哪一次宣言有这次的"态度"影响那么广泛。原因是多方面的，首先是"态度"是有针对性的，针对散文诗发展存在的问题，提出了具有包容性的建议和努力的方向；其次是快捷的传播方式为它的广泛传播提供了机会，尤其是在网络上发布以后，很多人转载，点击量持续上升；更主要是，提出"态度"的群体还将其中的理念逐渐付诸实践，他们选择了许多优秀作品推荐到《诗刊》《青年文学》《诗潮》《扬子江诗刊》等报刊发表，有些作者是刚刚起步的诗人，只要作品具有特色，他们就予以关注。倡导者并没有借此来推销自己的作品，避免了小圈子意识；他们还在中国青年出版社出版了《大诗歌》，将抒情诗、散文诗收录在一起，具体实施了他们的"大诗歌"主张，这是在逐渐解决散文诗所面临的文体尴尬；2011年组织出版了"我们散文诗文库"。

可以看出，"我们"不是一种流派性质的艺术群体，而是一些执着的诗人为散文诗发展寻找的总体方向，从其诞生历程就可以看出，它代表着众多散文诗作家、评论家和爱好者对未来散文诗的期待，也在一定程度上代表着散文诗的发展方向。"我们"的多元意识、人格理想、文化还乡、社会关怀等所涉及的都是当下诗歌和散文诗发展所必须认真面对和解决的问题，这些问题如果能够解决好，将会对散文诗观念更新产生重要影响，将会为散文诗的繁荣发展提供不可或缺的支撑。

如果一定要我提供一些解决散文诗发展所存在的问题的策略和建议，我愿意借鉴"我们"的"态度"来表达我的意见。同时，以吕进为代表的诗论家提出的"新诗二次革命"所涉及的"诗歌精神重建""诗体重建""诗歌传播方式重建"等主张[①]，对于散文诗的艺术探索也是具有参考价值的。

2010年8月10—12日，重庆之北

[①] 蒋登科：《〈诗刊〉与"上园派"的形成及其影响》，载《西南大学学报》（社会科学版）2011年第1期。

四川诗歌:值得不断言说的文化现象

谈到诗歌,尤其是谈到新诗,四川诗坛是我们无法回避的话题。简单而言,四川诗坛在新诗史上历来都属于阵容强大、作品众多、观念多元、意识领先、新见迭出的诗歌区域,为新诗发展做出了重要贡献。

这种地位的形成与深厚的文化积淀有关。四川具有悠久的诗歌历史,在古代诗歌发展史上,李白、陈子昂、苏轼等诗人都是他们所在时代的佼佼者。曾经有人说,抒写中国两条大江大河最有气势、影响最大的诗句均出自两位"南人",一是"黄河之水天上来,奔流到海不复还"(李白),一是"大江东去,浪淘尽,千古风流人物"(苏轼),而这两个"南人"都是四川人。在现代,郭沫若、邓均吾、陈敬容等都是在文学史上具有重要地位的诗人,开风气之先,立于诗歌艺术探索之潮头。在当代,四川的《星星》诗刊,是推动中国新诗发展的重要阵地,其创刊时间还稍早于北京的《诗刊》;同时出现了诸如流沙河、孙静轩、白航、王尔碑、杨牧、李加建、叶延滨、欧阳江河、吉狄马加、梁平、周伦佑等为代表的重要诗人,他们虽然分属于不同时期,具有不同的艺术追求,但都是每个时期的代表性诗人。

这种地位的形成与地域环境、多元文化有关。四川周围都是高原或大山,大山之内是大量的丘陵,中间是著名的平原,不同地区的诗人面对不同的地理环境,不同的山水资源,不同的文化积淀,不同的日常生活,获得了不同的人生体验和感悟,既感叹"蜀道之难",亦体验天府之美;既有向往山外世界的梦想,亦有乐在其中的悠闲;既有都市文化的繁荣,亦有乡村文化、山地文化、平原文化的激荡。这些自然环境为

上编　在现象中探路

四川诗歌形成丰富多样的情感方式、表达方式奠定了天然的基础。四川是多民族地区，除了汉族，还生活着藏族、彝族、羌族等少数民族，不同民族的文化在这片土地上共生共荣，相互碰撞、吸收、促进，为诗歌发展提供了丰富而多元的文化土壤。

新时期以来，四川诗歌形成了值得关注的探索意识、多元意识和包容情怀。探索性是四川诗歌的名片之一，在20世纪80年代以来的四川诗坛上，属于归来者、朦胧诗、新来者、探索诗等思潮的诗人都拥有全国性的影响。非非诗派、莽汉诗人、女性写作等诗人群体突破传统意识，摸索诗歌新路，以反叛和创新的面貌出现在诗坛上，成为"第三代"诗歌的标志性群落。四川是一个有山有水有平原的地方，在四川，无论是哪种路向的诗人都有自己的生长空间，坚守传统与突破创新形成了四川诗歌特有的发展张力，各种观念、手法相互碰撞、激荡，也相互交融、促进，构成诗歌发展语境上的特殊活力。四川诗坛具有包容性，除了诗歌意识的包容之外，对不同追求、风格的诗人的包容也值得我们关注，四川诗人有不少是来自外地的，比如叶延滨、梁平、鄢家发、李亚伟、何小竹、廖亦武、冉云飞等，他们因为种种原因远赴四川，被接受、认可，这当然与成都曾经作为包括重庆在内的四川省的省会有关，但更与四川诗坛的多元意识、包容情怀有关。

四川诗歌不只具有辉煌的历史，而且有繁荣的当下，也有可以期待的未来。《星星》2014年第12期以整期刊物的版面推出了四川诗人的新作，涉及130多位诗人，这些诗人年龄不同，观念各异，地位和影响有别，而且遍及四川的东西南北。相对于整个四川诗坛来说，这些诗人只是其中的一部分，甚至只是其中的小部分，而且，收入的作品不一定是诗人最好的作品（尤其是对于已经成名的诗人来说，写出超越自己代表作的作品实在是很困难的事情），但它集中展示了当下四川诗坛的创作队伍和部分作品，实在是一个值得肯定的举措。我们很难在一篇短文中对这些诗人进行个案分析，甚至难以进行分类讨论，但我们必须承认，这些诗人中有些在诗歌界具有自己的地位和影响，比如张新泉获得过首届鲁迅文学奖，其作品关注现实，提炼于口语，好读且耐读，一直是他这个年龄段中最具影响的四川诗人之一。《箫人陈大华》等作品依然延续了他过去的风格，于世俗之中发现超俗，于平淡之中发现不凡："边走边吹，置繁嚣于不顾/吹了什么并不重要/重要的是他一直在吹/那种入情入境的神态/百毒难侵，刀枪不入"，这种投入、执着，也许正是诗人认可的人生态度。

有些是当代诗歌潮流的推动者、发动者甚至是领头人，比如李亚伟、柏桦、翟永明等，他们曾经或者口语化，或者智性化，或者对女性生命进行深度的诗意解剖，在一定程度上开创了四川诗歌甚至中国诗歌的新格局，而现在，他们的对历史、现实的深度思考、独立审思，在诗歌的广度、厚度、深度方面获得了新的发展。柏桦通过他的智性感受勾勒生命的足迹，"这人间为何屠夫仗义，文人负心？"这样的追问恐怕不是空穴来风；翟永明在历史的穿行中获得了新的思考："从日常中逃亡/向飘渺隐去"，"从虚无中逃脱/向植物隐去"；李亚伟也走向了新的高度，在对历史的漫思之中建构生命的平台，在对语言的挑剔与重组中形成了新的张力："你如果明白了人生/就不想打扰一座山的整体感"，这是对人生甚至生命的整体体验。

更多的诗人属于四川诗坛的实力团队，他们长期坚持诗歌创作，特色较为突出，在诗歌界具有较大影响，如梁平、靳晓静、龚学敏、李自国、雨田、何小竹、小安、杨通、瘦西鸿、凸凹、曹雷、龚盖雄、聂作平、郭毅、倮伍拉且、沙马、发星等。在诗歌界，只要提到这些诗人的名字，很多人都可以想起他们的某些具有代表性的作品，也对他们怀有新的期待。有一些诗人已经取得了不错的成绩，在各自探索的领域拥有了自己的地位和影响，但还没有完全定型，具有相当的可塑性，潜力可期，比如王志国、曹东、曾蒙、熊焱、干海兵、李龙炳、桑眉、杨晓芸、李清荷、举人家的书童等。

还有一些是正在生长的力量，非常年轻，但感觉敏锐，活力四散，潜力很大，比如马嘶、余幼幼等，他们的创作往往打破诗歌的惯常法则，通过的新的语感的发现和构建，新的领域的开拓和实验，探索现代汉语和诗歌艺术的新的可能。马嘶说："要警惕生活的惯性。那都是修

上编　在现象中探路

饰/的结果，或妄想的过程//我拥抱你，那一刻才明白/是在拥抱自己/——那个孤独而蜷缩的自己"，敏锐和警醒也许会使他获得更大的收成；余幼幼也是敏锐的："医院是白的/医院是黑的/在我看望病人的时候/它是白的/我朋友的脸/和它一样苍白且带着暴雨"，黑白共存、黑白难分，这是现实的色彩，也是诗人情感的色彩。

应该说，拥有这样的诗人队伍，四川诗坛自然不会沉寂，四川诗歌自然会在任何潮流与风浪之中都站稳自己不可替代的位置——无论是诗歌思潮的新变，还是物质潮流的扫荡。

收入这期刊物的作品不能说都是精品，但我们可以读出不同的话语方式和艺术向度，读出多元的艺术感悟和不同的精神取向，无论是知识分子的还是民间的，无论是典雅的还是口语的，无论是关注意象建构还是醉心于生活化、细节化，无论是点滴感悟还是深度观照，都可以在这些作品中找到它们的位置和价值。梁平对历史的精神穿越打破了时空，但最终落脚到对自己的审思，"都市里流行的喧嚣在这里拐了弯，/面目全非的三间老屋里，/我在。在这里看书、写诗，/安静可以独自澎湃"。这是一种姿态，也是一种境界。何小竹体现的淡然是一种生活态度，也是一种对生命理解，"想一想就算了"，是诗人对待不断重复的生活现实的一种姿态。李自国的"盐"从过去的自贡融化到了流淌的嘉陵江，说历史，也说现实，说盐巴，也说灵魂。在陈小蘩的诗中，我们读到了一种旷达与执着："你惊讶于蓝天/爱人一样清澈无辜的眼神/醉人的蓝使你忘记警惕/你已走到遥远的天边/依旧无法释怀，任白云一缕游丝牵着你/在城市和沙漠的边缘游荡。"干海兵赋体一般的抒写，勾勒出父亲的人生，寂寞但也充实："老父亲在守着黑暗中的那片树林，他端坐于落叶的汪洋/仿佛最后的船长。有一把小小的篝火陪他说话/那些花楸树、黄栌和银杏也在说话。"蒋蓝笔下的豹子是一种象征，其中的意味都蕴含在这些厚重的诗行中："豹看上去没有颜色/也没有斑纹/是第三只豹/连四肢也被历史的旋转溶解了/豹静卧于一棵马桑树下披火而眠/侧看，是一匹马。""豹"与"马"，形成了非常尖锐的对照。熊焱的诗充满向往与反思，其中的沧桑感让人震撼："我愧疚于我把自己关在灵魂的小屋里/这么多年了，还是没有磨亮那一卷刀刃的锋利"，这也许是诗人"孤独无际无边"的根源。凸凹的"山水"是向内的，是精神，是血脉，"到底是山水/这头喊魂，还是那头喊魂/云遮雾障，外人分不清//自己也分不清/声气绵亘，大无声/真容沉底，不显山不露水"，这样的纠结是思想的原动力，也是诗歌的发动机。聂作平的诗具有明显的现实关怀，但其中的流浪气息和无根之感让人心生疼痛，"我居住在这座园子的某个角落/如同这座城市，在这个国家的位置/早上醒来，窗外会有几只鸟儿/哼唱着语焉不详的自度曲/（在这样的自度曲里，曾穿插过/儿子娇弱的啼哭，和邻居歪歪斜斜的琴声）"。桑眉对"植物"的歌唱是对人世的反思，"飞到哪里就在哪里扎根/隐姓埋名地生活/它们与自己的亲人天天见面/从清晨到黄昏，打手势、唇语/反复告白"，这中间充满了对自我、亲情的渴望。胡马的《九眼桥》借"九眼"这个意象展开抒写，写出了人生的多种滋味，"他们把钢筋水泥当玩物。/他们心脏瓣膜上有大理石花纹"。龚学敏对历史和现代文明都有属于自己的机智感悟，历史和文化、感受和思想在他的诗中流淌出新意："在无锡。惠山是林立的工厂们抹不去的心病，感冒的泉水，/在紫砂殆尽的药罐里咳嗽，按曲谱给往来的车辆让路。//我把一棵树苗栽进从前的无锡，它问：是不是自己人？""局外人"和"过客"的感受让人心惊。

在这些作品中，我们还可以或多或少读出诗人在不同地域、不同文化中获得的独特的感悟。在杨通的作品中，我们读到诗人对人生悲喜的别样解读。作为身在他乡的"异乡人"，王志国的诗中流淌着对纯洁故乡的回味。在曹东的诗中，诗人对外在世界与内在体验进行的诗意融合，有时让人触目惊心。麦笛的小心翼翼是一种人生态度，折射出现实人生在诗中的印记；郭毅的"植物"都具有灵性，其实那就是生命的另一种形态；龚盖雄对哲人与女人的思考，揭示了人世间的诸多公开的秘密；倮伍拉且诗中的太阳、月亮和少女充满神秘，但也敞亮，人与自然的至高境界在他的文字之间流淌。沙马、俄尼·牧莎斯加、发星等人对民族文化、地域文化的现代解读，带给我们别样的诗章。蒋雪峰的江油、瘦西鸿的南充、雨田的绵阳，都浸润着深厚的历史和文化底蕴，也有诗人的自豪流溢其间。

我是四川人，在外地谋生。对于四川诗坛来说，我既是旁观者，也是局内人。读完这期刊物，我想特别提到《星星》，它虽然经历了岁月与历史的风雨，但依然站立在诗歌艺术探索的潮头。诗人靳晓静既是《星星》的受益者之一，也是《星星》的养护者之一，她的《从布后街2号到红星路二段85号》并不是她最好的作品，但这是一首感情真挚的诗，所有热爱诗歌、热爱《星星》的人都可以从中读出诗人与刊物、诗人与诗歌的那种血肉亲情。她说："爱诗的人都知道/在中国西部，在成都/这两个门牌号其实是同一个地方/先是一座四合小院，后是办公楼/门牌号因大门朝向而变/尤如《星星》前辈的编辑们/被集体打成右派后/于二十多年后再次复出//大门朝南　大门朝西/像三十年河东三十年河西/演绎着一代代《星星》人的命运/嬗变着诗歌的潮流和质地。"诗人既写出了《星星》经历的岁月沧桑，也写出了《星星》与中国诗歌经历的风雨岁月，但它们都坚强地挺过来了。为此，诗人说："爱诗真好，尤如做了神的儿女/语言之外还有语言/人生之外另有人生。"她也对此满怀期待，"人生是一座交叉小径的神秘花园/诗是园中的那只苹果，我用缓慢和耐心/给它镀上神的光芒　它一如初见/一如我30多年前从书摊上拿起它时/纯粹，干净的模样"。我想，这种对待诗歌的宗教般的虔诚也是所有爱诗的人们的共同期待。

四川诗人有福，因为有《星星》；中国诗人有福，还是因为有《星星》。

（本文系为《星星》2014年第12期"四川诗人专号"而写）

2014年11月27日，重庆之北

回响在甘南草原的吟唱[①]

——甘南青年诗人群印象

甘南青年诗人的作品强调主体内心对故土家园和生活情感的形象感觉，表现出富于现代性的审美追求，诗作视野开阔，具有强烈的时代感、历史感和现实精神。他们的作品多以表达对故乡河流及草原的热爱为主，显示出浓厚的牧歌意绪和深刻的历史穿透力；部分作品抒发了挚热而深沉的人间真情，是回响在甘南草原上的动情吟唱；还有部分作品通过形象生动的意象和优美凝练的语言对人的存在进行观照，是抽象诗思与形象表达的完美融合。

一

对甘南草原浓烈的热爱之情是甘南诗人的作品留给读者最直观且最深刻的印象。他们抒发的乡情已经超越了简单的对故乡的依恋之情，很多作品体现出对故乡悠久历史和灿烂文明的认同，认为甘南草原孕育着勃勃的生命活力和生活气息。同时，强烈的历史成就感和落后的现实处境之间形成的巨大反差又使诗人产生了莫名的担忧，但更生出许多美好的向往和祝愿。

甘南青年诗人对故乡的热爱之情首先是以亲情为依托的。扎西才让的诗是对母亲的怀念和对亲情的赞颂。《她就那么坐在树桩上》是诗人对早已离开人世的母亲的深层怀念，母亲的音容笑貌在诗人的情感世界

[①] 本文系与熊辉教授合作。熊辉现为西南大学中国新诗研究所所长、教授、博士生导师，西南大学学术委员会委员。

里被定格成了一幅充满神秘色彩但又素洁高雅的画面,"母亲坐在半截树桩上"的情形使诗人在回忆和宁静的心思中,"像母亲当年那样,静静地坐在树桩上,/坐着自己的忧伤,坐成一截少言寡语的流泪的树桩"。在尘世中活着的诗人除了经常感受到母亲的灵魂和情感与自己相依相伴之外,他还祝愿之前辛苦操劳了一辈子的母亲能够早日"转世,投胎",获得超度。整个诗充满了祥和的神性色彩,诗人在与母亲肢体语言的"对坐"和情感语言的细声倾诉中让读者感受到了一股浓得化不开的母子深情。《那层霜》写母亲当年在艰辛的岁月里一个人含辛茹苦地将五个孩子抚养成人,而她自己却在一个下雪的夜晚恋恋不舍地离开了她的儿女们。在诗人看来,母亲"凝聚在暗淡眼睛里的那层霜"其实就是她一生劳苦和孤独的象征,是让儿女们想起来就十分心酸的生命履历,表达了诗人对母亲的无限怀念和敬意。《仿佛正午石头下的黑影》这首诗刻画了母亲年轻时的美丽,以及在面对父亲"一声不吭地离开了故乡"之后所表现出来的坚强个性,就像"正午石头下的黑影",坚定地"钉在地上"。《母亲把我留在这个世上》充满了神性色彩,诗人认为"密宗画家"对生活真正意义所做的细密勾画其实就是"父辈们的爱比河流更加长远"。无论母亲是否死去,无论活在尘世中的人发生了什么变化,"母亲始终在我身边",她的魂灵和爱心"总是无言地吹过街衢,轻拂着她那尚在世上的丈夫和儿子的脸庞"。是的,母亲死后把"我"留在这个世界上,但她对"我"的爱却充塞在生活的每个角落。

甘南草原在物质和精神的双向层面上哺育了这批年轻诗人,因此,表达对这片草原的热爱之情成了他们直接而强烈的情感诉求。在很多诗人的作品中,草原是生命力的象征。牧风的《玛曲,生命的亮光》写出了黄河源头蓬勃的生命气息,他在《遥望甘南》一诗中也表达了相似的情感:春天将至的时候,雪水融化成春水给甘南大地的血脉中注入了奔涌的气息,使她焕发了生命的活力。而"二月透骨的春风里鸣动的古琴"让诗人看见了宁静而柔和的篝火,获得了美丽的心情。母亲河孕育长大的游牧民族在甘南草原上浪漫而灵性地生活着,正是他们的文化让黄河"浸透了牧人精神的香魂"而成为草原上"最美的绝唱",甘南大地永远拥有温暖的春天和旺盛的生命气息。甘南草原不仅孕育着蓬勃的生命力,而且还是力量和韧性的象征。牧风在《鹰是一种图腾》中写道:"优秀的图腾呵　没有留存阴影/也没有阻隔绝响的回声/在暴风雨突袭草原的夜空/玉立雪峰　扶裹雷电/释放自由的呐喊",对"鹰"这种草原上强者形象的赞颂,实际上是对草原人精神的歌唱。诗人花盛曾在《雪原上的羊群》中赞美过草原人坚忍不拔的性格,"攀缘而过的羊群　终生疼痛的羊群/肉体回归圣土/使雪成为血　使自己成为自己"。雪原上的羊群是雪原人民的写照,他们在雪原上辛劳而坚韧地生活着,在这片土地上天然而自在地过着自己的生活,生生不息。王小忠在《家园》中表达了对草原无限的眷念,毕竟那是诗人心灵的家园!在《此时此刻》中认为"二十几年来草原的温情喂养我们",对草原的眷念和热爱之情溢于诗行。青年诗人杜娟在《我听你说》中体认到"大地是我亲娘",表达出对甘南大地何等深厚的情感。

　　甘南青年诗人把乡情升华成对故乡悠久历史文化的认同和归依。敏彦文是抒发乡情最突出的甘南诗人,他在《临潭》中表达了这样的情思:临潭是一块"干瘪的土地",但临潭人生存的精神却可以浇灌出"金色的油菜花",生活的信念和希望却可以培植"大片大片的青稞地",他们"奔波的身影"散落在祖国的每个地方,在为民族发展贡献力量的同时也养活了这片贫瘠的土地。在这首诗歌中,诗人向读者展示了临潭这个地方不仅有悠久的历史和文化,而且临潭人还是世界上最善良最心软的好人,他们有自己的精神信仰和闲情逸致,"每家的园子里都长满了大理花和菊花""每家柜子里都珍藏着祖传的典籍"。敏彦文同时也是最富有忧患意识和现实精神的甘南青年诗人,他在对故乡历史充满认同感的同时又隐含着对故乡现实的忧虑,表现出强烈的人文关怀精神。在《卓尼》一诗中,诗人在面对卓尼悠久的历史文化和落后现实形成的巨大反差时,心里总会升起一股莫名的担忧和美好的向往,他不希望生活在洮河之滨的人们"沉睡在苍白的梦中""沉湎在历史的风云中"抑或"枯守着残破的梦和矮小的家园"。在新的历史时期,卓尼人民只有舍弃遥远的早已被时间冲洗得泛白的历史,"去远方的天空自由飞翔",才能重新让春风吹绿洮河两岸的树木,让苹果树开花,让桃花树结果,让白鹤在洮河岸边栖落。整首诗表达了诗人对故土的热爱之情,他希望故乡摆脱现在的贫困而重新焕发生机。也许正是因为在地理和情感上对甘南草原的热爱,乡情已经深深地烙印在了甘南诗人的作品中。人生旅途中的"没有说出的那些疼痛"在风中,在夜和黄昏的灯光中十分强烈地敲打着诗人的心扉,凝结成"带泪的花瓣",充实了诗人的诗行。(花盛:《敲打》),因此,诗人看见满天飞舞的大雪就想起了自己的童年以及年老多病的父亲,亲情和乡情包裹了诗人的情感。花盛认为,坚守那份暖暖的乡情是他一生不变的承诺,生命从青春划向衰老的嬗变过程如同"闪电"一样迅速强烈,但无论世事如何变幻无常,诗人"在那座古老而朴素的村庄里写下爱的誓言/但我依然恪守那份承诺,像巢恪守着鸟雀/黑夜恪守着黎明,我依然恪守着命中的村庄"。(花盛:《恪守》)

　　草原人的生活朴素而真切。在宁静的状态下体味原生态的生活,平心静气地咀嚼时间遗留在生活中的印迹,并将爱心撒播绿色的草原,对草原充满热爱,这让王小忠笔下的乡情充满了浓厚的牧歌意绪。诗人在《青春》中肯定了自己的生活方式,即在小镇上安静、单纯且朴实地生活。工业化的社会进程加快了都市化的脚步,城市的灯红酒绿对很多年轻人产生了难以抵制的诱惑,他们纷纷逃离乡村和僻远的小镇而涌向都市,但王小忠"却在繁杂中独守高贵",他坚守着自己的小镇和乡土。他在《慌乱》中抒发了同样的情感:在时光的流逝中,诗人认为在小镇上安静地生活才是人生最天然的状态。"我在小镇上安下家园/不是每样东西都落籽成光芒万丈/看着自己不断衰老的容颜和奔跑着的孩子/我只想在小镇上/过好日子。"这是一种自然而豁达的心态,是一种田园牧歌似的生活。在时间匆忙脚步的催促下,我们的生活或许会显得慌乱和无绪,但仔细想想,认真过好平凡人的平凡生活才是真正充实的生活内容。草原是诗人医治心理疾病的良药,他在《飞远的鸟雀》中认识到只有皈依草原才能坦然生活:生命中没有什么东西可以永恒地长驻心头，当我们与自己熟悉的事物依依不舍地告别后，只有重新找寻"自己的草原"，才会遗忘因为失去而留在心中的失落之情。当然，诗人并非希望自己"隐居"小镇而怀有消极"出世"的心态，他是一个具有博爱之心的人，比如《花朵》就表达了诗人对草原上众多儿童的谆谆教诲和热爱之情。

抒发对甘南草原的热爱之情是凝聚甘南青年诗人群的主要诗歌情感类型，也是他们今后需要继续发掘和吟唱的情感主题。

二

甘南青年诗人的创作理路和表现主题是丰富的，亲情和乡情仅仅是他们作为一个群体所呈现出来的特质之一种，绝非其全部色彩和个体特色的展示。作为一个艺术风格不断深化发展的诗群，一个创作旺盛和锐意进取的诗群，他们的作品还表现出对历史和现实的智性思考。

对生活的形象观照和抽象把握是甘南青年诗人的突出特点。瘦水常常在时光流逝中体味生命和情感的流变，其作品充满了知性的言说。比如《雪》这首诗写出了诗人在时间的流逝中因为"重复着年复一年"的生活而感到些许失落；《微笑》中诗人因为别人对他的友好而在"纷纷扬扬的大雪"中感受到了生活的温暖。瘦水的作品给人印象最深刻的是其诗歌情感的"陌生化"效果，比如诗人用《爱情》《客栈》等比较寻常的题目表达出一般人难以想象到的诗意，其诗歌情感远远超出了读者的阅读期待，呈现出普通人难以体验到的知性色彩和抽象言说。比较而言，李志勇的诗风与瘦水有相似之处，其作品多是在普通生活场景中去体验别人难以发掘的诗意或者生活哲理。比如《气枪摊》，诗人通过气枪打破气球的场面想象到"但愿这些气球内部会有一本圣书/或一张纸条，能告诉我们一点最后的末日时的情形"；又比如《飞鸟》中："飞鸟在天空中越飞越高/还要再飞很多时间，再飞高一些，最终才能像狗一样扑上去/撕咬天空深处的那东西/像狗一样的在天空中吠叫"，诗人将翱翔在天空中的"飞鸟"与匍匐在地上的"狗"进行类比，产生了与读者的臆想完全相异的诗情。生活中有很多我们不想做但却不得不去面对和完成的事情，因此诗人的"内心"时常涌动着焦躁和不安，"山谷"成了诗人在繁华都市中停泊灵魂和思想的唯一净（静）土，只有在山谷中，诗人才会重新想起"个人的命运"，找回迷失的生活理想。（李志勇：《山谷》）王力的诗也多是对生命的独特领悟，诗情略带忧伤和悲情色彩。诗人想起"往事"就不轻松，往事"却成了世上最重的事物"；（《往事》）作者认为生活会给一个理想主义者留下太多的遗憾，甚至给心灵带来伤害；（《想起》）而《独语》则抒发了诗人对时间的喟叹：生活中的美丽往往十分短暂，而有些情感却找不到人倾诉，就像我们无法让蝙蝠明白什么是"黑暗"一样。在一个虚假的生活环境中，一个人的困境尤其是精神上的烦恼往往不会轻易让别人知晓。时间是世间最无情的东西，人到老年总会发出"一生唯一的感叹"，认为时间在杀伐世间的一切。

对情感的独特体验是甘南青年诗人的又一特征。嘎代才让的诗是对人间情感的参悟。比如在《酒聊》表达了诗人希望人间纯洁而透明；《灵光》表达了诗人希望自己的灵魂在佛前得到净化；《低音》表达了诗人的生命中有许多旁人难以读到也难以读懂的辛酸；而《忏悔：叙述一种》则是诗人领会到了人间的真情："思念已被我弃于故乡／这是怎样的一天，我即将要离开你了／承认这一刻我有欲哭无泪的念想／并不是我的眼神炽热而清澈……"唐亚琼是比较"异类"的甘南青年诗人，她的生命追求质朴而真实，她仅仅希望自己像普通的市民一样普通地生活，拥有自己的爱情和幸福，其作品体现了饮食男女的生活观念。唐亚琼的诗首先表现出为爱情牺牲一切的"无畏"精神，比如《元祥宾馆》中，诗人希望和自己心爱的人一起幸福地生活，哪怕自己承受着"违背命运"的负疚以及生活的琐碎和艰辛，其目的是希望自己在幸福爱情的包裹下度过"一世时光"。为此，诗人对自己的生活做出了种种勾画，在她看来，只要拥有爱情和幸福，在街边摆小摊的夫妇的幸福生活就是最让人向往的（参阅《地摊老板娘》和《西大街》）。能够通过自己辛勤的劳动和爱抚擦去恋人心底俗世的"灰尘"，让生活"散发着人间烟火的气息"是诗人最大的幸福，"我最大的幸福就是／在斑驳的树

影下/为你缝补抽丝的日子/洗净溅满污渍的往事/擦去俗世投在你心底的灰尘"。(《小妇人》)

甘南青年诗人的作品因为对历史和人生的深刻体认而具有厚重的质地。阿垅应该是抒写这类题材的代表，他的诗歌不仅情感深刻，而且艺术风格典雅别致。在《琴语》中，诗人的想象随着琴声的起伏和节奏的快慢而进入了冥思苦想之中，他看见了情感和爱情的短暂与脆弱：在琴上初开的情字，叫人惊颤的是/她的绽放就是她的熄灭/只有拨动的手指道出了速度/在绿叶下欢爱的两只粉蝶，舍身的过程/比花蕊更脆弱，比流星更为短暂。同时也看见了历史的烽烟与情爱的关联，杨贵妃袭人的暗香以及如魂的白绸裙裾沉醉了大唐羽裳，牵动了历史的武士和马匹。当然，琴声是否让人领会了爱的真谛或者看清了历史真相，在诗人看来其实并不重要，能够在琴声中让自己的情感和思维做一次激越的旅行并消解心头的疑虑才是"最终的结局"。诗人在书中看见了在华夏大地上生生不息的人民安详的生活以及不屈的精神，看见了江南小镇上的小桥流水和人家，以及在春天的天空中漫天飞舞的风筝；看见了历史悠久的民族语言文化"滋养了万年的江山"；而掩卷让诗思回归当下，历史上所有的争战都会"最终归于和平"，在"漫卷的长歌"中牵动人心的或者感人肺腑的却是"前世和今生"的情缘以及"杯中的故乡"情结。(参阅《书语》)在《棋语》中，诗人体味到棋如人生，"表面上风和日丽"，实际上却"暗藏杀机"，一步不慎，就会使自己面临"四面楚歌，兵荒马乱，城池塌陷"的危机。因此，生活时时需要我们严谨慎重地走好每一步。《画语》则充满了生活气息，诗人以为作画可以让我们心中的相思、情感得到淋漓尽致的宣泄，让生命与日月苍穹对歌，它引领诗人进入了美好的生活境界。此外，牧风的《古城飞雪》和《茨日那的夜晚》等也充满了厚重的历史感。

此外，甘南青年诗人的很多作品都涂抹着一层淡淡的神性色彩，这与地域文化有关，也与诗人观照生活的方式有关。扎西才让的《母亲把我留在这个世上》等作品就充满了佛光色彩。牧风的《拉卜楞寺的黄昏》为我们建构了一个神秘而宁静的神性世界，任何肤色和人种都会皈依佛性世界："黑眼睛　蓝眼睛/敬仰的眼神透过佛界的故事/青灯长明/拉卜楞寺的黄昏　安详而沉静/佛的胸膛　袒露如莲/远处　空旷的桑科草原/湮没在众生的祈祷声"。杜娟笔下的拉卜楞寺则具有神性的肃穆与庄严："这号声超然物外/是热爱　重　肃然站立/酥油花开了　青稞生长/就这样归于轮回中/红色引领万物/一朵云西去/拉卜楞寺顶青铜长号乘云归去"。(《拉卜楞寺》)

甘南青年诗人的作品情感以及艺术价值取向是丰富而多元的，绝非以上的文字能够涵括。但值得警醒的是，作为一个诗歌群体，其作品应该在具备地域性或其他某种共性的基础上彰显出独到的生活体验和艺术探求，这是甘南青年诗人群在以后的创作道路上需要留意和加强的地方。

2008年1月16日，于重庆之北

靠山与面海：闽东诗群的形成机制初探

作为一个和新诗有关的人，对于很多具有特色的诗人，我一直都比较关注，但有时候没有太注意某个诗人是某个地方的人，最多记得他们是哪个省份的，而不太关注他们属于某个更小的地方，因此，对于一些"诗群"的说法，也就没有太注意，甚至没有把一些来自同一个地方的诗人放在一起观照。比如，我一直比较关注汤养宗、叶玉琳、谢宜兴、刘伟雄等诗人的创作，对哈雷、伊路等诗人的名字很熟悉，但我确实很少将他们放在一起来审视，因为我没有注意到他们都是来自同一个地方。拿到此次会议提供的诗人名单和作品的时候，我才发现他们居然都是来自福建宁德。来自宁德的诗人还真不少，会议资料提供的就有24位，不过，根据我关注重庆诗人群体的经验，这24位应该都是在当地具有一定代表性的诗人，而在他们之外，肯定还有更多的诗人。

对宁德这个地方，我虽然不曾造访，但并不陌生。至少在20多年前，我就和当时在宁德师专工作的游友基、余峥先生有联系。我当时在西南大学（原西南师范大学）中国新诗研究所编辑一个诗学季刊，叫《中外诗歌研究》，他们都是九叶诗派研究的专家，经常给我们提供稿件。遗憾的是，余峥先生年纪轻轻就离开了我们，我当时还写过一篇悼念文章，发表在《宁德师专学报》上。游友基先生后来也调到了福建师范大学工作。我也读过邱景华先生研究宁德诗人的一些文章。在宁德的诗人中，我可能和叶玉琳联系较多，1998年秋天，我们就一起在苏州参加过《诗歌报》举行的金秋青年诗人笔会，还和熊辉教授一起写过关于她的评论文章，后来又在很多诗歌活动中相遇。我的感觉是，至少从20世纪80年代开始，宁德就具有良好的诗歌氛围，在诗歌创作、研究等领域都具有自己的特色。

20世纪80年代以来，国内的有些地方，出现了广受关注的诗人群落，其中就包括我们今天讨论的闽东诗群。之所以称为"诗群"，是因为那个地方一定有相当数量的诗人和相当数量且有较大影响的诗歌作品作为支撑，一定拥有自己的不可替代的特色。"诗群"和诗歌流派既有联系又有区别，诗歌流派一般是指已经成熟、受到诗歌界和学术界认可的诗人群落。流派在很多时候不是自封的，是自然形成的，有时还是后来的研究者追认的，其基本特征就是在艺术追求、艺术风格等方面具有相似性。诗人群落是诗歌流派的另一种形式，最终可能会成为流派，但诗歌群落具有更丰富的内涵，其中的诗人在艺术追求、艺术风格上可能存在很多的差异，他们只是因为处于同一个地方或者依托同一个平台而成为一个群体。

诗歌群落的形成有多种原因，可能是地域因素，比如白洋淀诗群、雪域诗群、四川诗群、重庆诗群、云南诗群、闽东诗群、原点诗群等，其中的诗人大多数生活在同一个地方；可能是因为诗歌传播平台，在过去主要是报刊，像七月诗派、九叶诗派、飞天诗群、他们诗群，而随着传播方式的变化，一些新的媒介开始出现，于是出现了一些新的诗歌群落，比如界限诗群就是依托界限诗歌网站而形成的；还有一种可能就是因为诗歌观念的相近，一些诗人、诗歌爱好者通过一定的方式聚集在一起，为了共同的艺术目标而探索，比如莽汉诗群、大学生诗群，等等。我们今天讨论的闽东诗群主要是因为地域原因而形成的，这中间当然不能回避艺术、经济、文化等元素。为了参加这次会议，我专门查阅了一些和宁德有关的信息，包括它的地理位置、文化传承、诗歌底蕴等，我想以一个局外人的身份，来思考一下宁德诗群得以形成的一些内在的、外在的因素。

一　独特的地理环境提供了生命和诗歌蓬勃生长的土壤

最近这些年，文学地理学因为受到学术界的重视而成为显学。这个学科主要研究作家成长、作品内容、艺术特色等文学因素与作家所处的地理环境的关系。我对文学地理学所讨论的一些话题也非常感兴趣，比如，自然环境、童年生活、地域文化对一个作家的影响很大，甚至会影响一生，这就是一种地理因素。

中国幅员辽阔，历史悠久，文化形态非常丰富，生活在不同地域的诗人、作家，其艺术风格有时候存在很多的差异，比如北方和南方、山地和平原、丘陵和高原、陆地和海洋等不同地区，带给作家艺术灵感的方式，以及作家、诗人由此思考的人生、生命、价值、人与自然的关系，等等，一定是存在很大差异的。所谓一方水土养一方人，说的就是这个意思。

就陆地来说，闽东地区拥有丘陵和少量的平原，关键是还面对大海。同时拥有山、地、海等地理元素的地方，在国内只存在于沿海地区。而宁德的这种地理环境，和典型的北方丘陵、海洋又有差异，它属于亚热带海洋性季风气候，冬天不冷，夏天不热，潮湿滋润，物产丰富，属于生活比较舒适的那种状况。这种地理环境，有靠山，有视野，有立足之根基，有生长之土壤，既有丘陵的细腻与多变，又有大海的开阔与气度，既不封闭自己，又没有无根的感觉，应该说，从地理角度讲，这样的环境是最适合文学生长的。

我们注意到，从20世纪80年代开始，闽东诗群的作品中涉及最多的是海洋题材，以及由山与海的关系而引发的生命思考。很多诗人生活在海边，背山而居，面海而思，他们的作品肯定离不开对山与海的打量，并由此引发对生命的封闭与开放的思考、现实与超然的关注、存在与虚无的思辨。这样的探索和诗美取向，都与闽东的地理环境具有一定的内在关联。他们笔下的海是实实在在的海，是鲜活的海，是具有生命蕴含的海，是寄托价值的海，一定和大山中的诗人想象的大海有着不同的形象、不同的内涵、不同的艺术魅力。

二 丰富的历史文化是闽东诗群得以形成的传统资源

诗歌和经济发展不一定存在正相关关系，但一定和文化保持着这种关系。文化是需要积累的，文学、诗歌也是需要积累的，而且和当地的历史文化有着非常密切的关联。

我查阅了一些相关的资料，闽东地区属于多民族地区，这在东南沿海地区是很少见到的。当地的文化和语言资源非常丰富，海洋文化、山地文化、民族文化、外来文化在这块土地上相互融合、互相促进；传统文化、现代文化也在这块土地上同生共长。这种丰富的文化资源可以为诗歌的发展提供情感、思想的碰撞和支撑，可以形成属于自己的独特的诗歌观念。

我没有专门研究过闽东文化，但感觉到这种文化既不封闭又有根基，善于吸收外来文化的营养，因此在诗歌艺术的探索中，探索意识、创新意识的生长是必然的，但这种探索、创新又由于受到当地深厚、独特的文化氛围的制约，它一定不会脱离赖以生长的文化土壤。吕进先生在概括当代重庆诗歌的发展时认为，重庆的新诗探索之路不太传统，也不太先锋，而是较好地把握了传统与先锋之间的辩证关系。通过阅读闽东诗人的一些作品，我觉得这个看法也适合用于评价闽东诗群在诗歌探索上的一些特点。

在诗歌艺术探索中，闽东诗人拥有很多地域的、文化的、精神的、情感的资源，这可能成为一种限制，但反过来看，它也可能是一种指引，引导诗人守住艺术的底线，守住生命的本真，守住自己独特的文化底蕴。事实上，就艺术的本体来说，任何艺术样式在表达方式上都是受到限制和制约的，没有哪种艺术样式是无所不能的。诗歌长于精神表达、心灵抒写，但不长于讲故事。闽东地区所拥有的独特的文化、精神、情感等精神性元素，恰好和诗歌这种艺术样式拥有更多的内在关联，为闽东诗群的形成和发展奠定了重要的基础。谢宜兴在随笔《诗歌中的"文化胎记"》中说，对于一个诗人而言，其出生、成长的环境以及这环境在诗人内心生成的作用力，在作品中的折射与蔓延，是其作品中永远抹不掉的"文化胎记"。这其实说出了闽东诗人群甚至类似诗人群体的共同感受。

三　拥有代表性诗人是闽东诗群得以形成和延续的根本

　　一个诗群的形成需要一定数量的诗人、作品、诗歌活动等作为支撑，而且，如果这个诗群要获得良性发展，每个年龄段都要有这样的诗人和作品。更重要的是，这种代表性的诗人还不能只是作品优秀，而且要拥有热心肠，具有包容心，善于接纳、支持不同的艺术探索，不排挤、打压他人，而是成为艺术探索的领头人。

　　在当下的闽东诗人中，汤养宗毫无疑问是最有代表性的诗人之一，他长期坚持诗歌创作，默默探索。在我的印象中，在热闹、驳杂的诗坛上，无论人们怎么闹腾、折腾，他都很少以诗歌之外的其他方式说话，他表达自己的方式只有文本。他的作品中，既拥有丰富的闽东特色，闽东山水，闽东个性，更有属于他自己的思索。汤养宗是一个善于进行深度感悟和思考的诗人，一般不顺着外在的现象展开诗意，而是从中发现独特的、和他人不一样的，但又具有诗学价值的元素，由此对历史、文化、现实、生命等进行思考。在他早期的创作中，海洋意象形成了他不同于其他诗人的地域性标记，但他不仅仅是一个有关海洋的浪漫抒情者，而是由大海的开阔、复杂、深沉出发，把视野拓展到更为开阔的领域，涉及生命，涉及历史，甚至涉及灵魂。他在《象形的中国》中说："我管写字叫做迈开，一匹或一群，会嘶鸣/或集体咆哮，树林喧响，松香飘荡/当我写下汉语这两字，就等于说到白云/和大理石，说到李白想捞上的月亮/还有家园后院，蟋蟀一声紧一声慢的小调/以及西施与花木兰身上的体香/如果再配上热血这个副词，又意味着/你我都是汉字的子民，一大群/墨意浓淡总相宜的兄弟姐妹，守着两条/很有型的大河，守着流水中的父母心……"，诗人将各种体验融合在一起，让文字说出自己对人生、生命的认识，换句话说，汤养宗在诗歌中抒写的是世界的丰富、精神的饱满、内心的感悟和生命的价值。这样的诗是厚重的、有底蕴的，因而也是具有生命力的。他的《纸上生活》是丰富的，既和外在世界有关，又超越了外在世界。在 2019 年 8 月 19 日，汤养宗创作了一首诗《诗歌给了我这一生一事无成的欢乐》："诗歌给了我这一生/

一事无成的欢乐。对，是欢乐/但好得接近于空空如也/换一句话说，这欢乐有点/自以为是甚至无中生有/说到此/我的眼泪流了下来/对，我怀抱冰火又大而无当/做得孤绝的事就是抓空气/这李白他们也认为至高无上的事/每一把都抓到/被叫作万世弥漫的东西/张开掌心细看：全无"，这是一首抒写其人生感悟的诗，也是一首谈论诗歌的诗，相当于以诗论诗。在这首作品中，诗人以诗的方式讨论诗与现实的关系，尤其是抓住了诗带来的欢乐和诗的"全无"特征。事实正是这样，诗既是博大的世界，但好像又是"无"的世界，只有深刻体验了诗歌与生命关系的诗人，才能写出这样的感受和认识。

  另一位需要关注的诗人是叶玉琳。叶玉琳写诗很早，作品很多，在诗歌界拥有自己的地位和影响。叶玉琳的诗中有很多大海的意象和故乡的意象，她从大海中获得了灵感，获得了生命的启迪，也获得了艺术的思考，从故乡获得了生命的力量和精神的支撑。她的诗，在很多时候是直抒胸臆的，一气呵成，气韵流畅。她的《海边书》有这样一节："海苏醒。而我一生落在纸上/比海更深的水，比语言更诱人的语言/它们一层一层往上砌。所有的架构/都来源于禀赋：通透，自然/你听，一阵风，要精确不要模糊/要明媚不要晦暗。激越抑或柔和/全凭心灵调遣。一部祈祷书合上封面/最好的篇章尚未诞生/未来的一切，看起来更像寓言"，这是大海带给诗人的启示，也是诗人对人生、对诗歌的一种思考甚至追求，我们由此可以反观其人生理想和艺术追求的最根本的来由。《一只瓷瓶掉进了大海》有这样的诗句："很多时候，我小心翼翼地捧着它/在屋子里走来走去，可走着走着/不小心还是把它弄丢了/就像过去和现在，你和我/碰在一起就破碎/那些精致的缺口被汹涌的海水捂住/你捂得越深，它越得意/巨大的海，怎能听见有人喊疼。"思考人生中的困顿和迷茫，诗人借助的还是大海。

  大海带给叶玉琳及其诗歌的启迪，应该说是丰富、全面而深刻的。作为女性诗人，她自然有女性的细腻、温柔、优雅甚至偶尔也有淡淡的忧郁，但她的作品更有男性诗歌的硬度、大气甚至豪迈，具有一种历史、现实的超越意识，我们从她的作品中读到的是向内的思考，向上的追寻，向外的拓展，这样的诗歌追求在女性诗歌中是独特的，有点类似于20世纪40年代"九叶诗人"之一的陈敬容的作品风格，刚柔并济，内外兼修。除了关注大海和故乡，她还以这种心态和追求打量世界的其他领域、其他地方，我们照样可以从中读到诗人的沉思与豪气，比如《赤壁骊歌》《呼伦贝尔：隐喻或辽阔》《塔尔寺》《历城：另一种抵达》等，但是，她的人生与艺术底色始终来自闽东，来自大海，她是以闽东人的底色和心态打量这个世界的。

我还想特别指出的是，汤养宗、叶玉琳不仅是优秀的诗人，他们还都是优秀的文学组织者，汤养宗曾经在霞浦县文联工作，叶玉琳担任了宁德市文联主席，二人都担任福建省作协副主席，在文学组织工作上非常投入，这种奉献为闽东诗群的发展，肯定会发挥不可忽视的作用。

我们不敢说，只要有了汤养宗、叶玉琳等诗人，闽东诗群就可以形成了。但是，我想说的是，如果没有这样一些优秀且热心奉献的诗人，闽东诗群或许就难以成立，至少难以形成今天这样的凝聚力和影响力。人的因素是决定性因素，尤其是优秀的诗人，在诗歌发展中往往可以产生意想不到的特殊效果。对于一个地区的诗歌发展来说，有了代表性的诗人，才可能形成凝聚力；有了凝聚力，才可能拥有向心力。

四　活跃的艺术探索彰显出闽东诗群的活力与潜力

闽东诗群当然不只是我们提到的汤养宗、叶玉琳等诗人，他们只是这个群落的代表，使这个诗群不但立足闽东，而且因为他们而得到了更多读者的知晓。但是，一个诗群得以成立，仅仅依靠几个有较大影响的诗人肯定是不行的，而是需要更多的人，需要不同年龄、不同风格诗人的共同努力。闽东诗群不是单一的，因而也不是单薄的，观念、风格之间的相互碰撞、相互砥砺，是这个诗群获得活力与潜力的基本保证。

谢宜兴和刘伟雄与一家民间诗报有关。这个诗报叫《丑石》。《丑石》于1985年创办于福建宁德的霞浦，2003年又建立了丑石诗歌网，是新时期以来最有影响的民间诗歌刊物之一，团结和培养了一代一代的诗人，其代表性的当地诗人主要包括汤养宗、谢宜兴、刘伟雄、叶玉琳、哈雷、伊路等，这些诗人和我们今天谈到的闽东诗群多有重合。我们由此可以感受到这样一些信息：第一，这个诗刊一直追随着诗歌发展的潮流，创刊时的1985年是中国当代诗歌最热潮的时代，写诗者、读诗者都非常多；而在网络传播越来越受到关注的时候，他们又同时创办了网站，也是对于传播方式的一种追随和适应。这说明，以《丑石》为中心的诗人非常关注和理解当代诗歌的发展，而且用自己的行动去追赶这种潮流。换一个角度说，在新时期以来的诗歌发展中，闽东诗人是站在新诗发展的潮头的，拥有这样的意识和行动，这个诗群的探索成效肯定不会差；第二，《丑石》诗刊创办于闽东，关注和推出闽东诗人肯定是它的主要目的，但更重要的是，这个刊物并不只是将自己拘囿于闽东，而是和全国的诗歌界都有交流，发表了很多其他地区有影响的诗人的作品，体现了《丑石》诗刊和闽东诗群的开放意识、包容情怀。我在20世纪80年代就和《丑石》诗刊有联系，谢宜兴先生几乎每期都寄报纸给我，我曾经就《丑石》诗报写下过自己的阅读感想。

谢宜兴是闽东诗歌潮流的积极参与者、推动者之一。他自己的创作也具有特色。向内生长或许可以概括其诗歌探索的向度。他有一首诗《向内的疼痛》："我的爱情是木质的。一棵背阴成长的/香樟树。年轮一圈一圈/向外生长。欢乐时光的涟漪/像远山或听筒那头传来的甜美声波/而痛苦是向内的。比铁沉默比夜深沉/一枚新打的长钉生生地/钉入树心，痛苦时刻/不敢喊疼也不敢呻吟/树根把自己埋得越来越深/一双手这样把心揪紧，像旱季的池塘/日渐消瘦，又如一个盐湖/被攥成白花花的盐晶。"这首诗写的是对爱情的感悟，其实，也是写的诗人对人生、现实的思考，同样可以看成是诗人对艺术探索的思考。他总是透过现象去把握本质。他有一组怀念父亲的作品，写得深沉而内敛。他不仅仅是写出了一个儿子对父亲的思念，而是通过父亲写出了对生命的思考，对生死的感悟。《仿佛哪里有了缺口》是这样写的："父母是四壁和屋顶/儿女是房里的梁柱与隔墙/他们相互支撑，成一个家/这是父亲去世给我的关于家的启示//清明回家，和弟弟坐在屋里/总感觉风从四面八方灌进来/仿佛哪里有了缺口/屋里和我们心里有着说不出的空//父亲的房间还原样摆设/但床铺和衣柜已空空荡荡/一种丢心的空，就像父亲最后的体温/越来越冷，直至虚无"，诗人并没有使用那些难懂的、深奥的语词来抒写生命的痛感，只是抓住日常但又独特的体验，淡淡地说出来，就有了令人回味的诗意。《诗刊》2019年第4期"视点"栏目推出了谢宜兴的组诗《宁德故事》，是他近年来的代表作之一。诗人深入闽东这片土地，挖掘其独特的精神、文化资源，这组作品既涉及山地，也关注海洋，尤其是在过去与现在的对比中，挖掘变化之中的某些独特的诗意内涵。《下党红了》抓住现实中几个独特的切入点，抒写了下党古村的变迁，"公路仍多弯，但已非羊肠小道/再也不用拄着木棍越岭翻山//有故事的鸾峰廊桥不时翻晒往事/清澈的修竹溪已在此卸下清寒//蓝天下林地茶园错落成生态美景/茶香和着桂花香在空气中漫漾//虹吸金秋的暖阳，曾经贫血的/党川古村，血脉偾张满面红光//在下党天低下来炊烟高了，你想/小村与大国有一样的起伏悲欢"，文字淡雅，节奏舒缓，由过去到现在，由小处见大局，视野非常开阔，其中蕴含着诗人对家乡变化的自豪之情。这组诗既注重现实的厚度，又重视精神的高度，既有生活的根基，又有艺术的超越，可以说是诗人不断转变、更新自己的诗歌观念的有效探索，也体现出闽东诗群独到的艺术取向。谢宜兴说："诗歌是诗人心境的产物。诗人如蚕，诗歌是诗人生命的一部分，是诗人一口一口吐出的丝。其质地决定于诗人的学养、情商与悟性。"这种说法将诗人、诗篇、诗的质地之间的关系梳理得很清楚，也令人信服。

　　刘伟雄也是在20世纪80年代开始诗歌创作的，和谢宜兴一起创办《丑石》诗报。他善于用诗歌梳理人生，思考生命的价值。他的诗中有乡村，有大海，有都市，这些其实都是他的人生经历的再现。诗人从这些经历中发现具有诗意和价值的感受，通过朴实而新鲜的语言表达出来，于是就有了独到的诗篇。《海滩》中的那个曾经的"少年"经过风雨之后长成了今天的"我们"："没有船只的海滩　也是海滩/那个少年

上编　在现象中探路

斜着肩头站在海边/他要穷尽自己的目光/把海望穿的姿势　真是叫人感动//海浪喧哗　从他的脚上冲过/听得见泥沙被过滤后的惊呼/招潮蟹如果有心情也会高举双螯/呐喊着为一个尊严的出航//没有了船只的海滩　也是海滩/乌云密布中的天空　怒潮分不清/是谁的天地　落在礁上的鸥鸟/不会为了生育而放弃弄潮的机会/直到一抹夕阳镀黄少年的脸/苍老的苔藓爬过他的手臂/一尊雕像是以他的形象/站在海滩上　站成了我们的今天"，诗的篇幅不长，但其中似乎有无数的故事、无数的风雨、无数的变化，但是"少年"的执着却没有变。这个"少年"就是诗人的形象，就是以诗人为代表的一代理想主义者的形象。"没有船只的海滩　也是海滩"，是的，船只是外在的，而梦想是内在的，对于梦想者来说，有没有船只，沙滩都是沙滩，都是远行出发的地方。刘伟雄说："年过半百，更加懂得诗歌对生命存在的意义，在冷暖中感知世界时，就可以看见诗的光芒闪烁在心灵的天空。特别是从小生活在乡村的背景，面对城市生活的日新月异，恍惚中辨清前行的路。不管是唱着牧歌、颂歌还是挽歌，都离不开对诗的真诚投入。生活的大书不允许我们矫揉造作，那让时间回馈我们曾经的执着！"这是他对几十年人生与艺术探索的总结，也是一种提升，他把生活、生命、命运和诗歌的内在关系把控得比较准确，所以他的作品中始终有一种底气和厚重的感觉。

　　当然，这个群体还拥有不同年龄段的更加年轻的诗人，他们的诗歌观念和年长者肯定有所不同。不同诗人、不同时期的诗歌探索中拥有"不同"才是正常的。诗歌发展中最担心的问题就是出现同质化，这种现象在闽东诗群中似乎并不明显，每个诗人都有自己对诗歌的不同理解，不同的取舍，关注人生、现实、生命的角度也有所不同。这种变化在不同年龄的诗人那里延续下来，就形成了闽东诗群的多元化与丰富性，也显示了这个群落所具有的生命力与发展潜力。

　　由于时间关系，也由于本人并没有对闽东诗群的所有重要诗人进行过深入、全面的研读，因此，这篇阅读感想只是感悟式的，很多优秀的诗人和他们的作品无法在其中提到。但是，从我的阅读感受看，闽东诗人对于诗歌探索都是非常严肃的，无论是年长的还是年轻的，他们真正把诗看成和自己的人生、生命相关的东西，而几乎没有想通过诗歌谋取诗外收获的现象，也没有人们常说的玩诗的情形。这是这个诗歌群落取得成就、产生影响的根源，也是这个群落会继续发展、不断壮大的支撑。

2019年8月18—20日，于重庆之北

《诗刊》:风雨兼程六十年

《诗刊》创刊于1957年1月,是中国当代新诗史上创刊最早的专业性刊物之一。到2017年1月,《诗刊》就走过了六十年风雨兼程的诗路岁月。2017年也是新诗诞生一百周年的年份。在这一百年里,《诗刊》陪伴新诗走过了大半的岁月,为新诗发展做出了突出贡献。在这六十年中,《诗刊》面临了不同的社会文化语境、多元的艺术观念,甚至在"文革"期间不得不停刊,但她最终顽强地生存下来了,推出了大量优秀作品,培养了大批优秀诗人,成为中国当代诗歌界的旗舰刊物,被称为中国诗歌的"国刊",尤其是在新时期以来,《诗刊》引导了诗歌发展的多元潮流,为当代诗歌的繁荣发展做出了突出贡献。可以说,《诗刊》的历史就是六十年新诗发展史的缩影。

《诗刊》的贡献是多方面的,它在关注视野、价值取向、作品遴选、诗学讨论、栏目设置、人才培养等方面都体现了自身的大气、包容,虽然有时也受到一些诗人、读者的批评、质疑,但总体来说,它体现了国家级诗歌发表、传播阵地的大家风范。

一 全局视野奠定了刊物的大气

《诗刊》的创刊是当时诗歌界的共同呼吁与期盼。臧克家、徐迟等诗人为之付出了大量心血,他们也成为刊物的第一任主编和副主编。《诗刊》创刊的时候,大陆的专业诗歌刊物只有稍早于它的《星星》。《诗刊》由中国作家协会主办,在当时的文化语境中,它联系和团结的是全国的诗人、评论家和读者,属于"国家级"刊物,具有别的刊物无法取代的先天优势。

  毛泽东等领导人对《诗刊》的创刊和发展给予了热情关注和大力支持。毛泽东不但同意在创刊号上发表自己的诗词作品，还给臧克家等写信，谈到了对诗歌的看法。党和国家主要领导人的关心和支持，使《诗刊》从一开始就有了高起点和大视野，也受到诗人、读者的广泛关注。其后，周恩来、朱德、陈毅、郭沫若等也不断关心《诗刊》发展，使《诗刊》在价值观念、关注领域、艺术取向等方面一直显得比较稳定，在遇到困难时可以更方便地找到解决的办法。在当时，文学刊物尤其是诗歌刊物不多，更没有电视、电子读物、数字读物等媒介，再加上《星星》在创刊不久就遭遇了很大的磨难，《诗刊》从一开始就扮演着当代诗歌主阵地的身份。

  从诗歌创作经历看，臧克家、徐迟两位诗人在艺术观念、诗歌追求上存在着明显的差异，但他们有着推进诗歌发展的共同愿望，能够兼容不同的诗歌理念，甚至为刊物的发展而停下了自己的创作。他们所带领的团队为《诗刊》建立了良好的编辑传统，之后的历届主编、副主编和编辑都坚持了这种为诗歌和刊物奉献的精神。

  民族关怀、现实关怀、时代关怀是《诗刊》从一开始就坚持的艺术方向。这是当时的文艺政策的要求，也是诗歌创作所体现出来的总体方向。追随主流意识是前期《诗刊》的根本价值取向，只要国内出现重大的活动、事件，包括一些政治事件、政治运动、政治活动，《诗刊》都会及时予以关注、跟进。相比而言，对个人情感的关注、对生命的关怀、对多样化艺术追求的关注等，显得相对薄弱。用今天的眼光和标准要求，前期《诗刊》所发表的一些作品存在着为政治服务的倾向，存在着公式化、概念化、口号化的不足，存在着艺术性不强等现象，但是，就历史眼光看，这些作品所代表的就是20世纪50年代中期到60年代初期的诗歌现状，是研究中国当代诗歌、社会甚至政治、历史不可或缺的文本。在群体意识不断得到张扬，而个人精神相对单一的时期，《诗刊》成为广大读者重要的精神食粮。

  《诗刊》在追求主流观念的同时，也尽可能地关注诗的艺术性和有限的多样性。它关注已经取得成就的名诗人，陈梦家、艾青、臧克家、冯至、何其芳、卞之琳、贺敬之、李瑛等都发表了大量作品；它也注意培养青年诗人，郭小川、闻捷、梁上泉、张永枚、严阵、公刘等都得到过《诗刊》的热情关注和扶持。这些诗人，大多数已经进入当代新诗历史。同时，早期《诗刊》还翻译介绍了苏联、古巴、罗马尼亚等国家的诗人的一些作品，发表了美国、英国等西方国家那些具有进步思想、支持新中国的诗人的作品，为读者打开了一扇了解世界文学的窗户。美国学者许芥昱是一位为翻译、介绍、传播中国新诗不遗余力的翻译家、学者，他在1963年编译出版的《20世纪中国诗选》在涉及20世纪50年代后期到60年代初的诗歌创作（包括新民歌）时，就主要选自《人民文学》和创刊不久的《诗刊》；他在1975年出版的《中国文学景观》一书，涉及不少诗人，他们的作品有很多选自《诗刊》；他在1980年编译出版的《中华人民共和国文学作品选》中的诗歌作品也有不少出自《诗刊》。这些现象说明，在当时的美国和其他西方国家，人们是可以读到《诗刊》的，而且将其作为了解中国诗歌的重要资料来源。

  当然，我们也必须承认，前期《诗刊》面临了太多的运动，尤其是大量的政治运动。为了配合这些运动的开展，《诗刊》不得不随时转换编辑思路，发表过不少手法单一、内容干涩、情感单薄、缺乏独特思考、思想的作品，有些作品甚至存在严重的口号化、概念化倾向，还存在违背自然、历史、人生常识的现象。在"反右派"运动及其扩大化时期，《诗刊》参与了对一些诗人的错误批判；在五十年代后期的"颂歌时代"中，《诗刊》发表了一些缺乏原则性、常识性的赞美性作品，对那场活动产生了推动的作用；在"大跃进"和"人民公社化"运动中，《诗刊》发表了一些违背自然规律、社会发展规律的作品。这些当然只是后来者在新的历史文化语境中重新审视历史的时候作出的判断，而那些置身当时的社会文化处境的编辑、主编甚至诗人，由于种种制约的存在，肯定无法摆脱这种语境的钳制。不过，历史就是历史，我们永远无法改变，只能从中总结经验与教训。

二　兼容并包促进新诗艺术的发展

1964年11—12月号合刊出版之后,《诗刊》宣布从1965年1月起休刊。这一决定使《诗刊》及其工作人员在一定程度上避免了接下来发生的"文化大革命"的巨大冲击。1976年1月,在读者的呼吁和毛泽东、邓小平等的同意之下,停刊11年的《诗刊》得以复刊。《诗刊》复刊的时候,中国还处于"文化大革命"之中,思想、言行受到的各种制约还非常明显,因此,复刊之初的《诗刊》似乎还放不开手脚,基本上是按照当时的"文革"理念在选择和刊发作品。

不过,作为一个具有悠久诗歌历史的国度,即使在"极左"思潮影响下,中国诗歌的种子依然在悄悄孕育。一些诗人在"文革"期间依然默默坚守诗歌艺术,创作了一些具有特色与个性的作品。这些诗人后来被称为"地下诗人",他们的探索被称为"潜在写作"或者"地下写作"。当这种坚持遇到了合适的社会文化语境,就会通过一定的方式慢慢释放出来。1976年的"四五运动"是当代诗歌复苏的起步,虽然涉及的主要是旧体诗词,但这些作品关注国家、民族命运,关注思想解放,关注社会进步,文化观念、诗歌观念的更新已经显出了端倪。1978年12月,党的十一届三中全会的召开和改革开放政策的确定及实施,为新诗艺术的探索提供了前所未有的时代机遇。民间刊物《今天》的创刊使一些"地下诗人"的作品逐渐露出水面,这些作品在遭到一些人批评、指责的同时,也使许多诗人、读者从中看到了诗歌可以具有的另外的面貌,看到了新诗艺术复苏的希望。

在新时期诗歌艺术探索刚刚露出微芒的时候,作为官方刊物的《诗刊》没有闭目塞听。当然,在人们已经习惯了过去的诗歌方式和风格的语境中,要一下子改变人们的艺术观念、大批量发表那些观念和手法都属于"另类"甚至被一些人视为"洪水猛兽"的诗歌作品,肯定是不可能的。在中国文化、文学发展中,社会文化观念、艺术观念的发展大多数时候都是渐进式的。在1979年的《诗刊》,我们可以惊奇地发现,《诗刊》第三期、第四期先后发表了北岛的《回答》和舒婷的

上编 在现象中探路

《致橡树》，而这两首诗在后来都成为诗人的代表作。但是，编者并没有把它们刊发在刊物的显要位置，而是隐藏在许多其他作品之中。可以看出，无论是作为诗人还是刊物负责人，邹荻帆、邵燕祥等人都具有敏锐的艺术眼光和独到的编辑策略。不过，读者还是能够从这样的作品中读到别样的诗意、别样的艺术手法，也由此开启了当代新诗发展的新的篇章。

从那之后，随着改革开放的深入和思想解放运动的开展，加上大量外国哲学、文化、诗歌著述大量翻译介绍到国内，不少诗人的探索打破了固有的观念和手法，为新诗发展带来了新的气象。这个时期也是诗歌观念最为驳杂的时期，诗歌界、诗学界关于新与旧、中国与外国、个人与群体等的争论不绝于耳，尤其是关于新潮诗歌现象的论争，使新诗艺术的探索逐渐进入了一个异彩纷呈的时期，出现了多元化的格局，并由此形成了新诗史上的又一个创作高峰。在这个过程中，作为"国刊"的《诗刊》并没有偏向于某一个方面的主张和尝试，而是在坚持主流意识的同时，包容各种思潮，关注各种具有艺术价值的探索，既包括那些传统的诗歌观念和手法，也包括那些在当代诗歌史上几乎没有出现过的新的观念和手法，还包括借鉴、学习西方艺术观念和手法的探索性作品。

从20世纪80年代开始，《诗刊》基本上坚持了多元关怀、兼容并包的编辑理念，通过刊物推出多种思潮、手法的诗歌作品，全面展示丰富的诗歌现象。换句话说，作为"国刊"的《诗刊》以其开阔的视野、包容的姿态，通过严谨的文本选择对几乎所有出现在中国大地上的诗歌现象都进行了呈现。当然，由于作品太多，刊物不可能照顾到每个具体的诗人，只能选择性地择优刊发。我们可以从新时期以来的《诗刊》上找到新诗创作中出现的几乎所有诗歌现象。

新时期以来，《诗刊》的关注视野没有局限于中国大陆的诗歌创作，中国台湾、香港、澳门地区甚至国外的华文诗人也经常在《诗刊》发表作品，既为读者提供了优秀作品，也为大陆诗人的写作提供了不一样的文本。一些在国际上具有影响的外国诗人在前期《诗刊》中因为种种原因而在中国几乎无人知道，但他们却成为新时期以来的《诗刊》关注的重要对象，他们新颖、独到的思维方式、话语方式为读者和诗人提供了别样的诗歌文本，对诗歌观念的新变发挥了不可忽视的作用。

对于诗歌艺术发展来说，单一、单薄、单调可以说是缺乏生命力的同义语。在中国这样一个诗民族，诗歌如果只有一种写法，只有一种声音，那么它是很难表现这个时代的丰富多样的，也不利于诗歌艺术的发展。多元共生才是诗歌艺术繁荣、发展的根本标志。在新时期以来，《诗刊》在坚持自身的办刊宗旨、艺术原则和编辑方针的前提，推出了多种多样的诗歌作品，为丰富诗歌大花园、展示当代新诗的多元成果，做出了不可忽视的贡献。

三 诗学争鸣推动诗学研究的新进展

诗歌理论、评论文章是《诗刊》的重要组成部分。诗歌发展当然需要大量优秀的诗歌作品来支撑，而优秀的理论、评论文章从大量的诗歌现象中提炼出具有规律性、学术性的诗歌主张，同样可以在很大程度上为诗人的创作、读者的鉴赏提供参照和引导。

《诗刊》从一开始就注重对诗歌基本理论的探究，也注重对一些重要诗人、诗歌现象的评介。1957创刊号上发表了张光年的《论郭沫若早期的诗》，1957年第2期发表了艾青的《望舒的诗》，陈梦家的《谈谈徐志摩的诗》，吴腾的《五四以来的诗刊略影》，1957年第3期发表了臧克家的《在1956年诗歌战线上》，1957年第5期发表了公刘的《简论中国古典诗歌传统问题》，1957年第11期发表了巴人的《也谈徐志摩的诗》等文章，虽然评价角度、结论不一样，但它们都可以看作是对新诗历史以及中国诗歌传统的讨论，这对于当时的读者了解新诗和新诗历史，是有很大帮助的。但是，创刊初期的讨论由于受到外在政治运动的影响，存在诸多非艺术的因素，比如，《诗刊》在1957年对艾青的肯定和批判在相距不长的时间内出现，显然和当时的外在风气有关；《诗刊》1959组织的"新诗发展概况"系列文章虽然是对新诗历史进行的首次集中展示，但存在着遮蔽历史、评价不公等现象，一些诗人被人为拔高或者贬低，不少优秀诗人连名字都没有出现。

《诗刊》的诗学争鸣在20世纪80年代产生了重要影响。这场讨论主要起源于当时刚刚出现的"新潮诗"，也就是后来命名为"朦胧诗"的诗歌潮流。在1980年前后的诗坛上，有一批长期坚持诗歌创作、研究的诗人和学者，比如臧克家、丁力、丁芒、宋垒、闻山、李元洛、尹在勤、周良沛、晓雪等，他们并不是反对诗歌艺术的创新，但他们更强调对传统的继承，尤其是对现实主义诗歌传统的继承，他们对诗歌的评论大多因为现实政治的需要而更看重诗的社会价值，而对诗坛上出现的一些新的诗歌现象则持否定或者不认可的态度。在1980年的时候，丁力就把当时的诗歌分为"古风派""洋风派""国风派"，他认可的是"国风派"。在接下来的几年中，当一些新的诗歌思潮出现的时候，尤其是当谢冕、孙绍振、徐敬亚等学者对新的思潮进行大肆鼓吹的时候，双方就发生了激烈的争论。作为全国性诗歌刊物的《诗刊》在这场论争中当然不能袖手旁观，但从编辑策略上看，它一直站在中立者的立场，对双方的争鸣文章都同样对待，既发表批评，也发表反批评文章，让读者在这种争鸣之中获得对诗歌艺术的深入思考。这两个诗论群体在后来被人称为"传统派"和"崛起派"，是新时期诗坛上最早产生观念交锋的诗学群落。由于"崛起派"更看重诗歌艺术的创新，因此在诗歌界、诗学界占据了越来越有利的地位，成为现代诗歌批评史上无法回避的重要思潮。

在"传统派"和"崛起派"产生激烈交锋的时候，另外一个群落也在悄悄生长，他们认真研究了"传统派"和"崛起派"的诗学主张，认为二者各有优点，也各有不足。他们主张新诗应该继承传统，但反对传统主义的观念；他们赞同向西方学习，但反对西化倾向。这个群落的主要代表人物包括吕进、阿红、朱先树、袁忠岳、杨光治、叶橹等，他们是在北京上园饭店参加《诗刊》组织的两次读书会的时候，形成了相对一致的观念的，并在1986年编辑出版了《上园谈诗》一书，后来被称为"上园派"。"上园派"融合了先前诗歌争鸣中的优点，主张"化古化欧"，主张在诗歌艺术的探索中实现优秀传统的现代化和外国艺术经验的本土化，并努力探索如何"化"的问题。这是一个介于"传统派""崛起派"之间的诗论群落，借鉴了二者之长，也指出了二者的不足，使这种包容性的诗学主张在适用面上实现了超越。

新时期以《诗刊》为主要平台的诗学论争，使三个理论群落都亮出了各自的观点，为诗人和读者提供了多元化的选择，使他们能够在多元化的语境之中思考、判断和选择新诗的发展之路，应该说为新时期以来的诗学、诗歌繁荣发展做出了各自的独特贡献。

在那以后，《诗刊》还参与组织了关于诗歌标准的讨论等诗学争鸣活动，但其关注度和学术影响都低于八十年代前期关于新诗发展问题的讨论。不过，《诗刊》仍然坚持对诗学研究的关注，多种诗歌主张仍然不时地出现在《诗刊》的版面上，不过，这些文章只谈各自的观点，而主要不以争鸣的方式呈现，为中国现代诗学的发展提供了不少重要的文献和观念。

四　特色栏目彰显诗坛的多元风貌

栏目设置是刊物建构和体现自身特色的重要方式之一，不少刊物就是因为设置了长期坚持的特色栏目而为读者所广泛关注，比较突出了的是《飞天》在20世纪80年代开设的"大学生诗苑"，因为发表了不少校园诗人的作品，推出了一批校园诗人而成为新时期诗歌发展中不可忽视的现象。

作为专门的诗歌刊物，《诗刊》一直在栏目设置上煞费苦心。它不能像综合性的文学期刊那样固定设置"小说""诗歌""散文""评论""编读往来"等栏目，或者使用一些更诗意化的名字来为这些栏目命名，所以在前期甚至在20世纪80年代，《诗刊》都很少有相对固定的栏目，或者说，《诗刊》的栏目总是在不断发生变化，没有形成具有特色的发展规划。有的栏目以主题来设置，如1957年第10期的"庆祝十月革命四十周年"等；有的以题材设置，如2005年第10期"大地之歌"发表的主要是书写大地的诗歌作品；有的则以诗歌样式安排，如"散文诗""小叙事诗""旧体诗"等；有时则以栏目中具有特色的诗歌题目作为栏目名称，体现出诗歌刊物特有的诗意，也在一定程度上体现了编者对诗人作品的肯定和偏好，如2004年5月上半月刊的"月亮缝合河山·组诗精粹"以张执浩的《月亮缝合河山（三首）》作为栏目名，2004年11月上半月刊的"花开在我想不到的地方·组诗精粹"以徐南鹏的《花开在我想不到的地方（八首）》作为栏目名。总体来说，《诗刊》的这些栏目设置给人比较随意、缺乏规划的感觉。

长期以来，出于对现实的关注，《诗刊》开设过许多临时性、专题性栏目，延续时间都不长，有的甚至只是出现了一次，比如2008年3月上半月刊是为抗击南方冰雪灾害而出版的专刊，设置了"南方：温暖的记忆·来自冰雪灾区的诗人最新作品""2008：火焰融化冰雪·抗灾前线的诗报告""关爱：把手给你"等栏目，2008年5月上半月刊是"纪念中国改革开放三十年诗歌特大号"，2008年6月上半月刊出版汶川地震专刊、特刊，2008年9月上半月刊为北京奥运会专号，2009年9月上半月刊出版红色诗歌专刊，2009年10月上半月号为庆祝中华人民共和国成立60周年作品专号，等等，这些都是对一些社会事件甚至突发事件的关注和配合，体现了《诗刊》关注时代、关注民生的价值取向。但是，随着这些事件的远去，这些栏目也就自然结束了。

但是，《诗刊》有些栏目却给诗人、读者和研究者留下了较为深刻的印象。"假如你想作个诗人"开设于从1980年9月到1984年6月，当时正是诗歌界争论非常激烈的时期，该栏目断断续续出版了18期，刊发的大多是跳出争论，正面讨论诗歌创作手法的文章，在一定程度上体现了编者对诗歌基本理论的重视，后来编辑成《假如你想作个诗人》一书，由重庆出版社于1985年4月出版，首印数达到38800册。"每月诗星"开始于2003年1月，除了个别特殊情况没有设置之外，其余时间都是每期设置，每次推出一位有特色的诗人，配上诗人的创作谈和其他诗人、评论家的评介文章，较为全面地介绍诗人的艺术特色与创作实绩，至今已经推出一百多位诗人，受到读者的广泛关注和认可。"在《诗刊》听讲座"开设于2004年1月至2005年10月，持续时间不算长，共发表诗学论文21篇次，主要邀请具有较大影响的诗人、评论家以讲座的方式从不同角度对当下诗歌的新现象进行学理性总结,对一些新颖的创作手法进行细致解析,这对读者判别诗歌发挥了一定的效用。"长调"栏目则主要推出诗人的长篇作品或者同一主题、题材的组诗,篇幅较大,也是《诗刊》推出重点诗人的方式之一。

和临时的专题性栏目相比,这些具有特色的栏目首先不以题材、主题来设置,而是以作品的优劣作为选择标准。而且,这些栏目所刊发的文章、作品属于多种思潮、多种观念,没有定于一尊,在一定程度上体现了诗歌、诗学发展的多元风貌,又推出了一些具有特色的诗人、评论家及作品。不少进入这些栏目的诗人、评论家,有些在当时已经拥有了自己的地位,有些在后来受到了更多的关注。只要谈到新时期以来的《诗刊》,我们会自然地想起或者谈到这些具有特色的栏目。

新时期以来的《诗刊》在开设临时性栏目的同时,也开设了一些延续时间较长的特色栏目,做到了稳定与变化的结合,艺术探索与社会关怀的结合,既使刊物显示出多样性、丰富性,又给广大读者提供稳定的阅读期待,在一定程度上铺设了当代新诗发展的一条新鲜的、多元的艺术主线。

五 品牌活动促进人才成长

诗歌是诗人人生体验的抒写,可以在一定程度上说,诗歌写作是属于诗人个人的事情。但是,诗歌发表出来之后,它就变成了一种公共产品,自然会产生一定的社会影响和艺术效应。尤其是在新诗发展史上,新诗在很多时候发挥着独特的"号角"作用。在抗战时期,诗歌就被人们称为"号角""投枪""匕首",为凝聚和鼓舞民众的抗战热情发挥着不可或缺的作用。在《诗刊》创刊之后,诗歌的社会价值是评价其艺术价值的重要指标之一。因此,如何使优秀的诗歌作品走向更多的读者、如何发现和培养优秀的青年诗人,一直是《诗刊》所肩负的重要的使命。为此,开展大量的具有影响的诗歌活动,推进诗歌的普及和诗人的成长,是《诗刊》长期坚持的优良传统之一。

《诗刊》举办过大量的针对普通读者、听众的普及性诗歌活动。

上编　在现象中探路

在前期，《诗刊》举办了很多朗诵活动，参与者众多，郭小川、袁水拍、贺敬之、李瑛、蔡其矫等诗人都亲自参加过朗诵，很多听众甚至排队买票。根据《诗刊》在2007年发表的《〈诗刊〉纪要》，《诗刊》在前五十年举行的大型朗诵活动达到了三十多场，此外，他们还组织诗人、朗诵家下到基层举办朗诵活动，为普通大众服务。这些活动对于诗歌文化的宣传、普及肯定发挥了一定的作用。

从2002年开始的"春天送你一首诗"活动同样是将视野扩展到读者、听众的有益尝试。面对诗歌不断边缘化的处境，诗刊社组织了全国性的"春天送你一首诗"活动，每年利用一个月左右的时间，在全国多个城市举行以诗歌朗诵为主的主题活动，配以诗歌创作征文、诗歌朗诵比赛、诗歌文化宣传等，影响范围大，参与者众多，取得了相当不错的效果。

诗不应该只是置于象牙之塔、庙堂之内的供品，不应该离开对历史、现实的关注，作为公共产品诗还不能脱离读者。《诗刊》组织的各种朗诵活动将诗歌的普及作为核心，把诗歌艺术的推广和社会价值作为使命，吸引了大量读者、听众的积极参与，是拯救越来越边缘化、越来越脱离读者的诗歌的一种有效方式，其产生的社会影响是巨大的。

《诗刊》同样举行了大量的针对优秀诗人的提高性活动。

"青春诗会"是《诗刊》组织的最有影响的品牌活动之一。为了发现和培养青年诗人，1980年7月20日至8月21日，诗刊社在北京和秦皇岛举办了为期一个月的"青年诗作者学习会"，共有17位青年诗人应邀参加，诗坛前辈艾青、臧克家、田间、贺敬之、李瑛、蔡其矫等到会授课，严辰、邹荻帆、柯岩、邵燕祥等亲自辅导，并为与会的青年诗人修改作品。这些诗人的作品在《诗刊》1980年10月号以"青春诗会"为总题刊出。在那之后，"青春诗会"就一直延续下来，除了少数年份之外，基本上是每年举行一届，至今已经举办31届，成为发现新人、培养新人的重要途径。参加"青春诗会"的诗人都是通过公开征稿、公开评审的方式从全国各地选拔出来的，为年轻诗人的成长提供了平等的参与机会；每次活动在不同地方举行，使诗人们能够了解不同的地理、历史和文化,有利于他们拓宽视野;活动内容丰富多彩,包括作品研讨、高峰论坛、参观考察等,既交流了诗艺,也增进了诗人之间的友谊,同时为他们深入现实、深入生活创造了良好的条件;每次"青春诗会"之后,《诗刊》推出专栏或专号(大多数时候是专号),发表参会诗人的作品、小传、诗观以及会议纪要,集中起来,就是一部缩写的当代诗人成长史甚至当代新诗发展史。至今已有十多位参加过"青春诗会"的诗人获得了中国新诗(诗集)奖和鲁迅文学奖。正因为如此,不少人将"青春诗会"称为诗歌界的"黄埔军校",成为新时期以来青年诗人成长的摇篮。

从 2010 年开始,诗刊社又举行"青春回眸"诗会。"青春诗会"关注的是青年诗人,它延伸出来的"青春回眸"诗会关注的是曾经的青年诗人和有成就的诗人,有些诗人还参加过以前的"青春诗会",由此扩大了《诗刊》对中国诗歌的关注范围,也团结了更多的诗人。

《诗刊》还举行过将普及性、提高性相结合的诗歌活动。创办"刊授学院"就是其中一例。

"刊授学院"使许多基层写作者找到了方向。20 世纪 80 年代前期是当代新诗最为红火的时期,几乎到了全民爱诗、全民读诗的地步。在时代转型的过程中,许多人有话想说,想通过诗歌抒写自己的人生体验,但许多诗歌爱好者苦于文化积累较薄、对诗歌艺术了解不深,在诗歌创作上时常感到迷茫。为此,诗刊社在 1984 年创办了"刊授学院",邀请著名诗人、评论家、编辑担任指导教师,为初学写作者进行函授辅导。后来,刊授学院更名为"诗刊社诗歌艺术培训中心"。学院先后创办《未名诗人》及《青年诗人》,主要发表学员作品和辅导文章;朱先树编选的《未名诗选》是"刊授学院"的重要成果,收入一百多位青年诗人的作品,其中的不少诗人到后来成了诗歌创作的中坚力量,甚至成为著名诗人;王燕生、谢建平主编的《一首诗的诞生》,虽然是学员的学习资料,但由于对诗歌艺术的细致、独到解读,也使其成为具有特色的诗学著作。据诗刊社统计,截至 2005 年,诗刊社的诗歌函授活动已培训诗歌作者 12 万多人次。其中近 100 人参加了"青春诗会",300

上编　在现象中探路

多位优秀诗人活跃在当今诗坛。这在新诗发展史上实在是一件了不起的事情。

此外，自创刊开始，诗刊社先后编辑出版了大量的年度诗选、专题诗选、诗歌丛书等，总数超过了一百种，已经成为研究中国当代诗歌历史的重要史料；还举行了多次规模不同的诗歌研讨会、诗歌征文活动，在一定程度上活跃了当代新诗的创作和研究，发现和培养了一大批诗歌新人。

在传播方式不断发展的时代，作为平台的刊物不应该只具有单一的发表功能。我们在关注《诗刊》的时候当然首先是关注刊物本身，但也不能忽略以刊物为平台而开展的大量的其他诗歌活动。如果说刊物是一棵树的树干，那么大量的活动则是从树干上自然生长出来的枝与叶，它们与树干合为一体，相互依存。只有树干粗壮，枝叶繁茂，诗歌这棵大树才会郁郁葱葱，生机勃勃，我们才能看到诗歌发展的全貌。

六　多种媒体融合铺展艺术新路

随着科学技术的发展，信息传播已经远远超越了过去单一的平面媒体方式，人们的写作、阅读习惯也随之发生了根本的改变。在20世纪末期，诗歌网站的出现，使诗歌发表、传播成为平常而简单的事情，出现了大量的网络诗人。后来，个人博客、微博的出现，进一步拓展了个人的写作、阅读方式和领域。这些变化带来的后果之一是大量纸质刊物的发行量严重下滑，传统阅读受到了挑战。

《诗刊》应对这种变化的第一个策略就是扩大刊物的容量，2002年起将原来的月刊改为半月刊，其中的下半月刊主要为年轻诗人提供发表阵地，刊发了许多具有探索性的诗歌作品，受到了不少诗人的好评。他们甚至根据旧体诗词写作者和爱好者的需要，创办了《诗刊》的"子曰"版。但是，纸质刊物的容量毕竟有限，无法做到无限扩展。就最终的效果来说，版面扩大并没有改变传统刊物阅读量越来越小的局面。

《诗刊》也先后开设了网站、博客、微博等，主要发布刊物的目录、活动信息等，偶尔也推出在刊物上发表过的代表性作品，但影响都不是很大。最近几年，由于移动终端的普及，微信成为最流行的信息传播、交流方式之一，微信公众号因其内容丰富、更新快捷、传播范围广等特征而成为传统媒体扩大自身影响不可或缺的重要手段。《诗刊》第一时间开设了微信公众号，不但发布刊物目录、活动信息，还根据一些特殊的时间节点收集整理了不少专题性的优秀诗歌作品，受到读者的广泛关注。他们还发布了一些在刊物上发表过的作品，最终使一些在纸刊上关注度并不很高的诗歌成为全社会关注的热点话题，李元胜的《我想陪你虚度时光》，余秀华的《穿过大半个中国去睡你》等，阅读量均超过了千万次，后者甚至成为一个热点的诗歌现象，虽然也受到了不少质疑和批判，但现代传播方式毕竟让诗歌再次成为大众关注的对象。这是《诗刊》在借用现代传播方式方面所取得的成功。

诗歌是最敏锐的艺术样式，理应对社会、文化甚至科技的发展体现出独特的敏锐性。《诗刊》在这方面曾经忽视过，但最终找到了适合自己的方式，实现了传统媒体与现代传播方式的有效结合。

不过，在当下的文化语境之下，网络信息的可信度远远不如传统的纸质媒体，再加上很多读者仍然习惯于阅读纸质刊物，因此，在相当长的时间内，纸质期刊不会消失。《诗刊》首先要坚持自身的优良传统，办好纸质刊物，团结那些喜欢阅读纸质媒介的诗人和读者。而且，无论是纸质刊物还是数字媒体，我们都必须意识到"内容为王"的核心观念。在阅读方面，内容始终是读者关注的中心问题。不管什么刊物，即使我们采用了非常先进的传播手段，但如果内容没有特色，不吸引人，仍然会被读者所忽略。《诗刊》长期以来发表了大量的优秀作品，引领了中国诗歌发展的潮流，是中国诗歌发展的重要推动力量之一。在传统媒体时代，《诗刊》属于国家级刊物，无论是作者还是读者，都把审视中国诗歌的目光投注到它身上。随着传播手段的多元化，很多诗人对于作品发表的地方已经较少关注，普通刊物、网络平台、民间刊物等，同样可以吸引很多优秀作品，《诗刊》的"国刊"地位也因此受到了严峻的挑战。在这种情况下，《诗刊》必须放下架子，积极把握当代诗歌发展的潮流，主动关注诗歌发展的新动态，尽可能推出最优秀的作品，尤其要具有多元化观念，对不同思潮的探索都要包容，从而稳固和扩大自己在诗歌界的地位和影响。

总之，面对诗歌发展的多元化和诗歌传播方式的多样化，《诗刊》必须具有忧患意识和危机感。如果仅仅固守传统的选稿、出版和传播方式，肯定是不够的，而必须考虑到不同年龄的读者习惯和熟悉的方式，全方位"出击"，吸引人们对《诗刊》和诗歌的关注，这样一来，《诗刊》才可能保持在中国诗歌发展中的主流地位，才能在新的文化语境之下，真正为中国诗歌的发展做出新的贡献。

60年来，《诗刊》发表的作品、推出的诗人、组织的活动等，实在难以用数字计算，在回顾这段历史的时候，我们无法做到面面俱到，只能选择性地点击其中的一些方面，由此感受《诗刊》在新诗发展中所做出的努力和取得的成效。

在中国文化中，六十是一个内涵丰富的时间概念。六十年恰好完成了一个甲子的轮回，新的岁月即将开启。我们相信，在接下来的岁月里，未来的《诗刊》肯定不是对过去岁月的重复，一定会在新的时代、艺术语境中，为中国诗歌的发展，为诗歌文化的传播做出更大的贡献。

2016年11月2日，初稿于重庆之北

下编

在文本中寻美

臧克家诗歌的人格精神初探

在中国新诗史上，不少有成就的诗人都在其艺术探索过程中，对新诗的人格精神进行了精心营构。臧克家这位在新诗史上驰骋六十多年的老诗人，更是以其独特的审视领域和艺术追求为新诗人格精神的强化作出了突出贡献。研究臧克家和其他一些有成就的诗人为强化新诗的人格精神所做的努力，对于我们全面把握新诗的主潮和探索未来新诗的发展路向，都是具有重要的诗学意义的。

一 宏观考察：臧克家诗歌的人格基础与人格目标

臧克家走上诗坛的时候，象征派、新月派、《现代》杂志诗人群等的遗风尚未完全消失。这些诗人在新诗艺术上进行过艰难探索，取得了一定的成就，但是，也应该承认，有些诗人在创作中缺乏对时代、民族的关照，缺乏对现实的历史责任感与使命感。这不能不使新诗一度陷入低谷之中。

作为一种独特的艺术样式，诗歌有其观照世界的独特方式。从历史上看，任何时代的优秀诗歌总与时代的主潮相契合，展示着大多数人的思索与愿望，即所谓"话到沧桑句便工"。在20世纪20年代后期，由于一些诗人钻进"自我"的小天地，对时代、民族关注不够，使新诗出现了过多的颓废、感伤的情调，面对苦难的现实，它无法引导人们为着某种共同的理想而奋斗，无法给人们以人格上的启示与诱导。

臧克家一走上诗坛，便采取了与之不同的人生态度与艺术态度，他对当时的颓废、感伤情调十分不满，他说："诗做得上了天，我也是反对的，那简直是罪恶！你有闲情歌颂女人，而大多数的人在求死不得；你在歌咏自然，而自然在另一些人饿花了的眼里已有些变样了。"他认为"纵不能用锐敏的眼指示着未来，也应当把眼前的惨状反映在你的诗里"。① 他主张诗人应该直面现实，特别是惨淡的现实，而反对"闭下眼睛，囿于自己眼前苟安的小范围"② 的那种"象牙塔"式的艺术追求。从一开始，诗人的视野就是极开阔的，关心下层人民特别是他所熟悉的农民的处境和命运，这在当时是颇具特色与个性的，诗集《烙印》出版之后，茅盾便指出："我对于诗集《烙印》起了'不敢亵视'之感，我相信在目今青年诗人中，《烙印》的作者也许是最优秀中间的一个了。"③ 同时，臧克家的诗美追求为中国新诗中的现实主义诗歌的发展奠定了良好的基础。

对现实进行广泛而深入的关照是臧克家诗歌人格精神发展的基础。虽然他在创作初期的诗歌追求还带有一定的矛盾性，但是，由于诗人对下层人民的了解和直观的感受使他对人民的同情大大强于对个人悲哀的关心。他说过，诗人应当"把自己的心放在天下痛苦的人心里，以多数人的苦乐为苦乐。把自己投到洪炉里去锻炼，去熔冶"。④ 这种追求是与诗的艺术潮流相一致的，它不是要诗人放弃自己的艺术个性，而是要通过诗人个人的声音传达更多人的心灵之声。换言之，臧克家主张诗人要以开放的观念去拥抱这个世界，而不能把自己封闭起来，并且，诗人要传达众人的声音，而不能只在个人的小圈子里浅唱低吟。诗是有个性的，但它拒绝个人性，优秀的诗人与诗歌总是与时代进步的潮流结合在一起的。

正因为有这样的生活与心理基础，臧克家十分注重诗人的人格修养。1935 年，他就说过："伟大的诗人，才能做出伟大的诗篇。"⑤ 他认为诗人应具有"伟大的灵魂"和"极热的心肠"，"须得抛开个人的一

---

① 臧克家：《论新诗》，载《文学》1934 年第 3 卷第 1 期。
② 同上。
③ 茅盾：《一个青年诗人的"烙印"》，载《文学》1933 年第 1 卷第 5 期。
④ 臧克家：《新诗答问》，载《太白》1935 年第 2 卷第 1 期。
⑤ 同上。

切享受去下地狱的最下层经验人生最深的各种辣味","诗人要以天地为家,以世界的人类为兄弟"。① 这些观念虽然还有些空泛与模糊,但诗人基本的人格追求已形成了,这种追求主要来自诗人的切身体悟,具有自发性,然而也具有真切感与深刻性。当时代的发展呼唤诗人的责任感与使命感的时候,臧克家便把这种自发的体悟与民族的命运紧密相连,把诗歌与时代紧密相连。1937年5月抗战前夕,他就指出,"因为时代是在艰困中,我们需要大的力量"。② 这种"力量"就是一种人格的力量,就是诗人对民族命运的正面关注。诚如诗人在1947年所说的:"在今日意义上的'新诗',语言的近代化、口语化是必需的,而最主要的还是内容方面强烈的时代性——也就是斗争性。"③ 他要求诗人"革除了旧时代诗人孤芳自赏或自怜的那些洁癖和感伤,剪去'长头发'和自炫的那些装饰,走到老百姓的队伍里去,做一个真正的老百姓"。④ 可以说,臧克家自发地对时代的关注经过时代的洗礼,已发展成为自觉的艺术追求,这一追求成为他终生的艺术目标。

在新的时代,诗人早年所面对的那种忧郁与苦恼早已荡然无存,这个时代与诗人的人生期盼达成了一致。因此,在新的时代里,诗人早年的忧郁与苦闷已变成一种正面的赞颂。这种赞颂仍然是发自内心的,从人格精神上看,先前的忧郁与斗争是在抗争的环境下产生的,而后来的愉悦是在和谐的环境中生发的,这两种不同类型的人格精神在本质上是完全相通的。

因此,可以这样认为,臧克家的诗歌历程实际上就是诗人人格的发展历程,他的诗歌是诗人人格的艺术表现,体现了诗人对民族的深沉之爱,体现了诗人对美好的人生与美好的时代的热切呼唤与赞美。从诗人漫长的创作生涯和丰富的作品中,我们可以看出,臧克家的诗歌有开阔的视野,在开阔的视野之中,诗人以自己崇高的人格建构了他诗歌的人

---

① 臧克家:《论新诗》,载《文学》1934年第3卷第1期。
② 臧克家:《新诗片语》,载《文学》1937年第9卷第2期。
③ 臧克家:《新诗》,载《中学生》1947年第188期。
④ 臧克家:《诗人》,载《中学生》1947年第190期。

格精神，这种人格精神，可以大致地概括为：求真、求善与求美。

早在四十年代，臧克家就谈论过他对诗歌的真、善、美的追求，他认为，"'诗'，必须是真的，感情不能杂一丝假，'真'才能感动自己，而后再去感动别人"。在谈及诗的"善"时，他认为"这是从它的本身和它的作用双方面着眼的"，诗必须"有益于人生，有补于生活""必须领导着人类挣扎，斗争，前进，一步一步领导着人类向一个伟大的目标前进"。关于诗的"美"，他说，"是指着恰好的表现配合了恰好的内容而融为一体说的。这包括了音节、字句、结构，这包括了诗之所以为诗而从文学其他部门区别开来的一切条件而说的"。①

在这里，诗人是就诗的艺术追求而论及诗的真善美的，它是诗人对中国诗歌的优秀传统的继承与弘扬，也是诗人终生的艺术追求。如果我们把这种追求与诗的人格精神联系起来，可以发现，臧克家诗歌的人格精神与这种追求是密切相关的。求真，就是真实地表达诗人所体悟的一切，也表达诗人真实的人生态度，这体现诗人对人生的真诚；求善，是诗人进行审美评判的基础，这里包括对美的肯定与对丑的否定两种诗美取向，而二者又是一致的，体现了诗人的博爱精神；求美，这里不是从诗的传达方式而言的，指的是诗的人格精神的终极境界，就是对美好人生、优美人性的呼唤与渴求，是一种闪烁的理想光辉，体现诗人的智慧与意志。这几种人格要素的共同组合，便构成了臧克家诗歌的人格主调，也确立了诗人在中国新诗史上的崇高地位。

二 求真：真实与真诚的合曲并奏

臧克家是一位现实主义的诗人，他十分注重诗与现实的联系，强调生活之于诗的重要性。从一开始，他的诗就是对现实的真切体验的艺术升华，真实而深刻地表现了民族与时代的思考与呼唤。从《烙印》开始，臧克家的诗就顺应着时代的主潮，要么揭示现实的苦难，要么解剖个人的心灵及其与现实的关系，要么表达诗人内心的忧乐，全面地展示

---

① 臧克家：《诗》，载《中学生》1947年第184期。

了他所思考的时代主题。可以说，臧克家的诗是现代中国人民特别是中国农民艰苦奋斗的精神历史，因此，早在1936年，朱自清就认为臧克家的诗是"有血有肉的以农村为题材的诗"。[①]

臧克家诗歌的真实性既体现在诗人没有回避中国的苦难和艰辛，也体现在他的诗与诗人的人生体验和人生探索紧密相连。他每一个时期的诗歌都从不同侧面反映了中国的现实，没有矫揉与伪饰，同时也体现出诗人在人生观与艺术观上的不断发展与进步。

作为具有强烈的主观色彩的文学样式，诗歌真实地表现现实，并不是照相式的，它总是包含着诗人的人生态度与艺术态度，这两种态度是决定诗歌审美流向的关键所在。面对同一种现实，不同的诗人有时会采取不同的态度，比如对于时代的苦难，有些诗人也许会采取幸灾乐祸的讥讽，而与时代精神处于同一领空的诗人则会直面苦难并寻求改变苦难的路径。臧克家属于后者，他的追求与时代的大潮流相一致，他认为诗人应当"走到老百姓的队伍里去，做一个真正的老百姓。把生活、感觉、希望，全同他们打成一片。这样，个人的哭笑、欲求，是个人的也是大众的了，个人的声音，是个人的也是大众的了；个人的诗句，是个人的也是大众的了"。[②] 他总是以大众之苦乐为自己的苦乐，这样，他在诗中所表现的真实才是真正的真实，诗人也由此而体现出真诚的人格精神。

诗人是时代精神的代言人，但他不是凌驾于时代精神之上的万能的使者，他对时代精神的发现是从对现实的深切体悟中获得的。离开了真诚，诗歌不可能获得具有真理性的真实。臧克家的诗首先表达了他对中国的下层人民特别是农民的认识，他没有因为他们的苦难而失望，而是全心地表达他们的苦难，以求在苦难之中寻找改变苦难的力量，著名的《老哥哥》表达了农民的不幸，《老马》更是新诗史上的名篇：

    总得叫大车装个够，
    它横竖不说一句话，

---

① 朱自清：《新诗的进步》，载《新诗杂话》，生活·读书·新知三联书店1984年版，第9页。
② 臧克家：《诗人》，载《中学生》1947年第190期。

下编　在文本中寻美

背上的压力往肉里扣,
它把头沉重地垂下!

这刻不知道下刻的命,
它有泪只往心里咽,
眼里飘来一道鞭影,
它抬起头望望前面。

　　短短八行诗,把中国农民的苦难抒写得深刻剔透,诗人的情怀也投入其中。如果诗人没有对农民命运的关注,没有对农民的真诚,是不能写出这样的诗篇的。因此,闻一多认为《烙印》里的诗"没有一首不具有一种极顶真的生活的意义"。[①] 我们可以把这句话看成是对臧克家所有诗作包括《烙印》以后的诗作的艺术诠释,诗人不只是面对生活的事实,而是以真诚之心表达了生活的真实,在臧克家的诗中,真实与真诚是两根并立的艺术支柱,支撑着一片具有强大人格力量的艺术天空。

　　在时代处于苦难的时候,诗人表现时代的苦难;当人们开始觉醒并为消除苦难而奋斗的时候,他全力歌唱这种奋进与抗争的力量,当时代进入光明的时候,他又真诚地赞美光明。臧克家的诗是与时代进步的脉搏在同一境界上跳动的诗,是中国新诗中现实主义诗歌的代表之作。

　　真诚可以摒弃艺术的伪饰,也可以调整诗人与群体之间的距离,从而使诗与民族、时代达成更和谐的关系。臧克家对苦难的人们怀着同情,他曾说过:"我对一切……都满怀着憎恶,除了劳苦的农民和工人以及为求解放他们而奋斗的战士,我写诗也是想为他们呼喊,把他们的生活撮在有力的笔尖上,叫起读者对这群人的同情心。"[②] 这是诗人真诚的表现,因此,当他进入国立青岛大学之后,"窒息苦痛,像被大潮

---

　　① 闻一多:《烙印·序》。载臧克家诗集《烙印》,生活·读书·新知三联书店 1933 年出版。
　　② 臧克家:《如此生活》,《文艺座谈》第 1 卷第 3 期,转引自张惠仁《臧克家评传》,能源出版社 1987 年版,第 62 页。

流撒在沙滩上的一条涸辙之鱼。脱离了革命，脱离了群众，觉得个人茕茕孑立，而暗夜如磐！"为什么呢？因为"我的眼光看到的是整个社会，全体人民，我的心思念的是过去轰轰烈烈的革命高潮，今昔对比，悲从中来，心里冒火，眼里流泪"。① 这仍然体现了诗人的真诚，他渴望与时代、人民打成一片。

因此，诗人总是在表现现实的同时，也敢于剖解自己的内心，力求使自己的人生追求与时代的脉搏合为一体，虽然早期的一些作品如《失眠》《像砂粒》《万国公墓》等有一些低沉，但那是环境和诗人当时的人生体验使然。在更多的作品里，诗人对个人人格追求的表现体现了一种开阔、宏大、充满奋进的精神力量。像《生活》："……在人生的剧幕上，你既是被排定的一个角色，／就应当拼命地来一个痛快，／叫人们的脸色随着你的悲欢涨落，／就连你自己也要忘了这是作戏。"诗人表达了对生活的投入，并且他认为只要"你活着带一点倔强，／尽多苦涩，苦涩中有你独到的真味"。这种乐观、顽强的精神成了诗人在诗歌中的精神主体，也是他的诗歌人格精神的中心。这样的作品还可以列举很多，《自白》《盘》《我们是青年》等都表达了诗人与时代同步前进的心灵之声，长诗《自己的写照》更是全面地抒写了诗人早期的奋斗历程，表达了诗人"再起来"的崇高人格精神：

    时代的手，掣动了
    我颈上小的圈子，
    几年来
    平淡的茶饭
    涨大了肚皮却饿瘦了灵魂！

    今夜，古城的枕头上
    我再也合不上眼，

---

① 臧克家：《甘苦寸心知》，四川人民出版社1982年出版，第5页。

听四面八方的声音，

呼喊我再起来！

这种深刻的自我解剖正是诗人真诚人格的体现，也由此而形成了诗歌自身的审美人格，一种颇具魅力的诗美精神。

由此可以看出，臧克家是一位真诚的诗人，他以真诚的心去抒唱现实的真实，去呼唤改变现实，由此形成了感应众人的艺术力量。对于诗人与诗歌，真诚的品格都是不可或缺的，缺乏真诚的诗人是没有魅力的诗人，缺乏真诚的诗歌，是没有生命力的诗歌。在他的诗歌生涯中，臧克家都在全力实施着一个"真"字：真实与真诚的合曲并奏。因而他的诗心不衰，诗情不竭，每一个时代都有诗人所歌唱的主题。

三　求善：博爱精神的艺术力量

在中国新诗的人格精神的构成要素中，真诚与博爱占有十分重要的地位。最重要的一个原因可能是，现代中国长时间处于一种不幸的境地，诗人需要用这两种精神去调整他们与现实的复杂关系，寻找正确的诗美流向，否则，新诗就很难在纷繁复杂的"关系网"之中找到精神上的主潮。

研究新诗中的博爱精神，有两个侧面是界定其内涵的关键。其一，新诗的博爱精神不是单纯从人性的角度去生发的，它或多或少地带有阶级的因素，是对大多数人特别是苦难中人们的博爱；其二，新诗的博爱精神不是那种个人的、本能的爱，而是指对整个民族和进步潮流的爱。因此，我们不能疏离中国新诗的现实去谈抽象的博爱，不能摆脱"我们"去谈关于"我"的爱，而应该结合新诗的生成时代去理解这种特殊的博爱。

臧克家在谈及新诗的发展时说过："从诞生的那一天起，它就肩负着反帝反封建的历史任务，在阻碍重重的道路上艰苦地努力地向前走着，它的生命史也就是它的斗争史。在前进的途程中，它战胜了各式各样的颓废主义、形式主义，克服着小资产阶级的个人主义情调，一步比一步紧密地结合了历史现实和人民的革命斗争，扩大了自己的领域和影响。"① 诗人十分看重诗与现实的联系，因此，探讨他的诗歌所体现的博爱精神，我们也必须从这个角度去展开。

臧克家所博爱的对象是民族和时代以及其中的人民，他的诗的博爱精神正是从这里生发出来的，表现为诗歌的主题与诗人博爱对象的一致与统一，可以从几个侧面对此予以剖析。

其一，臧克家诗歌的博爱精神的立足点是对苦难者的同情与怜悯。臧克家的不少诗歌是对苦难者表示同情的，这主要是因为诗人与那些受难者处于同一生活处境，对他们有深刻的爱。他没有像有些诗人那样对处于底层的人民进行讥讽甚至辱骂，而是真切且深刻地揭示他们的苦难。同时，也只有认识到这种苦难处境，人们才可能寻找一条消除苦难的路。因此，臧克家对时代苦难的抒写实际上是为了唤起民众，唤起时代的良知。

在臧克家的诗中，抒写农民苦难的作品最多也最有影响，这是与诗人的人生体验相一致的。他"从小生于穷乡，长于穷乡""接触的全是贫穷苦难的农民"。"这一切，为他以后写出反映苦难农民生活和破碎的乡村景色的诗作打下了坚实的基础。"② 他对农民苦难的抒写是从多侧面展开的，从《烙印》中的"尽力揭破现实社会黑暗的一方面"③，刻画"不幸的一群"的形象，到《泥土的歌》"用生命铸造成功的"④对泥土的悲哀和对宁静的吟咏，诗人的笔触由现象到本质，由点及面，展示了诗人对农民乃至土地的命运的深刻思考，体现出诗人对受苦大众的同情与博爱情怀。

当然，诗人所关注的还不只是农民的处境与命运，他关注着一切受难的人们，对底层的市民，对普通的工人，甚至对那些无法以职业来划分的人们，诗人都投去了全心的关爱。比如《贩鱼郎》写的是靠借债

---

① 臧克家：《"五四"以来新诗发展的一个轮廓》。
② 张惠仁：《臧克家评传》，能源出版社1987年版，第11页。
③ 臧克家：《烙印·再版后志》。
④ 臧克家：《十年诗选·序》，见臧克家《十年诗选》，现代出版社1944年12月出版。

下编　在文本中寻美

为本卖鱼糊口的青年人的悲哀,《洋车夫》写的是车夫的屈辱与艰难,《神女》写的是妓女的惨痛经历,《炭鬼》写的是煤矿工人的悲惨生活,等。可以说,只要诗人所认识到的苦难的阶层,他都给予了关注,由此而以诗的形式描绘了中国大众苦难的众生相,很好地实施了诗人"以多数人的苦乐为苦乐"的艺术追求。

可以设想,如果诗人没有"一个伟大的灵魂",不"把自己的心放在天下痛苦的人心里",他是不可能在诗中体现出同情与博爱的人格精神的。由此,我们可以认为,优秀的诗人与诗歌总是与诗人所处的时代和民族紧密联系在一起的,几乎找不到完全超越时空的情感,即使是"爱情"这样被认为是诗歌永恒主题的领域,在不同的时代也会显出不同的诗意来,所谓超时空的诗,那只是因为诗人表达了一种在不同时代、不同民族都共同存在的情感。臧克家诗歌的博爱精神正是以对时代、民族的深刻体悟为基本前提的。

其二,臧克家诗歌博爱精神的本质是为苦难者呼吁,为他们探寻消除苦难的路径。在诗歌中回避苦难与冲突是艺术发展所反对的,因为那是虚假伪饰的诗;而只在诗歌中表达苦难与冲突也是优秀诗人所不齿的,因为照相式地"反映"现实对于生命的发展是无益的。现代主义的某些诗作只是把表现"生存状态"作为艺术的最终旨归,从美学上讲,那是一种缺乏生命活力的追求。

每一个时代都有冲突,诗人的正确态度应该是直面现实,而又要以崇高的人格精神引导人们去参与对现实的改变。即使是在和平的时代,臧克家都能从现象之中挖掘现实的本质,寻找人生的真谛,著名的《有的人》就是这类作品,当然,它所针对的是少数人。在民族处于艰难的年代,诗人更能从现实之中探求光明之路。

对下层人民和时代悲苦的揭示,诗人首先是要让人们认识自己的处境,找到造成苦难的根源,同时呼唤人们去改变这种处境。这种意识在臧克家早期的作品中就有比较明显的体现,虽然目标和方式还有些模糊不定,但要求改变现实的愿望却是十分强烈的。

像《歇午工》,"他们要睡——/睡着了,/铺一面大地,/盖一身太阳"。这不只是人的沉睡，也是心的沉睡，而诗的最后几行却饱含深意，把诗引向一个新的境界：

> 沉睡的铁翅盖上了他们的心，
> 连个轻梦也不许傍近，
> 等他们静静地
> 睡过这困人的正晌，
> 爬起来，抖一下，
> 涌一身新的力量。

有人对这首诗大加赞赏，认为"这是一幅生活的画，生活本身的充实，供给了他充实的诗的意象""他不只是能作了这生活的轮廓，而他也充分地感到了这生活里含蓄着的生命的力"。[①] 这一评价可以引申到对臧克家的大多数诗作的评价之中，在他的诗中，不仅可以感到因同情苦难而造成的内心的忧郁与苦闷，而且可以在忧郁与苦闷中体悟到一种强大的"生命的力"，这种力，正是诗人博爱的人格精神的诗美效应。

抗战爆发后，全民族为抗战而齐心协力，出现了不少英雄人物。诗人臧克家发现了这些英雄人物的启示力量，便融合个人的人生体验创作了不少歌唱抗战的诗篇，以范筑先的事迹为题材的五千行长诗《古树的花朵》是这方面的代表作。在这首诗中，诗人企图把范筑先塑造成为"一个艺术上的人型"，使他成为一个能"把人的水准提高，使大家去够及它"的"新的英雄"[②]。诗人写道：

> 生命是脆弱的，
> 死，并不是难事。
> 但，谁能死得像他这样，

[①] 侍桁：《文坛的新人——臧克家》，载《现代》1934年第4卷第4期。
[②] 臧克家：《古树的花朵·序》，载《古树的花朵》，东方书社1949年版，第1—5页。

下编　在文本中寻美

> 有声，有响，
> 有彩光？
> 谁有他这样
> 一副肝胆，义气，
> 更叫人激动？
> ——家的红血，
> 化一道长虹，
> 耀眼放亮的
> 挂在历史的天空。

虽然写的是一个人的事迹，但诗篇表达了诗人对民族的爱，体现了诗人对民族振兴、民众觉醒的极大关切。无论从艺术表现，还是从人格精神上看，《古树的花朵》都是臧克家诗歌探索的新收获。

当诗人把对苦难的揭示转移到对改变苦难的力量的歌唱的时候，他的诗歌的博爱精神已转化为一种具有"目标"的奋进精神，其感召力与净化功能得到了明显的加强。因此可以说，臧克家诗歌的人格精神的本质是对时代、民族的深爱，是对改变苦难的力量的呼唤与赞颂。

其三，臧克家诗歌的博爱的人格精神还体现在诗人对造成苦难的负面因素的尖刻而犀利的揭示与驳斥。任何冲突的现实都是由两种或多种因素构成的，当这种种因素无法调和的时候，富有正义感、使命感的诗人就会对那种阻滞历史进步的力量进行剖解，为进步力量的张扬扫除障碍。在中国新诗史上，除了那些表达时代苦难的诗作涉及这一主题之外，袁水拍、臧克家等诗人的讽刺诗更是直接地表达了诗人们对各种冲突中的负面因素的审美评判。

在抗战以后，臧克家针对当时的现实写了不少讽刺诗，主要收录在《宝贝儿》《生命的零度》《冬天》三部诗集里。作为一位以抒情诗见长的优秀诗人，讽刺诗在艺术上似乎与臧克家的追求不太协调。但是，如果从诗人的人格追求来考察，二者却是一致的。诗人用讽刺诗揭示当时的虚假与丑恶，实际上是在张扬正义与善良，是在为诗人所追求的理想作另一种开拓。与直接抒写苦难者的悲哀的抒情诗相比，讽刺诗更能正面地揭示丑恶的实质，把诗人心中的爱与恨表达得更清晰明了，与当时时代的要求是完全一致的。因此，臧克家写讽刺诗虽然在他的诗歌生涯中只能算是一个小插曲，但却是不可或缺的插曲，诗人的人生态度与人格理想在讽刺诗中体现得十分明显，从另外一个角度张扬了诗人的博爱精神，也限定了他博爱对象的范围。

像下面这些诗行：

> 苦苦打了八年，
> 刚刚打出了一个希望，
> 仿佛怕这希望生长，
> 当头就给它一棒！
>
> 大破坏，还嫌破坏得不够彻底？
> 大离散，还嫌离散得不够悲惨？
> 枪筒子还在发烧，
> 你急忙又去开火！
>
> 和平，幸福，希望，
> 什么都完蛋，
> 人人不要它，它却来了——
> 内战！
> ——《枪筒子还在发烧》

与一般的讽刺诗相比，臧克家的讽刺诗具有更含蓄的艺术风格。但是，诗人对当时现实的揭示是深刻的，部析了假恶丑，也找到把人民再次导入苦难的根源。作品中含着对制造内战者的仇恨，更包含着对进步力量的深切的爱与赞美。

其四，臧克家的诗歌创作跨越了两个完全不同的时代，以 1949 年中华人民共和国的成立为分界线。虽然在1949年以前的不少作品中，诗人已表达了对新生活的热望与喜悦，像1944年4月13日写于重庆的《废园》中的后一节，诗人就以浪漫主义的手法抒写了新时代的宁静与安详："满院子花，/喷放出青春的香，/绿色到处流动/像活泼的心情，/一群小孩子，个个红光满面，/打闹又欢笑，/生命充溢了这早晨的庭院。"但这毕竟只是一种遐想，当新的时代真正来临的时候，诗人的心境又有了新的变化。

这个时代是与诗人的人生理想相一致的时代，"锦绣河山不再黯淡无色，/天地生出了新的光辉"（《祖国在前进》），因此，诗人的歌喉一改往日的凝重，出现了轻快、愉悦的赞美之声，"心头像有只宛啭的春莺，/按捺不住要歌唱的欲望"。（《凯旋·序句》）在新时代的创作中，我们似乎很难找到过去那种对人格精神的深沉张扬，但是，诗人的心境与时代主潮的一致与和谐正是诗人博爱精神的另一种体现。在这些作品中，诗人是正面地、直接地表达这种博爱精神的，诗人对新时代的极大热情体现了他的爱的执着与深沉。

从以上的分析可以看出，臧克家在不同时期，面对不同的现实写出了在风格上有所不同的诗篇，但是，这些表象上的"不同"在很大程度上都因为诗篇所包含的人格精神而协调地组合在一起，体现了诗人对时代、民族的一贯的爱，这种爱，以不同的方式渗透在诗人的作品中，展示了优秀诗人在人格追求上的一致与执着。臧克家是一位具有爱心、尊重艺术也尊重现实的诗人。

四 求美：关于终极人格的探寻

这里的"美"，可以理解为对美的艺术的追求，也可以理解为对美的人生、美的现实的思考。从人格精神的角度来看，我们在这里讨论的是后者。

在前面的讨论中，我们涉及臧克家诗歌的人格目标，即是对优美人生的呼唤与渴求。诗人真实地揭示现实，以博爱的精神去感召与唤醒苦难中的人们，主要体现了诗人的道德审美精神和意志力量，但是，如果以人格的三大要素，智慧力量、道德力量、意志力量来作全面考察，我们会发现，前面的分析还可以提出这样的问题：为什么诗人对时代苦难的揭示和对博爱精神的传达能产生巨大的启示力和审美感召力呢？

回答这个问题，就要从诗人在诗篇中表现的人格终极目标入手。

在早期的创作中，臧克家揭示了现实，表达了改变现实的强烈愿望，但是，诗人的人格目标还不十分明确。他虽然相信人们会"捣碎这黑暗的囚牢，／头顶落下一个光天"。（《炭鬼》），也相信沉睡的人们会"爬起来，抖一下，／涌一身新的力量"。（《歇午工》）然而，他还不明确这"光天"与"力量"之所在，因此，那时的诗人在心理上还处于朦胧与矛盾之中，那"天火"是"奇怪的"（《天火》），"变"也是"奇怪的"（《不久有那么一天》）。这种迷蒙的人格目标所产生的人格力量在一定程度上是缺乏审美上的净化功能的，因此，在感伤的时候，诗人也唱："不要记住你还有力量，／更不要提起你心里的那个方向。"（《像粒砂》）

然而，臧克家的优秀之处正在于，他不沉迷于现实的苦难，在他的心中，对美好现实的希望之火从来没有熄灭过。他从两个方面寻找着走向美好人生的路，一是在现实中寻找奋进与抗争的力量，二是寻找造成苦难现实的根源。在长诗《自己的写照》中，诗人反思了自己思想的发展脉络，更开阔地抒写了对时代动力的深刻体悟，真正地找到了创造美好人生的路向。

> 几多的汗，几多的血，
> 才开熟了这片片远荒，
> 四万万人民，
> 九百六十万平方公里的地面，
> 这宝贵的家珍
> 做了多少帝王的私产，
> "双十"的红血这才把个民主的名义
> 写给了天下的人

下编　在文本中寻美

>……
>手掣住手，心靠近心，
>悲壮的感情
>传染了人群，
>是时候了，
>大家已经站起身来，
>不做任谁的奴隶，
>要做一个人！

　　诗人通过对历史、现实的深沉思索，发现了真正的力量，这不是个人的哀怨，而是一个民族伟大的集合。因此，诗人深深地认识到群体力量的强大，在那以后的诗歌中，臧克家展示人格精神是以民族、人群为本位的。这让我们意识到，诗人的博爱与真诚如果不投入"我们"之中去，就会显得很脆弱。臧克家诗歌中人格精神的魅力以及他对光明未来的执着追求正是以这一原则为基本立足点的。

　　因此，我们发现，臧克家诗歌中对美好人生的呼唤与探求顺应了人的心理发展逻辑。生活于苦难中的人们，都渴望改变自己的处境，诗人将这种渴望艺术地表达出来，成为引导人们心路历程的审美精神。

　　我们也发现，臧克家诗歌所表达的人生理想是历史发展潮流的艺术化。诗人站在时代的至高点上，把一个时代的愿望表达在诗篇中，从而使诗篇具有了与时代脉搏相契合的人格力量，成为时代发展的精神历史。

　　这种艺术事实告诉我们，诗人对美的渴求，除了在诗歌本体上的开拓之外，还有对人类进步潮流的把握，如果一个诗人只在个人自我的小天地里吟哦，他的作品只能成为精致的小摆设。优秀的诗人总是把自己的审视目光投入到广阔的人生领域，表达那种属于民族的乃至人类的理想之光，从而形成一种令众多心灵都感到震动的人格力量，这一点，不仅为历史上的优秀诗人所证实，也为臧克家这样的优秀的新诗诗人的创作所证实。

为此，有必要对人们一向谈及的诗的真、善、美做一些新的认识，特别是对诗之美，更应做全面的思考，美的情绪、美的渴望都应该纳入它的范畴。臧克家诗歌的人格探索启示我们，优秀的诗人都是民族与时代的产儿，他们把握时代的主潮，是时代精神的真正代言人。

1994年8—9月，草于重庆之北

创造性的借鉴之路

——论艾青诗歌的借鉴方式

一 人生体验：艺术选择的心灵航标

古人有"知人论世"之说。"知人论诗"也是一种重要的诗歌批评原则。要准确地把握诗作，对诗人的人生和人生观应该有比较全面的了解。诗人的人生经历是生成他的情感的主要基础。

研究艾青的诗也是如此。艾青历来强调说真话，他的诗总是源于对人生、现实的真实感受，在接触外国艺术时，他的独特的人生体验成了他进行艺术选择的航标。

在诗学中，"体验"的内涵很丰富。英语里的"体验"（experience）一词就有"经历""阅历""体会""经验"等含义，既有现实的，也有心灵和情感的内涵，常常可以分为外在体验和内在体验两个层面。

外在体验是一种现实体验，主要是指诗人的人生经历。内在体验是由外在体验引发的，即诗人对现实体验的感受、认知等。浜田正秀说："所谓抒情诗，就是'现在'（包括过去和未来的现在化）的自己（个人独特的主观）的内在体验（感情、感觉、情绪、热情、愿望、冥想）的直接的（或象征的）'语言表现'。"[①] 这里的"感情""感觉""情绪""热情""愿望""冥想"等都是属于内在体验的范畴。对于具体的诗人，外在体验与内在体验不能断然分开，既没有脱离内心活动的外

---

① ［日］浜田正秀：《文艺学概论》，陈秋峰、杨国华译，中国戏剧出版社1985年版，第47页。

在体验，也没有脱离外在体验的感情、感觉等。因此，人们常常用"人生体验"或"体验"代表诗人由外在体验到内在体验的整个过程。诗是诗人内在体验的语言外化。

艾青的人生经历从一开始就是很独特的。他出生在地主家庭，而他所受的最初的也是最根本的情感感染却是来自农民。这是一对矛盾，正是这对矛盾培养了艾青在人生路向上的选择能力，而这种选择的中心就是调整外在体验和内在体验的不一致。

当艾青因为"克父母"而被送出家门的时候，他失去了父母之爱，但在"大堰河"的家里，艾青又获得了另一种母爱。一方面，艾青因此认识了农民的善良与纯朴；另一方面，他也看到了农民生活的困苦。在"大堰河"家里的五年，艾青感染了农民的忧郁，对中国农民产生了一种朦胧的感受。

对农民的爱与同情体现出艾青浓郁的人道主义思想，而对自己的家的"忸怩不安"则展现了艾青强烈的反抗意识，而且他首先反抗的就是自己的父亲。

"大堰河"和"父亲"分别代表着两个不同的阶级，艾青与"大堰河"在情感上的沟通使他选择了对穷人的爱且为他们歌唱，选择了对压迫者的恨，对他们唱出诅咒的歌。这两种感情实际上是一致的，它们形成了艾青终生的人生与艺术追求——在对恨与黑暗的全面展示之中体现对爱与光明的渴慕与信心。

艾青从独特的人生体验之中确立了自己的情感主调，同样确立了他的人格主调。以真诚与博爱为核心的现实人格是艾青审美人格的基础。审美人格是人的观念的艺术化或审美化的升华。"观念的最高形式是人格。所以，最高的艺术，是以最高人格为对象的东西。"[①] 艾青的崇高的现实人格为他的审美人格的形成，也为他的诗走向新诗艺术的峰巅奠定了基础。艾青就这样带着独特的人生体验步入了西方的艺术殿堂，这为他的艺术选择准备了良好的心理条件。

---

① 费夏语，转引自徐复观《中国艺术精神》，春风文艺出版社1987年版，第49页。

下编　在文本中寻美

艾青到法国留学——这是他直接接触外国艺术的开端——主要是出于两种原因：一方面是对艺术的钟爱；另一方面是为了摆脱家庭的束缚，他的父亲要他继承家业，这是艾青所不情愿的。就这样，艾青到了异国他乡，开始了他的流浪生涯。

在巴黎，艾青面临的首先是物质上的贫困。他是怀着"浪漫主义思想"[①]去法国的，然而，巴黎迎接他的并不是他心中的期盼与渴望。作为一个当时还很贫弱的民族的子民，艾青在巴黎受尽了嘲弄与奚落，深切地体味了西方世界的充满物质欲望和欺诈的现代文明。物质上的贫困和"浪漫主义思想"的破灭使诗人的心灵与现实产生了强烈的冲突："——你不知道/我是从怎样的遥远的草堆里跳出/朝向你伸出了我震颤的臂/而鞭策了自己/直到我深深的受苦！"（《巴黎》）于是，他只能从西方的历史与艺术之中去寻求安慰和平静。

艾青的心灵与西方的现实格格不入，艺术，特别是具有强烈的反抗意识的艺术，很自然就成了他协调人生体验的精神依托。"我耽爱着你的欧罗巴啊/波特莱尔和兰布的欧罗巴/在那里/我曾饿着肚子把芦笛自矜的吹/人们嘲笑我的姿态/因为那是我的姿态呀！/人们听不惯我的歌/因为那是我的歌呀！"《芦笛》是艾青为纪念法国诗人阿波利奈尔而写的一首诗，他在诗中抒写了对自由的歌唱和向往以及对当时现实的反抗。他说："我受阿波里内尔的影响只是《芦笛》诗中所引用的一句话。我只是把这句话、这种思想译成汉文，把芦笛看得很重要，把其他看做次要。我为什么写芦笛？我是歌颂法国、欧洲的艺术，否定法国、欧洲的政治。"[②] 在艺术中，艾青获得了自由，找到了自己的人生体验。在当时，能做到这一点的人并不多。"我的姿态""我的歌"是艾青人生体验的艺术表现方式。

需要说明的是，艾青对艺术的钟爱绝不是对现实的逃避。从小培养起来的反叛意识促使他去歌唱巴黎公社，歌唱那些敢于反抗现实的人们

[①]　艾青：《在汽笛的长鸣声中——〈艾青诗选〉自序》，《读书》1979 年第 1 期。
[②]　陈山：《"诗应是通向人民的"——艾青同志谈他过去的创作》，艾青引用的阿波利奈尔的话是："当年我有一支芦笛，拿法国大元帅的节杖我也不换。"

（包括艺术家）。这是艾青独特的人生体验使然，也是艾青超出当时一般人的地方。

二 启发：借鉴寻找的目标

1. 自由涉猎 广采博纳

艾青到巴黎是学习绘画的，他最初接触的自然就是西方的绘画艺术，特别是后印象派的作品，这些绘画的一个显著特点就是敢于反叛传统艺术，独辟艺术新路。他们强烈的反"学院派"意识与艾青的"反封建、反保守的意识结合起来了"①。这使物质上贫困的诗人进入了精神上自由的境界。

在涉猎西方绘画的同时，艾青爱上了西方文学。他先后读过许多汉语和法语的西方名著，包括果戈理的《外套》、屠格涅夫的《烟》、陀思妥耶夫斯基的《穷人》、叶赛宁的《一个流浪汉的忏悔》（又译《一个无赖汉的忏悔》）、安德烈耶夫的《假面舞会》、勃洛克的《十二个》和《普希金诗选》、《法国现代诗选》、阿波利奈尔的《酒精》（又译《醇酒集》）等等。这些作品深刻地揭示了现实的各个层面，使艾青进一步认识了现实与艺术。

艾青说过："我所受的文学教育多半是'五四'新文学和外国文学。我是在一种缺乏指导与帮助的情况下，进行自由阅读的，因此，所受的影响也是复杂的。"② 艾青接触的西方艺术包括多个流派、多种样式、多个国家，在时间上，甚至跨越了几个世纪。艾青凭借自己的兴趣与独特的人生体验进行着艺术选择，在一定程度上化解了他所接触的艺术的繁复性。

艾青不关心西方艺术的整体构架，只凭视野和兴趣学习，关心的是作品本身，并且主要是能与他的人生体验相通并引起他心灵共鸣的作品。因此，艾青吸取的是与自己的个性、气质相一致的艺术成分。

同时，多种形式、多种风格的艺术作品共同作用，使艾青从中找到

---

① 艾青：《母鸡为什么下鸭蛋》，载《人物》1980 年第 3 期。
② 艾青：《〈艾青选集〉自序》，开明书店 1951 年版。

下编　在文本中寻美

了它们的联系，并且以"联系"为基础对它们进行艺术选择。左右这种选择的是艾青独特的人生体验，它像一个航标，引导诗人在西方艺术殿堂中漫游，把那些有利于诗人艺术个性发展的艺术因素汇聚在一起，形成了艾青艺术创造的域外营养。各种艺术的相互清洗与选择形成的强大的"免疫力"使艾青多侧面地把握了诗歌艺术的独特规律，避免了在创造与探索中的"越轨"现象。

2. 对西方艺术的清洗与选择

后印象派绘画的主要特点，就是强调迅速而准确地把握画家的情绪和感觉，并将它清新而明晰地转化为视觉形象。

莫奈说："我想在最容易消逝的效果之前表达我的印象。"毕沙罗说："要豪迈和果断地画，最好不失掉你所感觉到的第一个印象。"塞尚说："方法……就在于给你的感觉找出适当的表现形式，并在这些感觉的基础上创造自己的美学。"[①] 后印象派绘画是写实艺术与写意艺术的融合，对色彩与瞬间感觉的重视是它的审美基础，也是它的艺术特性的主要构成因素。

把握色彩与感觉对于诗人同样重要。在巴黎的时候，艾青就"开始试验在速写本里记下一些瞬即消逝的感觉印象和自己的观念之类。学习用语言捕捉美的光，美的色彩，美的形体，美的运动……"[②] 用文字捕捉美和色彩之类，实际上是把绘画的手法转变成了诗的手法。从用色彩展示感觉到用文字表现美，是后印象派绘画在艾青身上的转换。艾青的艺术观明显地打上了后印象派绘画的烙印。

虽然，艾青在"速写本"上用文字记下的感觉、观念之类不一定就是诗，很可能只是有诗意的情感速写，但是，它是艾青当时由绘画向诗转变的信号，同时，这样的训练也培养了艾青观察生活、表现生活的艺术才能。从艾青早年的一些诗作中，我们可以清楚地看到诗人对色彩、感觉的重视。《当黎明穿上了白衣》《阳光在远处》《那边》等皆属

[①] 见曾小逸主编《走向世界文学——中国现代作家与外国文学》，湖南人民出版社1985年版，第482页。

[②] 艾青：《母鸡为什么下鸭蛋》，载《人物》1980年第3期。

此类。

  注重色彩和感觉正是艾青诗歌的主要特色之一。诗人说过："一首诗里面，没有新鲜，没有色调，没有光彩，没有形象——艺术的生命在哪里？"[①] 在他所认为的"艺术的生命"的构成要素里，每一种要素都与后印象派绘画的艺术因素有关。这是艾青的诗歌创作对后印象派绘画的艺术特征的一种认同，是艾青从西方绘画中得到的艺术"启发"。

  在对待外国艺术时，诗人必须克服"借鉴"与"搬用"或"模仿"的同义性。借鉴的目的不是使中国新诗成为外国艺术的旁支，更不是将中国新诗同化为外国诗。借鉴是为了强化民族诗歌传统的生命力，因此总是包含着"扬"与"弃"两个方面。李金发的艺术道路给新诗建设留下的主要启示之一，就是他放弃了中国诗歌自己的优秀传统，在借鉴中对"扬"与"弃"的关系处理失当，使他的诗成了不是外国诗也不是中国诗的缺乏生存土壤的东西，从而把诗歌创作引向了不符合艺术规律的误区。

  在这方面，艾青要高明得多。作为现代主义艺术的开端，后印象派绘画具有开拓意义，但是，它在媒介的使用上存在着严重的随意性，使鉴赏者难以进入艺术审美过程，造成作品与鉴赏者之间的阻隔。艾青对此是不赞同的。他说："把诗写得容易使人看懂，是诗人的义务。"[②] 艾青曾在1978年写诗称赞日本画家东山魁夷的画：

  真实与想象的结合/东西方绘画的融会贯通/中日两大民族的联结/色彩谱写最美的歌声
    ——《东山魁夷》

  我们似乎可以以此类推，艾青喜欢的是"真实与想象的结合"的诗。同时，"融会贯通"也可以看作艾青在艺术借鉴上的一种主张，他善于在所接触的复杂的外国艺术现象中作出一种最优选择。他接触的象

[①] 艾青：《诗论·技术》，载《诗论》，人民文学出版社1982年版，第192页。
[②] 同上书，第193页。

征主义诗歌对后印象派绘画的媒介随意性进行了符合诗歌艺术规律的调整和丰富。

象征主义诗歌的主观性、联想等艺术特征和后印象派绘画的注重色彩、感觉的艺术特征在艾青的"融会贯通"的过程中取得了相得益彰的艺术效果。

艾青认为:"诗人应该有和镜子一样迅速而确定的感觉能力,——而且更应该有如画家一样的渗合自己情感的构图。"①

他又说:"不要满足于捕捉感觉:感觉被还原为感觉,剩下来的岂不只是感觉吗?不要成为摄影师:诗人必须是一个能把外界的感觉与自己的情感思想融合起来的艺术家。"②

这些对于感觉的独特见解就是艾青对后印象派绘画与象征主义诗歌进行的综合选择,既有后印象派绘画的艺术因素——艾青强调感觉;又有象征主义诗歌的艺术因索——艾青不满足于"镜子"和"摄影师"一样的感觉,他强调诗人主观情感的投入。

从另一角度来看,后印象派绘画强调的感觉的清新明晰又清洗了象征主义诗歌的神秘主义色彩。

马拉美说过,象征主义诗歌是"一点一点地引出某物以便透露心绪"的艺术,"或者相反,选择某物并从中抽取'情绪'的艺术"。③他主张,象征主义诗歌采用的应该是纯然暗示的手法,反对直率的抒情。因此,英国评论家查尔斯·查德威克指出,象征主义"是一种思想和感情的艺术,但不直接去描述它们,也不通过与具体意象明显的比较去限定它们,而是暗示这些思想和感情是什么,运用未加解释的象征使读者在头脑里重新创造它们"。④ 采用"未加解释的象征"暗示诗人内心的真实,是象征主义的主要艺术特色。

瑞典哲学家安曼鲁尔·斯韦登堡曾提出过一种"对应论",认为在

---

① 艾青:《诗论·技术》,载《诗论》,人民文学出版社 1982 年版,第 193 页。
② 同上书,第 182 页。
③ 维尔斯·查德威克:《象征主义》,周发祥译,昆仑出版社 1989 年版,第 2—3 页。
④ 同上书,第 5 页。

创造性的借鉴之路

自然万物之间存在着相互对应的神秘关系，在可见的事物和不可见的精神之间有着相互的契合。这是象征主义的哲学基础，波德莱尔由此提出了"应和"（correspondences，又译"契合""交感""对应"等）理论，并运用这种理论解释外在世界与内在精神的关系，认为人的内心活动与外在事物之间存在着应和。他的十四行诗《应和》强调诗人要在现实的外表之下抒发自己的内心感情和理想，让读者以不同于现实的目光与心态步入诗的境界。

>自然是一庙堂，那里活的柱石/不时传出模糊隐约的语音……/人穿过象征的（森）林从那里经行/树林望着他，投以熟稔的凝视。//正如悠长的回声遥遥地合并，/归入一个幽黑而渊深的和谐——/广大有如光明，浩漫有如黑夜——/香味，颜色和声音都互相呼应。//有的香味新鲜如儿童的肌肤/柔和有如洞箫，翠绿有如草场/——别的香味呢，腐烂，轩昂而丰富。//具有着无极限的品物底扩张/如琥珀香、麝香、安息香、篆烟香/那样歌唱性灵和官感的欢狂。
>
>——波德莱尔《应和》（戴望舒译）

这首诗是象征主义的艺术纲领。波德莱尔自己的创作很好地实施了这种理论。瓦莱利在评价《恶之花》时说："《恶之花》既不包含历史诗，也不包含传说；绝不以一个故事为依傍。我们在那里看不到哲学的长篇大论。政见也绝不会在那里出现。那里描写很少，而且总是有涵义的。但是那里一切都是魅力，音乐，强力而抽象的官感豪侈，形式和极乐。"[①] 我们见到的只有"象征的森林"。象征主义诗歌的长处和短处均由此而生。它反叛传统诗歌，独辟艺术新径，但又步入了神秘主义。

艾青却不赞同象征主义的神秘倾向。现实的苦难只有通过对现实的解剖与反叛才能得以消除，这是艾青的信条。诗应该面对现实，审视现

---

① 瓦莱利：《波特莱尔的位置》，戴望舒译，载《戴望舒译诗集》，湖南人民出版社1983年版，第115页。

实的各个层面，讨丑扬美；在有限之中追寻无限与永恒，才能创造真正的自由天堂。

在象征主义诗歌那里，艾青吸取的只是"借象征的方法，表现出无穷的美"的艺术特征，抛弃了因为"推理的错乱而形成通灵人"（兰波语）的诗人所创造的"无极无路的幻乡"一类的精神追求。

总体来说，艾青用一种积极的反抗现实的人生追求清洗了象征主义诗歌所体现的消极、逃避的人生观，他借鉴的只是用象征含蓄地抒发诗人感情的手法。艾青的象征完全不同于象征主义的象征，虽然他也给象征体赋予了主观感情，但他并不是在"象征的森林"中穿行，也没有完全摆脱象征体的本来内涵，这便使它能与读者自然相通。

在对后印象派绘画和象征主义诗歌的相互清洗与补充的过程中，艾青获得了对诗的独特认识。"诗比起绘画，是它的容量更大。绘画只能描画一个固定的东西；而诗却可以写一些流动的、变化着的事物。"[①] 艾青从诗与画的比较中获得的艺术营养形成了他后来在艺术上的一些独特追求的基础，概括起来，主要有以下几个方面。

其一，强调诗的形象与色彩。艾青说："绘画应该是彩色的诗；诗应该是文字的绘画。"[②] 但艾青的诗绝不是诗与画的某些优点的简单组合，而是渗透着诗人人生体验的艺术超越。

> 从远古的墓茔／从黑暗的年代／从人类死亡之流的那边／震惊沉睡的山脉／若火轮飞旋于沙丘之上／太阳向我滚来……
> ——《太阳》

这节诗写日出的悲壮与雄浑，形象新奇，既有画面，又有动感，折射出诗人面对日出的主观感受。"太阳"象征光明，诗人写太阳"从远古的墓茔"来，"从黑暗的年代"来，从死亡之中来，从"沉睡的山脉"来，气势浩荡，不可阻遏，说明人类对光明的渴求自古已有。同

[①] 艾青：《母鸡为什么下鸭蛋》，载《人物》1980年第3期。
[②] 同上。

时，真正的光明只有在与黑暗、沉睡、死亡的斗争中诞生。因此，诗人在这里还暗示了在追求光明的历程中斗争、牺牲的必然。"我乃有对于人类再生之确信"，则是诗人感情的升华。这首诗是艾青用形象、色彩抒发感情的典型演示。

其二，强调诗的心灵性。艾青对他所选择和塑造的每一个形象都赋予了丰富的情感。他说："并不是每首诗都在写自己，但是，每首诗都由自己去写——就是通过自己的心去写。"[1] 他十分强调诗人作为艺术主体的重要地位。

一个浪，一个浪／无休止地扑过来／每一个浪都在它的脚下／被打成碎沫、散开……／／它的脸上和身上／像刀砍过的一样／但它依然站在那里／含着微笑，看着海洋……（《礁石》）

《礁石》采用的是象征手法，礁石是心灵化处理了的礁石；但是，这首诗不是象征主义的，因为它传达的不是象征主义诗歌所表现的情感与观念。

其三，强调灵感。艾青说："外面的世界是瞬息万变的：有时刮风，有时下雨；人的感情也有时高兴，有时悲哀。"[2] 诗人的情感世界随着外在世界的变化而不断地调整着，当他的内在体验和外在体验产生突然的契合时，诗人便有了艺术的灵感。后印象派绘画和象征主义诗歌都注重感觉，目的是揭示主体与客体之间的关系；只是艾青所把握的主体与客体之间的"沟通"是一种更真实、更符合心灵流变规律的自然沟通。对灵感的重视是艾青对后印象派和象征主义在艺术上的发展，这种发展使艾青永远有一颗不老的童心。

如果说，艾青从西方艺术中吸取的主要就只是以上几个方面的艺术营养，那就太片面了，甚至可以说，没有抓住艾青借鉴的主要方面。

艾青说过："19世纪俄罗斯旧现实主义的大师们揭开了我对现实社

---

[1] 艾青：《在汽笛的长鸣声中——〈艾青诗选〉自序》，载《读书》1979年第1期。
[2] 同上。

下编　在文本中寻美

会认识的帷幕。从诗上说，我是喜欢过惠特曼、凡尔哈伦，和苏联十月革命时期的大诗人马雅可夫斯基，勃洛克的作品的；由于出生在农村，甚至也喜欢过对旧式农村表示怀恋的叶赛宁。法国诗人，我比较喜欢兰布。我是欢喜比较接近我们自己时代的诗人们的。"①

从这段话中，我们可以看出，如果说在艺术表现上，艾青和后印象派绘画和象征主义诗歌有着某种联系，那么，在艺术观念上，尤其是在艺术与人生的审美关系上，艾青接受的是关注现实与人生的诗人的影响。"比较接近我们自己时代"是艾青选择外国艺术的重要标准之一。

艾青最早接触的外国艺术是屠格涅夫的作品，当时他正在杭州学习美术。"就在那时，我开始读了屠格涅夫，而且爱上了屠格涅夫。"② 艾青当时读了屠格涅夫的什么作品，现在没有详细的记录，作者笔下的俄罗斯的衰败，广大农民贫苦的生活等都引起了艾青对故乡的怀念。屠格涅夫重视对俄罗斯现实的解剖。因此，艾青为了回避当时的现实而走进了屠格涅夫的艺术，这种艺术恰好又引导他开始了对现实、人生的正视。屠格涅夫对艾青的艺术观的确立在当时有着十分重要的意义。

俄罗斯旧现实主义大师们的作品使艾青确立了直面现实的人生追求和艺术追求，这种追求同样是一种免疫剂，使诗人在接受后印象派绘画和象征主义诗歌的影响时，不至于迷失人生与艺术的方向。人生观对诗人的艺术选择有着极大的制约性。

有了这样的情感基础，艾青喜欢凡尔哈伦就是自然的事了。艾青说："我最喜欢、受影响较深的是比利时大诗人凡尔哈伦的诗"③"我的诗里有些手法显然是对于凡尔哈伦的学习——这位诗人如此深刻而广阔地描写了近代的欧罗巴的全貌，以《神曲》似的巨构，刻画了城里与乡村的兴衰的诸面相，我始终致以最高的敬仰的。而他的那种对于未来世界的向慕与人类幸福彼岸之指望，更是应该被这苦难的世纪的诗人们

---

①　艾青：《〈艾青选集〉自序》，开明书店1951年版。
②　艾青：《忆杭州》，原载《七月》第6期，又见《中国当代文学研究资料丛书·艾青专集》，江苏人民出版社1982年版，第28页。
③　艾青：《在汽笛的长鸣声中——〈艾青诗选〉自序》，载《读书》1979年第1期。

公认为先知者的声音的"。①

　　凡尔哈伦早期的作品歌唱乡村的宁静，具有浓郁的比利时乡村风味。但是，凡尔哈伦的伟大之处在于他后来的转变。随着资本主义的迅猛发展，平静被骚动所取代，诗人的心灵也由此变得不安。经过一段绝望的痛苦之后，凡尔哈伦终于醒悟，开始直面人生、关注现实，由一位歌唱宁静乡村的象征主义诗人逐渐变成一位歌唱都市和工场的诗人，一位感受到时代脉搏的诗人。

　　艾青的艺术追求与凡尔哈伦有诸多相似之处，他说："凡尔哈伦的诗中所描写的城市的兴起，农村的衰败等情况，与当时我们国家的情况有些相似，他的诗是符合马克思所分析的。"② 情感与艺术两方面的相通使艾青从凡尔哈伦的诗中吸取了丰富的营养。凡尔哈伦虽与象征主义有过姻亲关系，但他最终走出了一条自己的艺术道路。这条道路不仅影响了艾青的艺术追求，而且在他借鉴象征主义诗歌的时候也给予了他艺术选择上的指引。

　　艾青喜欢凡尔哈伦的诗，是因为他面临着与凡尔哈伦所面临的时代相似的时代，有着与凡尔哈伦相似的人生体验。同时，艾青喜欢叶赛宁，是因为艾青生在农村，爱过农村。抗战时期，当艾青看到农村的凋零与悲哀的时候，他便产生了叶赛宁式的心灵感受，唱起了忧郁的歌；艾青喜欢惠特曼，是因为惠特曼所具备的在思想上、艺术上的反叛勇气和艾青是一致的；艾青喜欢勃洛克和马雅可夫斯基，是因为他们对现实的揭示和对光明的渴望、对斗争的赞美正是艾青的追求。

　　总之，艾青喜欢的外国艺术家总在某方面与艾青的人生体验和艺术追求有相似或可相容之处，艾青带着独特的人生体验步入西方的艺术殿堂，他吸取的都是能强化自己的人生体验，丰富自己艺术追求的艺术营养。

　　在西方的艺术殿堂中，艾青始终保持着自己的中国诗人的形象。他说："我不隐讳我受了象征主义的影响，但我并不喜欢象征主义。尤其

---

① 艾青：《为了胜利——三年来创作的一个报告》，载《抗战文艺》1947年第7卷第1期。
② 见周红兴《用色彩谱写美的歌声——访诗人艾青》，载《鸭绿江》1981年第11期。

是梅特林克的那种精神境界。"[①] 艾青喜欢叶赛宁，但他反对叶赛宁的保守与没落思想。叶赛宁自称是"农民的儿子"，艾青既是"地主的儿子"，又是"吃了大堰河的奶而长大了的大堰河的儿子"。"农民的儿子"叶赛宁始终保守着农民的一切；而具有双重身份的艾青，体味过两种生活、两种感情，因而能比叶赛宁更勇敢地选择自己认定的人生与艺术之路，没有重复叶赛宁。因此，当艾青从西方艺术之中走出来的时候，艾青仍然是艾青，只是变得更富有。这就是艾青诗歌的艺术借鉴的创造性之所在。

到这里，我们已经把艾青所受的外国艺术的影响勾画了一个粗略的轮廓，这种影响总括起来无非两个方面，一是情感内涵方面，即诗人从现实之中对人生本质和人生追求的艺术发现方面，主要是受了凡尔哈伦、屠格涅夫以及那些敢于直面人生与现实，敢于追求光明与自由的诗人的影响；二是在艺术表现方面，主要是接受了后印象派绘画和象征主义诗歌的影响。艾青在向西方艺术借鉴和向中国诗歌传统的继承以及自己的人生经验的交汇之中，获得了艺术创造的"启发"，由此而开创了一个绮丽、绚烂的艺术世界。

1992 年 4 月，修改于广西民族学院相思湖畔

---

① 艾青：《为了胜利——三年来创作的一个报告》，载《抗战文艺》1947 年第 7 卷第 1 期。

卞之琳:现代主义的坚持者

在中国现代诗人中,卞之琳是一位执着的艺术探求者,他一直坚持现代主义诗歌艺术的艰难探索。

卞之琳与新月诗派有一段较为密切的关系。这不仅是因为他的诗首先是由徐志摩介绍给沈从文并拿到《诗刊》等刊物去发表的,而且因为卞之琳直接接受过闻一多等诗人的艺术启发。他本人多次谈到这一情况:"这阶段(指1930—1932年——引者)写诗,较多表现当时社会的皮毛,较多寄情于同归没落的社会下层平凡人、与人物,这(就国内现代诗人而论)可能是多少受到写了《死永》以后的师辈闻一多本人的熏陶。"[1] "平心而论,我在写诗'技巧'上,除了从古、外直接拿来的一部分,从我国新诗人学来的一部分当中,不是最多就是从《死水》吗?"[2] 不过,卞之琳的长处在于他并没有完全沿着闻一多等诗人开辟的道路顺势延展自己的艺术之路,而是在此基础上寻找新的"开端"。在这里,我们暂且不去从具体作品的分析中寻找证据,仅从诗人对作品的自我评价中便可以获得些微信息——诗人不断选编出版的诗集、诗选往往就是在自我选择、增删中显示着自我的艺术评价。卞之琳曾经在《诗刊》(徐志摩主编)上发表了不少新诗及译诗,该刊自1931年至1932年共出版4期,其中有3期刊发了卞之琳的作品,包括在第2期(1931年4月20日出版)发表的《群鸦》《噩梦》《魔鬼的 SERE-

---

[1] 卞之琳:《雕虫纪历·自序》,人民文学出版社1979年版。
[2] 卞之琳:《完成与开端:纪念诗人闻一多八十生辰》,生活·读书·新知三联书店1984年版,第10页。

下编　在文本中寻美

NADE》《寒夜》,在第 3 期（1931 年 10 月 15 日出版）上发表的《望》《黄昏》《小诗》和译诗《歌》（C. G. Rossetti）、《太息》（Stephane Mallarme）以及在第 4 期（1932 年 7 月 30 日出版）上发表的《远行》《长的是》和译诗《梵亚林小曲》等,这些诗大多受新月派诗人的影响,但在诗人选编的可谓诗作精选的《雕虫纪历》中,只收入了《寒夜》一首。这其中的主要原因恐怕是因为,在那以后,诗人选择了更为独特的艺术之路,而那种道路与他早期的艺术尝试有所不同,既进一步体现了诗人自己的艺术观念,也更具独特性。

事实上,卞之琳的诗歌探索所受到的影响是很广泛的,除了古代的李商隐、姜白石和现代的闻一多等诗人之外,他还直接接受了不少外国诗人的影响。他说:"我前期最早阶段写北平街头色景物,显然指得出波特莱尔写巴黎街头穷人、老人以至盲人的启发。写《荒原》以及其前短作的托·斯·艾略特对于我前期中间阶段的写法不无关系;同样情况是在我前期第三阶段,还有叶慈（W. B. Yeats）、里尔克（R. M. Rilke）、瓦雷里（Paul Valéry）的后期短诗之类;后期至中华人民共和国成立后新时期,对我也多少有所借鉴的还有奥登（W. H. Auden）中期的一些诗歌,阿拉贡（Aragon）抵抗运动时期的一些诗歌。"[①] 从这个长长的名单中可以看出,卞之琳几个时期的写作（甚至可以说他一生的诗歌艺术探索）都与外国诗歌有很密切的关系,虽然每个时期各有侧重,但不能说没有交叉,这就使卞之琳的诗不可能同于单纯的象征主义或别的什么主义,而是一种具有综合特征的艺术果实。这是一种更为复杂的情形,致使他的诗与以前的中国新诗乃至他后来的诗人的探索都有极大不同,而是形成了独具特色的现代主义诗风。

当然,卞之琳之所以成为中国的现代主义诗人,是与中国文化、诗歌的某些因素相关的。一方面,他关注的是中国的现实与中国人的心态;另一方面,他也接受了中国传统文化精神的浸润。他说:"我写白话新体诗,要这是'欧化'（其实写诗分行,就是从西方如鲁迅所说的

---

① 卞之琳:《雕虫纪历·自序》,人民文学出版社 1979 年版。

'拿来主义'），那么也未尝不是'古化'。一则主要在外形上，影响容易看得出，一则完全在内涵上，影响不易着痕迹。一方面，文学具有民族风格才具有世界主义。另一方面，欧洲中世纪以后的文学，已成为'世界的文学'，现在这个'世界'当然也早已包括了中国。就我自己论，问题是看写诗能否'化古'，'化欧'。"① 这段话很精彩，一方面，诗人对中国传统文化精神有所继承，在借鉴西方诗歌时，实际上也把中国划入其"世界的文学"的范围之内，这二者有内在关联；另一方面，卞之琳对外国诗歌的借鉴主要是在表达方式上。这二者相比较，当然是前者倾向"隐"，后者倾向"显"，也就是说，作为一种独特的艺术模式，诗歌的话语方式比其内容更具有生命力，它往往成为左右诗美流向的主要因素。事实上，卞之琳对诗的传达手段、话语方式更为着重。在选编《雕虫纪历》的时候，诗人有过如下的入选标准："思想感情上太颓唐、太软绵绵、太酸溜溜的，艺术表现得实在晦涩、过份离奇、平庸粗俗、缺少回味，无非是一种情调的'变奏'来得太多的，或者成堆删去，或者删去一部分。相反，个别内容虽无甚意义，手法上还有些特色的，我却加以保留，聊备一格。"② "手法上还有些特色"，实际上是诗人对诗的文体的特殊看重。

卞之琳把自己的诗歌创作分为三个时期，1930年至1937年为第一时期，诗人说："我自己思想情感上成长较慢，最初读到二十年代西方'现代主义'文学，还好象一见如故，有所写作无不共鸣，直到1937年抗战起来才在诗创作上结束了前一个时期。"③ 这段时期可以称为诗人的"非个人化"时期；1938年到1949年为第二个时期，这段时间主要受时代风气的影响，以半格律体或格律体写真人真事，关注"邦家大事"；1950年以后为第三个时期，"诗风上基本上是前一个时期的延续，没有什么大变：同样基本上用格律体而不易为读者所注意，同样求精炼而没有能做到深入浅出，同样要面对当前重大事态而又不一定写真

---

① 卞之琳：《雕虫纪历·自序》，人民文学出版社1979年版。
② 同上。
③ 同上。

下编 在文本中寻美

人真事而已"。① 从这三个阶段的特点来看,卞之琳的诗对新诗历史所产生的效用首先不是在思想文化层面上,而是在诗体建设上,而诗体建设是中国新诗在 20 世纪一直没有找到规范的课题,因而,卞之琳的诗歌在新诗史上也就一直为人所关注。

如果我们打破诗人自己划分的三个时期,而把他的诗作为一个整体来看待,可以清楚地概括出他诗歌在抒情方式上的主要特征是冷抒情。所谓冷抒情,即是说,诗人虽然是"情感动物",但他从来不直接地把内心的情感表达出来,"总倾向于克制,仿佛故意要做'冷血动物'"。②本来的"情感动物"与诗中的"冷血动物"是同一个人,之所以显现出不同面孔,这就是诗人冷抒情方式造成的,要真正认识"情感动物",首先就得透过"冷血动物"的"面孔"而深入把握其内里,这里的"面孔"即是卞之琳诗歌的文本。

在卞之琳以前,新诗文体探索大致有两种情形,一是直白、明朗,情感自然流露而无所遮掩;二是晦涩化,像李金发那样,其来源是诗篇内部组织上的零乱与随意。这两种情况都带有极端性质,特别是前者,情感的泛滥往往使诗歌失去自身的很大一部分含蓄蕴藉的特殊魅力。当然,也许还有第三种情形,即像徐志摩、戴望舒、陈梦家等人那样,既注重情感流露,又注意诗的含蓄,但他们的诗在表达上过于纤细,缺乏一种内在的生命力度,这种有点婉约特色的诗与现代人复杂的内心世界并不是完全协调的。作为一位学贯中西的知识分子诗人,我们有理由相信,卞之琳对这种种情形都有所深思,这就使 1933 年以后的诗人在接触和接受了其广泛影响之后产生了"诗思、诗风的趋于复杂化"。③ 不论是诗人"用冷淡盖深挚或者玩笑出辛酸",还是"趋于复杂化",都是诗人在广泛的参照中对新诗文体建设的新探索。相比于以前的新诗或者他同时期诗人的创作,这是一种具有开拓性、独特性的探索。

冷抒情只是一种创作倾向,落实到具体写作中,又有多种多样的不

---

① 卞之琳:《雕虫纪历·自序》,人民文学出版社 1979 年版。
② 同上。
③ 同上。

同方式，就卞之琳而言，则以戏剧化手法为主。而这也只是就大的方向而言的，因为戏剧化手法又包括叙述性、小说化、非个人化等更为具体的手段。

叙述性与情节化是卞之琳诗歌常用的方法，这是西方现代主义诗歌将主观情绪客观化的主要手段之一。《酸梅汤》以对白方式写成，像一篇小说的省略，没有情节的细节化，却用言、行表达了一种戏剧化场景，这在以前的新诗中是极少见的，而在西方现代主义诗歌中，如艾略特、叶芝等人作品中却很常见。

戏剧化场景的创立主要靠"省略"，即省去一些连贯的言行或情思，只剩下一些看似客观的片断，《尺八》《距离的组织》等诗都属于这种情形。这就使诗篇的各个场景之间留下多种可能的联系方式，留待鉴赏者去填补，换句话说，诗篇由此而具有了内在张力，具有了人们常说的含蓄的诗味。

省略还带来了诗的另外一些特征。比如诗的精练。省略掉一些必要的连接，也便省略了一些冗词滥句。卞之琳在诗歌话语营造上是个典型的"洁癖"。诗人在《白螺壳》中有如下诗句："空灵的白螺壳，你，／孔眼里不留纤尘，／漏到了我的手里／却有一千种感情：／掌心里波涛汹涌，／我感叹你的神工，／你的慧心啊，大海，／你细到可以穿珠！／我也不禁要惊呼：／'你是个洁癖啊，唉！"具有"洁癖"的大海也正可以象征卞之琳对诗歌的要求，简洁、精炼而又丰富。卞之琳对诗的精炼是极为看重的，"诗要精炼。我自己着重含蓄，写起诗来，就和西方有一路诗的着重暗示性，也自然容易合拍"。① 省略于是又与诗的暗示联系在了一起，这是象征主义诗歌乃至意象派诗歌都十分看重的诗歌要素。

在卞之琳诗中，还有一个十分值得注意的现象，就是他的诗几乎完全使用白话，他的诗中没有一个词不是可以在日常生活中找到的。但是，由于"省略"手段的使用，白话之间的自然联系被打破了，对于读者而言，也就是打破了日常生活中的思维模式，甚至打破了解读其他

---

① 卞之琳：《雕虫纪历·自序》，人民文学出版社1979年版。

类型的诗篇的思维模式。"省略"使白话陌生化，诗意化，也主观化，使白话具有了一种特殊的张力效果，这就使卞之琳的诗具有很深的内涵，而这种内涵是隐藏在诗的叙述与省略背后的，绝非一下子可以明了。这便是为什么卞之琳的诗与其他白话诗相比具有更长久的艺术魅力的主要原因之一。

规范白话散漫特点的另一个方法就是对诗的外在音乐性的强化，卞之琳的大部分诗篇都是现代格律诗，而对现代格律诗，他首先关注的不是诗的韵脚，而是诗行的组织。他说："我们用白话写新诗，自由体显然是最容易，实际上这样写得象诗，也最不容易，因为没有轨道可循。""我们说诗要写得大体整齐（包括匀称），也就可以说一首诗念起来所显出内在的象音乐一样的节拍和节奏。……用汉语白话写诗，基本格律因素，象我国旧体诗或民歌一样，和多数外国语格律诗相类似，主要不在于脚韵的安排而在于这个'顿'或称'音组'的处理。"①（着重号系原文所有——引者），他对"顿"或"音组"理论的探索与实践既是对古代诗歌艺术和闻一多等人的现代格律诗理论的发展，同时又融合了外国诗歌艺术经验，对推动我国诗歌文体规范的形成产生了重要影响。这一事实也告诉我们，现代主义诗歌并不都是散漫无章的，它们也可以在一定的外在规范之中获得良好的艺术创造。

冷抒情造成诗的客观化，使热情的"情感动物"显现为"冷血动物"，使这同一层面的两种相同"动物"之间形成巨大的张力，诗人仿佛是一个"局外人"，这就使中国新诗增加了一种与以前所不同的外来的艺术倾向。这是典型的现代主义，与李金发相比，它又暗示了另一个层次的艺术提升，即在战争诗歌、政治化诗歌的洪流之中进行新诗的文本探索。

与他的挚友何其芳不同，卞之琳在艺术探索上是极为困难的，即使他到了延安，写《慰劳信集》和 50 年代以后抒写新时代，他仍然坚持诗歌作为一种独特艺术的文体个性，绝不以先进的思想来抵消他在艺术

---

① 卞之琳：《雕虫纪历·自序》，人民文学出版社 1979 年版。

上的探索。在《慰劳信集》中，诗人可谓热情似火，但他并没有让这种热情在字面上流露出来；诗人也关心当时的政治，但他是以诗的方式来关心，与当时那些充满炮火、硝烟味的空洞诗篇相比，这部诗集无疑是具有更高文体价值的作品：既记录了历史，又保持了艺术。在抗战诗歌中，这种情形并不多见，因而在当时和后来都产生了很大影响。九叶诗人杜运燮认为，与卞之琳前期诗歌相比，《慰劳信集》体现了诗人在生活、情感、写诗题材等方面都发生了变化，这些对于当时刚刚开始写作的年轻人来说，是具有很大诱惑力的。"卞之琳的'转折点'和'变'，我恰好是个目击者和见证人。当时我初学写诗，在昆明西南联大与我同时爱上写作的也不少。我们都感受到《慰》集的影响。他的'变'，在为广大人民而写方面给我们提供了方向性启示，在如何反映现实方面，提供了另一种写法的实例。"① 九叶诗派是一个具有综合特征的现代主义诗歌群体，并且比较关注中国现实，这恐怕与卞之琳诗歌的影响有一定关系。

在新诗史上，卞之琳同戴望舒一样，都是作品不多但影响很大的诗人，虽然他们的影响又各不相同：后者的影响主要在诗的情调上，卞之琳的影响主要在诗体建设上。卞之琳在诗体建设上所提供的启示是多方面的，为后来的中国新诗文体探索铺垫了厚实的基础。卞之琳的内在精神是典型的中国的，而他的诗歌形式则主要取自国外，他把这两者融合得极好，对于中国新诗艺术的拓展、对于中国新诗与西方现代诗歌艺术的接轨无疑是具有深远意义的。他所谓的"古为今用，洋为中用"实际上不只是在格律探索上，而且在诗的艺术精神上。他的诗由单纯走向复杂，由别人的热情似火走向自己的冷抒情，是对新诗艺术现代化进程的有力推动。

1998 年 11 月草于重庆北碚

---

① 杜运燮：《捧出意义连带着感情——浅议卞诗道路上的转折点》，见杜运燮《海城路上的求索》，中国文学出版社 1998 年版，第 283 页。

呈现与遮蔽:文学史书写中的孙毓棠[①]

孙毓棠(1910—1985年),著名历史学家,在史学方面有比较突出的贡献,同时他也是一名热爱写诗的诗人。他从20世纪20年代末开始发表新诗,在《南开双周》《消夏周刊》《清华周刊》《大公报·文艺》《文艺新潮》《今日评论》《中央日报·平明》《人世间》《当代评论》《文学杂志》《文丛》《文艺月刊》等刊物上发表多篇诗歌,结成的诗集主要有《梦幻曲》(1931年)、《海盗船》(1934年)、《宝马》(1939年)、《宝马与渔夫——孙毓棠诗集》(1992年)、《孙毓棠诗集》(2013年)。孙毓棠曾自谦其业余写诗歌属于"客串",然而他的诗歌大多艺术水平较高。也正是由于他的史学家身份,其史诗创作成就突出,尤其是他于1937年4月11日在《大公报·文艺》上发表的一首700多行的长诗《宝马》具有极高的艺术水平,发表不久即受到当时文艺界的好评。这首集开创性与艺术性于一体的诗歌奠定了孙毓棠在中国现代文学史中的地位。孙毓棠本应该是中国现代文学史书写中不能绕开的一位诗神,然而事实却相反,笔者纵观各家文学史著作,发现提到孙毓棠诗歌成就的寥寥无几,空余美丽的诗神掩埋于历史的尘埃里唱着寂寞的歌。以下笔者将展开具体论述。

一 《宝马》获众多好评,开创史诗先河

《宝马》取材于《史记·大宛列传》中关于汉武帝太初年间(公

[①] 本文系与博士生许金琼合作完成。许金琼现为西南大学中国新诗研究所教师。

前104—101年）贰师将军李广利西伐大宛的历史记载。其内容情节主要为：沉湎于美女、纸醉金迷生活中的大宛国国王尤其钟爱宝马，拒绝了汉使换取宝马的要求并杀人夺货，因此震怒了以"要囊括四海，席卷八荒"为"先祖先宗遗留的责任"[①]的汉武帝。汉武帝先后两次下令西征，最后大宛国被迫杀王献马，远征的汉军凯旋。当时这首诗得到了《大公报·文艺》的极为重视。在《宝马》发表前《大公报·文艺》分别于第318、320期两次透露将刊载历史长诗。1937年4月11日，《大公报·文艺》第322期以整版篇幅刊出700多行长诗《宝马》全文，"诗后加有编者按：'篇幅实无隙地了，此诗原注只好割爱。我们已请孙先生撰《我怎样写宝马》一文作为此诗更详细的注脚，此外并征集国内诗坛先进对此诗艺术及史乘上的批评'"，"此时《文艺》稿件极多，副刊篇幅非常紧张，而《宝马》以一首诗占据了整版的容量，在《文艺》的历史上也是惟一的"[②]。1937年5月16日，《大公报·文艺》第336期又登载了孙毓棠的自述《我怎样写宝马》与古典文学研究者、诗人、作家冯沅君先生的《读〈宝马〉》。自此《宝马》在文坛上受到很多好评。最早的评论者冯沅君从精博的史料、丰富的想象、雄厚的气魄三个角度来衡量此史诗，认为"《宝马》确是首新诗中少见的佳作"[③]。同年，戴碧湘撰文从阶级角度指出《宝马》思想的混乱，但肯定了其"音节的雄浑可以说是中国新诗坛上第一次出现的"，"给中国的史诗塑了个雏形"[④]。堵述初认为《宝马》不仅把握了时代意义，并兼具"温柔敦厚"、"空灵的手腕"和"委婉的讽刺"，能"勾摄读者的灵魂"[⑤]。三个月后，抗日战争全面爆发，《宝马》基本淡出了文学界与批评者的视线。孙毓棠及其代表作《宝马》在长达半个世纪的文学批评与大陆文学史叙述中都未曾被提及。

直到70年代中期，香港学者司马长风在其撰写的《中国新文学

[①] 孙毓棠：《孙毓棠诗集》，商务印书馆2013年版，第99页。
[②] 刘淑玲：《大公报与中国现代文学》，河北教育出版社2004年版，第89页。
[③] 李辉：《书评面面观》，人民日报出版社1989年版，第264页。
[④] 戴碧湘：《评宝马》，载《金箭》1937年第2期。
[⑤] 堵述初：《"宝马"》，载《潇湘涟漪》1937年第2期。

史》中重新提到《宝马》,首次将孙毓棠作为"北方诗人读诗会"成员之一写进文学史中并极为推崇:"所说的大群独立诗人,首先要提到的是史诗《宝马》的作者孙毓棠,此外有孤劲不群的废名,还有新月社气流下成长的何其芳、卞之琳、林徽因、方令孺……","收获期的优秀诗集多半出自这群诗人。诸如孙毓棠的《宝马》,卞之琳的《鱼目集》、《三秋草》,何其芳的《燕泥集》,废名的《水边》等皆是"①。司马长风将孙毓棠及其《宝马》列于众著名作家及作品之首,可见他认为孙毓棠及其《宝马》在文学史中地位的重要性。随后司马长风在该著中有着更为详细的评述:"他的史诗《宝马》(七百余行),为中国新文学运动以来唯一的一首史诗。……《宝马》打破了中国没有史诗的寂寥;但不能用'物以稀为贵'来评断它的价值,它确是一首伟大的史诗,前无古人,至今尚无来者。但是悠悠四十年竟默默无闻。唉,我们的文学批评家是不是太贪睡呢?或者鉴赏心已被成见、俗见勒死,对这一光芒万丈的巨作竟视而不见,食而不知其味。"② 也许正是由于司马长风的呼吁抑或其他原因,孙毓棠及其《宝马》又逐渐引起了更多海内外学者的关注。80年代初,以苛评著称的台湾批评家苏雪林将孙毓棠归入新月诗派,认为他在新月派诗人中"才气最纵横,学力最充足","孙毓棠可说是新月派里一员压阵大将",其《宝马》"辞藻之美丽,结构之谨严,音节之顿挫铿锵,穿插之富于变化,可以说是新诗坛自由长诗以来的第一首绝作,也是对诗坛极辉煌的贡献"③。随后,台湾的王志健在《文学四论》中介绍诗人孙毓棠,对其评价甚高,"写战争如使人身历其境,在新诗中,自以孙毓棠为首;也是自有新诗以来,为其新诗作者在他们诗作中未曾有的创举。朱自清称:白采的'羸疾者的爱'一首长诗,是这一路诗的压阵大将。而孙毓棠的《宝马》才真是长诗中,不可多得的杰构"④。在中国大陆,《宝马》于1979年被

---

① 司马长风:《中国新文学史》中卷,香港昭明出版社1980年版,第178—188页。
② 同上。
③ 苏雪林:《苏雪林文集》第三卷,安徽文艺出版社1996年版,第184—185页。
④ 王志健:《文学四论》上册,石油工业出版社1988年版,第110页。

收入北京大学、北京师范大学、北京师范学院中文系中国现代文学教研室主编的中国现代文学史参考资料《新诗选》第二册（上海教育出版社 1979 年版），1984 年被收入《中国新文学大系》（1927—1937 年）第 14 集《诗集》（上海文艺出版社 1984 年版），1990 年被唐祈主编的《中国新诗名篇奖赏辞典》（四川辞书出版社 1990 年版）列入条目，1991 年被公木主编的《新诗鉴赏辞典》（上海辞书出版社 1991 年版）列入条目，1993 年被贾植芳、俞元桂主编的《中国现代文学总书目》（福建教育出版社 1993 年版）列入条目，同年又被选入毛翰主编的《中国新诗选美》（广西民族出版社 1993 年版）。1986 年，卞之琳在《〈孙毓棠诗集〉序》中称赞《宝马》"这里一片五光十色，炫人眼目。而且句句有来历，字字有出典"。1989 年，唐湜在《关于中国现代文学史的一些看法与设想》中则进一步指出了《宝马》在文学史上的重要意义，认为其"可以说是新诗迄今为止艺术成就最高的史诗型叙事长诗"①。随后，在《中国新诗名篇鉴赏辞典》中唐湜评析《宝马》时不由再次赞叹道："诗人以历史家的冷静，深沉的气度勾描了汉天子的长安都城，更抒写了战争的曲折进展，西域诸国的人情、风俗，刻画了十分广阔的历史图卷，应该说是自有新诗以来最光辉的史诗。"②

二 大陆文学史对孙毓棠及其《宝马》的"冷遇"

基于以上各家各派的评论，可见孙毓棠的《宝马》具有较高的审美艺术价值和一定的文学史意义，本应是以艺术价值、历史意义为衡量尺度的文学史书写所不应该错过的一笔，然而笔者查阅了"文化大革命"以后大陆各家各派涉猎到三四十年代诗歌成就的近 100 部文学史（包含诗歌史）③，这当中提及过孙毓棠的不过十余部作品（包含一篇关于诗歌

---

① 唐湜：《关于中国现代文学史的一些看法与设想》，载《中国现代文学研究丛刊》1989 年第 3 期。
② 唐祈：《中国新诗名篇鉴赏辞典》，四川辞书出版社 1990 年版，第 227 页。
③ 从新中国成立以来至新时期以前的大陆文学史因受政治意识形态影响太深，往往以政治作为主要的评价标准，大量优秀的作家、作品被文学史"放逐"是极为普遍现象，为此本文不将这段时期的文学史著作作为参考。

下编　在文本中寻美

史的文章），对其著作《宝马》的评价措辞也显得较"客观""冷静"。其中，将孙毓棠作为某章中某一节来较详细论述的有3部著作。分别是：孔范今的《二十世纪中国文学史》（上册）（山东文艺出版社1997年版），孔范今不仅对孙毓棠的生平经历有简单介绍，对他的其他作品如《城》《河》《海盗船》《洪水》《劫掠》《死海》等11首诗歌也进行了简略的点评，并总结其诗歌总体风格："既关注社会人生，同时又是一位对自我怀有热情的诗人。他有不少诗，表现了自我隐秘而又敏感的内心世界"，"他在诗节的组合、诗句和韵脚的安排等方面都比较注重外在形式格律，让人看上去有一种整齐、和谐、匀称的美感，读起来似有一种悦耳的乐声在流动。当然，作为一个现代派诗人，他并不受某一种固有形式格律拘囿，写得较为自然、洒脱，尤其倾向内在世界的深度挖掘"[①]。当然最后的重点是介绍《宝马》，孔范今认为从"叙事性、历史的客观性、表现英雄与战争题材、结构庞大、辞藻华美、具有崇高感和悲壮美等方面考察，我们认同《宝马》确是一首优秀的史诗性作品"[②]；陆耀东的《中国新诗史（1916—1949）》（长江文艺出版社2005年版），他将孙毓棠归入新月诗派，认为孙毓棠是后期新月诗人群中中国新诗史上罕见的史诗作者；沈用大的《中国新诗史（1918—1949）（福建人民出版社2006年版），沈用大对孙毓棠的生平与创作经历有着更为详细的叙述，对其《梦幻曲》《地狱》《老马》等13首作品进行了大致评述，最后评述的重点仍然是《宝马》，沈用大说"《宝马》是孙毓棠登峰造极之作"，"全诗着重在描写，而且是铁板钉钉地硬碰硬，绝没有任何偷懒取巧的地方，作者功底深厚、笔力雄健，迎难而上，不负众望，结尾也出奇制胜、耐人寻味。这首长诗是他的诗艺和历史学识的集中表现，也是他经历新月诗派的锤炼而略显夸饰的特点的辉煌发挥，其在新诗史上的地位由此奠定"[③]。在文学史著作（或文学史性质的文章）中，略微叙述到孙毓棠及其《宝马》的有冯光廉的《中国近百年文学体式流变史》（上册）

[①] 孔范今：《二十世纪中国文学史》上册，山东文艺出版社1997年版，第808—810页。
[②] 同上。
[③] 沈用大：《中国新诗史（1918—1949）》，福建人民出版社2006年版，第444—809页。

（人民文学出版社 1999 年版）。冯光廉将孙大雨的《自己的写照》与孙毓棠的《宝马》并论，认为二者"都采用了无韵诗的体式，自由而有法度，严谨中寓奔放，是当时最出色的长诗作品"[1]，此外，还有孙玉石的《20 世纪中国新诗 1917—1937》（《诗探索》1994 年第 3 期）、张炯的《中华文学通史》（第 7 卷：近现代文学编）（华艺出版社 1997 年版）、王荣的《中国现代叙事诗》（中国社会科学出版社 2004 年版）、吴欢章的《中国现代分体诗歌史》（上海大学出版社 2008 年版）、谢冕的《百年中国新诗史略》（北京大学出版社 2010 年版）。仅仅在某个流派或作家群中一笔带过孙毓棠人名，未提及其作品的著作有朱栋霖、丁帆、朱晓进主编的《中国现代文学史》（上册）（高等教育出版社 1999 年版）、吴福辉的《中国现代文学发展史》（插图本）（北京大学出版社 2010 年版）、曹万生的《中国现代汉语文学史》（中国人民大学出版社 2010 年版）、刘群的《饭局、书局、时局——新月社研究》（武汉出版社 2011 年版）等。总而言之，对于这位优秀的诗人，数量繁多的大陆文学史却较少提及，饶有意味的是甚至出现了这样的现象：有的编者在某部著作中粗略地将孙毓棠提过一笔，但是在后来他所写的其他版本的文学史中孙毓棠完全消失了踪影。如朱栋霖、丁帆、朱晓进主编的《中国现代文学史》（上册）（高等教育出版社 1999 年版）将孙毓棠归入新月派后期诗人群中："《新月》后期出现了曹葆华、卞之琳、孙毓棠、李广田等，已经趋于现代派。"[2] 可是在朱栋霖、丁帆、朱晓进主编的台湾版的《中国现代文学史》（文史哲出版社 2000 年版）以及朱栋霖、朱晓进、龙泉明主编的《中国现代文学史 1917—2010》（北京大学出版社 2007 年版）中却没有出现过关于孙毓棠的任何信息。

三 对孙毓棠及其《宝马》受"冷遇"的原因探析

《中国二十世纪纪事本末》作为一本历史性质的书籍，它记载了二十世纪的大事和名人。其中有关于孙毓棠的个人历史记载，并提到孙毓

---

[1] 冯光廉：《中国近百年文学体式流变史》上册，人民文学出版社 1999 年版，第 412 页。
[2] 朱栋霖、丁帆、朱晓进：《中国现代文学史》上册，高等教育出版社 1999 年版，第 80 页。

下编 在文本中寻美

棠的文学成就："代表作短诗集《海盗船》和长篇史诗《宝马》在我国新文学史上也占有一席之地。"[1] 然而在大陆文学史上，文学史作者们大多却似乎忽略了这样一位诗人或者说是吝啬于在文学史中给予这位诗人"一席之地"。关于孙毓棠在文学史书写中受到冷遇的话题，目前还未有学者关注过。但对于人们对《宝马》的忽略，曾有几位著名学者的文章中提出过疑惑并作出了不同的猜测与解释。同时，司马长风曾提出这是因为批评家"太贪睡"（或者）鉴赏心被成见遮蔽。2002 年，蓝棣之认为是由于《宝马》的题旨问题，"作为一位专攻两汉史的历史学家，他写《宝马》的目的是要消解历史，是要从历史里提出一些重要的看法，而这些看法肯定是有些骇人听闻，从未有人敢说，从批评家们一致保持沉默这一点来看，这题旨又一定与当代历史、现实很有关联"，"《宝马》的题旨最值得注意的有两点：一、欲望在历史进程中到底起什么作用？二、历史的目标多少有些像汗血宝马。《宝马》是史诗但汗血宝马不妨可以是一个人类目标的象征，一个寓言；《宝马》叙述的，表层是一个西征大宛的历史故事，然而故事下面是关于人的可怕的欲望的故事"[2]。2005 年，秦弓总结思考得更为全面，"究其原因，一则与曾经流行多年而且至今仍然影响着文学史叙述的'左翼主流论'有关；二则题材上'厚今薄古'；三则诗论传统重抒情而轻叙事；四则这部长诗意义非常复杂"[3]。秦弓同样认为《宝马》题旨的复杂性是其受到忽视的主要原因，不过迥异于蓝棣之的观点，他偏向于认为《宝马》通过大汉国与大宛的冲突，汉军将士的浴血奋战来展示中国古代强悍刚健、不惧困难的民族性格和精神风貌，这样的题旨恰好与中华人民共和国成立后对外讲国际主义与和平共处的方针政策相矛盾，"肯定《宝马》的民族精神价值与历史积极意义似有损民族团结与国际友好之嫌"[4]。2007 年，陆耀东也涉及这个问题，他认为原因因不同阶段而异：抗日

---

[1] 周鸿、朱汉国：《中国二十世纪纪事本末：附卷》，山东人民出版社 2000 年版，第 234 页。
[2] 蓝棣之：《若干重要诗集创作与理论评价上的问题》，载《安徽师范大学学报》2003 年第 2 期。
[3] 秦弓：《从〈宝马〉看经典重读的必要性与可能性》，载《江汉论坛》2005 年第 2 期。
[4] 同上。

战争时期是因为国内"形势与《宝马》中汉军恰恰相反；中国读者不能从中直接获取精神力量，不管作品艺术上造诣多高，也不能改变普通读者的兴趣"[①]，抗战胜利后则主要是政治文化环境的原因。此外，陆耀东还从治学本身的角度提出另外两种原因："一是学者的疏忽。他们从来不从历史的尘埃中发现这本诗集。二是从 30 年代到 80 年代，学术界对'新月'诗人有着偏见和成见，不承认后期'新月'有着一流诗人。"[②] 以上各家的观点各有不同，从根本上归结起来即主要有两点：一是批评家的疏忽或某种偏见，二是国内形势、政治意识形态以及文化环境的影响。尤其第二点大家认同比较一致，这种因素的存在可能性也确实比较大。对于政治对中国现当代文学巨大而深远的影响，我们深有体会、感触。以上观点是评论家过去对于《宝马》不受重视的原因探析，这为我们试图找出孙毓棠在文学史书写中遭受"冷遇"的原因提供了一些有益的启示。但如果说在 80 年代以前文学史因受制于政治意识形态的束缚而致使了孙毓棠的被"放逐"，这样的解释显得十分合情合理，那么笔者查阅的这一百部文学史，它们的出版时间皆为 1978 年之后，其中很多著作写作时间为 21 世纪，此时国内学术书写受到外在的政治意识形态束缚已经相对较少，对于孙毓棠及其《宝马》在文学史中仍然很少被提及又该如何解释呢？因此，笔者认为孙毓棠及其《宝马》在文学史中的缺席除了以上各位大家所提出来的几种缘由外，应该还与其他因素有关：一、《宝马》没有获得《大公报》的文艺奖金，也没有被当时的诗集或其他文学选本录入，这致使《宝马》在抗战后相当长时间内如"石沉大海"，很难被文学史作者"慧眼"识现；二、文学史作者的文学史写作范式存在一定局限性，在追求流派和代表作家写作模式的同时，却忽视了或者说是难以兼及独立作家的特色；三、目前文学史著作虽多，但具有独立的创新意识的文学史著作却少，写作者大多借鉴前人的著述而没有回到真正的文学发展历史，认真查阅史料而导致孙毓棠被疏忽的问题不断被延续。

---

① 陆耀东：《论孙毓棠的诗》，载《文学评论》2007 年第 6 期。
② 同上。

下编 在文本中寻美

"任何新诗史和文学史不管多么企图客观、公正，多么接近历史的真实，其实在一定程度上都不可避免带有主观甚至想象的成分"[①]，文学史或新诗史的作者在写作中难免会受到经典新诗选本的影响，为了图方便"而直接从这些诗选中寻找话语资源并经过各种方式糅合到历史的叙述当中去，那么这种历史叙述本身的合法性也不能不成为问题"[②]。《宝马》于1937年发表后很长的时间里没有被收入任何新诗选本里，而批评家在写作时往往又因图方便将新诗选本的作品作为重要参考，这或许是《宝马》被历史的尘埃掩盖的原因之一吧。另外，《宝马》刊出时虽然曾受到了《大公报·文艺》的极度重视，但是它最终却并未获得《大公报·文艺》1937年颁发的文艺奖金。对于《宝马》获奖与否的史实，曾经被一些学者弄错，误以为孙毓棠的长诗《宝马》、曹禺的戏剧《日出》、何其芳的散文《画梦录》一起获得了《大公报》文艺奖金，但唯独《宝马》一直不被人提及获奖事宜[③]。对于此事，香港的彦火指出"孙毓棠创作的叙事长诗《宝马》，在海外曾经引起一些争论，争论的焦点是《宝马》曾否获得1936年大公报文艺奖，过去港本出版的一些书，在提及孙毓棠的《宝马》时，也强调获奖这一点。这个颇有争议的问题，现在已获得结论：《宝马》并未曾获奖"[④]。笔者进一步查阅到刊载于1936年9月1日《大公报》上的《本报复刊十周年纪念举办科学及文艺奖金启事》：

> 本报自前清光绪二十八年创刊，中间曾于民国十四年底起停刊数日，至十五年九月一日复刊，迄本年九月一日，适为复刊满十周年之期。兹为纪念起见，特举办科学及文艺两种奖金，定名为"大公报科学奖金"及"大公报文艺奖金"……每年得奖人数，科

[①] 霍俊明：《变动、修辞与想象》，中国社会科学出版社2013年版，第32—259页。
[②] 同上。
[③] 一些学者误认为《宝马》曾获得《大公报》文艺奖，这样的史实错误可见于张炯的《中华文学通史》第7卷：近现代文学编，华艺出版社1997年版；蓝棣之的《若干重要诗集创作与理论评价上的问题》，《安徽师范大学学报》2003年第2期。
[④] 彦火：《当代中国作家风光》，香港昭明出版社1980年版，第222页。

学拟以一人至四人为限，文学以一人至三人为限。即自本学年开始至学年终了为一年定期三年。如有变更，至期满另行通告。

由此可见，《大公报》评选的文艺奖对象是 1936 年刊出的文艺作品，名额也只限于三个以内，而《宝马》的刊出时间则是 1937 年 4 月 11 日，明显不在此次文艺奖评选的范围之内。1937 年 5 月 15 日星期六《大公报》第二版又有如此公告：

> 本报文艺奖金一千元，兹由文艺奖金委员会审察委员杨今甫，朱佩弦，朱孟实，叶圣陶，巴金，靳以，李健吾，林徽因，凌淑华，沈从文诸先生投票推荐作家，其得全体委员过半数推荐之当选人及作品披露如下：
> 曹禺（戏剧：《日出》）
> 芦焚（小说：《谷》）
> 何其芳（散文：《画梦录》）
> 除专函通知当选之三先生外，敬希读者诸君注意。

事实由此而水落石出。《宝马》虽然备受《大公报》推崇，但是因其不在评选范围之列，而与此次《大公报》文艺奖失之交臂。随后抗战爆发，国内形势发生急剧变化，《大公报》原定期评选三年的计划也落空了，这次也成为现代文学史上唯一的一次文艺奖评选活动。"'大公报文艺奖金'是人人皆知的，它影响深远，对文学的发展有过良好的促进作用，它和它的设立者、操作者都是不应该被历史忘记的"[1]，相反，《宝马》的错失获奖或许也是其一直被掩埋于历史的尘埃中而不被文学史作者"慧眼"识见的原因之一吧。

此外，孙毓棠及《宝马》的被忽视应该也与文学史写作范式存在一定局限性有关。著名文学史作家唐弢先生曾说"按流派把作家分类，

---

[1] 杜素娟：《沈从文与〈大公报〉》，山东画报出版社 2006 年版，第 99 页。

下编　在文本中寻美

写文学史讲起来容易些"①。或许正是因为这样的"容易些",我们所看到的文学史或新诗史大多是按照流派分类进行写作的,文学思潮加流派再加代表作家的写作模式为大多数文学史作者所青睐并广泛采用。"从新诗流派、诗人群体与思潮的角度对新诗进行研究是一种进步,因为在很长时间内流派往往是被视为宗派性'小团体'的代名词,对流派的研究也成了禁区。近年对新诗流派和思潮研究的深入,有利于在总体上把握一些诗人群体创作现象的产生原因和运行规律,更为深入地揭示诗人审美追求的价值和意义,以便确认他们在文学史上的位置。但这种思潮和流派的研究却在不同的程度上忽视了诗人的个性、特殊性和历史的复杂性。新诗史的流派研究在提供叙述的方便性的同时,常常也会因过于明显的对群体意识的强调而遮蔽诗人作为个体的价值。"② 这种流派研究的写作范式不仅仅可能会掩盖了流派不同成员的写作特色,在追求整部文学史内容的集中性,谋章布局的严整性和规范性的前提下,流派中的边缘性作家或者独立于流派之外的个体作家很可能就会被文学史写作者忽视而彻底"放逐"。关于孙毓棠是属于某个诗歌流派的成员还是一位独立的诗人个体或者究竟属于哪一个流派这个问题,在已有的文学史记载中一直处于一种凌乱纷杂、模糊不清的状态。有的学者如司马长风认为孙毓棠是独立诗人,有的学者如陆耀东先生认为其是新月诗派后期的主要成员,并且是"后期新月社成就最大的诗人"③,有的学者如孙玉石先生又认为孙毓棠是位现代派诗人,还有学者如孔范今先生对孙毓棠的表述是"孙毓棠一般被看作是一位现代派诗人,但同时在艺术上还受新月派诗歌,尤其是闻一多、徐志摩等诗人创作的影响"④,另还有沈用大先生认为其是京派诗人成员,各种表述皆不一致⑤。关于流派划

---

① 唐弢:《唐弢文集》,社会科学文献出版社1995年版,第394页。
② 霍俊明:《变动、修辞与想象》,中国社会科学出版社2013年版,第32—259页。
③ 陆耀东:《论孙毓棠的诗》,载《文学评论》2007年第6期。
④ 孔范今:《二十世纪中国文学史》上册,山东文艺出版社1997年版,第808—810页。
⑤ 以上专家关于孙毓棠"身份"问题的归纳与表述可见于其撰写的文学史著作中:司马长风的《中国新文学史》中卷,香港昭明出版社1980年版;陆耀东的《中国新诗史(1916—1949)》第一卷、第二卷,长江文艺出版社2005年版;孔范今的《二十世纪中国文学史》上册,山东文艺出版社1997年版;沈用大的《中国新诗史(1918—1949)》,福建人民出版社2006年版。

分问题是一个比较复杂的问题。在文学史中某个诗人在一个时期属于某个群体，在另一段时间创作风格又趋近于另一个流派，这种情况是不少的，如穆木天早期属于追求浪漫主义风格的创造社，后期他的诗歌风格则接近于象征诗派。但是像孙毓棠这样在文学史中曾长期处于默默无闻地位，各流派中他也榜上无名，后来偶被几位学者提及，其归属流派的划分与表述又呈现出"百家争鸣""花样别出"的现象是很少见的。对此，其实我们可以看出孙毓棠虽然在创作风格上与某些流派风格有些相似，但是其在文艺界与各流派交集并不多，他应该是一位独立的个体诗人，或者最多只能算是一位处于流派边缘的诗人。事实上确也如此。孙毓棠虽然与闻一多个人交情甚好，其早期诗歌写作也较注重形式的严整和格律，但是《孙毓棠诗集》中所辑录的诗歌并未见有转载自新月派刊物上的作品。1931年陈梦家将新月诗派前后期18位诗人的部分作品编入了《新月诗选》，其中也并无孙毓棠的作品，而这部被认为是"较完整地展现了'新月诗派'的风貌"[①]的诗集一直是文学史写作者厘定新月诗派成员的重要参考依据。更何况新月派在徐志摩于1931年11月19日因飞机失事罹难后就已经基本停止活动，孙毓棠的成名作《宝马》发表于1937年，这首作品很难说得上与新月派有任何联系。孙毓棠后期诗歌形式较为自由，也多用象征、通感等现代派手法，流露出"荒原意识"情绪，但是他也明显并不属于以《现代》文艺杂志为阵地，以戴望舒为主将的现代派成员，他也未曾在《现代》杂志上发表过作品。某些学者将之纳入"京派诗人"，因为孙毓棠曾经在清华大学上学，后来留校任教，他在《大公报》上发表过不少的诗歌作品。以地缘来对诗人进行分类本身无可厚非，只是这样的分类太泛化，并不能反映出诗人群体的诗学主张和诗歌风格的共同性，而且在大多数的文学史著作中"京派"文学更多指向的是小说作家群，"京派"诗人群这样的表述则很少出现。由此可见，孙毓棠与诗歌流派之间实际上是有着相当的距离感的，而这种距离感又让多数以流派和群体为写作范

---

① 曹万生：《中国现代汉语文学史》上册，中国人民大学出版社2010年版，第74页。

式的文学史作家忽视了他的存在,即使几位注意到孙毓棠的几位学者在提及他的时候也难以摆脱这种写作范式的窠臼,采取将其归于各种流派的方式来记述。

最后,孙毓棠被忽视的现象还应与大部分文学史著作缺乏创新意识有关。目前中国现代文学史编纂取得了一些瞩目的成果,著作数量颇多,仅据2012年洪亮先生整理的《中国现代文学史著作目录》中的统计就有五百余部①。然而真正具有独立创新意识的文学史著作却并不多。文学史著作一般分为"学术型"和"教材型"两种。"学术型"文学史一般由个人写作,视野开阔,学术价值较强,具有一定创新性。"教材型"文学史则由于为了照顾到教学的需要,本着"不求有功只求无过"的安全性和稳定性的尺度,往往采取那些已成为"公论"的观点,无论是在内容抑或是体制上都很难有突破、创新之处。黄修己先生曾指出我国各所高校纷纷组织教师编写本校使用的文学史教材,虽都本着创新的目的,但限于"客观条件的限制和付出劳动的不足,成绩不大显著。学术上既难以有大的收获,所谓'师专特色','成人教育特色'等等,也未见多么鲜明"②。对此,洪亮先生的评价更为犀利,他说"无须讳言,近些年来现代文学史的编纂之所以几成泛滥之势,那些为数众多、粗制滥造的各式文学史教材是难辞其咎的"③④。文学史创新意识的缺乏不仅体现在文学史观、写作模式的大胆突破上,还表现于对文学史料、原始文献的认真查阅、寻根究底上。事实上,很多文学史作者为了图方便、快捷往往直接借鉴前人的著述而不是回到真正的文学发展历史中去认真查阅第一手史料,从而导致文学史记述的错讹与对优秀作家的忽视不断被延续下去。

---

① 具体参见洪亮的《中国现代文学史编纂的历史与现状》,载《中国现代文学研究丛刊》2012年第7期。
② 黄修己:《中国新文学编纂史》,北京大学出版社1995年版,第247页。
③ 洪亮:《中国现代文学史编纂的历史与现状》,载《中国现代文学研究丛刊》2012年第7期。
④ 同上。

四　结语

尽可能还原历史"真相"的文学史写作对文学的健康发展与社会文化影响的重要性是毋庸置疑的。新时期以来，随着国内政治气候的"回暖"，大陆文学史写作渐渐从政治绑架中解脱出来并逐步恢复了其自身应有的独立和尊严，随着文学史观念的更新和文学史写作模式的突破，学界出现了非常多的文学史新著，其中，优秀的文学史著作为数不少。然而，通过从孙毓棠这位杰出诗人在大陆现当代文学史书写中的寂寥现象，我们仍然可以看出现今文学史观念、写作范式仍然存在一定的封闭性与局限性，文学史的创新性还有待于提高。如何回到历史的现场，保持文学史批评的客观性与公正性仍然是我们需要继续反思并有待于进一步突破的问题。

2016 年 1 月至 11 月，于重庆北碚

梦幻中的真性情

——何其芳《预言》的艺术特色

在新诗史上，何其芳是一个颇多争议的诗人。人们常常以延安时代为界，将其创作划分为两个时段，认为他前期的作品具有很高的艺术成就，而后期作品在艺术上降低了。人们将这一种现象概括为思想进步、艺术退步的"何其芳现象"。我们不管这种概括是否准确，但必须承认，何其芳诗歌在前后两阶段的创作的确存在很大差异，并且，他前期的作品也的确更多地传达了何其芳作为一个诗人的真性情。

何其芳前期诗歌创作的代表是诗集《预言》，后期诗歌创作的代表诗集是《夜歌》。

唯美是何其芳《预言》时期极力追求的诗的境界。这种追求有多方面营养，除了诗人独特的体验之外，外国艺术经验和中国古代诗歌传统对他的影响也是十分明显的。在早年的时候，他就"读着许多时代许多国土的诗歌"。[①] 在大学时代，他既爱唐五代那些精致冶艳的诗词，钟情于憔悴红颜上的妩媚，又温柔多情地读着克里斯丁娜·乔治娜·罗塞缔和阿尔弗列·丁尼生等十九世纪著名的西方诗人的诗篇，并在几位班纳斯派以后的法兰西象征主义诗人的作品中找到了同样的迷醉，他还认真研读过现代英美诗人的诗作[②]。这一切不能不在何其芳的创作中产生影响，而这种影响是综合性的，并非以某一人或某一思潮为主。因而，在何其芳的早期诗歌中，外国诗的影子总是若隐若现，似有似无的。

---

① 何其芳：《刻意集·序》，文化生活出版社 1938 年 10 月出版。
② 参看何其芳《梦中的道路》，《何其芳文集》第二卷，人民文学出版社 1982 年 10 月出版。

梦幻中的真性情

何其芳曾在《云》中写过如下诗行：

"我爱那云，那飘忽的云……"
我自以为是波德莱尔散文诗中
那个忧郁地偏起颈子
望着天空的远方人。

这可以看成是何其芳早期创作心态与艺术路向的自白。其一，他喜爱波德莱尔，这是毋庸置疑的，还将自己比作其作品中的形象；其二，"飘忽的云"与"天空"是何其芳早期诗歌的立命之所，那是一种超越大地（即现实）的幻美之境；其三，"远方人"暗示着飘零、孤独的无所依托，这是诗人当时的心态，他无法投入现实之中，更无法融入他乡之土，其矛盾、彷徨之心境由此可见端倪。"独语"是何其芳早期诗歌的独特面孔。

唯美是何其芳《预言》的主要特点之一。"美"是何其芳早年诗歌的最高境界，可以看成是他追求的理想的人生境界。他早期的诗以爱情诗为主，但不乏其他类别的诗，特别是在大自然的景观中，诗人随处都可以感受到美的存在，甚至连死亡也是美的。《花环》是一首悼亡诗，诗人却写道：

开落在幽谷里的花最香。
无人记忆的朝露最有光。
我说你是幸福的，小玲玲，
没有照过影子的小溪最清亮。
……
你有美丽得使你忧愁的日子，
你有更美丽的夭亡。

何其芳诗歌的唯美追求总是在寂寞、忧愁之中获得的，或者说是诗

217

下编　在文本中寻美

人对这种境界的艺术升华，由此而构成充满纯真的诗意世界，那便是诗人空虚但却并不是没有期待的世界。正是在这样一种梦幻情调中，何其芳的诗获得了一种超然物外的境界，一种与诗人当时的心态、处境相一致却与混沌的现实相距离的情状。但在另一方面，我们可以认为，诗人并不是在回避现实，他是以唯美的眼光提升现实，这是诗的至境。也正因为如此，何其芳的诗所画的"梦"才与众不同，形成独立于群体之外的"我"的形象，也显示了新诗艺术探索的别一路向。

意象繁复是何其芳《预言》的第二个特点。这显然是受了象征主义诗歌乃至意象派诗歌的影响。象征主义诗歌同样具有唯美倾向，但它们往往于"病"中求美。如果我们不把《恶之花》的"恶"理解为"罪恶"而理解为"病态"的话，我们就可以清晰地感觉到何其芳诗中的"恶"的因素：孤独、忧郁、彷徨。这一切都是极为个人化的感受，与诗人的真性情有最紧密的关联。对意象的营造是何其芳从象征主义和意象派那里获得的最重要的艺术启示。但这也仅仅是启示而已。何其芳诗歌的意象不像波德莱尔那般都市化、直接"病态化"，而是以柔和为主调，这恐怕与诗人的东方式的审美道德观念又有很深的姻缘。"你青春的声音使我悲哀。／我忌妒它如流水声睡在绿草里，／如星群坠落到秋天的湖滨，／更忌妒它产生从你圆滑的嘴唇。／你这颗有成熟香味的红色果实／不知将被啮于谁的幸福的嘴。"（《赠人》）这里的意象不是波德莱尔笔下的"垃圾""苍蝇""妓女"等，而是"流水声""绿草""星群""秋天""湖滨""香味""果实"等，大多是自然之物，而且是一些静态的物象，这是与何其芳的东方式的唯美观相一致的。同时，诗人也通过这些意象将心中的"动"凝定为诗篇的"静"，"动""静"合一，构成了一种既区别于中国古代诗歌也区别于西方现代诗歌的独特的诗意境界。

意象的营造构成了诗意的朦胧，这是现代主义诗歌的特点之一。诗人绝不以直白方式把心中的感受告知读者，而是让这种感受隐身于诗行之间，形成一种迷蒙隐含、若隐若现的情形，这也正好构成了诗的含蓄与余味。《病中》有这样的诗行：

梦幻中的真性情

> 想这时湖水
> 正翻着黑色的浪,
> 风掠过灰瓦的屋顶,
> 大街上沙土旋转着
> 像轮子,远远的郊外
> 一乘骡车在半途停顿,
> 四野没有人家……
> 四个墙壁使我孤独。
> 今天的墙壁更厚了
> 一层层风,一层层沙。

这里写的是"病中"的孤独,但诗人并没有直接落笔这一意念,而是借几幅跳动的场景来暗示。在这里,场景与意象的隐含意义是十分明确的。

在意象营构中,何其芳很注意意象的整一性,这是与中国其他一些象征主义诗人或现代主义诗人有所不同的。在他的诗中,意象的柔和是一致的,绝不在一大堆柔和意象中加入某一个或几个"刺眼""刺耳"的意象。由此可以看出,整一性也是何其芳唯美思想的一个方面,他所追求的唯美还是正面的,不同于波德莱尔乃至中国的李金发、闻一多等诗人的作品。协调与和谐是何其芳对生命与艺术的最高追求。这一点,恐怕与中国人追求和谐、整一的人生与艺术境界有一定关系。可以看出,何其芳在借鉴西方艺术经验的时候,并没有忽略对民族传统的继承与发展。借鉴与继承相结合,构成了何其芳诗歌的新境界。

正因为和谐与协调的需要,在诗体建设上,何其芳的《预言》十分强调和营造诗歌的外在音乐性。《预言》中的作品,大多数都具有韵脚,诗行也相对整齐,这在当时的现代主义诗人中是很少见的,戴望甚至提出了散文美追求,极力反对诗的音乐性。因此,单从这一角度讲,我们认为何其芳就是一个独立的,有个性的,不随波逐流的诗人,他在新诗文体建设方面为我们提供了值得学习与借鉴的经验。

下编　在文本中寻美

基于上述分析，我们认为，《预言》时期的何其芳是一个主要受象征主义影响同时又注重个人艺术创造的诗人，他诗中的唯美、孤独、忧郁都显得真实而又亲切，他营构意象的整一性与他的唯美追求协调配合，表达了一个处于孤独、彷徨中的青年诗人唯美的真性情。

而有些论者对何其芳早期诗歌多有批评，凡尼认为："何其芳同志在北京大学学习的生活，不仅养成了他孤僻的性格，更主要的是形成了他对革命斗争，对政治生活长久的冷漠，以至时代、形势在发生急剧变化的时候都没有能够激起他的反响和震动。"[1] 这完全是从庸俗社会学的角度在谈论诗歌与诗人，我们不禁要问：为什么诗中就一定要表现政治与斗争？难道人的性情、性灵与丰富、细腻的内心思考就不是诗的歌咏对象吗？正是这种庸俗社会学思想的长期制约，我们对不少诗人给予了不恰当的批评或拔高，这是不符合历史和艺术事实的。

这种思想的另一种表现，就是极力从诗中去寻找革命的、反抗的、进步的思想，这实际上也是对诗歌艺术的一种曲解。何其芳的《秋天》中写道：

> 震落了清晨满披着的露珠，
> 伐木声丁丁地飘出幽谷。
> 放下饱食过稻香的镰刀，
> 用背篓来装竹篱间肥硕的瓜果。
> 秋天栖息在农家里。……
> 草野在蟋蟀声中更寥阔了，
> 溪水因枯涸见石更清冽了。
> 牛背上的笛声何处去了，
> 那满流着夏夜的香与热的笛孔？
> 秋天梦寐在牧羊女的眼里。

---

[1] 《文学评论丛刊》，1979 年卷。

梦幻中的真性情

这首诗写得很美,是何其芳唯美思想的艺术呈示:对农家生活和谐、宁静的歌赞表达了诗人对这种人生境界的向往与钦羡。而有人却对此作了如下评价:"这首勾勒秋天景象的诗,把农、牧、渔都描绘得诗意盎然,显然是美化了国民党反动统治下的中国农村。"① 这简直是无稽之谈,为什么总要把诗与政治、斗争联系在一起并且联系得那么牵强附会呢?难道诗人的心灵就不能有一刻超然、纯美的时间吗?创作自由应该是作家最起码的权利。

中国诗歌发展存在一种两立式架构,也就是存在两种不同的艺术取向,一是关注生存的,对社会、历史进行多方面打量;二是关注个人内心,抒写诗人细腻的情感、情绪体验。这两种取向的诗在艺术上很难说有什么高下,只是在不同文化语境下,人们对它们的关注程度有所不同。在百多年的中国历史上,由于社会生活的变化多端,风云变幻,人们更多地注意那些关注时代风云、民情民生的诗歌,而对抒写生命感悟的作品则评价较低,甚至给予批判、否定。我们看重郭沫若而忽略邓均吾,我们给七月诗派很高的评价而忽略九叶诗派,我们肯定何其芳后期的创作而在很大程度上忽略(至少是贬低)其早期作品,等等,这些都是不大符合诗歌艺术发展的实际的。我们应该看重前者,但同样应该看到后者在新诗艺术发展中的重要作用。

在山东莱阳时期,何其芳的诗风有所变化,由过去的追求宁静开始转向较多地表现冲突。诗人开始反思自己,用更多的心智关心当前的社会处境,"云"与"天空"的幻美在诗中渐渐消失。但是,诗人对自我的剖析、对当时现实的观照并不是像有些人所说的那样是阶级斗争观念的加强,而是出自诗人内在的冲突与矛盾。在《送葬》中,诗人写道:"燃在寂静中的白蜡烛/是从我胸间压出的叹息。/这是送葬的时代。…//我看见讷伐尔用蓝色丝带,/牵着知道海中秘密的龙虾走在大街上,/又用女人围裙上的带子/吊死在每晚一便士的旅馆的门外。/最后/的田园诗人正在旅馆内/用刀子割他颈间的蓝色静脉管。"因此,诗人说"我

---

① 周忠厚:《啼血画梦 傲骨诗魂——何其芳创作研究》,文化艺术出版社1992年版,第21页。

下编　在文本中寻美

埋葬我自己",这里有诗人对人生向度的重新思考,但与郭沫若表达凤凰集香木自焚又从火中再生的诗篇不同,何其芳采用的是现代主义式的自剖,不是空洞的宣言、口号或者某些外在的观念,这是敏感、内向的诗人与激情喷发的诗人的最大区别之一。

不过,这一状况并没有延续多久。到延安之后,何其芳的诗开始转向另一种路向,即关心大众、关注现实,并且接受了革命思想的引导。在谈到自己过去的创作时,何其芳有一段自我批判式的总结:"我开始受了一些中国新诗作者的影响,后来又受了一些外国的诗作者的影响,也曾经有过专心一意地去写的时期。然而,不用说那些早期的作品,就是抗战以后写的一些诗,我最近有机会再找来翻了一下,它也给了我一个如何可慨叹的失望啊。这个时代,这个国家,所发生过的各种事情,人民和他的受难、觉醒、斗争,所完成着的各种英雄主义的业绩,保留在我的诗里面为什么这样少呵。这是一个轰轰烈烈的可歌可泣的世界。而我的歌声在这个世界中却显得何等的无力,何等的不和谐!对于这个世界,我实在是知道得太少了,而且就是我窥见这样一个角落,我过去也不能正确地去理解。"[1] 这一批评说明何其芳对自己要求十分严格,但另一方面,我们发现何其芳已与《预言》时期判若两人。

在这里,我们暂且撇开人们时常谈论的思想上进步,艺术上退步的"何其芳现象"不谈,不过,我们不得不承认,何其芳在《预言》之后的诗虽然不像《预言》那般迷蒙、充满梦幻与华美,而是显得朴素、明朗,但那些诗也在一定程度上失去了早期作品的丰富。《预言》中的作品充满迷离情调,表达了诗人的真性情,而后来的作品则受到当时外在的政治观念的影响,情绪流向相对单一,诗人似乎变成了一个观念的人,少了性情的人,这显然有着"文艺为政治服务"的影子。不过,与其他一些诗人相比,何其芳还是在努力坚持诗歌文体的特性,在艺术上比许多一直跟随主流文化的诗人要高明得多,比如,他提出:"中国的新诗我觉得还有一个形式问题尚未解决。从前,我是主张自由诗的。

---

[1] 何其芳:《谈写诗》,王永生主编:《中国现代文论选》第一册,贵州人民出版社1982年版,第221页。

因为那可以最自由地表达我自己所要表达的东西。但是现在，我动摇了。因为我感到今日中国的广大群众还不习惯这种形式，诗不大接受这种形式。而且自由诗的形式本身也有其弱点，最易流于散文化。恐怕新诗的民族形式还需要建立"。① 他的这一观念中也许包含着当时诗歌大众化思潮的影响，但是，他对诗体建设的重视与敏感是具有诗学价值的，我们也可以看出他在一定程度上对以前创作中体现出来的诗的音韵美有所延续。

何其芳诗歌的转向说明当时诗歌的政治化观念是十分强大的，但我们不可否认，何其芳《预言》时期的作品是具有现代主义特点的。卞之琳对此有过较为公允的评价，在谈到自己第一个阶段的创作（1930—1932）时，卞之琳说："同时我和同学李广田、何其芳交往日密，写诗也可能互相契合，我也开始较多写起了自由体，只是我写的不如他们早期诗作的厚实或浓郁，在自己显和不显的忧郁里有点轻飘飘而已。"②（重点号系引者所加）在这里，"厚实"主要指李广田的诗，而"浓郁"则主要指何其芳的诗。何其芳早期诗歌的浓郁即是他诗歌的丰富，这种丰富性探索对新诗发展是起过重要作用的，何其芳对后来者的影响主要是《预言》及同时期的散文集《画梦录》，而不是他后来的作品。

1999 年 11 月 25 日，于重庆之北

---

① 何其芳：《谈写诗》，王永生主编：《中国现代文论选》第一册，贵州人民出版社 1982 年版，第 222 页。
② 卞之琳：《雕虫纪历·自序》，人民文学出版社 1979 年版。

童心发现的善美世界

——漫论郭风的散文诗创作

一 对一条路的简单回顾

> 啊,故乡的叶笛
> 那只是两片绿叶。把它放在嘴唇上,
> 于是像我们的祖先一样,
> 吹出了对于乡土的深情眷恋,吹出了对于故乡景色的激越的赞美,
> 吹出了对于生活的爱,吹出自由的歌,劳动的歌,火焰似的燃烧着的青春的歌……
> ——郭风《叶笛》

在20世纪50年代中期,诗人郭风以这优美的乐曲般的吟唱,受到了诗界的关注与喜爱,为当代中国散文诗的发展较早地奏响了新的乐章。如果要探讨中国散文诗特别是当代散文诗的创作成就,谁也无法忘记郭风这个名字和他那些别具特色和个性的作品。但是,要清理郭风散文诗的创作历程,仅从《叶笛》开始是远远不够的。

早在1938年,郭风就开始了以散文诗为主的文学创作,而且数十年不辍,成为散文诗在中国诞生以后最有影响的散文诗作家之一。如果我们对郭风的散文诗进行纵向的线性考察,可以把他的创作大致分为三个时期。

童心发现的善美世界

1949年以前为第一时期。那个时代是复杂的，不少诗人面对当时的时代唱出了激昂的时代之歌。而郭风则不同。他不是不关心当时的现实，他不是不关心民族的命运。但他更深知作为一个诗人所应有的艺术良心，他的作品主要是对他所扎根的土地的吟咏和对于特有的生存方式的解剖。由此来体现他的深沉和凝重的人生思索。第一个阶段的作品是丰富的，强烈的色彩对比、冷凝的生命思索都潜藏着诗人对于善美的张扬和对于丑恶的否定，体现出一种独立的人格追求。

　　钢和铁一起成为蒸气，发烟的日午啊，
　　太阳的七色光焰，溶化为眩目的白色的日午啊，
　　——这时，一切软弱的，都萎缩下去；一切柔薄的，都苍白失色地瘫痪在那里。
　　原野上，只有一棵千年的独立树，仍然用硬直的躯体站立在那里；
　　只有沉思的远山，仍然站立在那里；
　　只有岩石，执拗不动地站立在那里；只有那和我们一样贫穷的村屋，虽然全身褴褛，仍然傲慢地站立在那里；
　　只有站立得住的，站立在那里。
　　——《日午》

这章写于1942年的散文诗，用对比的方式，写出了诗人对于一种品格与追求的认识，虽然没有抗日的烽火气息，却可以看出诗人对当时现实的思考。与某些口号式的作品相比，这样的作品具有更丰富的美学魅力，具有更丰富的生命意蕴。

　　因此，从一开始，郭风就不是一种外倾型的诗人，他深知散文诗本来与外在世界有相当的联系，如果诗人还有意识地去追寻外在世界，散文诗势必会丧失自身的整体规律而流为散文乃至别的什么。他只尊重个人的人生体验，他把对时代、民族等的思索全都纳入他的生命思索之中，纳入他所歌吟的乡土情怀之中，因而形成了一种悠长的旋律，"吹着我们的艰苦的劳动的歌，吹着我们对于幸福的企望的歌"。（《麦笛》）

下编　在文本中寻美

　　五六十年代为郭风散文诗创作的第二个时期。中国当代散文诗是在五十年代中期才开始显示出自身的艺术特色的，以柯蓝的散文诗集《早霞短笛》和郭风的散文诗集《叶笛集》的出版为主要标志。《叶笛集》既是郭风第二个时期的创作的开端，也是他的代表作品，这个时期的创作基本上是以《叶笛集》的风格为基点的。在这个时期，诗人主要立足于生养自己的沃土，从平凡生活和大自然之中寻找诗的灵感，从情绪上看，这些作品显得比较单纯，没有强烈的心灵冲突，诗人主要从正面歌唱生活之美与生命的舒放，但诗人仍然纵深地开拓着生命的价值。从文体上看，这个时期的作品显得比较明快，内在节奏有张有弛，句式比较简洁洗练，这些都适宜于表达诗人明朗的心绪。在这个阶段，郭风也曾受到某种社会风气的影响，写过像《农具厂》那样的诗意不浓的作品，但从总体上看，诗人把个人放逐于时代、自然之中，把时代之美与自然之美相融合，把早期的淡淡的忧愁转化成了无忧无虑的心灵的敞亮。他写《水蓼》："你是鲫鱼的朋友。你是浮萍的朋友。你是水藻的朋友……小涧里的水蓼花，蜜蜂是你的朋友，我也是你的朋友。"他写《天空》：

　　　　吹着南风的日子，蒲公英带着白绒毛的种子，好像雪花在那里飞扬。
　　　　节日里，我们放出气球，一个一个向天顶升上，红的、玫瑰红的、绿的、柠檬黄的和紫的气球，带着我们的欢呼，在那里浮游，在那里翱翔。

　　可以看出，在一个受非艺术因素影响的时代，郭风仍然尽力保持着自己的艺术追求，即使写那些体现时代特点的题材，诗人也没有忘记对于美的发现与表现。他的《水电联合加工厂》中有这样的诗句："雾慢慢地消失了。早啊，路旁的荔枝林，村前的木瓜树和玫瑰花。早啊，我们的溪流和我们的麦田……"由此把一个看似无生命的加工厂衬托出了生命，诗人的艺术良心在这时得到了很好的表现。

童心发现的善美世界

郭风散文诗创作的第三个时期是从新时期开始的。其实，郭风一直没有中断过自己的创作，"文化大革命"期间，诗人被驱赶到一个小山村，使诗人亲近了他终生倾心的大自然，他仍然偷偷地进行创作，全心拥抱着大自然的美丽，由此映照出一颗崇美的心灵。这些作品是在诗人重返文坛之后才整理发表的，就是诗人所谓的"花卉画"和"风景画"（郭风：《花卉·风景画自选·序》）。这些散文诗并不是诗人与世隔绝的产物，在其深层，仍然保留着时代、民族命运的关联。诗人曾谈过这样一段话："我记得我一家下放到一个高寒地带的小山村时，我经常于夜深时走过山路回到家里。山村浓霜的夜晚多么美丽，多么动人。我想起我的许多被迫害的同行战友；我想起了我党的艰苦卓绝的战斗历程；我思考党、国家和民族的命运；我在农村里暗自写了《夜霜》、《夜雁》、《小磨坊》等作的草稿。"（郭风：《你是普通的花·自序》）《夜霜》中有这样的诗句：

> 月亮好像一枚冰冷的黄玫瑰。北斗好像几颗冰冷的宝石。我看见月光和星光把乌桕树和梅树的树枝，画出树影来，画在溪岸的草地上。

如果只把它当成山水之作来看当然是可以的，但如果要更深地把握诗人的心路历程，我们似乎应该读出其中的象征意味，这种冷色调的画面是诗人当时心绪的自然流露。

在第三个时期，郭风散文诗在艺术上更趋于成熟，可以说，诗人把早期的凝重和第二个时期对普通事物之美的发现有机地交融在一起，形成了一种对人生的沉思与感悟。诗人往往从点滴的随感中注入对人生的思索，像《人生》《宗教》等作品。但是，从总体上看，诗人仍然保持着对人生之美与自然之美的热情。这种热情又引发诗人对人生的一些负面因素的关注，从而使作品显得更深沉，更有人生况味，触及了人类的生存状态，具有更广泛的诗美辐射。

从以上对郭风散文诗创作的简单回顾之中，我们似乎可以说，郭风是一位具有极高的文体自觉性和艺术良知的诗人，也是一位对生命充满挚爱的诗人，由此形成了诗人在散文诗领域的巨大的创造性。这些回顾自然是十分粗糙和简单的，但通过对他的创作道路的清理，我们便可以更全面地去探讨诗人在诗美发现、诗美追求、艺术风格及文体建设等方面的特点和贡献。

二 独特的题材领域与诱人的诗美发现

每一个诗人都有自己独特的题材领域，这倒不是说题材可以决定诗的艺术质量，而是由于诗人独特的生活经历和审美取向决定了他们的题材选择。臧克家对泥土的吟唱，艾青对北方大地的沉思，闻捷的天山牧歌，孔孚的山水情趣，等等，都是比较典型的例证。

郭风主要歌唱普普通通的人和物，从人和物的身上发现所包含的深义。他曾说过，在读初中时，"我就朦朦胧胧地开始感到人们可以用自己的心灵去感受花朵和土地的世界，感受他们的心灵"（郭风：《我与散文诗》）。当诗人拿起笔面对"花朵和土地"的时候，他的心灵便流连于他所认识的普普通通的事物之中，表达他对人生的多层面的思考。

有不少优秀的诗人是以题材取胜的，但郭风却把最普通的物象作为寄情物，这是需要超出一般的高招技巧的。郭风的长处正在于他有一双敏锐的眼睛和一颗多情的心，他能化平常为神奇，化普遍为独特。郭风"注意从自然物象中选择与自己思想感情相契合的物象和情景，在写景中抒情，抒情中写景，努力做到了画意与诗情的统一"。[①] 这段话道出了郭风在诗美发现和表现上独特的方式。

富有情趣地勾画普通物象的神韵，再从这种神韵衍生出对人生的思考，是郭风散文诗在表现上的独特方式。《廊檐下的灯》有这样两段："我曾见到一个很小的孩子，站在一只倾斜的木凳上，举起小手在那盏灯里添了油。他的举动使我欢喜极了。便是这个小孩和檐下的那盏灯，竟会在我心中生出一种鼓舞的力量。在那座住着各色各样人的公寓里，

[①] 王光明：《中国散文诗六十年》，见《散文诗的世界》，长江文艺出版社1987年版。

我虽然只住了很短的一段时日,以后便不得不搬开了;但是一有机会,我都记起那盏灯和那个小孩;并使我想到,当下,这个世界是可诅咒的,但我不相信,它是没有希望的。"这里的物象极普通,事情也极简单,淡淡地写来,却有深沉的思绪。可以说,这里的每一个形象都是有意义的,"灯"和"小孩"自然是作品的中心形象,就是小孩点灯时所站的"倾斜的木凳"也是有象征意味,是诗人所处的时代的化身。这些普通的物象在诗人浓郁的诗情的熔炼之下,正好表达了诗人在1944年的内心思索:关于民族命运的思索。由此看来,"小感触"是可以表达"大世界"的,关键是诗人采用怎样的方式去表达。

50年代以后,郭风的视野有所拓展,但是他仍然没有忽略对南方故土、山水人情的悉心关注。王光明说"郭风的散文诗有特别鲜明的亲切感和浓郁的泥土气息,他是散文诗方面第一个真正的农村作家"。(王光明《中国散文诗六十年》)这恐怕是与诗人的题材领域有关的。郭风极力从普通事物中发现美,并且往往是正面地歌唱美。他用一种纯真的心境去观察这个世界,虽然表示的诗情显得比较单纯,但它是透明的,像欲滴的清露让人着迷,让人陶醉。诗人写村庄:"这是一个小小的村庄。它像一朵花,开放在蓝色的木兰溪旁边。"(《木兰溪畔一村庄》);他写野花:"他们真心真意地开放花朵,在不很显眼的地方,给大自然增加了美丽。"(《酢浆草·野菊……》)诗人抒写的对象都很平常,但诗人从平常中升华出了一种天然的美,这美不仅来自自然,而且主要来自诗人的心灵。诗人相信:"一幅花卉画,都可以倾注作家、艺术家的美学理想,倾注他们对人生、社会和政治的某种评价,或在其中曲折地表达其政治主张!"(郭风《我所爱的文学教育》)虽然我们不必要在诗中去极力寻找诗人的政治观点,但我们可以认为,郭风的散文诗包含着他对人生、现实所作的审美评价,这种评价正是诗人的诗美发现的根本之所在。

郭风是十分注重诗的传达方式的,曾说过:"我深深觉得,《秋夜》等篇章最初教育我、启迪我,以至后来在我学习散文诗的创作实践过程中,长久地、深刻地提醒我:要怎么用自己的方式、怎样使自己全神贯

下编　在文本中寻美

注地去感知自然界的生活和人们的社会生活"。（郭风：《我与散文诗》）郭风一直坚持对"自己的方式"的探索，如果说上面提到的《廊檐下的灯》还有较多的叙述因素而有点倾向散文的话，那么，《叶笛》《麦笛》一类的作品则具有浓郁的诗情了。看他的《闽南印象》：

　　这里有榕树。这里有玫瑰。这里有向日葵。这里草地上十二月里还开放着鲜花。
　　这里的老人像榕树那样强壮。这里的少女像玫瑰那样美丽。这里，儿童的眼睛像向日葵那样明亮。
　　这里，人民的智慧开放着有如鲜花。

　　这个短章是与《叶笛》同时代的作品。这章作品的诗意主要体现在情绪的跳跃，先勾画几个典型的物象，体现南方特有的风情，然后由物而人，展示人们的美丽与善良。以上是实写，而最后一段由实而虚，写"人民的智慧"。这样，全篇虚实对应，相生相衬，表达了诗人快乐的心情和发自内心的赞美，是典型的牧歌意绪。
　　郭风散文诗的舒放之美主要是诗人在作品中保留了相当的叙述因素，建构了一些富有诗意的细节，在叙述中把内心情愫慢慢流出。像《人生》，有点像一篇小小说，通过对一位友人的爱情生活的描写，诗人也把自己对人生的思索融入其中，最后说："我无端的感到忧伤，感到人生的烦恼，愁苦。"表达了全诗的主旨。从这章作品，我们也感觉到，诗人对人生的思考已深入本质，不再只唱欢愉欢乐的歌，也发现了生命的悲苦的一面，这是诗人对人生认识步步临近其内核的体现。
　　由此我们可以说，一个诗人，如果放弃自己所深切体悟的有关题材和表达方式，他也就可能丧失自身的艺术个性。在这方面，郭风也是有过教训的。在五十年代后期，当诗人离开自己所熟悉的乡土自然去表达所谓的重大内容与时代主题的时候，郭风的声音有些变调了。他写过《水电站示意图》《电动打麦机》《农具厂正在讲话》《水平仪

230

试制》《村镇示威游行》等作品,由于叙述因素的不断加入,特别是诗人所歌唱的纯美的淡化,这些作品几乎都缺乏诗意。试看《农具厂》中的一段:

  这个农具厂,党支部书记告诉我:去年产值10万元,今年产值要达到150万元(翻它十五番);去年制造水田深耕犁700部,今年要生产5万部!去年生产的碾米机才13台,今年要制造260台!……我们还要制造手推车5万部!……

  这是散文诗吗?非也。数字罗列不能成为诗,虽然诗人在作品中也加进了一些抒情文字,但那是对政策的图解。

  但是,郭风是一位具有较高的文体自觉性的诗人,《农具厂》一类的作品只是极少数。从总体上讲,郭风的散文诗都散发着泥土的芬芳,回响着"叶笛"的悠扬旋律,展示着诗人对生命之美丽的热情礼赞,甚至在"文革"期间身处高寒山区的时候,诗人也对山水草木怀着极大的兴趣,通过它们表达对时代、民族、个人命运的思考,并且可以说,其中的有些作品是郭风颇有代表性的篇章。他的《松坊村纪事》系列散文诗就是这样的作品。

  《松坊村纪事》仍然是以普通生活为题材的,诗人也多采用在叙述中抒情的传达方式,但是这些作品显得很厚实,在淡淡的叙述中夹进了对人生的浓浓思索,有生命的愉悦,也有生命的凝重,有童话般的意境,也有哲学般的人生意绪。郭风看重散文诗的内在本质即精神气质,他的作品的朴素的外表之中渗透的正是这种本质的东西。诚如诗人自己所说"一如其他文体的杰出作品一样,杰出的散文诗作品,其存在的力量在于它的内在精神的深刻性和新鲜"。[①] 郭风的散文诗在平凡的题材中获得诗意,正是因为诗人通过平凡的题材表达了对于生命的深刻认识,从熟悉的外貌中体现出一种陌生(新鲜)的诗美发现。在中国当

[①] 郭风:《散文诗我见》,见《中国百家散文诗选》,贵州人民出版社1991年版。

代散文作家中，郭风在散文诗的文体建构方面的贡献是相当突出的。

三 童心的魅力与散文诗的格调

在论及郭风的散文诗的时候，谢冕说过这样一段话："从《木偶戏》开始，郭风便尝试童话与诗的融汇。这种融汇的产品，便是带着浓厚的童话色彩的散文诗的出现！这是郭风独特的创造。童话展示了诗人的天真与质朴"。[①] 其实，如果我们把童心作为诗人的一种心态，可以发现郭风的作品中时时都有童心的闪现。

童心是单纯的，也是充满幻想的，这也许就是郭风能从平凡的事物中发现丰富的诗美的最根本的心理原因。童心与诗心是相通的，这就使郭风在他整个创作生涯中都保持了旺盛的艺术青春。对于诗来说，天真的童心是他们最值得骄傲的财富。

在郭风的散文诗中，诗人的童心首先表现在注重美的积淀，而过滤掉不美的东西，使艺术中的美与现实中的美达到相对一致。在1945年的《草莓》中有这样一段："那些野外的路旁和草地上，草莓多得很。这些普通的东西，竟很少有人注意到她们的美质。我记得泰戈尔的诗句：'当我们谦卑的时候，便是我们最近于伟大的时候。'那些野花都一样，她们发出淡淡的清香。也许，对于一些哲理，我们能从一些草地上一些无人注意到的花草上，很容易得到启示"。在这里诗人表达的是一种对于自由的向往，深含着对时代的思考，他渴望"孩子们到室外去，像那些野花一样，开放他们的天性"。其实，在这里，诗人主要表达的是一种人性之美，天然之美。美是郭风诗歌的永恒主题，即使是在美受到压抑的年代，诗人也渴望用自己对美的歌唱来告诉世人：这世界其实是很美的或者应该是很美丽的。

童心的魅力正在这里，它让人充满对美丽的向往和赞美。面对任何物象，郭风都能用一颗天真的童心去发现其中的美，并且有些美是那么普通，它存在于时时处处，但又是那么独特，没有童心的人是无法发现

[①] 谢冕：《南国乡野的叶笛——论郭风》，见《中国现代诗人论》，重庆出版社1986年版。

童心发现的善美世界

它的。他写《荸》:"我们越向前,前面的路越宽越阔,空气越显得清新,日光更加明灿!有那长着阔大的绿叶的树枝,在风中摇摆。如果洒下一点急雨也多么好,急雨洒在树叶上!"他写《开窗的人》:"开着的窗就表明一个人心情很好,很愉快的……表明一个人很开怀,在伸开着双手,在大声地说话,在欢迎着他的朋友"。这些诗表明诗人有一颗透明的心,有一颗对光明和美好充满向往的心,正是这颗心,使郭风的散文诗获得了丰富而又明朗的人生意蕴。谢冕说:"他对于生活,总是于苦难之中寻求友爱和同情;在混浊污秽之中,他追求并维护心灵的纯净"。[①] 这正是对郭风的童心的描述。

在大自然中,郭风也是这样,他写《竹叶上的珍珠》《丝瓜和瓢瓜》《我梦见我种的树》,还有《牵牛花》等,都能从中发现美的意蕴。如《竹叶上的珍珠》:

> 今天,我很早起身。天空是蔚蓝的,这是明朗的夏晨。我看见校园里的竹丛,每片叶尖上都缀着一颗珍珠。比水晶还晶莹,几万颗的珍珠,映着太阳闪亮闪亮地发光。
>
> 一只黄鹂忽然跳到竹枝上。它只轻轻地一跳,很多的珍珠都滚下来了,掉在地上,变成水,浸湿了泥土……

把露珠比成"珍珠",本来就很巧妙,再加上一动一静的两个场面,写出了一种天真的童趣情怀。这里没有任何尘世的影子,但表达了尘世中人的纯真愉快的心情。

在后来,诗人把童话引进散文诗的创作中,他不仅写静的景观,也写动态物象。《柏树和松鼠》《竹鸡们》《青蛙·石水牛……》等都是这方面的佳作。看下面这一段:

> 爸爸还告诉我:

[①] 谢冕:《南国乡野的叶笛——论郭风》,载《中国现代诗人论》,重庆出版社1986年版。

下编　在文本中寻美

　　那天夜里，石水牛、石鹅和石青蛙们，在两只真的青蛙带领下，在森林的小径上一边走，一边看；唔，他们看到一只猫头鹰站在一棵樟树上，没有睡觉，一直向他们点头；他们看到红菇和松菇们，在睡觉时还打开花雨伞；看到雏菊的花瓣上沾着露水，还看见一棵古柏上有一只鸟窝，有两只小鹧鸪睡在这暖和的鸟窠里说着梦话……

　　这是一篇颇有童话意味的散文诗，各种动植物亲切而和平的相处也许映射着诗人对现实的思考，但就作品本身而言，表达了诗人对美好生活的向往与追求。在这里，诗人的想象极为独特，猫头鹰点头、蘑菇打伞、小鹧鸪说梦话等都是典型的儿童式思维，体现出诗人独特的诗美表达方式。

　　童心时时闪现的确影响着诗人在创作思维和诗美表达方面的选择。郭风的散文诗总是很清新，也让人觉得自然亲近，而没有板着面孔教训人的口吻，他只把对美的思考融入别致的叙述与抒情之中。诗人曾写过一首回忆童年生活的《我的愿望》，其中有这样的诗行："我想用我的手，把启明星拭得更亮一些"。这简直近乎梦话的诗句，正是童心对诗人的影响所致。跨时空的，有时看似荒诞的想象与联系构成了郭风散文诗的独特的传达方式。

　　再看一首《牵牛花》：

　　为什么叫它牵牛花呢？它的花朵，不是开得像喇叭吗？
　　呵，可爱的牵牛花。迎着清晨第一道阳光，你自己的喇叭拿出来——你的喇叭是浅蓝色的——吹起了起床号，让田野里的各种花草都听见了，都赶快起床。
　　于是，田野里的稻禾在微风中轻轻地摇摆身腰，河边的菖蒲用绿叶浸湿了露水来洗擦自己的手臂，野蔷薇也张开了花瓣，过了不久，池塘里的睡莲也放开了雪白的花冠。

第一段一个反问引出了诗人的抒情，想象十分独特也十分新鲜，采用拟人的方式写出了大自然的美丽。也许有人会把这种作品称为是写风花雪月的，这也没错，但如果我们从深层看，诗人表达了一种美好的心境，它正好与大自然相适应。因此，诗人的童心正是诗人的生命之悟的一种体现。

与郭风散文诗的童心魅力相应的是他的散文诗的格调，或称美学流向。由于诗人崇尚美，善于正面地表达美，因此，他的散文诗有一种对美的执着的追求，而往往用美去过滤掉不美的东西，这就使他的散文诗具有一种天真开朗、活泼向上的主格调，即使是在过去的黑暗岁月里，诗人也对美进行了正面的呼唤。这种诗美流向在中国当代散文诗作家的创作中是不多见的，有不少的散文诗作家都从几个方面展示自己的人生追求。谢冕说："郭风的作品，诚然多写风花雪月一类，这类作品，其首要使命是让人觉得这世界、这人生是美的。他追求美的再现，他能够把自然写得充满诗意和生命"。① 这段话可看成是对郭风散文诗审美流向的总体评价。

四　郭风散文诗的文体贡献

散文诗这种文体在 19 世纪中后期才真正诞生，但是在 20 世纪末期，散文诗的创作成就已经相当可观，散文诗文体已基本走向成熟，我们可以比较清楚地描述散文诗的文体轨迹了。这一切应该归功于早期散文诗的开拓者以及包括郭风在内的散文诗的执着探索者。

郭风是一位极严谨极谦虚的诗人，在谈到自己的散文诗创作时，他曾说过："写作时有的作品不知怎的我起初把它写成'诗'——说得明白一点，起初还是分行写的；看看实在不是诗，索性把句子连结起来，按文意分段，成为散文"。② 从这段话中，我们不仅可以看出诗人对待创作的认真和严肃，而且可以清理出诗人对散文诗的基本看法。首先，散文诗与诗是直接相关的，郭风之所以先把散文诗写成分行的

---

① 谢冕：《南国乡野的叶笛——论郭风》，载《中国现代诗人论》，重庆出版社 1986 年版。
② 郭风：《叶笛集·后记》，作家出版社 1959 年版。

诗，就因为诗人拥有诗的情绪和诗的感悟；其次，散文诗也具有散文的某些审美要素，诗人把分行的诗改写成散文的形式，就是因为这种形式能更好地传达诗人的情绪与感悟。对这一点，诗人早在中学时代就有了朦胧的感受了，他说，在读《秋夜》《海上》等作品时，"我已能约略认识到，这样的文体与散文并不一样，与诗好像有很深的血缘"。（郭风：《我与散文诗》）在数十年的创作生涯中，郭风一直把散文诗作为新诗的一种样式，执着地探索着散文诗的文体规律。

郭风的散文诗深深地根植在他南国故乡的泥土里，有着浓郁的乡土色彩，像南方秀丽的山水一样，充满温馨与绚丽。诗人不是刻意要告诫人们关于人生的道理，他只是通过深悟来传达他的点点滴滴的感受，具有一种至善至美的诗美包容。王光明这样评价郭风的散文诗，"郭风始终以孩子般单纯的心境和美妙的现象，全神贯注地感受，抒写着他故乡的风物和人情"。"他力求把握住描写对象的'神、韵、美'，努力再现它动人特点的同时，自由地表现自己由长期观察引起的独特感受以及感受过程中美妙的情绪和心境；作者的主观感受似乎不那么富有理性，不那么有清醒的认识，但这是一种经过长期培养才有的艺术气质；正是在这种似乎有点自发性的意识中产生的独特感受和想象，使他于无形中看到了有形，普通中发现了美，使他的诗篇保留着浓郁的生活气息和鲜明的乡土色彩"。[①] 应该说，郭风散文诗这种独特的审美情趣，在中国散文诗发展史上是颇具个性与特点的，与散文诗所固有的诗歌式抒情方式完全一致。诗人为了创造这种风格，在散文诗的文体探索上也付出了艰辛的努力。

其一，郭风注重对美的正面歌唱。这里的"美"，是诗人认定的对人生的正面精神和力量的张扬，包括自然之美、生活之美、情趣之美，最终集中到人的精神之美。对这些诗美要素，诗人主要以正面歌唱的方式来表现，即使在艰苦的岁月里，诗人也力图从艰苦之中发掘美的元素，从而使他的散文诗具有了一种淡雅却又丰富、迷人的诗美格调，不

[①] 王光明：《评郭风和柯蓝的散文诗》，载《散文诗的世界》，长江文艺出版社1987年版。

像有些诗人的作品那样显得驳杂。

其二，郭风十分注重对散文诗的诗意情节的营构。与抒情诗不同，散文诗有时要对外在世界进行一定的叙述和描写。这种叙述和描写不但是要达成散文诗的形象性，更主要是营构散文诗情绪的整一性。在郭风的作品中，几乎每一章作品都有一定的诗意情节，诗人的情绪为这种情节所制约，使情绪不散漫，而是具有中心和目标。在这种方式中，诗人的童心起着极大的调节作用。因为童心的驱使，诗人展开丰富的想象，由点及面、由此达彼，从而使他的作品不枯涩、不单调，而是具有一种梦幻般的情调，这种情调便是诗意的情调。因此，郭风的散文诗虽然有叙述，有描写，但没有沦为散文，而是地道的散文诗，并且是一种具有独特魅力的清新、高雅、别致的散文诗。可以说，对诗意情节的悉心营构，是郭风对中国散文诗文体建设的突出贡献。

其三，郭风注重散文诗语言的营构。散文诗语言与散文语言的最大区别是这样的：散文语言注重述象（叙述性物象），而散文诗语言是述象与意象的交融，并且注重内在音乐性的建构。然而，郭风的散文诗似乎更注重述象，他采用的物象都是现实中所特有的，并且保留了它自身的内蕴，这种方式很容易将散文诗推向散文。但是，郭风的超人之处在于，他注重对语言的音乐性的张扬，让内心情绪直接地流泻在诗句之中，同时，他所表达的那种朦胧的情思与诗的物象之间达成了默契。从而使他的作品体现出一种看似散文但却是散文诗的独特个性来，使表现的着眼点无意中与现实世界保持了一定的距离。单从这一点上看，郭风就可以称为散文诗史上的优秀诗人，他是用自己独特的诗美追求和贡献来证实自身的价值的。

散文诗语言历来是散文诗文体探索的一大难题。在世界散文诗史上，泰戈尔在散文诗语言上的贡献是巨大的。郭风在这方面似乎与泰戈尔很相似，他注重语言的自然之美，很少用理性的把握去为散文诗语言加入过多的主观因素。他只用语言的自然特点去营构独特的诗意情节、诗意画面乃至意境，通过这种方式来传达内在的情绪。因此，如果要说散文诗语言的纯化的话，郭风的贡献是很突出的，他自然、流畅的语境之中表达的是丰富的内心情绪，"语境"是一个带有整体性的诗美观念，把握郭风的散文诗，也必须从整体上去着手，诗人强调悟性，而不在乎粗浅的哲理。

　　由此可以这样认为，郭风在散文诗文体探索上的贡献是独特的，也是富有诗学价值的，他数十年的文体探索不仅使他成为中国散文诗史上的大家，也为中国散文诗的文体成熟立下汗马功劳。我们可以相信，郭风的散文诗是要在中国新诗史上写下重要一笔的，这是艺术的事实使然，绝非某个评论家的一家之言。

　　　　　　　1994年11月16日写于西南师范大学中国新诗研究所

孔孚山水诗之艺术追求给予
中国新诗坛的启示

中国新诗已经走过了七十多年曲曲折折的道路，其收获是丰硕的，出现了光焰闪烁的星群，受到世界诗坛的注目。

但是，毫无疑问，中国新诗在前进的历程中，也显示出它自身的一些不足，富有中国特色的山水诗的"断线"就是一个明显的例子。因此，当孔孚的《山水清音》作为新诗史上第一部山水诗集于1984年11月出版之后，立即受到诗坛的关注。1987年6月，孔孚又出版了《山水灵音》，进一步丰富了自己的艺术追求和创作实践。

孔孚本人多次谈论过自己的创作动因和艺术追求，一些诗人、诗评家也对他的作品进行了深入研究，且高见多。因此，我不想再用"清水出芙蓉，天然去雕饰"一类廉价的赞美来论述他的艺术风格。但是，围绕孔孚的山水诗，我们仍然思考了许多问题，其中心便是他的艺术追求实践给予中国新诗坛的启示。

由孔孚的创作动因说开去

中国是诗之大国，山水诗也有着悠久的历史，谢灵运、谢朓、陶渊明、王维等诗人为我们留下了许多久传不衰的名篇佳作。这是一份值得我们珍视的精神财富。

然而，中国新诗史上却少有山水佳篇，这实在是令人遗憾的事。由此，我想到了中国古典诗歌美学中的两种主要传统。一种主要是阐述诗的功用的，诸如"诗者，志之所之也"，以及"文以载道"，等等。另

下编　在文本中寻美

一种主要是强调诗歌本身之美学特质的，诸如司空图所谓的"近而不浮，远而不尽，然后可以言韵外之致也"；严羽所谓的"羚羊挂角，无迹可求"以及"妙悟""兴趣"之说；公安派的"独抒性灵"说；王士祯的"神韵"说等。应该说，二者都有其独特的闪光内涵。遗憾的是，在当今之中国，研究它们的人虽然不少，但真正继承和发扬它们的人则不多见，有些方面甚至比西方人还要落后，庞德不是因为误解了中国古典诗歌而喝了一杯他自己添加了作料的"中国汤"从而建立了在西方现代文学中影响深远的"意象派"吗？①

关于孔孚，这方面的话题很多。早在20世纪50年代中期，他就写过诗，但是正如他自己所说，当时的创作"多是配合中心任务"②。公允地说，这类作品是经不起艺术和时间检验的。后来，由于历史严酷的"玩笑"，孔孚被迫放下了诗笔，不过，这"玩笑"对孔孚来讲，却有点"因祸得福"的味道。复出之后，他有机会认真研读中国古典诗歌理论，从中获得了许多新鲜感受。于是，他便多了一个审视中国新诗的参照体系，从而发现新诗存在的许多缺陷，认为，主要的是"新诗从一开始就想走全新的路，未能很好地汲取古典诗歌美学精髓"③。孔孚还明确指出："我们的新文学运动是从'反载道'开始，但不久，就又回到了'载道'；而且气氛越来越浓，后来更强调配合中心任务"。④ 这是有目共睹的。新诗发展了中国古典诗歌中以抒情为中心的美学追求，从整体看，它更多的是继承了古典诗学中强调"诗教""言志""载道"等功用性的主张，提倡文学（各种样式的文学，也包括诗）的"认识作用""教育作用"；虽然也有"审美作用"，却因前两者而被淡化了；对阐述诗歌本体特征的理论关注极少。于是在有些作品中，这种"教""志""道"便由一种类似说教的方式展示出来，诗歌独特的美学特征未能得到充分发展，从诗人的角度说，则是文体自觉性不高。

----

① 参见郭为《埃兹拉·庞德的中国汤》，载《读书》1988年第9期。
② 孔孚：《我与山水诗》，诗集《山水清音》代序，重庆出版社1984年版。
③ 同上。
④ 同上。

孔孚山水诗之艺术追求给予中国新诗坛的启示

孔孚的山水诗创作，除了他自己的爱好情趣之外，比较全面、求实地研究了中国古典诗歌美学和中国新诗现状也是一个重要的动因。他的诗中有古典诗歌美学精神的深入渗透。孔孚所追求的"求隐""求纯""求'异'""'简'出""淡出"① 等表现手法，都可以在中国古典诗歌美学中找到相应的论述。当然，他有自己的创新，这种创新主要是对这些手法的综合吸收和利用，以及诗人作为一个现代中国人在诗中出现。

现在，有一些诗人厌恶理论学习，厌恶对诗歌历史进行全面的认识与把握，认为这对于创作是一种束缚。这话也许有一点儿道理，但更多的是偏见。诗歌理论阐述的是诗歌艺术的独特规律，必然对诗歌的创作和发展产生指导作用；诗歌史则是对诗歌创作实绩的全面展示。这两者都有利于诗人提高自己的文体自觉性，从而形成创新、突破的基础。有人认为，中国诗人的智慧状态不理想，我想最重要原因之一恐怕就是诗人的视野不够开阔，对诗的艺术规律把握不准确、不深入。

当然，学习诗歌理论不是囫囵吞枣或者一概拿来，只能是把它融入自己的艺术观念之中，或者作为调整艺术追求的参照。就中国现代诗歌而言，一些有建树有成就的诗人，总是广采博纳，走得进，又能跳得出，最终展现出来的是他们自己的创作个性。这是值得我们深思的。我这里所说的理论，是指符合诗歌艺术发展规律的求实的理论，而不是"玩诗者"臆想出来的所谓"先锋思想"，或者超前主张。

孔孚是一位智慧状态较好的诗人，他不仅在创作上做出了成绩，而且在理论上也有独到的见解。他的一批谈论自己山水诗创作体验的文章（《我与山水诗》《九答》《谈山水诗——兼寄海外同胞》等），试图建立一个现代山水诗的理论体系。《读沧浪诗话校释札记》一文对中国古典诗歌美学进行了新的辨析，也很有见地。他是开放的，主要是对传统诗歌美学思想的开放。孔孚的山水诗受到了广泛重视，我以为诗人素质方面的因素也是不应该被忽视的。

---

① 孔孚：《我与山水诗》，诗集《山水清音》代序，重庆出版社1984年版。

下编　在文本中寻美

关于新诗的继承与借鉴

这是一个谈论了几十年的老问题，但又是一个常新的课题。中国新诗的继承与借鉴需要更深入的探讨。

孔孚的山水诗继承并发展了中国古典诗歌美学的一些优秀传统。西方史诗主事，这是因为当时的小说等叙述文体不够发达，诗体的特点容易传诵。中国少数民族也有许多史诗性的作品，如《嘎达梅林》《阿诗玛》等。但就总体而言，中国诗是主情的，因为诗的叙事最终不能与古代的传奇、话本、笔记等文体匹敌，更不用说今天发达的叙事文体了。感情常常是往复回旋的，因而中国古典诗歌常常呈现一种"虚空"之势，诗人们以静观的方式审视动态的人生，以"出世"的目光"入世"，这种方式产生的作品对人生、对时代认识得十分深刻剔透，这是中国诗歌的优势。孔孚的诗之所以受到极大关注，与他继承和发扬了这类优势有着密切关系。

值得注意的是，中国新诗对优秀传统的继承与发扬的成分不多，相反洋化的倾向却十分严重，五十年代，台湾出现了"诗是横的移植，而非纵的继承"的诗学主张，因此而出现了光耀一时的现代诗派。但是，这种过多地属于西方现代主义而民族细胞太贫弱的现代派诗歌是不是中国新诗的主流呢？我们可以从台派现代诗的流变中悟出一点道理来。我曾把香港诗人蓝海文选编的《当代台湾诗萃》中的诗人介绍收集起来，按他们参加的诗歌团进行分类，发现了一个有趣的现象——不少在早期全力追随现代派的诗人慢慢地转向了，退出了现代派，而加入了"创世纪""葡萄园""笠"等诗社，还组织了山水诗社等新社团。

前两年，蓝海文等人提出了"回归传统，迈向新古典主义"的主张，这便是对上面这种现象的艺术总结。他们认为，新古典主义"在于强调民族的自尊心，在于重振民族精神，在于强调我们的新诗是中国的"，这些在现代主义风潮中搏击过的诗人说出的话恐怕不是没有道理的。并且，他们强调的不是重复传统，而是在理解传统的基础上创造新的传统。"我们强调，吸收中华文化传统的精华，把传统消化为养分，而以现代的语言,现代的表现方法,写'典雅的'、'中国的'新诗"①。孔孚的艺术追求和创作实践,正好印证了这一点。

因此,诗不是一个封闭的自足世界,中国新诗也不能封闭自己。我们必须继承和借鉴。新诗史上的大诗人的艰苦跋涉就足以证明这一点。就艾青而言,他受了西方艺术的影响,但他的诗不是西方的,而是与时代同步,与民族同心,是现代中国的。艾青曾说,他受外国诗歌的影响"最多也只是启发"②。在"启发"中创造,在创造中发展,这是经验之谈。继承与借鉴的中心是消化。诗人必须比较全面地把握本民族文化传统和外国文艺的实质,从中寻求适合于自己的艺术营养。继承和借鉴都可以从正面吸收,也可以从反面寻求观照。孔孚注意到了这两个方面。更值得注意的是他的"存疑"。他说:"诗歌领域里的'即景'一词是否确切,我颇怀疑。我用此二字,不过从习惯罢了。写《天胜寨遗址》用'一瞥',也是这样。真地一瞥就'瞥'出诗来,那诗就太好写了"③。这是从自己的创作实践中对古典美学思想提出的质疑。对于有定评的作品,他也提出了自己的新见解。例如评论杜甫的《望岳》:"那首《望岳》,也并不像某些评论家所说的那样了不起。能撩拨人的,不过'阴阳割昏晓'、'荡胸生层云'两句耳。煞尾想象,显得一般化。……评得神乎其神,我就不信。老实说,我是不怎么服气的"④。对西方诗歌,他也有自己的见解,他说,"西方意象派诗歌也多实出,流于浅单。我则喜虚,若有若无"⑤。

这些见解都是从汲取有益成分并创造新的艺术的角度出发的,显示了诗人的一个特点:学习但不沉迷于传统和西方文艺,而是创造自己的个性,因为"新山水诗,它姓'新'"⑥。

---

① 《世界中国诗刊》社论:《我们对"新古典主义"的看法》,载香港《世界中国诗刊》1988年第11期。
② 陈山:《"诗应是通向人民的"——艾青谈他过去的创作》,载《中国现代文学研究丛刊》1981年第3辑(总第八辑)。
③ 孔孚:《九答》,《山水灵音》,陕西美术出版社1987年版。
④ 孔孚:《谈山水诗——兼寄海外同胞》,载《山水灵音》,陕西美术出版社1987年版。
⑤ 同上。
⑥ 同上。

下编　在文本中寻美

因此，我们可以这样认为，无论是继承还是借鉴，都有一个中心，即"当代中国"这个独特的生存环境。孔孚追求的是诗的"永恒之美"，但在这永恒之中，诗人渗入了对时代对人生的深沉思考，这便是创造。他说："我写山水诗，就是基于一种对祖国母亲的爱。这种对祖国深沉的爱，必然要渗入到我所观察和创造的山山水水中去。爱国主义，我想是每首山水诗的精魂"①。请看他的《千佛崖五瞥》中的几个诗章：

这尊佛被抠去了右眼／剩下的尚炯炯有神。／也许他已经习惯了，用左眼看山看人？

哎呀，干脆连头也去了，／那位雕塑家该多伤心！／这山谷里艺术被处死了，／当历史睡得昏昏沉沉。

剩下的崖顶上那尊，／脸上流灰白的鸟粪。／虽然逃开了人的惩罚，／但他并不开心。／如果不是那么高，／真想递给他块手巾。

对当代中国历史稍有了解的人，都会发现，诗人在这里把自己的感受完全融入了自然山水之中，毫无牵强附会之处。创造便在这里生根了。

关于诗人的文体自觉性

别林斯基说过："艺术首先必须是艺术"②。艾青也说过，诗只能"在一定的规律里自由或者奔放"，"艺术的规律是在变化里取得统一，是在参错里取得和谐，是在运动里取得均衡，是在复杂里取得简单，自由而自己成了约束"③。这些见解早已为人们接受。诗必须是诗，必须在诗的文体规律之中活动。教化也好，宣传也好，都不是诗的直接目的。诗只能通过自己的审美特征而获得生命。孔孚是这样看的："诗的

---

① 孔孚：《九答》，《山水灵音》，陕西美术出版社 1987 年版。
② 别林斯基：《一八四七年俄国文学一瞥》。见李旦初《艺术首先必须是艺术——创造社前期文艺思想重评》，载《中国现代文学研究丛刊》1980 年 3 期。
③ 艾青：《诗论》，《艾青选集》第三卷，四川文艺出版社 1986 年版，第 9—10 页。

力量在'感'而不在'教'。如果说'教',那也是寓于美的感受之中,是一种特殊的'教':潜移默化。过分地强调'教',诗往往流于概念,难免滞顿"①。所言甚是。

诗人必须用诗的眼光打量世界,用诗的方式展示自己的心灵。孔孚的山水诗创作就是一个比较有说服力的例子。诗人裸露自然之美,用自然的灵性展示人的生命和追求。细细剖析,在他的诗中,喜怒哀乐、憧憬、崇高、责任感、正义感等人类的情感内容,应有尽有,包容甚广,但它们是通过诗的方式表现出来的,是诗人心灵的自然流露,而不是说教,不是推理。这是诗人高度的文体自觉性的表现。如这样的诗行:

> 它泅泳着,/朝浮动的旭日。//差一步没有抱住,/可惜……
> ——《狮岛》

> 掀开七层云帘,/云缝里找到了天泉。//在天上煮一杯清茶,/嗓子眼至今还甜。/只是少了点泥土味儿,/这甜里未免……
> ——《天泉》

这里既有充满天趣的自然之美,更有在自然之美中闪现出来的对生命真谛深沉思索的智慧之光,含蓄蕴藉。因此,这些诗是诗人从第一自然出发而创造出来的"第二自然"或者"第三自然",是艺术化自然,因而它们是诗,而不是自然的简单摄影。

也许有人会说,诗人展示的是一种逃离人世的"闲情逸致"。我不那样看。人们在欣赏自然美景的时候,不一定会想到自己曾置身其中的现实社会。社会的成分在诗人的视野中淡化了,这是山水诗的一大特点。然而,诗人是不能脱离自己的生存环境的,他的情感之中积淀着对时代、人生的见解,在审视自然美景的时候会不知不觉地流露出来,融于自然美之中,正如刘勰所说:"窥情风景之上,钻貌草木之中。"② 自

---

① 孔孚:《我与山水诗》,诗集《山水清音》代序,重庆出版社1984年版。
② (南朝梁)刘勰:《文心雕龙·物色》。

下编　在文本中寻美

然美景和诗人内心的感受合二为一，无法分割。更何况，自然与人类有诸多相似之处呢？再请看诗人的以下诗行：

风摘走了我的帽子，／旋向大海。／／只好这样去见上帝，／我拢一拢头发。／／扶着天门，／望着我的家乡。／／想告诉孩子们：／天上十分荒凉。

——《天门峰即景》

有的紧锁着眉，／有的尚有泪痕。／有的绷着嘴，有的关着心底风云。／我不知道那位雕塑家的命运怎样，／看他创造出这反叛的一群！

——《谒诸罗汉》

我下天都，／云上天都。／蟠龙坡擦肩而过。／／想告诉它那里风很大，／已跌下去了……

——《下天都》

在这些诗里，诗人的文体自觉性与时代自觉性取得了和谐，他在自然之中抒发的是源于自然的真情实感，与那些在自然之中牵强附会地加入一些所谓的政治、时代内容的诗人相比，孔孚要高明得多。

不可否认，孔孚的诗中有一些描写"纯美"的篇章。但是，这也无可厚非。"纯"不是别的，而是诗人真实心灵的外化。对祖国山水之美的歌唱，也是每一个炎黄子孙的共同意欲，同样可以引起广大读者心灵的共鸣。有时候，美之本身就是神妙的，"言不尽意""象外之象""弦外之音"等等便是基于这一点。孔孚就说过："山水诗能唤起读者的美感，热爱祖国之情，这也就有了爱国主义的思想性了。"[1] 像这样的诗行：

---

[1] 孔孚：《我与山水诗》，诗集《山水清音》代序，重庆出版社 1984 年版。

云，／拧光了水。／／挂在海边的树上，晾。
——《雨后》

崂山站在海边，／看扯天盖地的白雨。／／她也蒙在白茫茫的雨幕里了，／隐约露一个发髻。
——《白雨》

东边太阳。／西边月亮。／／冰盘上，／两个果子。／／粘几滴／露。
——《北隍城夏日某晨印象》

  无不深沉而又灵秀，读来使人飘飘欲仙。诗人用近似白描的手法获得了诗的天然灵趣之美，在这些诗中，天籁之声隐约可闻，自然之灵气扑面而来，不是也能给人以"净化"和陶冶吗？诗的功用总是通过诗的独特方式呈现出来。对这些诗，读者只有摆脱功用的现实目光，而采用诗人主张的"灵视"，才能进入诗美境界。

  过去写山水诗的新诗人普遍有一种模式化的倾向，先写一点与人生相通的自然景色，然后加一点"人们应该如何如何"的议论，显得不伦不类。这种公式化的诗是诗人不真实的情感的抒发，是因为诗人不谙诗中三昧而致。对此孔孚予以打破。他不但谙熟诗中三昧，而且谙熟人生三昧，并且善于在这二者之间找到和谐的沟通。这是具有开创意义的。孔孚的山水诗试图寻找的不是人的生命与自然人为的相通，而是生命与自然灵气原本的沟通。因此，他的诗中生命的意识与使命意识总是结合得天衣无缝。没有高度文体自觉性的诗人是做不到这一点的。

  如今，试图"开创"的人的确不少，只是有些"开创"已越出了诗的文体规律，超越了诗的媒介特征。比如"图案诗"，试图以诗与绘画匹敌；又比如语言的声音特点的诗，完全淡化诗歌语言的意义功能，用语言的声音组成一个"无内涵的自足体"，与音乐匹敌，谁胜谁负，不言而喻。

  其实，这些游戏式的"开创"并不新鲜，有的甚至是拾人牙慧。

下编　在文本中寻美

就拿图案诗来说吧，中国古代有，如"宝塔诗""神智体诗"等；西方也有。1987 年，美国纽约州立大学出版了一本由狄克·希金斯编著的《图案诗——一种不为人知的文学指南》（Dick Higgins, Pattern Poetry——A Guide to an Unknown Literature, Press of State University of New York, 1987），编著者收录了各国的几百种图案诗，可谓集图案诗之大成，并从历史、文化等多种角度进行了考察。编著者的苦心使人敬佩，不过读了之后，人们仍不甚了了，实无新鲜感觉可言。

在这里，我想问一句，致力于这类"创造"的诗人为什么不更深入地钻研一下诗的历史，诗的艺术规律呢？不求实的"创新"必然失败。我们没有必要去搞那些无任何诗学意义的"实验"。任何探索与创新，都必须遵循诗的文体规律。因此，我大胆地说一句，当今新诗人的文体自觉性亟待提高，这与诗人的智慧状态亟待优化是一致的。

孔孚的山水诗创作和理论阐述为中国新诗艺术宝库添加了一份珍贵的财富，他的追求是新诗多元格局中的一"元"。因此，我说，他的创作和理论对中国新山水诗来讲，是具有开创性的。

作为一种探索，孔孚是成功的。他的艺术道路给我们提供了多方面的启示——诗人的智慧状态的优良是新诗创新与发展的主体基础；继承和借鉴以及在此基础上的创造是新诗丰满自己的主要路向；他对新诗文体的重视与把握对今天的诗坛的稳步前进也有一定的启示意义。能为诗坛提供启示的诗人或多或少地具有自身特色，特色之中必然有创造的成分。艺术应该是个性化的。

在春秋战国时期，山东的孔家出了一个孔子，他强调文学与道德的联系，认为"有德者必有言"，并且重视文学的社会功用，提出了诗歌的"兴观群怨"理论。儒家文化成为中华文化中的宝贵财富，对中国文明的发展起了几乎是决定性的作用。而今又出了孔孚，致力于山水诗的创作与研究，从另一个角度出发，主张山水诗的"隐""纯""异""简""淡"，更多地接受了庄子的"最高地艺术精神"[①] 的影响，强调

[①] 徐复观：《中国艺术精神》，春风文艺出版社 1987 年版，第 42 页。

诗人的文体自觉性,用诗人特有的目光"入山,观天性;形躯至矣,然后成见鐻,然后加手焉;不然则已。则以天合天"①。孔孚寻找的正是自然灵性与人的生命本来的沟通与交融,相信他能在中国新诗史上留下闪光的一页。

1989年5月中旬,写于重庆北碚

---

① 《庄子·达生》。徐复观先生在《中国艺术精神》中对这段话进行了剖析,认为:"庄子所追求的道,与一个艺术家所呈现出的最高艺术精神,本质上是完全相同。所不同的是艺术家由此而成就艺术的作品,而庄子则由此成就艺术的人生。"并引用费夏的话加以阐释:"观念的最高形式是人格。所以最高的艺术,是以最高人格为对象的东西。"(第9页)。

耿林莽：抒写生命的"史诗"[1]

在中国当代散文诗发展中，在柯蓝、郭风之后，20世纪80年代开始出现了一个新的诗人群体，这个群体包括彭燕郊、王尔碑、李耕、耿林莽、许淇、敏歧、柯原、纪鹏等。这些诗人大多出生在20世纪二三十年代，创作过大量的抒情诗和其他类型的文学作品，而在新的文学时代，他们以自己对散文诗的独特理解作为诗学基石，以自身独特的人生阅历作为艺术根基，以开阔的视野和勇于探索的勇气作为动力，创作了许多具有特色的作品，在散文诗文体探索、精神建构等方面为当代散文诗的发展提供了诸多优秀的成果。

耿林莽是这个诗人群体中的一位"多面手"。他的散文诗创作起步较晚，1980年才开始将主要精力投入散文诗探索上，但他的创作非常出色，其艺术生命力超乎一般的创作者，即使年事已高，仍然不断有新作品面世；他出版的散文诗集包括《醒来的鱼》《五月的丁香》《飞鸟的高度》《草鞋抒情》《远方，比远还远》《耿林莽散文诗精品选》《散文诗的六重奏》等。他关注散文诗的发展，阅读了大量作品，并从中选择优秀作品加以点评，主编或参与主编了《中外散文诗鉴赏大观》《中国当代优秀散文诗选》《散文诗人20家》等著述，在《散文诗》月刊主持"作家与作品"、在《散文诗世界》主持"佳作欣赏"专栏，这两个栏目的文章既是诗人对自己的诗歌观念的表达，也为读者和后来者推荐好诗。这种"点评"虽然是感悟性的，多受中国传统诗学的影响，

---

[1] 本文系与硕士生张昊合作完成。张昊现为西南大学出版社编辑。

但其蕴含的理论元素非常丰富，可以在一定程度上为散文诗的发展引导方向，也为散文诗研究提供和积累理论营养。

有人说，诗是年轻人的事业，诗属于青年，这当然是有道理的，但它不是绝对化的规律。在诗歌界，有一些诗人一直坚持创作，甚至年龄越大，作品越有冲击力，比如郑敏、王尔碑、耿林莽等，年龄没有消磨他们的诗感，反而增加了作品的深度和厚度。这除了他们的天赋因素之外，恐怕也和他们对人生充满热情、对艺术充满挚爱有关。

散文诗属于"大诗歌"的范畴，是一种表现大于再现的艺术样式，从这一角度说，一首散文诗作品的成功与否、成就高低主要依赖于诗人对材料的思索与提炼，更依赖于诗人的诗意发现，依赖于诗人对历史、现实和人生的热情与思考。散文诗在本质上是诗人人格魅力的集中显现，而非事实、材料的罗列与堆砌。因此，当我们阅读耿林莽的散文诗作品时，最打动我们、最让我们肃然起敬的除了他那精妙的语言和独特的构思，更有他深邃而又广博的人格精神与人格魅力。这种独特的魅力，一方面来自他的人生经历和生活体验，另一方面来自悲天悯人而又立意高远的精神世界。思维的广博与深邃再配合上立意的高远超凡，使得他的散文诗世界呈现出一种囊括万物、包容大千的气度，在整体上呈现出"诗史"或者"诗史"的形态。

我们这里所谓的"史诗"不是传统意义上的史诗。传统的史诗是指具体的诗歌作品，篇幅往往比较长，大多属于叙述性作品。在这里，我们只是借用或者比喻，是想说，耿林莽以诗的方式写史，主要是生命史、心灵史，主要说的是作品的精神内涵。他的《散文诗六重奏》是诗人的散文诗作品精选，虽然有一些新作，但总体上涵盖了他各个时期的散文诗作品，而这些作品在精神上相互融通，具有连续的精神气质，构成了诗人打量人生、世界的创作史，或者说构成了他的散文诗艺术探索史，更流动出诗人书写人生思考的心灵史，因而可以在一点程度上体现诗人的艺术追求和艺术成效。

耿林莽的散文诗在题材上非常广泛，以《散文诗六重奏》一书为例，全书共分为六辑，从多种角度描摹了广阔的自然、社会图景。第

下编　在文本中寻美

一辑"水岸风景",以故乡的江南风景与长期居住的海滨城市的风景为主要描写对象,整体显现出"风花雪月"的自然美。《梦江南》从听觉、嗅觉、视觉等多维角度描写江南梦境,呈现出一种迷醉的感觉。"我听见鱼儿在汩汩地啃水,把水乡的宁静咬破了。"使得本来幽静的全诗具备了一种"暗香浮动"的动感,激活了整体的画面。第二辑"城与人"着眼于现实,主要描写工业社会和市场经济带给人们的冲击与改变,诗人悲天悯人的情怀在这里集中显现,充满良知、悲悯情怀。如灵焚所言,是"用悲悯与良知抚触时代的疼痛"的民生关怀倾向。例如《蚂蚁叹息》,"老槐树旁,几只蚂蚁钻出洞口,/她们要到全世界看一看,走一走。/高速公路,一辆接一辆的车子,衔枚疾走。/一只黑蚂蚁,衔着白米粒,穿越而过,/由于负重,她走得很慢,/时代的车轮把她碾成了碎末。/找不到尸体,开不成追悼会。/一只蚂蚁在一边悲叹:/'这路不属于你的,也不属于我。'"近于寓言的笔触,寥寥数语写出了都市民工无所归依的悲哀,而简单的一个"她"更点出了这个民工的性别特征,足见作者的匠心。第三辑"少年心事"则又回归到对过往的回忆,整体上呈现出缥缈的梦幻感。如《竹林有风》,"竹林青青的,竹管空空的,竹叶飘飘的。/我看见阳光在你隆起的鼻梁两侧驻足。/我看见阳光在你唇边铺起了梦幻的小路。/唇在湿润地抖动,这时候有风"。更具有代表性的则是《静观雕塑》,整体上都是由女神像而引起的幻想描写,"月光手自夜空伸来纤纤指尖,/冰冷的胴体,是否/因抚触而微微颤缩,/因抚触而生发些微的热吗?"第四辑"冷暖人间"仍然关注于民生,例如《手》,"你看这掌上,弯曲的纹路,蚯蚓似的爬着,艰险的迷途。/手指张开,如此瘦削又如此干枯,鸡爪子一般。/一条条干涸的河,水已断流。/叶子落尽了,只剩下几根枯枝,瑟瑟地抖。/风还在继续……"有所拓展的是,这一辑的视野更为开拓,除了中华儿女的哀思,亦加入了例如《奥斯维辛的烛》《速写凡·高》等具有普遍性观照的题材,充分体现了诗人开阔的视野与博大的胸怀。第五辑"乡村老照片"依然以怀旧为题材,如作者所言"我有一组'老照片'/藏在脑的最深处/一只黑盒子，藏着/失落旧梦的/点点残片"；第六辑"梦与非梦"多是哲学沉思，是梦幻感觉的提炼与升华。如《梦中之马》"这是谁给我的一匹马呢？/夜的黑森林里，腐烂潮湿的叶子铺满，马蹄踏在鹅卵石上，苔滑如脂。/我听见，果子落在地上碎裂；/我听见，水滴石穿的'滴答'之声；/我听见，虫豸们在树枝间追逐；/伏在马背上，我似睡似醒"。整个世界都在诗人的视野中、感受里，诗人也从中体验到世界的丰富和复杂。

总体来看，这六辑的内容并不是相互独立、互不干扰的分支而是相互映衬、互为补充的整体。所谓"重奏"所体现的应该是整体的，匀称、均衡和统一，要求在起奏、分句以及色调的细微变化等方面都达到准确、协调，演奏者之间更要保持高度的默契和相互配合，需避免个人的炫技。具体来看，诗集中的这几个部分"家乡""都市""社会""人生""回忆""玄想"是有着内在关联的。家乡与回忆相关联、映衬，"社会""人生""都市"涵盖广泛又多有所重叠。由"家乡"走入"都市"，由"都市"迈进"社会"，在"社会"中思考"人生"，这几部分有着内在的逻辑联系。从结构安排来看，这几部分更是呈现出回环往复的特色。先是风景描绘，接着是都市生活描写，然后是回忆，又回复到社会描写，马上再一次进入回忆，最后在"梦与非梦"之间进行升华与提高。这使得整部散文诗选集在结构上拥有一种跳跃前行的美感，各部分分开来看都可以比作或优美动听、或慷慨激昂的乐器声调，而组合在一起，又变成典雅丰满的多重奏。至于第六部分更像是前五部分的精神合奏，分开进行的曲调经过变调在这里汇成合流，变成奔流而下的精神瀑布，构成了整体乐章的高潮部分。如果把前几部分称作社会情绪与个人情绪的信史，那么，最后的部分则是不可或缺的"太史公曰"，这一番形而上的思索，既是前几部分人生思索的必然结果，更是对前几部分思索的深度发掘。如诗人所言："真实的河流在哪里？/岩石中的水，岩石中的火。/我伸出手去，捕捉：庄周的蝴蝶"。（《面具：百科全书》）

耿林莽散文诗作品的独特性，不仅体现在题材与风格的多样性

下编　在文本中寻美

上，还体现在诗人对于多种资源的吸收借鉴上。耿林莽有一些诗作或多或少地对于多种文史资源进行了消化吸收，这一方面源于他知识的广博，另一方面更重要的是源于他对自己诗作的自信以及海纳百川的胸怀。而高超的诗歌艺术又使得他的这些引用，并没有阻碍诗歌本身的艺术表达，反而与这些作品一起构成了和谐的共鸣，形成了另一种意义上的"重奏"。这些引用之作中有"点评式"，如《埋》中："老太太被推下去了，怀中抱着小孙孙，/四岁：长着一双亮晶晶的大眼睛。/当土抛过头颅，一铲，一铲，循序渐进。/孩子叫道：'奶奶眯眼。'/奶奶安慰说：'一会儿就不迷了。'"这一段文字来源于"文革"时的一件令人唏嘘的往事，诗人在前后加上了引入和点评式结语。"一会儿，果然。一会儿是很快的。荒诞岁月里的一会儿，坑已被填平。/坟是没有的，那里种上了庄稼，野草野花，风调雨顺。/历史被封上了顶。"这首题为《埋》的诗共有十二行，其中引用的史料占到了五行，三行为引语，三行为感悟，使得全诗充分具备了"史诗"的样态。当然，这在诗人的作品中只是一个颇独特的例子。这种"借鉴"更多地体现在诗作的立意上，例如《提速》，"洛夫先生来到秦淮河畔，看见刘禹锡的燕子，飞进了肯德基的烤炉。接受过现代化的洗礼之后，不再是似曾相识的那一只了。毛衫脱去，变成全裸。正符合时髦诗人倡导的'下半身'美学"。诗人在文后以"注"的形式落落大方地列上了洛夫的原句"当年一群王谢堂前的燕子/竟跌跌撞撞地/飞进了/隔壁肯德基的烤炉"。其实诗人的这篇作品是对洛夫诗作的升华，洛夫的诗句是在嘲弄现代工业对于传统的"焚琴煮鹤"式毁弃，耿林莽则更进一步，将其推进到对于文学传统流失的担忧上来。再如《秋水——拟庄周》亦曾引用海子《思念前生》中"庄子在水中洗手，/洗完了手，手掌上一片寂静"。诗人也在文末标出出处，但是通篇充满了想象的因素，自然又是别有一番风味。这些"引用"的作品毫无"抄袭"做作的感觉，反而十分自然，具备了一种融洽的美感，这自然得益于诗人高超的诗歌艺术水平，但更多的还是源于诗人博采众家的胸襟气度。

当然，诗篇的广博并不意味着杂乱无章，风格的多样化也并不意味着毫无"个性色彩"。虽然如作者所言"我追求凝练，也喜欢舒放、潇洒飘逸，有点随意性，或者冷峻美；我热衷柔美，却又追踪豪迈和奔放；象征手法，梦幻以及魔幻色彩的迷离恍惚，也颇感兴趣……"① 不过，这种多样化本身也就是一种风格。另外，当我们在阅读他这些风格多变的作品时依然会被一些共通的因素所打动，最主要的就是充满理性气势的苍茫感与穿透力，这起源于诗人厚重的生命体验和写作经验。诗人 1926 年出生，1939 年开始写作，长久的文学经验和丰富的生命体验，使得其作品自然而然地具备一种洞彻一切的高度和厚重。正如王幅明所评价，"居高声自远"。"诗人的人格和作品的人格精神是确定作品艺术境界的基本元素，也是作品发挥艺术作用的内在力量。"诗人经过长期积累而得来的感悟，一旦融入诗作中就自然而然地具备感人心魄的魅力，呈现出苍茫沉郁的厚重美感。当然，这并不意味着沉重的抑郁感觉，相反在耿林莽的诗作中很难找出那种暮气沉沉的凝滞感，而是呈现出一种飘逸的灵动感。这自然源于诗人的诗歌功力，同时，也与诗人的散文诗观念息息相关。"我认为散文诗本质上是诗，是诗的发展和延伸，是她的一个支脉或者变体"。也即是说，与散文相比，散文诗更倾向于诗，更应该是散文形态的诗，而不是散文化的诗。这就直接导致他的散文诗作品具备一种缥缈的梦幻感，他有很多作品直接描写梦幻，尤其是"梦与非梦"一辑，因为大都是形而上的思考，因此就更具备梦幻感觉："梦打开了一扇门，让我走出。/跨出门槛是需要一点勇气的。/脚伸进水，一种风声很绿，是水洗过了的"。（《醒着的呓语》）在描写都市的"城与人"之中，也不乏此类，如"等电梯如登一只摆渡的船。/此岸到彼岸，上升或降落。/电闪明灭间，跨进和跨出"。（《体验电梯》）这首诗描写现代化的电梯，跳跃性的语调却带给人明显的幻梦感。再如描写都市景观的"浮肿的城市，裹着雾，/雾里看楼，摇摇晃晃，一如夜总会上狂欢的男女，/肩在抖，

---

① 耿林莽：《我的散文诗之旅》，载《江海纵横》2011 年第 11 期。

摇头,摇头,再摇头……"(《提速》)城市本应该是坚固的静态实体,然而经过诗人的思维加工,却变成了在雾中盲目摇晃的狂欢男女,给人一种幻梦感。

诗是缥缈的,艺术的,但又必须以现实为依托,以诗人的独特发现为支撑,一篇好的作品能够自然而自由地游刃于虚实之间。耿林莽的诗作正是因为很好地处理了这一点,才使得他的作品能够在传达或严肃或沉重话题的同时也不会流于艰涩生硬的说理,而能具备灵动自然的梦幻感受。他反对将思想概念化的"哲理性散文诗",也反对单纯以形象演绎思想的片面方法。"我开始认识,问题不在诗,而在诗人,而在诗人是否是一个思想者。如是,其思想常会融在作品的血液之中,自然流露出来,而不是生硬的表述,更不是贴标签似的贴上去"。[①] 对于思想者的肯定和积极追寻,使耿林莽的散文诗具有了独特的精神内核,也在一定程度上提升了他的散文诗的内在蕴含。

总体而言,耿林莽的散文诗作品呈现出一种广博厚重的姿态和洞彻幽冥的智者风范,他的人格魅力和思想深度,通过高超的诗歌艺术自然地流露出来。他以卓越的诗歌成就证明,散文诗这一文类确实是思想者的独特领地之一。而他对于诗歌艺术标准的坚守与包容寰宇的博爱精神更让我们感叹与敬佩。耿林莽一直坚守着散文诗这个有些孤寂但又充满魅力的园地。如他所言"鼓声遥远。她守住了一种寂寞,犹如/普罗米修斯守住了他的/那一束火"。(《鼓声遥远》)

赘言:从20世纪90年代初到广西民族大学工作开始,我集中了一段较长的时间对散文诗进行了关注,当时的设想是完成《散文诗文体论》和《散文诗作家论》两本书。前者于2002年由中国文联出版社出版;后者也写出了一些稿子,涉及近20位中外散文诗作家,部分成果在刊物上发表了。当时没有电脑,稿子是用复写纸誊写的。关于耿林莽散文诗的稿子大概有一万字左右,一份寄给

[①] 蒋登科:《散文诗:从观念的新变开启探索的航程》,载《中国诗歌》2010年第12期。

了某家刊物，一份寄给了耿林莽先生，但文章最终没有能够发表出来，自己也没有底稿了，现在想起来有些遗憾。

——蒋登科

2013 年 5 月 28 日，重庆之北

李瑛诗歌的新形态

李瑛从 1942 年开始发表诗作,到 1992 年,他的诗歌艺术生涯已走过半个世纪的历程。李瑛的成果是丰硕的,从 1944 年出版的《石城底青苗》到 1993 年出版的《纸鹤》(收入 1993 年以前的作品),他共出版诗集、诗选集 41 部,这在中国当代诗人中是不多见的。更令人欣喜的是,李瑛并没有就此却步,而是把创作 50 年作为艺术探索的新台阶,使他的诗歌在艺术上呈现出新的形态。他的追求与探索或许可以为正处于艰难中的新诗提供一些有益的启示和借鉴。

李瑛诗歌的这种变化的基础主要是诗人切入生命的艺术视角的调整,他在诗集《生命是一片叶子》的长篇后记中说:"到我创作五十年,我已走到老年的门口,我想,我必须把我的各种事情好好整理一下,带着周身疤痕和心灵的创痛,也带着五十年饱经风霜的成年人的思想感情中所积累的对社会生活的体验、认识和理解,在进入老年之前,我应该冷静地看看自己的一生,从人生和文学中,学到了些什么,目的是什么,意义是什么,以及有哪些欢乐和痛苦、失败和成功。在生命的黄昏中,我想把自己所生活、所理解的人类放置在广袤的宇宙之间,从那里寻找出生存的价值和生命的意义"。诗人是在总结数十年人生与艺术历程的前提下展开新的艺术探索的,创作心态的变化(比如对人生的全方位观照)、艺术视野的拓展(比如宇宙意识、人类意识的呈现),等等,必然使他的诗在既有成就之上显现出一些新的面貌,从而在诗的哲学思考、文化底蕴、艺术传达等方面体现出新的价值和意义。

一　走向开阔：历史意识与人类意识的加入

　　李瑛常常被称为"军旅诗人"，换句话说，他的诗主要是表现部队生活的，或者以军人的心态观照现实与人生，这当然是他的诗歌形成自身特色的重要标志，事实上，李瑛的许多作品正是因此而为人所知的。但是，相对于整个人生现实和人类精神世界而言，这种特色又有其局限性，必然会以牺牲其他题材、其他艺术主题为前提。就诗歌历史来看，不少大诗人比如歌德、海涅、普希金、聂鲁达、李白、杜甫以及郭沫若、艾青等，都不是以单一题材、主题而获得成功的，相反，他们胸怀全人类、全生命，从不同角度展开了对生命的表现，既包括生命之美，也包括生命的沉郁，更包括了对整个生命实现的渴求。

　　李瑛早就意识到这一点，自进入20世纪90年代开始，他的诗歌发生了十分明显的变化，历史意识与人类意识在他诗中的出现就是显著的标志。在诗歌中，历史意识与人类意识不是那种理论上的阐释，而是关于历史与人类的全方位思考和心灵观照。在李瑛的诗中，这二者是从不同层面上体现出来的。

　　对自我生命历程的体悟是李瑛诗歌的历史意识与人类意识的基础，诗人把自己当成人类历史长河中的一个现象和过程，以回忆的方式描述这个过程中的各种滋味，这样就形成了全景式的生命图谱。《回忆童年》一诗写道："沉思中，我的/脚、心、瞳仁和影子/变成了一组激动的/琴键"，"琴键"是弹奏生命乐曲的，而"沉思"则是李瑛诗歌的新面孔，既勾画出了生命的律动，又展示了生命的本色，应该说是进入了一个较高的境界。

　　每个人的一生都会遇到许许多多的具体事件，但是，对于诗人来说，仅仅停留在这些具体事件上，那只能是浅表的，诗人的真意应该是从这些事件中所感受到的生命的真义。在这方面，李瑛是优秀的，他以个人的经历为线索，思考人和人类，把握过去和现在，也预感未来。《过汨罗江怀屈原》："瘦得如一棵兰草/只剩一把高翘的胡子//把世界装进陶罐/抱着它，纵身跳进波涛里//……燃烧的波涛站在凄清冷月里/

下编　在文本中寻美

苦难中，谁能找到丢失的钥匙……请你回答，请你回答/两千五百年，盼一句好诗。"与李瑛以前的一些诗相比，这首诗显得含蓄而有韵味，他没有直接地告诉我们一些什么，而是把"沉思"留在了字里行间，但对人生的意义，我们也由此而有所领悟。

在这里，我们应该特别提到李瑛的一组以"回忆"为题的诗，这组诗都是写童年生活的，浸透着诗人的人生意趣和生活目标，当然也饱含诗人数十年风雨人生中的沉浮冷暖。应该说，诗人的这种意趣不只是他个人的，乃是表达了人类对一种境界的永恒渴求。《回忆：关于山溪》是回忆童年伙伴的，诗人写道：

　　一生都在追求
　　天真可爱的野孩子
　　我童年的小伙伴
　　至今仍夜夜敲我的小窗
　　以稚嫩的童音，唤我
　　一同到大海去
　　它心灵的纯净和庄严美
　　给我以亘古的昭示

"山溪"与"小伙伴"，是一对同等意义上的意象，可以说是诗人的理念的化身，单纯与追求以及追求中的自由，是全诗的主旨，诗人的怀念中包含着对过往人生的评判，意识是十分开阔的。

诗歌切入人生的视角是十分重要的，有些诗人以天赋的机敏表达对一事一物的沉思，在表现上颇见功力，但却缺乏底蕴，也就是缺乏大家之气。李瑛则把自己放置于人类历史的大背景上，这就使他在评判人生的时候具有了更多的更可靠的参照对象，从而使他的诗具有了深厚感、凝重感，而不至于见愁即愁泪满面，见乐则乐不知返。对人类和历史的观照使诗人洞视了更多的心灵密码，愁则愁得实在，忧则忧得动心，乐则乐得开怀，而事实上，在真正的人生中，这种种滋味是交织在一起的，而这也正是李瑛诗歌的滋味。

在谈及自己回忆人生时的心态时，李瑛说："现在，我的动力没有衰退，我的活力和创造力甚至比过去还更旺盛，我的艺术感觉和思维能力似乎也比过去更敏锐，我的乐趣和爱好也仍然和当年一样强烈和浓厚，过去的许多欢乐仍不断给我美好的回忆，过去的许多创伤也仍然感到像当时一样疼痛。……我不大顺从岁月的冲刷，始终保持着自己的一片童心"。这种心态还是典型的诗人的心态，诗人正是把一切感受化合为诗的营养，才使他的诗摆脱了单一与单薄，而进入一种开阔的境界。对于优秀的诗人来说，失去的有时候也就是得到的，对这一点，李瑛的诗似乎做出了可信的回答。

二 走向深入：关于生命的哲学思考

各种艺术样式在表现生命的时候有各自的独特方式，但它们总有一个共同的旨趣，那就是对生命哲学的揭示。诗歌与哲学有很深的渊源，优秀的诗歌总是在强化自身文体规律的同时，也在不断临近一种哲学境界，这种看似矛盾的法则恰好就是艺术的辩证法。

诗歌关于生命的哲学思考当然不是依靠哲学式的推理来完成的，它主要来源于诗人感悟人生的深度、诗所具有的独特的普视性，当然，它有时候也依赖于诗人的理性思维。在这几个方面，李瑛都在进行着有益的探索。诗人很直观地谈到了这种变化："在日常阅读中，我对生命、生活、人生、艺术和美学等意义和价值方面的认识，现在比起过去似乎有了更深的领悟；在思想上，我一向是生活在未来多于生活在现在之中的，而近年我发现自己常常是不自觉的沉浸在对过去生活的回忆之中，也许是由于过去的岁月越来越长，生活的积淀越来越多的缘故"。

李瑛诗歌的深度是诗人人生认识深度的艺术化体现，同时，诗人人生阅历的丰富，也促成了他的诗在题材、主题上的拓展，这样一来，诗人的观照对象就不只是他自己，而是他所认识的整个生命世界，他的诗自然也就不是封闭的、与世隔绝的产品了。在这样的背景之下，李瑛诗歌的丰富以及由此体现的生命的深度、广度就是自然之事了。他既从

下编　在文本中寻美

《竹根雕》《蝴蝶标本》中悟出生命流泻，也从《凉州词》和《夜光杯》中感受生命之悲壮；他既写《戈壁滩上的风》，也写《城市的石狮》；他既歌唱《逆风飞行的鸟》《荒原上的向日葵》，也快慰于《迎接新的太阳》《春天开始啼叫》。在他的诗中，生命的全貌就这样显出了端倪，生命的本真面孔也就这样呈现出来。表达了生命本质的诗自然是具有特色与深度的诗。

《夜光杯》一诗可以说代表了李瑛对生命的多重思考："一只翠绿的夜光杯/跳荡在千层沙浪后面/半是沉默　半是燃烧"。"夜光杯"是历史，也是诗人思考生命的承载体，历史与现实相距也许很遥远，但又是那么相似、临近。"历史如梦/商旅和征战全都远去了/那从酒杯里溢出来的/水波、雪花、月光和云/都一滴一滴/渗进了泥土"。具体的生命载体在消失，然而，真正的生命是不灭的，"只有疏勒河、祁连山、千佛洞和嘉峪关/仍在荒草中/像一张张脸，倔强地/凝视着我们"。它们刻记着历史，也眼望着未来，"我们"实际上就是生命的现实，也是生命的承续者，从历史中寻找着启示与动力。"一只酒杯/一只翠绿的透明的酒杯/一只多情的爱怀古的夜光杯/如一朵花或一颗星/闪烁在沙滩的浪尖上/半是欢乐，半是忧伤"。诗人的感悟是深刻的，"沉默"与"燃烧"，"欢乐"与"忧伤"正是生命的本质，诗人通过思古与观今把这一本质揭示出来了，在艺术上达到了一种哲学性的深度。

当然，在李瑛的诗中，哲理地传达人生与生命本质的诗篇更是不在少数。不过，这不同于一般的哲理诗，其一，它们不只是表现日常的、表层的哲理；其二，诗人是以自己独特的人生认识来升华一种哲理的，没有那种说教的成分。《杏花》是李瑛借陆游诗意而写的一首寄怀之作，诗中意象丰富、韵律优美，有一种在李瑛过去的诗作中难见的古典雅韵，就是在这样一首诗中，我们也可以找到诗人哲学地思考人生的诗情。诗人写道：

空间浩瀚，时间邈远
那位老诗人把满腔情愫

再一次写下来
清纯却又苦涩
又像在燃烧
使今天的我们清晰地看到
在杏树和风景后边
站着的是生活中多么严峻的
真实

"杏花"只是一个背景而已,诗人所看到的是背景之前之后的"严峻的真实",这就是实实在在的"生活"。这首诗的略带幽怨的调子以及诗人的对比映照的手法,把我们带入到一种理性思考的新天地。由诗人的感性认识引导读者进入一种理性天地,这在李瑛诗中是常见的手法,因为他的诗处处牵涉到人生与现实,处处都隐含着对生命的多层面观照。

就历史来看,过多地与现实结合的诗不一定会受到诗歌艺术的最终认同,因为现实毕竟会远去,而成为"断代"的历史事实,最终会被新的现实所遮掩。但是,于现实中表达出来的那种具有深度与特色的人生认识却能较多地为后人所接受,因为诗歌是以承传精神为主的艺术样式。因此,李瑛在探索生命本质与意义方面的努力方向是符合诗的文体规律的,这一点最终会为新诗的发展所证实。

三 人文关怀：现代诗歌精神的闪光

进入20世纪90年代的中国诗坛,处境十分艰难,但是,诗歌本身也体现着一种怪异的面孔。社会转型导致了人们精神世界的变化,这种变化主要体现在人们对转型的文化的不适应。这不只是一种表面现象,而是一种深层的、生命层面上的无所适从。因此,这种变化在很大程度上决定着人们对生命的认识及其价值取向的选择。在这样一种文化境遇中,以传达人类精神为主的诗歌,本应对人们的精神有所引导、有所抚慰,也就是说,新诗应该在对生命的人文关怀上做出自己的努力。然

下编　在文本中寻美

而，事实却不完全如此，以"后现代主义"为主的一些诗歌思潮却不顾及生命的现状，在本已受伤的心灵世界上"雪上加霜"，把生命切割成血淋淋的块状，也许有一定深度，也许有一些真实，但对于真正的生命来讲，似乎显得残忍了一些。文化转型中的人们呼唤的是对生命本体的复原，是对生命的抚慰。

　　在这方面，李瑛是有所作为的，他的诗在表达人生深度、广度等方面与以前相比有了很大的变化，但作为一个终生与诗相伴的诗人，他也保持着自己认定的某些审美要素。李瑛的军旅诗所表达的主要是一种对生命的挚爱和对生命的开拓情怀，在他90年代的诗歌中，诗人对生命的认识有所发展，但他对生命的挚爱和理想光辉却仍然保存着，并且越来越显出它的生命活力。这也许是一个有趣的巧合，但这个巧合却是具有重要的诗学价值的。以它来与现在的诗坛和人们的精神世界相对照，它的独特价值不言而喻；以它来反观诗人过去的创作，也可以看出诗人在诗的人文精神的追求方面也是走着一条与人类精神相一致的道路。只是随着时间的推移，李瑛的诗歌在诗的文体探索方面显出了更多的新景观。

　　李瑛"不同意创作的无目的性"，他认为"我们应在诗中追求一种有意义的生命"。在另一方面，他还说："我希望我的诗具有强烈的艺术魅力，希望它是有目的、有力量的"。这里所谓的"有目的、有力量"，实际上是诗的使命意识。诗的使命意识是李瑛在创作中的一贯追求，只是在新的探索之中，诗人更多地将它与生命意识交融在一起，从而使他的诗显出了更强大的生机。

　　人文关怀是诗的使命意识的主要体现方式之一，它是诗人在穿透生命现实之后对生命所进行的一种拯救。穿透生命现实是诗歌探索生命的第一步，是对生命现状的描述，但是，"现状"并不就是生命的本质状态，在穿透之后还需要诗人的审美评判，这种审美评判之中就渗透着一种使命意识。李瑛的诗歌全方位地揭示历史与现实，实际上就是一种现状描述，但他的揭示不是纯自然主义的，而是饱含着诗人的人生认识，于困顿之中寻找着理想的光亮，寻找着生命的解放，并力求改变现实生

264

命中的种种非生命因素，这样一来，他的诗就具有了一种特有的人格精神。李瑛有一首《家》，题材再普通不过了，但诗人写得充满深情、耐人寻味。"家"本来就很普通："家是挂我三顶帽子的地方/是放我走过很多条路的鞋子的地方/有一片屋顶/把风雨遮在门外/有两扇窗子/可以看风景和宇宙/有一张床和一盏灯/让我读书、工作、听音乐、寻梦"。"家"就是这样一个港湾，然而，"无论你走多远，千里万里/它总是一言不发，站在那里/发光，像星星，照着你/使你怀念只有自己熟悉的/气息和亲情/唤你回去"。在这里，诗人实际上写了生命的一种境界和归宿，宁静、安详，换句话说，诗篇表达了对生命的抚慰，这并不是对现实的逃离，而是在呼唤生命的复圆。这样的诗，是容易走进人们心里并给人以鼓励的。

在李瑛的诗中，这种情调的作品为数不少，比如《蜡烛》，既在"亡灵前"点燃，又在"婚宴上"闪光，不同的际遇寓意着不同的滋味，那便是生命："无论哭泣或者欢乐/无论淌下的是泪滴还是蜜汁/都是从胸腔抽出的一条肋骨滴下的/都是圣洁的纯情/它最懂得它们之间的距离/幸福与痛苦还是生命的两半/中国没有愚人节/蜡烛是一首真实的诗"。诗人娓娓地道出了生命的本象，让我们去品味、沉思。在《生命》一诗中，诗人写道："生命本该永远不息地奔腾/如今，它们已失去活力和声音/已失去光和柔美/一条条身体和思想都已干瘪的鱼/僵硬地晾在绳子上/风干"。这里蕴含着诗人对生命活力的渴望。即使在"小蜜蜂"身上，诗人也看到了生命之美："你使世界生活在歌声的光芒里/你的存在/诠释着生命的美"。(《小蜜蜂》) 因此，在李瑛的诗中，虽然表达了生命的艰辛与凝重，但更包含着生命的力量与亮色，这种对现实生命的人文关怀是世纪末期的中国新诗所特别需要的，也正是李瑛诗歌的特色所在。它让人沉思而不只是空吼，但它不让人觉得沉郁与压抑，因为它或多或少地为困顿的生命带来了希望的光芒。

在这里，我们想借用李瑛《春天的树》中的一节来反观其诗的特点：

生命的力与美

下编　在文本中寻美

　　淳朴和精壮
　　使它们感到这世界太小
　　在这长翅膀的年龄
　　它们把生活燃烧起来
　　一边向世界吐出芬芳
　　一边向人们诠释希望

　　其实，这正是李瑛所追求的诗的魅力。诗应该是鲜活的，有一种内在的力量，让人去认识这个世界，也让人去热爱生命。爱，正是李瑛诗歌的人文关怀的核心，他对生命的沉思、对生命的渴求，都出自对生命的爱。并且，与过去的诗相比，李瑛诗中的"爱"显得更开阔也更深沉，或者说有了更厚实的基础，因而也更具有魅力。诗人在谈到这种探索的时候，做了如下的总结："感谢我们值得骄傲的父辈和祖先，给予我他们的基因和一份纯净的鲜血，使我得以有至高无上的爱和积极的思绪、质朴和正直、善良和纯真，使我得以在对生活的观察中，引发出心灵的折射，或消融于哲学的沉思，或映照艺术的情韵；就是受这些激发，才使我能永葆心灵的青春和诗的激情"。艺术的青春来源于诗人心灵的青春，李瑛诗歌的内在魅力是诗人生命活力的显现，同时也是中国文化中优秀的审美理想的现代化延续。

四　大巧若拙：诗美传达上的新开拓

　　诗歌无论表现怎样的题材或主题，最终都要以诗的独特方式展示出来，或者说，诗歌探索的成就在很大程度上体现于诗的传达手段上。在诗的文体构成的各要素中，语言方式是其根本与核心。

　　在以前的探索中，李瑛的诗更多的是注重内容上的开拓，在形式的探索方面存在着一定的不足，而在另一方面，对形式因素的重视不够又影响了内容开拓上的深入，这就使李瑛的诗歌在很大程度上存在着单一的面貌。自《我骄傲，我是一棵树》等作品开始，李瑛注重了对诗的形式的思考，在作品中融入了更多的现代表现手段，而到了20世纪90

年代，他的诗的传达手段显出了更多的特色与个性。

　　对象征性意象的运用是李瑛诗歌走向丰富的重要标志。李瑛过去的诗也运用意象，但多为比喻性意象，本体与喻体之间的关系比较单一，这就容易造成诗歌在内涵上的一览无余而缺少含蓄蕴藉的艺术张力。以诗人的名作《献给仙人掌的赞歌》为例，诗人多侧面地刻画仙人掌的特性，最后落实到对战士情怀的歌唱，"是意志的凝聚，是力的形象／是对祖国的忠诚在闪光／你的意志和力的总和便是你的美／美丽的生命永远不会死亡！""仙人掌"是忠诚"战士"的象征，但是，由于对应关系太直接，让人一目了然，这就使意象失去了辐散意味；同时，诗人情感的直接流露，也使作品隐含的意味损失不少。

　　象征性意象则不同，意象本身就包含着一切，由于作品结构上的独特性，意象的意蕴可以不直接表露出来，从而使作品的内涵辐散得更开阔，换句话说，就是使作品具有更大的情感包容量。《杏花》是这方面的代表作，"杏花"的独特性在于，既可乐春，亦可伤怀，悲乐同存，作品自然就有了开阔的意境。

　　下面是《落日》中的一节：

　　　　有翅膀的太阳
　　　　比鹰隼飞得更快
　　　　从云朵和红柳梢上
　　　　倏忽，轰然坠下
　　　　头颅
　　　　直扎向荆丛遍地的荒原
　　　　那声音很大
　　　　你必须捂住耳朵
　　　　顿时溅起四射的沙石
　　　　它迸出的锋芒
　　　　能刺穿你的皮肉
　　　　让你不敢睁眼

下编　在文本中寻美

　　接着大地便燃烧起来
　　它的血燃烧起来
　　使赤裸的荒原壮丽而凄凉

　　诗人描写日落时的情景，可谓生动而悲壮。在这里，"落日"便是一个很有意味的象征，它象征一种力，一种悲壮的力，正是荒原上涌动的生命的力。即使不要以下的诗节，这一节也是一首优秀的诗，甚至更有魅力与韵味，诗人隐藏在诗的背后，调动读者无尽的想象力，深沉而含蓄。

　　当然，李瑛一般不采用这种方式，他总是想把诗的意蕴表达得更明白一些，因此，他常常爱站出来直接表达他所追求的东西，这一方面方便了读者，但在另一方面娇惯了读者。从诗的文体建设上来讲，诗人们似乎隐蔽一些更好，即使隐于诗后，诗人也仍在诗中，因为诗中隐含的内蕴也是从诗人心灵深处流淌出来的。

　　为了表达生命的力度，李瑛诗歌中的意象往往具有雄浑的特点，高山、大河、荒原、大漠、雄鹰、落日等都是诗人所喜爱的，这就使他的诗在风格上形成了要么高亢、要么悲壮的特点，与婉约诗风、柔美诗风形成明显对照，显出大江东去的气魄，这也许与诗人生活在北方大野、奔游于高山大海以及关注人类命运的大视野有着内在的关联，诗的风格往往就是诗人内在气质的一种艺术体现。

　　为了表达内心的丰富，李瑛的诗歌在很多时候大事铺陈、一气呵就，不太注重精雕细刻，给人一种大巧若拙的感觉，这是诗人具有丰富的艺术想象力的结果。但是，在另一方面，我们也应该注意到，优秀的诗歌在表现上主要是以精巧与妙思取胜的，过多的铺陈可能使作品显得杂乱、臃肿，从而影响作品在艺术传达上的独特个性。在李瑛的有些作品中，我们就可以发现一些不必要的诗行乃至诗节，如果删除它们，诗会显得更精练、更紧凑一些，诗意也会更浓郁一些。在李瑛的诗中，我们很难找到赝品，因为这些诗都表达了诗人真诚的人生思考，但是，也影响到他的精品，这恐怕是与诗人在传达上的某些"粗糙"有关的。

总的来讲，李瑛在进入 90 年代以后的诗歌探索之路是正确的、有成效的。诗人在保持了既有风格的前提下，在表现人生的广度、深度以及诗的传达手段等方面做出了新的尝试，这是诗人诗心不老的体现，也是诗人对人生挚爱的一种体现。李瑛有一首《望海》写道："攀上山巅望远海／漫空飞卷的乱云里／一面红旗／正迎着风暴／向前。"这也可以看作是诗人对他未来的诗程的描述。

（说明：文中除诗以外的引文均出自李瑛诗集《生命是一片叶子》的"后记"）

1996 年 11 月 9 日，于西南师范大学中国新诗研究所

"洗净归人隐匿心壁深处的苍苔"

——张默旅游诗臆读

一 超越分期的旅游诗

说着,浏览着
咱们鱼贯地来到这里
半园的熏风荷蒲
洗净归人隐匿心壁深处的苍苔
从而被撩拨得,吱吱大叫

绕过一节节曲径,长堤,垂柳
倾听当下蓝天画舫轻轻的耳语
咱们在五亭桥的一隅小憩
恍惚与隔邻的钓鱼台过招
静静点燃一段鬼庄与晴云白塔的雅事

这是张默的诗《噢!瘦西湖》中的开头两节,写的是旅行途中很普通的言行与思索。诗人是带着远游"归来者"的心态行走在大地上。这不只是平常的归家,更有着对生命的感悟。在张默的旅游诗中,这样的心态、这样的写法是很普遍的。渴望通过游走世界而"洗净归人隐匿心壁深处的苍苔",也许可以成为我们解读张默旅游诗的一把钥匙。

在台湾诗坛上，张默应当属于大腕级的人物。我们可以从两个方面来打量这一定位。

张默的艺术生命很长。从20世纪50年代初开始诗歌创作，历时五十余载，著述甚丰，出版了各类个人诗集、诗选十多种，而且在新的世纪，他还不断有新的成果问世。在诗歌艺术发展的多个时段，张默都以其独特的艺术探索引领着诗艺探索的某种潮流。

张默对诗歌的贡献是多方面的。除了创作，他还从事诗歌研究，出版了诗评集《现代诗的投影》《飞腾的象征》《无尘的镜子》《台湾现代诗概观》《梦从桦树上跌下来——诗坛钩沉笔记》等。张默被称为"诗坛的火车头"，这不仅因为他数十年来一直在为诗歌发展奔波、付出，作为当代台湾诗界最早的诗刊《创世纪》的创办人之一和长期执编，与痖弦、洛夫并称"创世纪三巨头"，为台湾现代诗歌、诗学的发展作出了实实在在的贡献。他还出版有散文集，主编了多种诗歌选本、诗歌文献汇集。在中国当代诗坛上，在创作、研究、编辑等几方面都取得成就的诗家并不是很多。

由于在数十年的求索之路上不断发生着变化，我们很难对张默的诗歌艺术探索进行简单的、宏观的界定。古远清说："作为浑身带电的张默，集诗人、诗评家、诗选家和编辑家于一身。在某种意义上来讲，他的编辑家的身份大于诗人的身份。……可以毫不夸张地说，张默做的这些工作比他的创作影响更大，也更具有学术水平"。[①] 对于一位诗人，这样的现状并不是他愿意接受的，但这样的现象又客观存在着。与张默同道多年的叶维廉也曾在许多场合多次感叹，大陆读者对他的诗学理论、比较文学理论关注甚多，而对他的诗歌创作却关注不够，而他本人一直认为自己主要是以诗人身份而存在的。这种错位只能说明，其一，他们的成就是多方面的，人们只注意了其中一个或几个方面，而忽略了另外一些方面——而这些方面，恰好是诗人自己更看重的；其二，他们的诗在艺术探索上与潮流有所不同，更多地追求艺术的原发性、原创

[①] 古远清：《台湾当代新诗史》，文津出版社2008年版，第161—162页。

性，因而在一定时期内存在着一般读者甚至学者所难以理解、接受的现象。在新诗史上，这种时间上的"错位"现象也不少，人们对李金发、穆旦、吴兴华等人在不同时期的不同评价就给我们这样的思考。

在探讨张默的诗歌创作时，不少学者都对其艺术上的变化进行了分期考察。李瑞腾通过对张默的代表性诗集的简单分析，勾勒了他诗歌创作的发展变化①。古远清更是把张默的创作分为四个具体的时期："1950—1966 年，为歌咏海洋的浪漫时期。1967—1969 年，为亲近现代主义的探索时期，诗风比较晦涩难懂。1970 年后为回归传统的反思时期。1990 年代以后诗风澄明，内容走向深沉"。② 尽管不同学者的划分存在一些差异，但有一点是可以肯定的，那就是张默的诗艺探索道路曾发生过多次变化，不同时期的诗风存在很大差异。对于这样一位诗人，要对其诗艺进行简单的评述是很困难的。不过，在这种分期之外，我们也发现，从题材角度考察，张默的有些作品是可以超越分期来打量的，比如他的旅游诗就出现在不同时期。通过对其旅游诗的解读，我们也许可以发现诗人在诗艺探索、心路历程方面的某些线索。

二 游走中有文化亦有生命

中国传统诗中有一种影响甚广的山水诗，诗人游走各地，驰情山水，寄意万物，抒写自己对历史、现实、生命的感悟。现代也有山水诗，但数量相对较少，已故的山东诗人孔孚专攻山水诗，继承和弘扬了中国传统山水诗简约、灵动的特点，自成一格，是中国当代山水诗的高手。

张默的旅游诗是诗人游走世界各地的诗意记录，但不仅仅是山水诗，涉及的对象相当广泛，既有自然山水，亦有文化古迹；既有都市万象，亦有人物心迹。在面对这些对象的时候，诗人是旁观者，但也置身其中，体会对象的文化蕴涵，感悟对象的生命启示，他有时让对象自由演出，戏剧化地展示其具有的意义或者以之自况，有时又与对象展开对话，揭示自己对文化、生命的深沉、美妙之思。有一点是肯定的，就是

---

① 李瑞腾：《张默世纪诗选·序》，见《张默世纪诗选》，尔雅出版社 2000 年版。
② 古远清：《台湾当代新诗史》，文津出版社 2008 年版，第 159 页。

张默的旅游诗绝不仅在对象的表面上做文章，而是以其中的文化意味、生命启示作为诗篇的主旨，而且这种文化、生命的感悟在许多时候是和诗人的经历、追思结合起来的。

张默从开始诗歌创作起就写作旅游诗。《独钓空蒙》的第一首《荒径吟》创作于1954年9月22日。那"披头散发，像不羁的浪子"的形象，预示着诗人不断追寻、不断求索的心态。关于张默的旅游诗，不少诗人、学者曾撰文进行过评价，其中包括著名诗人、学者叶维廉、向阳、白灵、萧萧、须文蔚等，仅仅《独钓空蒙》所附录的《张默旅游诗作相关评论篇目》所列文章就有近六十篇。这些文章切入的角度不同，有的宏观落笔，有的微观解剖，有的谈内容，有的论技巧，但都有自己的道理。由此反观张默的作品，人们之所以有话可说，有话愿意说，那是因为诗人的丰富与独特。

客观地讲，张默的旅游诗并不好读，有时甚至经过反复思索也难得其要领。这中间有许多原因。首先是在表达上，张默的诗在意象上追求独特，联想丰富，有的意象在表面上仿佛"南辕"与"北辙"，其中的联系甚为神秘，不重走诗人走过的路，不努力揣摩诗人的心态，他的有些作品就似"天书"一般。在语言上，张默的诗很少直接采纳顺畅、流利的口语入诗，而是追求语言的奇崛，所以读起时有拗口之感，甚至不很适合朗诵。在语词选择方面，张默有时还用方言入诗，比如他诗中经常出现的"俺""俺们""咱""咱们""咱家"等；有时借用传统语言的单音词、虚词，比如"吾""之""兮"，甚至创造一些陌生的词语，或者使用一些生僻的词，如"视瞩""辽夐"等。还有一点很重要，就是诗人所打量的对象有很多是读者所不熟悉的（不是所有读者都到达过诗人行迹所至之处，即使到过，也不一定有和诗人相同或相似的体验），而诗人之情绪、体验之生成必定和它们有密切关系，要厘清这种关系也不是一件很轻松的事情。

不过，我们可以感觉到，诗人在作品中一直试图表现两个主题，一个是文化，一个是生命。文化是一个很宽泛的概念，一切与人有关的物质、精神现象都可以成为文化，因而在世界各地有不同的文化现象，每

下编 在文本中寻美

一种现象都可能在诗人的心里产生不同的精神、情感反应,这就导致了作品在情感取向上的多向度。《萧萧神木之旅》由"孔子神木"想到孔子,想到先贤创造的历史与文化,具有一种纵深之感:"在唰唰大雨中。咱们跌跌撞撞/徜徉在栖兰浓荫无比的神木园/第一眼,我被孔老夫子/容纳四海的气宇惊呆了",接着,诗人遇到了颜真卿、成吉思汗、司马迁、朱熹、王昭君、韩愈、王羲之、陶潜、李商隐、柳宗元……,这些历史人物带给诗人不同的文化、不同的体验,于是,"那一刻,怎么尽情地/与古圣先贤对话/醉卧在萧萧古木群的残卷里/狂饮一盅川流不息/永恒的凄美"。诗人通过对古人的怀念,体现了对文化的思考。《杜甫铜像前一瞥》是这样写的:"你,闭目养性,站在风风雨雨的茅屋中/无视骚人墨客/无视朝来暮去/尽管裹着一身抖不掉的萧瑟/而你怅望千秋的诗句/依然,热腾腾的/穿越水槛,穿越寂寂的花径/好端端落在,落在/每一位膜拜者/风尘荏苒,不胜唏嘘的叹息里",对杜甫的赞美来自杜甫的诗和他的品格。这是诗人对文化的认同与反思。

张默不仅关注传统文化,也关注现代文化与文化人。在《康桥,垂柳依稀若缎》,诗人"望着""走着""想着""歌着",美丽的景色使他陶醉:

> 风,还在缓缓静静的吹
> 鸟,还在懒懒散散的飞
> 草,还在木木讷讷的长
> 花,还在欢欢喜喜的发
> 这一道清清浅浅幽渺如带的康河
> 也许在拍达的桨声中
> 不消一个时辰就会划得完

按理说,一个诗人能够体会到这一步,已经相当不错。在中国传统诗学中,人与自然的融合,一直被认为是一种很高的境界。但张默所关心的不只是这些外在的景致,而是它所包含的文化,甚至是与中国文化有关的一些元素。所以他接着写道：

> 然而，它真的会有所谓梦幻的终点
> 刹那间，一个头顶新月英年早逝的长者
> 披一身金色炫目的柳丝
> 霍地，自船舷右侧的水中跃起
>
> 嗨！那不正是王家学院的高材生徐志摩吗

在行旅之中，张默看重的还是文化。文化的传承是诗的艺术功能之一，也是能够使人丰富、使人踏实的诗意元素。所谓旅游，在很多时候都承载着对文化的体验，旅游诗除了对自然的体验外，对文化的体验和重新解读也是其重要的观照内容。

在精神领域，文化思考与生命感悟是无法疏离的。在具体诗人身上，文化与生命是合为一体的。豪情、淡定、愉悦、梦想、追索、忧郁、愁苦、颓废等都是人的情感状态，也是人的生命的状态。人们在平常也许不太注意这些状态的存在，但是当偶遇某种外在物象的时候，那些隐藏于身体、心理深处的感受可能就会无意中跳将出来，成为诗的元素。在张默的旅游诗中，对生命的思考可以说时时处处都有，面对不同的风景、不同的文化、不同的人物，诗人获得的感受在很多时候是不一样的，这就形成了他诗歌的丰富与开广。

1967年，张默创作了一首《我站在大风里——追忆澎湖》，开篇便是"我站在风里，频频与飞沙走石对饮／频频以修长的肢体乱舞／唱大风之歌，吐心中之郁／是初度，我从没有如此之欢愉"。这不是一般意义上的旅游诗，诗人把整个的生命感悟、思考都融合在其中了。读这样的诗，我们可以感受诗人生命的困惑、期待与追索："我欲以全生命的逼力去亲贴／去飞逸／去泅泳"，接下来的一节是这样写的：

> 我站立在风里

下编　在文本中寻美

　　满身的血液如流矢
　　一群一群连续急骤地飞出
　　让它喷洒在一片未被松软的土地上
　　花跳跃
　　鸟弹奏
　　龙柏唱着发育之歌
　　我燃烧并且鼓舞
　　这个大风起兮的节令
　　自然的协奏曲
　　劈劈拍拍地缱绻于心灵的枝头

　　"满身的血液如流矢"是一个富有创造性的诗句，是通过叶维廉所说的"语言的冒险"而创造的诗意。它表现的是激情，是生命活力的流荡，"燃烧并且鼓舞"。可以看出，诗人在旅游诗中所表现的对生命的思考是独特而有魅力的。诗人并没有明确揭示"流矢"究竟流自何处，流向何方，它留给我们的是多样的揣测，多样的诗意。白灵在分析这首诗的时候，曾说过这样一段话："风是人人感受得到的外力，尤其是时代强加在每个人身上的飓风，那是人人都会被吹刮得跑的，但'满身的血液如流矢'却无人看得到摸得着，尤其'如流矢'的血是热血、胀红脸的血、寒冷颤抖的血、气壮如山的血，尤其是愤恨咬牙的血？是准备慷慨激昂还是激动欲泣？综张默和他同世代人的一生，上述诸种'如流矢的血'可说兼而有之，那该如何说得？应怎样说清？"[①]他从张默的诗中读出了多重难以言说的生命思考。

　　张默寄情山水，托意古迹，在行走中反观自己，在旅途上审视人生，把个人的人生经历和对生命的感悟、思考融合在四面八方不同的物象中。诗人自己认为："一首诗绝对是某些特殊经验的绽放。它来自各种不同样的生活，深刻观察之所得。故必须不断挖掘现实生活的素材，

[①] 白灵：《山的迭彩，水的乐音——张默的旅游诗》，见张默《独钓空蒙》，九歌出版社2007年版。

吸纳四面八方感觉的风雨，任它们在内心停驻、发酵、萌芽，以至开花结果"。① 他的旅游诗其实就是通过旅途所见所感所思来抒写生活的多样与丰富，就是历史、文化、个人体验在更深层面的"开花结果"。

在张默的旅游诗中，我们可以感受到诗人对多种生命状态的抒写。既有投入自然的轻松、愉悦："踩在它软软的胴体上/吾的四肢随着凸凹交错的步履/不得不轻快地飞扬/一步一回首/映带左右，高高挺直的杉木群/哗然，被吾的透亮清脆的视瞵/梳理得更加浓淡有趣了"（《木屑步道——六访溪头拾零》），诗人似乎只写了一种心情，但心情是轻快、愉悦的，折射出他的生命状态，也体现出诗人对自然之爱；也有生命的沉思："台北的风向那里吹/它，狠狠逆势操作，对海棠叶高歌/反历史的方向/也就是它最最钟爱的方向/不管向东，向西，向南，向北/没有哪一次，不是举世滔滔/惊叹它大胆偏离航道，秀出最悲壮的姿势"（《台北的风向哪里吹》），这是通过现实与政治的困惑思考生命。既有生命的豪情，也有对某些变化的不适应："新潮是设计家的诡计/一会儿大翻领/一会儿小褶裙/俺的哲学最好是/统统脱得一丝不挂/让一面墙搂着另一面墙/闪闪地起舞"（《服饰店》），还有老去的感叹："今天，大家都老了，朽了/连夕照、香火、摊贩……都在唉声叹气/捷运站把四周的街景，井然细细的切割/如一面密不透风的蜘蛛网/冷不防，我打了一个寒颤"（《红楼独语》），这"独语"中有诗人对过去生命的体验，也有对未来时间之不长的悲凉。

我们还可以从张默的乡情诗中体会诗人对生命的思考。这些作品通过诗人对童年记忆的抒写，揭示了诗人对生命源头与来路的体悟。诗人经历过的每一个乡村意象都在他的生命深处积淀、升华，构成诗人对生命最初的也是最深刻的体验，即使到了老年，它们仍然是诗人歌唱的对象。诗人说："我用，眼睛，顶着/我用，脑壳，饮着/我用，手掌，想着/我用，脚趾，读着/那一段徜徉田野素朴如画的日子"（《蓑衣，脚趾读着》），以通感的方式抒写了诗人对童年记忆的诗性回味，五官集

---

① 张默：《张默诗话》，《张默世纪诗选》，尔雅出版社有限公司2000年版，第4—5页。

下编 在文本中寻美

合；任务交叉，全身心都投入其中。在诗集《独钓空蒙》中收录了张默的一些乡情诗，但不全面，《张默诗选》（作家出版社 2007 年 10 月出版）收得更多，可以和他的旅游诗配合阅读。

没有文化观照的诗可能缺乏厚度与广度，没有生命感悟的诗可能缺乏深度与灵性。张默的诗总是试图通过文化的思考，揭示诗人对生命的体悟，而这种体悟并不是像哲理诗那样明白地告诉读者一些什么，而是通过诗人自身的体验来暗示、引申、提升一些什么。他的感悟总是和具体对象所蕴含的诗意融合在一起，达到了某种无法分离的默契。在谈到旅游诗中的"咏景诗"的创作时，张默说过这样的话：

> 咏景诗并不易写，并非一个作者把他所见到的景物一一铺陈在他的诗里就算了事……他必须努力使自己的灵视进入到他所表现的风景之中，他所看到的一花一木，一草一石，不仅是各各地站在大自然栩栩如生，尤其要把它们很轻巧地移植到作者的心灵世界里去。使它们变成作者身上的一部分，与作者的精神层面紧紧结合在一起。……"咏景诗"……不能忽视"情"的吐露和"景"的造设，假使这景、情、境三者不能达至水乳交融的地带，那就不成其为咏景诗了。①

这既是张默对旅游诗的一种主张，也是对自己创作经验的总结。在他的作品中，诗人对对象与"心灵世界""精神层面"的融合一直非常重视，他在"咏"字上下足了功夫，我们基本上见不到纯粹的景物诗。他的旅游诗总是情随景变，甚至也景随情变，物我双融。在苍凉的西北，在秀丽的漓江，在厚重的长城，在高耸的黄山，在自己出生与成长的地方，以及在印度，在法国，在意大利……诗人的情感体验是不一样的，这才有了张默诗歌的丰富。

---

① 张默：《谈咏景诗》，转引自叶维廉《五官来一次紧急集合——略谈张默的旅游诗》，载张默《独钓空蒙》，九歌出版社 2007 年版，第 363 页。

三　"在路上"的归来者

细读张默的旅游诗，还可以读出另一种滋味。那就是放逐者的心灵寻觅。

在台湾，张默那一代诗人有着特殊的人生经历，他们从大陆到了台湾，而后长期与大陆隔绝，形成了一种心灵的流放状态。"时间踩过的脚印是很深很深的/不然它腰间的玉带怎么变瘦了/它还能继续扶老携幼走向对岸吗/现在，它只能默默笨笨地张望来世"（《龙腾断桥》）。我们实在无法判断诗人写的究竟是"断桥"还是一种心理的、人生的无奈。但从他的诗观可以看出，至少是二者兼有，而且更多的是心灵上的体验。我愿意把这个"对岸"理解为诗人对童年记忆、生命之根的追忆和渴望。虽然"日久他乡是吾乡"，但"若就张默的人生之路来看，十八岁离乡来台，迄今已近六十年，将近四分之三的岁月与台湾相系，青春、盛年与晚景都和这块土地相连，但在生身之地和寄身之地之间，他的内心想必也有着与他一样来台诗人共有的寄寓之叹，这是大时代的无奈，这样的无奈都表现在他这卷诗作之中，荒烟蔓草的悲凉，从而无以回避。……映现了1949年之后来台作家的集体经验和生命印记"[①]。我们可以从张默的旅游诗中读到愉悦，但更可以读到悲凉与渴望，这恐怕与他的这些经历有关。

美籍华人学者张明晖（Julia C. Lin）曾写过一本《中国现代诗歌论文集》（Essays on Contemporary Chinese Poetry，Athens，London：1985，Ohio University Press，1985），评价了9位台湾现代诗人：郑愁予、纪弦、痖弦、罗门、蓉子、周梦蝶、叶维廉、吴晟和余光中，是研究中国现代诗比较重要的英语著作之一。关于叶维廉早期诗歌的文章题目叫《叶维廉：诗人放逐者》（Wai-lim Yip：A Poet-Exile），主要讨论了叶诗中的"放逐"意识。其中有这样的描述：

[①] 向阳：《隔时空于一心——导读〈台湾诗帖〉》，载张默《独钓空蒙》，九歌出版社2007年版，第105页。

下编 在文本中寻美

如果我们考察20世纪西方诗歌以及它在台湾的相应成果所取得的成就，一种值得注意的对应立即变得明显起来。一大批流亡——放逐——移居外国者，创造了这两种文学的高度。在西方，庞德（Pound）、乔伊斯（Joyce）、艾略特（Eliot）、佩斯（Perse）和叶芝（Yeats）立即出现在我们的脑海里。在台湾，除了像吴晟这样的台湾本土诗人，大多数主要的诗人都来自大陆。他们中的少数人，像叶和郑愁予，已经移民到美国。这些无根的诗人在台湾或者其他地方一点没有家的感觉，而且他们的许多诗歌作品都敏锐地充满无家之感的色彩，对自己祖国的渴望。也许叶比其他人更多地象征了这种放逐的精神。

……

在放逐的乡愁的困扰中，叶不是孤独的；但他的诗让我们感觉到了本土与外国放逐传统的滋养，从屈原（约前340—前277年），经过李白到艾略特，圣·琼·佩斯。如果说在叶的生活和早期作品中回响着什么持续不断的标记，那就是放逐者对于孤独的痛苦叫喊和对于过去的想望。[①]

这也是把握张默旅游诗的一个有效角度。在张默的作品中，"放逐者对于孤独的痛苦叫喊和对于过去的想望"这一主题可以说随处可见。他的《长城，长城，我要用闪闪的金属敲醒你》经常被人提起，开篇便写道：

> 幼小的时候，昂然
> 穿过历史教科书的细细的足迹
> 我们激动地抚触你，剪贴你，传说你
> 那一寸寸灰褐色的粗糙的肌肤
> 那一缕缕月光般的坦荡的胸怀

---

① ［美］张明晖：《叶维廉：诗人放逐者》，蒋登科译，见吕进、蒋登科主编《现代诗学的多维视野》，西南师范大学出版社2006年版，第436—438页。

"洗净归人隐匿心壁深处的苍苔"

那一簇簇缄默而不喜欢吵闹的城垛
多么希冀像玩泥巴似的
我们能够踏踏实实地拥有你

儿时的记忆在诗人心目中还是那样清晰，那样令人激动，说明它在诗人的生命中具有无可替代的位置，也说明诗人对其的依恋非同一般。但诗人不能亲近，只能在记忆中流连，由此引发了一种悲壮的感慨：

唯有一片凄凄
一片凄凄以谬还真地笼罩了我
究竟怎样才能飞渡
那些重叠的窒息的无助的
涂抹历史的辛酸的阴影

这些记忆在诗人心里居然是一道"阴影"，而且是"重迭的""窒息的""无助的"。现实经历与记忆的远离造成了诗人辛酸的体验，因而他孤独，寂寞，甚至痛苦，不吐出不足以释放生命的压抑，不写出就不足以表达内在的深情。这首诗正好揭示了放逐心态"对于孤独的痛苦叫喊和对于过去的想望"两个层面。

与这首诗相类的是《昂首·燕子矶》。与想象中的长城不同的是，燕子矶是诗人年轻时候实实在在亲临过的，那种记忆也许更刻骨铭心。数十年后再访时，诗人通过几个"如故"引领的诗行勾画燕子矶的面貌，用两个"你还记得"的问句式的诗节追问，其中一节是：

你还记得，我把对岸八卦洲的几缕苞谷
狠狠扔进你的怀里
那又金黄颗粒所铺成的石梯
难道情有独钟
我想低时，你比我更低

> 我想高时，你比我更高
> 且让时光一寸一寸缓缓地逼近
> 你还遥想当年
> 咱们背对背，额对额时的景象吗

　　虽然诗人是一个"迟迟归来的过客"，但儿时的记忆还是那么细致亲切，情感还是那么真挚热烈。如果没有对故土的依恋，如果没有长期的远离而形成的亲切的"陌生"感，诗人怎会有这样的诗意发现？

　　放逐心态主要来源于诗人和文化母体、生命母体的远离。具体到张默，就是与中国文化之根的长期隔离。即使在台湾生活了数十年，而且那也是中国的土地，但"过客"心态与放逐意识在张默的抒写台湾体验的诗中仍然可以感受到。《初临玉山》有这样一节：

> 常常喟叹，我只是／一名微不足道的过客／偶尔兴起一股莫名的雄风／在某些奇峰异壑的邀请下／忍着，说不尽的酸楚与疲惫／忍着，一阵阵汗水的侵袭／摆摆头／向远古招手／赖在你指点天下的怀里，不走了

　　放逐者总是在寻找着归宿——主要是文化、心理的归宿，在张默那里，可能就是寻找生命的"定点"。他在《震耳欲裂的水声——天祥合流露营偶得》中有这样的诗句：

> 天，渐渐暗下来的时候
> 星子们喜欢东张西望，各显本领
> 我的眸子补白在山水凸凹的闪烁之间
> 穿越天地线没有理由的倾斜
> 在清凉的夜空，急急寻找自我放纵的定点

　　这里的"定点"没有确定内涵，但一定和诗人的心情有关，他寻

找"自我放纵的定点",其实就是寻找释放痛苦的"定点",一个适合诗人生命状态的位置。深层看,这和诗人对生命的体验有关。我愿意把它看成是诗人寻找生命之根、生命归属的一种努力。

须文蔚在谈到张默的"大陆诗帖"时说:"他放任自己心灵想象游历在历史与现实之间,他踽踽独行的身影,讲述着忧国怀乡的故事,更透露出超越时空漫游的神思,让人大开眼界"[1]。更值得关注的是,"当老去的游子重临故土,失落近半世纪时光浓缩在记忆里,激荡震动胸中,使得怀乡之情熨烫在山水间,尤其动人"[2]。而且,"面对时空交错下的文化厚度,或是壮美的山川风物,诗人经常感到哀愁、沉默或空灵,在诗行的末段以超现实的梦境手法,迭合古典意象,戛然而止的诗行,多能带出新颖的抒情声音"[3]。这里所谓的"哀愁、沉默或空灵"其实就是被放逐者重新回到母体之后的失落、困惑之体验,也可以看成是喜极而泣、喜极而悲的生命体验。

我们先看看下面这些时行:

> 莫非,一切俱已熄灭
> 穿越漏窗上日渐模糊的风景
> 我突然发现自己
> 竟是小径那头,一尊不言不语的化石
> ——《黄昏访寒山寺》

> 我只要求一个假寐的午后
> 一个短暂乃至句点的片刻
> 把自己辽夐的梦悠然掷出
> 在沧浪亭之上

---

[1] 须文蔚:《从忧国怀乡村到超时空漫游——导读〈大陆诗帖〉》,见张默《独钓空蒙》,九歌出版社 2007 年版,第 229 页。
[2] 同上书,第 230 页。
[3] 同上书,第 232 页。

下编　在文本中寻美

　　在藤蔓之上
　　在酒之上
　　——《沧浪小立》

　　此刻，我轻轻的推它，捏它，摇它
　　在它的四周散步，丈量，捡拾一块块汉石秦瓦
　　而又难以放纵古昔的惆怅
　　穿越空空荡荡的大门，缓步入内
　　蓦然瞧见千年前
　　一队金盔银甲的兵士，正在霍霍磨刀
　　眉宇间，难掩各自的独孤与无奈
　　那些等待家书七零八落的岁月
　　究竟是怎样一分一秒挨过的
　　——《再见，玉门》

　　不需要做多少解说，我们就可以发现，这些诗节从不同角度抒写了诗人对故土、故人、故情的怀念和省思。在投入的体验中，诗人居然变成了"一尊不言不语的化石"，物我一体，心物一体，其身心投入之状无须再阐释；在沧浪亭，诗人梦想"把自己辽夐的梦悠然掷出"，那梦想必定和彼时彼地的文化有关，和诗人希望表达的欲望有关；而在玉门，在幻觉中的古代兵士身上，诗人看到的更是自己的影子，是自己曾经有过的沧桑经历，虽然"正在霍霍磨刀"，但眉宇间的独孤与无奈，等待家书的岁月是何等艰难。

　　在张默的许多诗篇中，我们都可以读出被放逐的诗人对文化、生命源头的寻索以及漂泊"在路上"的"归来"之感。在楠溪江，诗人捞起的"轻盈的水滴"变成了可以在沙漠里引路的"响彻天际的驼铃"（《楠溪江小咏》）；在苍坡村，诗人发现："一水之隔的望兄亭，送弟阁，悄悄对视/更滋长人性真情流溢穿越一切的奥义/势将五湖四海游子的耳语灿烂开花结果"（《欣见苍坡村》）；在漓江，"成排结队，捕捉

不及的/山树云帆千奇百怪之倒影/多像一具具菱形的古典镜框/把每个人漂泊的思绪静静网住"(《乍见漓江》)……这些诗意的发现都很奇特,一般诗人难以企及,或者说不会造成感觉的重复,是因为这些发现都与诗人的独特心态有关,都与诗人的"归来"有关,与诗人的游子体验有关。如果没有被放逐的痛苦之旅,张默的诗也许是另一种滋味。

在张默记载自己的生命历程的作品中,2006年初创作的总题为《时间沫沫小札》组诗值得关注。该组诗共计八十六首,每首三行。虽然不能算是典型的旅游诗,但我们也可以把它们和旅游诗一起理解。它们是诗人精神旅游的记录:"从燕子矶向对江眺望/我的茅庐就在苞谷缠绕的三垄头/老母亲又在殷殷细数离巢的燕子快回家";"后面是,蔓草萋萋的悬崖/前端是,一抹僻静的山谷/你,好一尊萧萧风满楼的,漂泊者"。我们难以揣测诗人创作这些作品的时间和心境,但有些作品中所流露出来漂泊之感、流浪之感是相当明确的。张默说,这些作品的内容,"大约不外童年的回忆,乡野生活闲情,季节转换变调,读书求学的轶事,以及旅游世界的种种观察反思点滴……"。[①] 一句话,这组诗是对流浪生命的诗意记录,而时间的流逝和对时间的敏感是其主线。除了在文体探索上的独特价值之外,这组诗对诗人放逐人生的厚重书写也值得特别留意。

就旅游诗创作和对放逐意识的体验来说,张默已经"归来",但也还"在路上",还有许多"隐匿心壁深处的苍苔"没有被发现,没有被诗化。我们有理由对他以后的创作仍然可以抱有热切的期待。

四 几句题外话

许多诗人在创作旅游诗的时候,往往见景即生情,下笔即成诗,从一处景点出来,诗已在纸上,这比较容易流入"见山是山,见水是水"的初级体验。但我发现一个现象,张默不是那种激情型的诗人。他内敛,沉思。他见景生情,但不是有情即作诗。从其在许多诗篇后所标记

[①] 张默:《时间沫沫小札·附记》,载《张默诗选》,作家出版社2007年版,第214页。

的时间、地点看，他的许多旅游诗都是在回到台北以后才落笔成篇的。也就是说，从行踪所至、获得感受到将这些感受凝成诗篇，其间是经过了一定时间（有时还很长）的思考甚至锤炼的。我不敢说他的旅游诗的每一个字词都用得恰到好处，都有呕心沥血的印记，但他的创作肯定是"用心"的，是将表面的感受化为了自身的体验的，是从外在走向了内心的，达到了见山是山又不是山，见水是水也不是水的那种层面，达到了别人可以把捉但无法重复的艺术水平。

这样创作的诗篇，往往耐读，也需要用心去读。由于时间和数据方面的原因，我并没有读完张默的所有诗篇，更没有机会读完他的所有论著。之所以选择张默的旅游诗来解读，是因为他出版了一本收录其旅游诗的诗集《独钓空蒙》，可以大致了解其创作概貌。不过，旅游诗只是张默诗歌艺术探索的一部分，因此，读他的旅游诗，我也许只领会了其中的一部分含义，也许还是表层的含义，甚至还误读了诗人的体验。对于这样一种尝试，权当抛砖引玉之用吧。

2008 年 4 月 30 日，草于重庆之北

略谈唐大同的散文诗

生命像一条流动的河,或浩浩荡荡,或轻流浅唱,在人生的旷野上不停地奔流。正是这条河,流动着多彩的意绪,流动着不老的诗情。诚如诗人唐大同所唱的,它流走了过去的一切,但"流不走的,是大山般稳固的信念,是大山上青松般常青的信念;流不走的,是诗,是过滤了泥沙而闪耀出金子般明亮的诗。"(《江水,不息地奔流》)

当我们回头打量唐大同的诗歌创作,我们发现,他的诗歌,不论是早期的抒情诗,还是后来的散文诗,正好构成了一条"金子般明亮"的艺术之路。

人格扫描:博爱精神与奋进情怀

优秀的诗人总是以真诚和博爱的精神为引导跋涉于他的人生之路与艺术之路。博爱作为一种人格精神,它不但赋予作品以审美人格,而且确定作品的诗美流向,成为诗人内心世界的一种象征。不难想象,没有爱心的诗人写出的诗自然是得不到爱心的呼应的。即使是揭露与批判的作品,诗中也应该有一种向善向美的人生情怀。

唐大同是一位有爱心的诗人。这一点,既为他先前的抒情诗创作所证实,也为他的散文诗创作所证实。唐大同散文诗的题材与生活面比早期的抒情诗要宽广得多,也要复杂得多,诗人对生命的博爱也进一步强化,成为他的诗歌审美精神的中枢。

唐大同散文诗的博爱精神,可以用一句话来概括:对生命的铭心刻骨的爱,这种"生命"是诗人个人的,也是大众所拥有的。诗人从多方面来展示这种精神,不但展示了自我的生命思索,而且把这种爱投射到时代、民族乃至人类,以及山川草木,形成了一种辐散宏阔的生命氛围。

唐大同散文诗博爱精神的基本立足点是对善与美的追求,这类作品很多,仅举《大佛与小鸟》为例。诗人写两只小鸟站在大佛的耳朵上,"叽叽喳喳地叫着":

一个是庞然大物,但却没有血液没有热情没有灵魂;
一个这般渺小,却能歌唱能跳跃能飞翔。

爱庞大的僵硬的偶像,还是渺小的活跃的生命?
胆大包天的小鸟啊,竟敢把大佛踩在脚下,并叽叽喳喳地嘲笑大佛和赞美它的人类。

这里充满理性的光辉,诗人于思辨之中体悟到生命之可爱,自然也反观了人类所潜存的某种非生命的东西。

诗人对生命的爱在一定程度上超越了时空,因为诗人所关心的不是人为的阻隔,而是人性的优美。所以,在那些以域外风情为题材的作品中,我们仍然可以体悟到诗人的博爱情怀。诗人找到了人类所共同思索的人生课题,自然也就找到了艺术的生命之源。

唐大同心中有一团理想之火,他全心地为奔向那团光明而歌唱、呼唤,这就使他的散文诗体现出一种超越的意志,那是一种大江东去不回头的意志。即使面对苦难与忧郁,诗人也不会低沉与退避,他用这种意志去战胜可能出现的低沉与退避,这就使他的诗有一种奋进的情怀,有一种动人的深邃的思想。

对这一点,我们可以从诗人那些反向思考的散文诗中获得启示。所谓反向思考,就是对已被普遍认同的观念进行重新评价。像《我诅咒你雪的美丽》这个题目就很别致,非同一般,诗人写道:"雪白下面就是漆黑。天堂下面就是地狱",这是诗人独特的诗美发现,诗人的人格之美也正由此而体现出来。

略谈唐大同的散文诗

又如《倒淌河》,"河水向东流——这一传统的规范被它的浪涛冲破了。中国众多河流中的不肖子孙,居然胆大包天,浩浩然向西滚滚而去"。这是"离经叛道"吗?不是,它有自己的品格,有自己的目标,"没有大江大河名扬中外的赫赫声名,只有倔强个性开辟的独特道路和独特的经历。不人云亦云,人流亦流,属于自己的是毫无一丝奴性的伟大。它有一颗比大江大河更自由的灵魂"。在这里,诗人所赞美的是那种朝着自己的目标而奋进的精神,这正是诗人对理想的思索。

展示唐大同人格理想的作品很多,而《美丽的痛苦》和《雪崩》等篇幅较长的作品展示得更充分。在前一篇作品中,诗人赞美大自然至圣至洁的美。但也由此揭示了人类的某些不美的因素,他说:"埋没是一种痛苦。……人类的干扰是另一种痛苦。……连无忧无虑的云也失去了安详。"他渴望生命的纯美,"让人生赤裸着跳下去吧,在水的碧蓝碧绿中现出自己的原形"。他希望人们用公正、无情的明镜照一照自己:"照一照各自的嘴脸吧,/照一照还被层层雾纱般的朦胧遮盖着的或善良或丑恶的欲望吧……"层层深入灵魂,诗人发现了世间的不美,因此他忧郁,他烦恼,"从美妙神奇仙境般飘逸梦幻中苏醒之后,又不得不回到有商品叫嚣的疯狂有股票被侵吞的现实。/青翠的思索在彷徨中发呆,像一株麻木的树。/沉重的灵魂想笑,更想哭"。这痛苦也是美丽的,因为诗人是在为真与善的被污染而痛苦,他在为希望的失落而痛苦。但是,诗人没有为此而沉沦,他呼唤着《雪崩》:

> 雪的平静、冰的死寂正积累酝酿着又一次雪崩,又一次雪崩,又一次辉煌生命过程中的辉煌的解放。所有的山川草木及还有一点灵性的耳朵,都在忍耐的寂寞中,以高度纯洁的赤诚等待着,雪山之巅那又快发出轰隆巨响的信号。

由于一种强大的人格精神的引导,所以唐大同的散文诗总有一种向上的情思,都有一种奋进的意志。这种审美人格精神构成了他的散文诗的主格调。

下编　在文本中寻美

如果把唐大同的散文诗当作一个整体来把握，我们可以发现，它表达了生命发展的某种力量，也揭示了生命发展的各种阻滞，但是，由于诗人博爱精神与情怀的加入，他的作品所体现出来的审美人格精神却具有同一向度：向真与善的人生之境不断临近。

风格说略：豪放雄浑与平和淡远的交融

成熟的诗人都有自己的艺术风格，没有风格的诗人是缺少诗美发现与诗美创造力的。唐大同散文诗的主导风格是豪放雄浑，有大江东去的奔涌气势。这是他早期抒情诗风格的延续和发展，也是他诗歌艺术个性的主要构成要素。

豪放雄浑的风格主要源于诗人所表达的人生情愫。诗人具有一种昂扬向上的情怀，时常放歌山川草木，可以说是内心奔涌的激情与大自然的奔放气势合在一起了，达到了物我一体的境界。这种风格也得力于诗人的艺术表现手法。唐大同喜欢用明朗的词语，采用较明快的节奏，善于营构气势恢宏的排比，再加上直抒胸臆，就构成一种水涌浪涤的情感之潮，滚滚自诗中流出。

他的《放歌山海关》《滚滚金沙江》《时代之悲》《走向冰川》《雪崩》等都是这种主导风格的代表性作品。如《放歌山海关》：

> 庄严的山海，庄严的国土；庄严的民族，庄严的历史；庄严的风韵，庄严的精神啊……
> 几千年不屈不挠的脚步凝炼而成的庄严；几千年聪明才智的光茫凝炼而成的庄严；几千年风云变幻的烽火硝烟凝炼而成的庄严；几千年苦难的血泪和从未失去的执著愿望凝炼而成的庄严……
> 我们是她所代表的民族的子孙啊！
> 我们是她所代表的历史的后代啊！
> 我们有庄严的志向、庄严的贞操、庄严的步伐……

直抒胸臆的激越情绪，一气呵成的瀑布般的排比，形成一种奔放、雄浑的气势，如火山喷发，更像东去的滚滚大江，把诗人内心的思绪毫无遗留地表达了出来。

但是，诗人的艺术风格往往也在不断地变化发展，在诗人的主导风格之外，有时候还存在着一些非主导风格。由此形成诗人艺术风格的多元性。唐大同的艺术探索亦在不断地丰富和发展。可以设想，如果唐大同的散文诗仅保持着豪放雄浑的风格，那么其艺术成就肯定不会像现在这么高。

同时，从散文诗的文体规范来看，它不长于表现壮美，而长于展示优美，或者说，它更注重牧歌意绪，而不大注意对豪放雄浑的建构。文体规律的制约也是唐大同诗歌风格转变的重要动因。

唐大同散文诗风格的特点主要体现在风格的多元化上，在主导风格之外形成了一些非主导风格。它们共同构成了唐大同散文诗多姿多彩的风貌。

这些非主导风格主要是平和淡远和深沉凝重两种。

平和淡远的风格与诗人有时候表达平静、安宁、舒展的内心意绪是一致的。唐大同并不是面对任何物象、场景都有那种大江东去的心灵波动，这是诗人内心情愫丰富的表现。像《竹山小路》中的诗句：

从翠绿深处而来，向翠绿深处而去。
像翠绿中蜿蜒中的一条灰袍色的小溪，像翠绿上缠绕的一条细长的丝绦。竹林的茂密青苍给了它清凉、安谧、幽深的风韵。连过路的风，也缓缓飘洒着翠绿的湿润。
顺着它无忧无虑的徜徉，我像捧起翠绿的酒⋯⋯

像《巴山村寨》中的诗句：

跟着山道的弯弯思绪，通向濛濛白云深处的温馨，通向绿树丛中层层白墙黑瓦的恬静——远离城镇喧嚣的恬静。屋檐下串串辣辣的殷红和玉米的金黄，报告着穷乡僻壤古老的生机。

下编　在文本中寻美

炊烟缭绕成祥和的风韵。

有牛羊如云彩散落山腰、岩畔、溪旁，悠闲自在。长了青苔的牧歌从山间飘了出来，勾引起寻找世外桃源的遐想……

恬静的水与舒展的内心世界相映成趣，交织成一幅幅情景交融的艺术图画。轻描淡写，已泄露出诗人心中的秘密，显得平和而淡远。这种风格主要出现在诗人内心比较平静且与他所歌唱的对象融为一体的时候。

深沉凝重的风格是与诗人的理性思辨相一致的。面对复杂的人生与现实，特别是上溯悠远的历史，诗人对人生与现实中的种种现象进行全面的心理解剖，从而对人生的价值作出审美评判。换一个角度说，这种风格形成于诗人的责任心与忧患意识，诗人热爱生命，他就得从两方面入手去表达他的热爱，一方面是深入解剖生命的实质，正面地表达自己的爱；另一方面是对那些阻滞生命发展的种种因素进行审美剖解，从而寻求缓解冲突的有效路径，这就使诗人同时面临着多种向度的审美选择，造成他的诗歌明朗主调之外的凝重。

这类作品很多，那些展示生命冲突、思索生命本质的诗篇都能体现出深沉凝重的风格。像《经幡》："像高原以外，家家户户门前飘扬的柳。／藏区风俗画中不可缺少的一笔。／风雨飘摇，经幡上的经文已褪色。只有信仰是不褪色的"。为此，诗人对"信仰"进行了多方面思索，然后问："现在与过去的光明与黑暗、善良与丑恶，都记载在经幡的经文中吗？经幡在风中飒飒作响，是信仰在欢笑还是在哭泣呢？"诗人没有作答，留给读者去思索，从而增加了诗的凝重感。这实际上是生命本身的凝重造成的。

既然主导风格与非主导风格都是存在于同一位诗人的作品之中的，那么，一般说来，这几种风格是不会各自孤立地存在的，它们往往同时出现于作品之中。非主导风格主要是强化主导风格的，就唐大同的散文诗而言，平和淡远和深沉凝重弥补了诗人早期抒情诗一览无余的不足，从而使他的豪放雄浑的风格具有更多的诗美意义。换句话说，风格的多元化，扩大了唐大同散文诗的诗美张力，使它显得更丰富、更具诗学意义。

在唐大同的散文诗中，最能体现他风格特征的应该是诗人1989年从欧洲访问归来后所写的那一组作品。从视野上讲，诗人把比较单纯的理想光辉投放到更开阔的领域，由于人类意识的加入、人性理想的闪耀，使作品具有更多的诗美。从风格上讲，在以豪放雄浑为主的基本格调上，诗人把平和淡远、深沉凝重的人生意绪糅合在一起，使作品既具有大江东去的气势，又含蓄蕴藉，形成了一种独特的风格，真正可以称作唐大同的具有个性特征的散文诗佳品。

当然，艺术的探索是没有止境的。唐大同把他在探索中获得的艺术经验作为走向新的艺术高度的起点。对这一点，我们可以从他的《敦煌》《玉门关》《阳关》《戈壁滩》等近作中获得认识。为此，我们可以这样认为，在未来的探索中，诗人定会有更丰富的艺术构想与艺术理想，从而达到他散文诗创作的新高度。

1994年9月，在重庆北碚

在诗意的发掘中寻回失落的世界

——韦其麟散文诗的一种读法

在中国当代诗歌界，韦其麟是一个特别的人物。他的名气不小，1955年还在武汉大学读书时就创作出版了长诗《百鸟衣》，名噪一时，很多现当代文学史都对其有所论述。其后他又出版了《凤凰歌》《寻找太阳母亲》《童心集》《含羞草》《梦的森林》《苦果》《依然梦在人间》等诗集，以及《壮族民间文学概观》等学术著作。他曾担任过广西文联主席、党组书记、中国作家协会副主席等。但他一直很低调，我们几乎很难在公众场合见到他，更很难听到他谈论自己的创作。

20世纪80年代后期，韦其麟创作了一系列总题为"给诗人"的散文诗，这些作品后来结集为《森林的梦》出版，是韦其麟作品中非常具有特色的作品集，体现了一个诗人对历史、现实、人生甚至诗的艺术的思考，差不多三十年过去了，这些作品依然可以从多方面为我们提供有益的启示。

一 人格、诗品及其他

诗品即人品。无论读诗还是评诗，我都常常把诗人的作品与他的人生历程、人生追求联系起来看。诗是诗人心灵的外化，是诗人对人生与现实的态度的揭示，生活是生成诗人情感的最基本源泉。虽然诗的审美人格与诗人的现实人格存在着一些差异，但是我们必须承认，诗人的现实人格是诗的审美人格的基础，如果这二者相疏离，那么我们就有理由说，这样的诗存在着不真实的因素。

从出版《百鸟衣》到现在，韦其麟又出版了不少诗集和散文诗集，虽然数量不算太多，但只要细细研读，我们就会被诗人在创作中所花费的心血、所奉献的真诚折服。韦其麟是一位踏实的诗人，是一位爱诗如命因而不愿随便涂鸦以免损伤了诗的崇高的诗人。从他的诗中，我们可以感受到了诗人对民族的爱、对人生的爱和对诗的真诚，感受到了他那颗追求正义、追求真理、不断求索的心。

韦其麟的人格是令人尊敬的。这可以从他对自己的诗的评价中感受出来。在《寻找太阳的母亲》的后记中，诗人自称他的诗只是"所谓的叙事诗""幼稚的习作"；《壮族民间文学概观》中的"作者介绍"对诗人的创作与研究也只写了"曾发表了一些诗歌作品和有关民间文学的文章"。与那些把收进了一篇文章的书也称为"专著"的人相比，韦其麟的形象反而高大许多。

韦其麟只是踏实地生活着，只求不愧对人生、不愧对生养他的大地、不愧对孕育了他的心灵的民族文化。他的诗是他的人生追求的真实写照，他曾说过："写的时候，我从没有伪装过我的感情，我从不曾欺骗过自己的感受"（《寻找太阳的母亲·后记》）。诗人敢于说真话，抒真情，对所爱的就大胆地爱，对所恨的就入骨地恨。

有了崇高的人格才有崇高的诗。1987年至1988年间，韦其麟以《给诗人》为总题写下了一系列精粹的散文诗，多侧面、多角度地展示了诗人的爱与恨，追求与鞭挞，显示出了崇高的艺术审美人格。

在散文诗《诗——致诗人》中，诗人写道：

你教我不歌唱金钱，金钱嘲笑你的寒伧。
我的心里充满着希望。
你教我颂扬善美，而善美往往被丑恶所戏弄。天地间不时荡着戏弄者得意的微笑。
我的心里充满了酸苦。
你教我礼赞崇高，而崇高每每被卑鄙所亵渎。天地间不时响着亵渎者放荡的狂笑。
我的心里充满了痛楚。

> 你教我赞美智慧，而智慧常常被愚昧所评判。天地间不时飘着评判者阴冷的嗤笑。
>
> 我的心里充满了悲哀。

这是诗的呼唤，也是诗人自己艺术追求的展示。诗人崇尚希望、善美、崇高和智慧，然而，当希望落空，当善美"被丑恶所戏弄"，当崇高"被卑鄙所亵渎"，当智慧"被愚昧所评判"的时候，诗人便酸苦、便痛楚、便悲哀，从另一个角度展现了诗人的追求，因此，这酸苦、痛楚、悲哀是值得赞美与颂扬的，是诗人人格的表现，也是我们评价诗人作品的根本立足点。

二 "作品人物"及其他

"作品人物"（persona）一词源于拉丁语的"假面具"，是指诗人借用来以第一人称说话的具有主体特色的各种形象，这些形象常常包含着诗人的个性与品格，但有时候又超出诗人的自身，能够包容诗人自身所无法包容的情感内涵。比如，韦其麟诗中的"狗"，我们不能把这个"作品人物"与诗人自身直接联系在一起，但诗人正好借用它把他心中所要抒发的情感抒发出来了。

美国评论家兰德尔·凯南在评论惠特曼的"作品人物"时说："利用作品人物，诗人能够表现得非常独特，并且说出许多特别的东西，然而，如果诗人的声音只代表一个单个的平凡人——诗人自己——的声音，这一切是无法表达出来的。利用他的作品人物所允许的自由，惠特曼既能作为他自己——华尔特·惠特曼，诗人，——在诗中出现，也能分离开来，作为所有的个人，所有的普通美国人的精神而存在。他能够成为大自然的声音，展示它的所有的美，成为美国民主的斗士，以及各种行业中的美国人的代言人；惠特曼作为普通美国人的代言人发言，他的作品人物及其提供的自由使他成为他所观察的那个事物的一部分。"[①]

[①] ［美］兰德尔·凯南：《惠特曼的〈草叶集〉》（英文版），皇家出版社1965年版，第13—14页。

通过"作品人物",诗人可以自然地与自然、与时代、与人群联系起来,抒写出对自然、社会、人生的具有普遍性的见解、态度和认识。

韦其麟创作过许多优秀的叙事诗,善于借助单纯而完整的故事情节抒发自己心中之情,这种手法转化到他的散文诗中,就是他对"作品人物"的极大重视。他常常不是直接地抒写心中的感受,而是借助丰富的"作品人物"对"真诚的诗人"评说心曲的方式来展示,使诗显得开阔、真实,具有明显的普视效果。同时,丰富的"作品人物"有利于多层面地展示诗人对现实、对人生的认识,使诗显得别致而深刻。当"狗"对诗人这样说的时候:

> 我是狗,就做一只堂堂的狗。我有狗的品格,甚至有狗的尊严,当然,也有狗的气味。
>
> 诗人,我接受你的鄙夷,然而,我却十倍地鄙夷你的某些同类——他们虽称为"人",却没有人的品格,人的尊严。我以我灵敏的嗅觉,我敢说,他们没有人的气味!
>
> ——《狗》

我们便可以深深地感受到我们的某些人已经成为什么模样,甚至连狗都不如。

韦其麟散文诗的"作品人物"使他的作品在展示诗人的情感的时候具有了一种十分独特的角度,即通过外物为主体而形成诗与现实的距离感。"旁观者清",这种距离感更有利于观照现实、观照人生,揭示其本质和置身其中时就难以发现的内涵。

"作品人物"的丰富常常体现出诗人认识生活的深度与广度。韦其麟散文诗中的"作品人物"往往就是诗的题目,有具象的,比如"卵石""皱纹""蜗牛""狗""蜜蜂""乌云"等,也有抽象的,如"时间""真理""信心""名利""世故""虚名"等,这些"作品人物"所包含的内涵涉及人生与现实的各个层面,涉及真善美与假丑恶的各个领域。诗人通过对真善美的受压抑或者假丑恶的招摇过市的揭示展示了他的人生观、艺术观以及潜存于心中的重重忧虑。

诗人在谈到《给诗人》系列散文诗的创作情况时说："人都免不了做梦,我也常常做梦。梦中,和我相遇的常向我倾诉自己的心迹。我多么感激,醒来之后,便把这些倾诉记录下来。倾诉者都把我当作诗人,因而在发表这些记录时,用了《给诗人》这样一个总的题目。""倾诉者"就是这些散文诗的题目所示的"作品人物",他们在梦中拜访诗人,真诚的诗人也未辜负其期望,通过迷茫而又是最清醒的"梦境",抒写了人与社会应有的良知,说出了整个社会都在关注的问题。

三 时间、真理、美德、信心及其他

韦其麟诗中的"作品人物"都是人类之外的物象,并且可以分成两大类,一类是与人类的应有的追求相一致的物象,比如"真理""美德""信心"等,同时也包括那些由于长期的文化积淀而富有褒义性内涵的物象,如"太阳""蜜蜂""马"等;另一类也是数量最多的一类,则是与人的应有的追求相反或者富有贬义性内涵的物象,如"痛苦""乌鸦""变色龙""名利""无耻""世故""市侩"等。诗人借助这些物象或者歌颂人的美德,或者揭露人与社会的丑恶与虚伪,构成了一个充满活力与魅力的多姿多彩的艺术世界。

诗人通过与人类应有的追求相一致和富有褒义性内涵的物象,主要是正面地歌唱了人的品格与美德。这种品格与美德是人们都应该具备的,也是引领诗人情感流向和诗的审美流向的基础。

《生命》一诗歌唱生命在于向往在于追求这一普遍的人生哲学。万物都在追求,即使在达到目的之后,自己也将消亡,追求也是生命之必然。"山泉向往江河。虽然,它知道,达到自己所向往,自己也就消失。""山泉并不因为自己的消失而丢弃向往。"因此,"生命"说:"唯有向往之美好,我才存在——于是有蓬勃的生命:禾苗翠绿,拔节抽芽。"展示了诗人对于生命、对于人生价值与意义的认识。

诗人写人之追求与品德不只是从一个角度落笔的,而是常常采用整首诗对比的手法,把这些追求与品德的对立面摆在读者的面前。这种构思是别具匠心的,诗人希望人们在发扬这些品德、完成这些追求的同时要克服与弃绝与之相对立的东西,否则,追求将会变质,美德也可能变成丑行。

诗人这样写"真理"的自述:

> 我不高贵,但也绝不卑贱。
> 我绝不是显赫权威的仆役,
> 我绝不是豪门贵族的奴隶;
> 我从不是任何人顺服的侍者,
> 更不是受雇于人的佣工;
> ……
> 谁不尊重我,自己必受蔑视,
> 谁不相信我,自己最终不被信任,
> 谁敢戏弄我,自己最终走入被嘲弄的沼泽,
> 谁敢侮辱我,自己最终陷落耻辱的深渊。
> 我比一切严峻都更加严峻,
> 我是真理。
> ——《真理》

诗篇不仅揭示了"真理"的实质,而且从多角度揭示了践踏真理必遭惩治的人生哲学,目的是要人们尊重真理。"作品人物"在这里是抽象的概念,但诗人却用形象的手法把它具象化。诗中有诗人的影子,有诗人对待真理的态度。

《信心》一诗,诗人写太阳、大海不因人的指责而放弃自己的个性与责任;高山不因浓雾的笼罩而惶怵,长河不因严冬的薄冰而惊慌;只有泥塑的菩萨害怕被摔碎,只有草扎的稻草人害怕被揭穿;揭示了"事实不畏惧谎言""存在不可能抹杀""欺骗才害怕事实"的道理,抒发了只要真实、只要真诚就应该自信的人生哲思。这种无畏的人生之爱、自我之爱正是诗人人生追求的折光。

诗人歌唱"美德":"我是纯洁心灵之泉涌出的清莹。/我是高尚心灵之花散发的芬芳。"接下来,诗人抒写了与"清莹"和"芬芳"相对的"不是":不是"高贵的花冠"炫耀于人前,不是"漂亮的时装","不是锦旗,可以悬挂而使蓬荜生辉","不是花瓶,可以摆设于富丽的厅堂"。这一正一反的"勾勒"展示了"美德"的本质及其所厌恶的东西。在最后,诗人这样写道:

> 我不是一种时髦的发型,可以得意地招摇于闹市,
> 我不是一个魔术的节目,可以表演于辉煌的舞台。
> 如果是这样,那是我的劫难;
> 如果是这样,我不再是我,我已沦为丑行。
> ——《美德》

这样的抒写更展示了美行之可贵,也更显示出诗人对崇高的美德的追求。没有美德的人是唱不出真正的美德之歌的,至少说不可能剀透地展示美德的本质。

歌颂性质的诗是不好写的,常常容易流于浅薄或说教,但是,韦其麟写的颂歌式的诗却不浅薄。这除了他选择的抒情角度有利于诗人的创作之外,他对所歌颂的对象的本质的把握以及选用的揭示这种本质的形象和抒情方式无疑增加了他的诗的魅力。说到底,无论写何种类型的诗,诗人都要寻求不断创新的路径,走一条与众不同的艺术道路,否则,他就形不成自己的个性与风格。如果韦其麟按照他过去写叙事诗的方式来写抒情诗或散文诗,那么,我们就肯定读不到如此深蕴哲理,又如此富有艺术魅力的诗篇。写叙事诗的时候,韦其麟是一位善于叙事又善于在叙事诗中抒情的诗人;写散文诗的时候,他把握的只是心中之情,他成了一位抒情气质十分浓郁的诗人。韦其麟是一个不断突破自己也不断发现和发展自己潜能的诗人。诗心不老便由此而来。

四 痛苦、蜗牛、乌鸦、鬼火及其他

诗贵发现。诗人只有用自己的心灵去发现那些潜存在事物的外表之

下的而别人又不曾发现的内涵,他才能写出独特的诗,写出属于他自己的诗。独特的诗歌发现是诗歌摆脱模式化倾向、摆脱千人一腔而获得创新与突破的基础。没有新的发现,便没有诗的发展。

韦其麟是一位善于发现的诗人。他善于从别人用过的题材中去发现新意,善于从新的角度去观照现实、观照人生,从而获得对生活与现实的本质的认识,这种"发现"是他的散文诗艺术魅力的重要源泉。

《给诗人》系列散文诗写了许多在一般人看来具有贬义性内涵的物象,诗人正是从这些物象中发现了具有一丝亮丽的内涵,从而反观人生与现实,用这些物象的口吻说话:"真诚的诗人啊,你的有些同类连我们这些卑微、这些丑恶的东西也不如啊!"诗人也正是通过这独特而新颖的发现在揭示人类所存在的劣性与虚假,玲珑剔透,实可谓鞭辟入里。

痛苦是人所不愿的,然而,有些时候,痛苦又是一种伟大、一种幸福、一种真诚的表现,比如"当卑劣奸污崇高的时候,／当邪恶蹂躏善良的时候,／当真理被荒谬嘲弄的时候,／当正义被强暴凌辱的时候",痛苦便是美丽,"比幸福更美"。然而,"诗人啊,我还是希望远离人间,我还是不希望我的存在,虽然我美丽"。(《痛苦》)这种对于"痛苦"的揭示是独特的,"痛苦"不愿驻足人间,因为"只有那些长满青苔或积满尘垢的心灵,不需要我的陪伴"。这种痛苦观与幸福观是值得赞美的。诗人也是值得赞美的,因为他的这种发现。

诗人的发现只是一种结果,其过程要漫长、曲折得多,那就是对人生的体验,丰富的生活经验以及对人生与现实、历史与未来等的深沉思索。只依靠天赋去寻求"发现"往往是不大可能的。

韦其麟对人生的思索是深刻的,因此在他的笔下,"皱纹"出现了另一种面貌:"赤诚与认真之铭刻""不知索取只知奉献的热忱之铭刻""支撑沉重负担的坚毅之铭刻"……(《皱纹》)"皱纹"成了奋斗与奉献的象征,这种发现很独特,无奉献与奋斗的人是感受不到的。

因此,要真正理解韦其麟的《给诗人》系列散文诗,我们就必须特别注意他的那些"翻案"的作品。实际上,这种"翻案"只是诗人

下编 在文本中寻美

换了一个角度观照生活,是诗人的新发现。诗人通过在"丑"的东西中发现"美"来揭示人类所存在的"更丑"的东西。

在人们心目中,"蜗牛"是渺小的,然而诗人却通过"蜗牛"之口展示了它的坚毅:"纵然,我没有达到目的,我已经逝去,却留下一条闪亮的我自己的路"(《蜗牛》)。

"乌鸦"是不吉祥之物,这是人们的普遍观点,然而诗人却这样写:"我以我不好看的翅膀飞翔,/我以我不悦耳的声音呼唤","人们由于我的叫唤,想到了世界上并不是一切都吉祥如意,还有不吉祥的灾难在潜伏在窥伺"(《乌鸦》)。比起那种只唱颂歌的人来说,"乌鸦"要美得多,它敢于说人们不敢说的真话。

人与世界万物是相通的,不论是在品性上,还是在生命发展的历程上。因此,诗人通过自然之丑显示人类的某些更丑的东西是可行的。"变色龙"是一个贬义之词,但"变色龙"却自称:"诗人,你可以轻蔑我,可是,请不要把你的某些同类比作我。那是对我的玷污,那是对我的贬辱。无论如何,我这小小的爬虫,绝没有他们那样卑劣,那样无耻,那样险恶"(《变色龙》)。人之卑劣、无耻与险恶不是因此而显得更明晰了吗?

杜甫说过"富贵于我如浮云"。而"富贵"却说:"浮云?看芸芸人寰,多少眼睛燃烧着对我的欲火,燃烧得何其炽烈,何其可怕啊!"(《富贵》)。这又是一幅人间风景画。"无耻"则更大胆地说:"我能把你的灵魂带走,像那些拐骗妇女的人贩子那样,把你的灵魂拐骗,然后玩弄,然后带到遥远的地方,然后出卖,使之永远认不得归来的路。""请看,我的那些莫逆之交——那些风风光光而又洋洋自得的我的莫逆之交,谁还有灵魂呢?"(《灵魂》)"虚名"也显得很自豪:

> 我如同艳妇之青春,
> 多少正人君子狂热追求而匍匐于我的脚下,
> 多少堂堂的丈夫为我辗转不眠而神魂颠倒,
> 君不见,在芸芸闹市,有人出卖自己,只为从我手中换取一项

廉价的桂冠而招摇过市。

——《虚名》

是的，这世界真善美与假丑恶有时被人为地易位。诗人敢于揭露这一切，是诗人的使命意识使然。他不能眼看着这世界永远失落，永远沉沦，他要用真诚、用丑恶对人的讥笑来唤醒人们，要寻回世界所失落的一切：真诚与博爱、善良与美德。诗人，不愧是时代的哲人，时代的魂魄。

韦其麟的诗揭露丑恶是为了匡正现实，他的诗仍然是以歌唱希望、奉献、追求、真诚为中心的，这是人生的正确流向，也是诗人所选择的诗歌审美流向。于是，诗人在"乌云"中发现了奉献（《乌云》），他在"溪流"中发现了向往（《溪流》），他在"石灰岩"中发现了潜存的力量（《石灰岩》），他在"礼物"中发现了"愉快的奉献"（《礼物》），他在"鬼火"中发现了"闪光家族的一员"（《鬼火》），他在"横杆"中发现了对奋斗与拼搏的渴望（《横杆》），他在"珍珠"中发现了真实（《珍珠》），他在"飞来石"中发现了良知与力量（《飞来石》）……虽然这中间还有人们的悲哀，因为他们还不曾发现；虽然"坏蛋"还迷恋着"在垃圾堆里"的"辉煌的归宿"，迷恋绿头苍蝇的嗡嗡的赞颂，虽然"状元桥"还在渴望人们走过它而"平步青云"……但是，诗人已为我们揭示了一切，失落的世界在诗人的心中得以复归，也将引导人们去思索人生、现实，这便是真诚的艺术的审美力量。

五 情与理及其他

诗歌遵循的是情感逻辑，它蔑视叙述与推理。诗是不以推理见长的，虽然有些诗的品种如哲理诗与政治抒情诗时有说理的诗句或诗节。

然而，情与理并不是水火不容的，当诗人所说之理与所抒之情达成一致的时候，理有时候还有利于推动情的铺展。

韦其麟的散文诗常常闪现着理性的光辉，这种光辉既是诗所体现的

下编　在文本中寻美

对现实、对人生的思辨，也是诗所体现的对人生哲学的直接揭示。对于读者，理性光辉具有确定性与指导性。

诗人在《真理（又一章）》中引罗曼·罗兰的话"人的特点就在于……为真理而牺牲自己"作为题记，诗的正文是这样的：

这就是人的特点么？诗人。
而那些为自己而牺牲我——真理的，又是什么东西呢？

这两个反问句无须回答，其中的包含已渗透在问句之中。这是诗的思辨性的表现，既有理，也有情，情景交融，相得益彰。

类似这样的篇章还很多，比如《大地》，诗人借雪莱的诗句"冬天来了，春天还会远吗？"为题记，引出了"如果没有严冬的冰霜"的反问。《狮爪中的鹿》更具特色：

你那么激赏狮子的英勇，
为什么赞美我的善良？
这就是你的诗吗？

"激赏"狮子的英勇与"赞美"鹿的善良形成悖论，引人深思。

韦其麟的有些散文诗带有推理的色彩，比如《溪流》："如果我躺在深山那安逸而宁静的深潭，如果我流进山麓那荒芜的积满腐叶的沼泽，当然，我没有颠簸的痛苦，但同时也没有了我的向往，我的歌唱"。有的还直接叙说道理：

诗人啊，请告诉世人：
不要玷污我，玷污我的同时也贬辱了自己，
不要损辱我，损辱我的同时也丧尽了人的尊严。
——《礼物》

但是，这样的理不是说教，不是把理论用形象排列，而是诗人情之所至，从生活中发现的人生哲学，因而不空洞、不枯燥，反而给人一种深邃之感，亲切之感。

因此，当理与情融合的时候，理就成了情的闪光，情的深化，是诗人的文体自觉性与他的对现实和人生的认识的诗意结合。

六　结语及其他

当歌德的《浮士德》出版之后，不少人要诗人讲述他在诗中说了些什么，歌德听后十分气愤。是的，如果书中所说的能用别的语言讲清楚的话，他为什么还要用六十年的心血去浇灌那些情感那些故事呢？

诗无达诂。相对于原作而言，任何评论、任何解读都是蹩脚的。虽然我对韦其麟的《给诗人》系列散文诗进行了细品，发现了自己的一些的感受，但是，这篇称作评论的文字是无法包容它丰富的内蕴和所体现的艺术成就的，有些问题甚至还没有提及。

比如他的诗的传统感与现实感。韦其麟有很高的传统文化素养，特别是对他自己的民族有深刻的了解和浓厚的感情，因此，他的诗常常把历史与现实相交融，从历史中发现现实，从现实中审视历史，具有丰富的历史感与传统感。同时，他的这些散文诗所抒写的是现代人的感情，所揭露与歌颂的都是现代人生、现代社会，因而具有强烈的现代感。我从来不认为只有现代主义的诗人才有现代感，现代感是关注现代人、现代社会的所有诗都可能具有的品格。

又比如他的这些散文诗所体现出来的对诗歌艺术的见解。韦其麟采用了一个新角度关注人生与社会，他的"作品人物"对他说话，"作品人物"所揭示出来的追求，特别是与诗人的人生追求相一致的那些渴盼，自然体现了诗人对诗歌艺术的认识：真诚。

诗人把这些散文诗编成《梦的森林》。《梦的森林》是《给诗人》系列散文诗中唯一提到梦的一篇。可以说，这首诗道出了诗人创作这一系列散文诗的动因；森林由于平静而变得烦躁，由和平而变得与人类社会一样充满杀戮、掠夺……诗人无法不歌唱；这首诗也是诗人勾画的他所面对的人类历史由远而近，又由近而远的漫长历程的缩影，浓郁的忧患意识展示了诗人对人类命运的热切关注。

1990年12月草于广西民族学院相思湖畔，2018年初修改于重庆之北

《赋格》的诗学价值与文学史意义

一 缘起

多年以前，笔者就曾经断断续续地读过叶维廉先生的诗歌与诗论，但不是很系统，也不深透，有的甚至读不太明白。1993年9月，叶维廉、洛夫、梁秉钧等诗人、学者应邀到西南师大（即现在的西南大学）中国新诗研究所参加国际会议，我初次接触了叶先生。2001年7月至2002年6月，我有幸作为富布莱特学者到美国加州大学圣迭戈校区文学系研修，承蒙叶先生抬爱，他接受了我的申请，使我能够跟随他研修一年。那一年里，我除了收集到不少西方学者翻译介绍中国新诗的信息、读到了他们研究中国新诗的一些论著之外，还比较系统地阅读了叶维廉先生的作品，更主要的是有很多和叶先生面对面交流的机会。我们几乎每周都要聚会一次，听他讲课，然后和他一起喝咖啡，聊诗，聊文化，聊他自己的人生经历和对人生、艺术的看法，由此感受到他从一些新的角度对中国、对中国文化的深刻理解与挚爱，和长期以来对中国文化的研究、宣扬，从中获得了很多有益的启示，也了解到他对自己的一些作品的创作心得。

当时，我整理了数万字的关于叶维廉诗论的阅读笔记。回国之后，我先后撰写了多篇关于叶先生诗论的文章，包括解读叶先生创造的一些诗学术语，讨论他的诗学研究方法，分析他的诗论所具有的学术品格，等等。同时继续阅读他的诗歌、散文作品，但基本上没有写过讨论其诗歌创作的文章。叶先生的诗，读起来很特别，表达新鲜，语言奇异，想象悠远，很容易抓住人心，但又很难一下子明白他究竟想抒写什么、又究竟抒写了什么。时至今日，笔者的耳边还时常回响起叶先生谈论他的一些诗歌创作过程的絮絮心语。

> 北风，我还能忍受这一年吗
> 冷街上，墙上，烦忧摇窗而至
> 带来边城的故事；呵气无常的大地
> 草木的耐性，山岩的沉默，投下了
> 胡马的长嘶，烽火扰乱了
> 凌驾知识的事物，雪的洁白
> 教堂与皇宫的宏丽，神祇的丑事
> 穿梭于时代之间，歌曰：
> 月将升
> 日将没

这是叶维廉的《赋格》（Fugue）[①] 一诗的开篇。以问句开始，立即就引起人们的沉思与追寻，其紧张、急促的追问使人不得不阅读下去，去思考诗人究竟要写些什么，又为什么要这样写。接着，诗人使用了大量让人惊异的意象，跨越极大，组合奇特，既涉及古代，也涉及当下，既涉及自然，又来自内心，既关涉艺术规则，又不乏独特创造，暗色、冷色的物象，以及一些情绪性词语如"无常""沉默""凌驾""丑事"等，吸引着我们去期待和体会诗中蕴含的与众不同的体验。这样的诗行在20世纪五六十年代之交的中国诗坛是独特的，甚至在今天，这样的诗句也是难以被取代的。它们只属于叶维廉。因此，只要是客观公正地进行评价，无论是在当代台湾新诗史还是在包括大陆、港台澳在内的整个中国当代新诗史中，《赋格》都是一首不能被忽略的作品。在其诞生

[①] 无论是在最初发表，后来收入同名诗集，还是在收入《叶维廉文集》时，这首诗的题目都有一个英语单词以括号的方式标记于汉语题目之后，估计有强调该诗和音乐的关系的目的，也和诗人当时学习外语有关。为了简略，本文在下面谈到该诗时不再使用括号及其中的英文单词。

之后，很多诗人、学者，包括叶维廉先生自己，都对其进行过阐释，涉及作品的诸多方面。

《赋格》创作于 1959 年①，是叶维廉的成名作和代表作之一，也是中国当代诗歌创作的重要收获。无论是在艺术观念上，还是在表达美学上，尤其是在融合中国传统文化精神和西方艺术精神方面，都是一次具有诗学意义的尝试。创作这首诗的时候，叶维廉只有 22 岁，刚刚从台湾大学外文系毕业，转到台湾师范大学英语研究所攻读硕士学位。

我们知道，叶维廉是一位优秀的诗人和散文家，他的作品从 20 世纪 60 年代初期开始就受到关注并产生了比较广泛的影响。只是由于他在现代诗学、比较文学等研究领域的开创性贡献，使他的名声在学术界影响越来越大，反而遮蔽了作为优秀诗人、散文家的身份。类似的情况在文学史和文学批评史上并不是个别的。有学者对叶维廉的成就进行过这样的概括："如果我们对叶维廉先生的成就进行细化，那么，以他的成就为依据，他至少可以戴上八项'专家'的桂冠而无愧。诸如，比较文学专家、文学批评专家、中国诗歌研究专家、庞德研究专家、翻译家、散文家、现代派艺术理论和现代派艺术（特别是现代派绘画）评论家、诗人"②。在这八项专家的身份中，"诗人"是排在最后的，虽然项项所说的都是事实，而且在后文中，作者也强调了："叶维廉先生的建树是多方面的，而其中影响最大的建树，在我看来主要是两个方面，一个是文艺理论，一个是诗歌创作"③。但这种表述还是和叶维廉在诗歌艺术探索上取得的成就以及他取得多种成就的先后顺序存在一定的出入的。叶维廉首先是一个具有独特创造和艺术风格的现代诗人，之后，

---

① 叶维廉的这首诗在诸多地方都标明为创作于"1960 年"，其中包括在《叶维廉文集》中。但叶维廉在《出站入站：错位、郁结、文化争战——我在五六十年代的诗思》（《诗探索》2003 年第 1—2 辑）一文中明确表示，"《赋格》在 1959 年写成"。因此，该诗的创作时间应该是 1959 年，而 1960 年可能是作品的最后修订时间或者发表时间。

② 许祖华：《从现代到古代——叶维廉及其诗歌创作论》，载《华中师范大学学报》（人文社会科学版）2003 年第 1 期。

③ 同上。

下编　在文本中寻美

他才是学者和散文家，而且我们还可以为他追加另外一个身份，那就是文学教育家，他培养了许多具有影响的学生，帮助建立了香港、北京等地一些大学的比较文学学科。当然，上面提到的说法来自讨论叶维廉诗歌创作的论文，我们也许可以这样揣测：既然排在最后的"诗人"这个身份都那么有成就、有影响，叶先生的其他身份所具有的分量就可想而知了。

《赋格》是叶维廉的一首诗，也是他的第一部诗集的名字。从对"赋格"一词的反复使用，可以看出诗人是很看重这件作品的。我们甚至可以由此推测，叶维廉早期的作品可能都具有《赋格》这首诗的某些特征。早在1973年，古添洪就说过："第一本诗集，往往能反映出作者的写作倾向；再者，在1969年出版的《愁渡集》中，作者又收入了《赋格集》中的八首；可见赋格集在作者写作历程上，及其心目中的重要性"[1]。美籍华人学者张明晖也认为，"《赋格》在叶的诗歌生涯中是一个重要的里程碑"[2]。基于这样的看法，在这里，笔者不想对它进行学理上的考察、分析，只是想从一个读者的角度，描述这首诗带给自己的感受，并由此思考叶维廉在诗歌艺术上所体现的创造性，讨论它可能具有的美学价值和文学史意义。

二　"移植"与"继承"相融合的实验

1949年之后的相当长时间内，因为政治和社会等诸多方面的原因，大陆和台湾诗歌几乎是在一种对抗、封闭的状态下各自发展的，出现了不同的艺术走向。在大陆，人们追随文艺为政治服务的主张，注重诗的

---

[1] 古添洪：《试论叶维廉〈赋格集〉》，原载《大地》1973年第5期。本处引自廖栋梁、周志煌编选的《人文风景的镌刻者——叶维廉作品评论集》，文史哲出版社1997年版，第67页。叶维廉的第一、二部诗集的题目实际上是《赋格》、《愁渡》。

[2] 张明晖：《叶维廉：诗人放逐者》（Wai-lim Yip：A Poet-Exile），蒋登科译，载《中外诗歌研究》2003年第4期。张明晖是美籍华人学者，其英语名字是Julia C. Lin，上海人，长期担任俄亥俄大学英语系副教授、教授，主要从事中国现代诗歌研究，著作甚丰，1972年出版了《中国现代诗歌简介》（Modern Chinese Poetry：An Introduction），1985年出版了《中国当代诗歌论文集》（Essays on Contemporary Chinese Poetry）等，前者主要研究了20世纪上半叶的新诗发展，后者主要研究了包括叶维廉在内的9位台湾诗人的创作。

310

政治性、现实性、普及性，诗的政治化、模式化倾向相当明显；而在台湾，则出现了诗歌的"中"与"西"的论争，在一段时间里，"全盘西化"的主张甚至成为主潮。其实，"全盘西化"的主张在中国现代诗歌发展中并不是什么新鲜的发明，早在五四时期，陈独秀、胡适他们为了打倒传统，倡导新变，就提倡和实施过这种主张。在20世纪50年代的台湾诗坛，倡导和实验"西化"最有代表性的是纪弦提出的"横的移植"的主张。

1956年1月15日，以《现代诗》为核心的现代派诗人第一届年会在台北市民众团体活动中心举行①，"现代派"宣告成立，纪弦并提出了现代诗的"六大信条"：

（1）我们是有所扬弃并发扬光大地包含了自波特莱尔以降一切新兴诗派之精神与要素的现代派之一群。
（2）我们认为新诗乃横的移植，而非纵的继承。这是一个总的看法，一个基本的出发点，无论是理论的建立或创作的实践。
（3）诗的新大陆之探验，诗的处女地之开拓，诗的新内容之表现，新的形式之创造，新的工具之发现，新的手法之发明。
（4）知性之强调。
（5）追求诗的纯粹性。
（6）爱国反共，追求自由与民主。②

这"六大信条"发表之后，引起了诗坛的强烈反响。但是，即使在当时的台湾诗界，对这些"信条"也有不少人是不认同的，和纪弦为同辈诗人的覃子豪甚至对其进行了尖锐批评。1957年，覃子豪在《蓝星诗选丛刊》第一辑《狮子星座号》上发表了题为《新诗向何处去?》的长文，对纪弦的"六大信条"进行了批驳，明确指出"六大信条"具有民族虚无主义的实质。他写道："诗人们怀疑，完全标榜西化

---

① 《现代派消息公报》第1号，载《现代诗》1956年季刊第13期。
② 纪弦：《六大信条》，载《现代诗》1956年季刊第13期。

的诗派,是否能和中国特殊的社会生活所契合,""中国新诗应该不是西洋诗的尾巴,更不是西洋诗空洞渺茫的回声,而是中国新时代的声音,真实的声音"。"若全部为横的移植,自己将植根何处?"[①] 他还针对纪弦的"六大信条"提出了关于诗的"六项正确原则",涉及对诗的再认识、对创作态度的新思考、重视诗的实质及表现的完美、寻找诗的思想根源、在准确中追求新表现、诗的风格与自我完成等方面。覃子豪的批判,引起了不少诗人的共鸣。

　　当代台湾诗坛的诗学论争因为这场论争而拉开了序幕。针对覃子豪的批判,纪弦在《现代诗》第 19 期和第 20 期连续发表两篇长文《从现代主义到新现代主义》和《对所谓六原则批判》,为《六大信条》辩解的同时,对覃子豪发起了批判。覃子豪对此一一予以反驳。这种你来我往的讨论和争鸣持续了几年时间,其结果是使多种诗歌观念越来越明晰,也使追随不同诗歌观念的人也在这个过程中不断矫正着自己的看法。1962 年,现代派宣告解散,《现代诗》诗刊在出版第 45 期之后也于 1964 年 2 月宣告停刊。在《现代诗》最后一期的编者的话中,纪弦在一定程度承认了现代派的弊端。他认为,现代派诗有三种病态,"一、缺乏实质内容的虚无主义倾向;二、毫无个性的差不多主义倾向;三、漠视社会性的贵族化脱离现代倾向"。就当时台湾的现代主义发展来看,这种表态有一定道理,但这并不是说,现代主义的实验在台湾就是失败的、没有成效的,而是说明,和许多实验阶段的艺术思潮一样,现代主义诗歌的探索存在着一定的局限和片面性,它不可能成为现代诗歌发展的唯一路径,而只是多种路径中的一种。过分强调其主流价值甚至唯一性,就可能导致诗歌发展的单一,也会受到诗歌界的其他诗人、思潮的反对。1976 年,在"现代派"解散 14 年、《现代诗》诗刊停刊 12 年后,纪弦在《创世纪》诗刊第 43 期发表《现代派运动 20 周年之感言》说:"现代派完全是我个人欢喜不欢喜:是依照我个人性格而行之,我要办刊我就办了,我要组

---

① 覃子豪:《新诗向何处去?》,载《蓝星诗选丛刊》第一辑《狮子星座号》1957 年。

派我就组了,一旦我感到厌倦,我就把它停掉,把它解散掉,一切都不为什么,完全是一个高兴不高兴的问题"。我们很难揣测这段话的真实意图,不知道他究竟是为了表现自己对现代派的功劳,还是表达自己对现代派出现问题的失落,或者对现代派经历的各种事情的玩世不恭的心态。不过,他的话中强调了个人在组织"现代派"这一流派中的作用,这在文学流派的演变、发展中好像是一个特例,甚至有点违背常规——文学流派一般是因为创作的影响而逐渐形成的,而不是首先宣称一个流派,然后再去进行创作实验。我们由此可以推测,台湾的"现代派"在形成、发展中可能和传统的文学流派存在一些不同的地方。

多年之后,在大陆地区,也有人对台湾的现代派诗歌持批判态度。古继堂就认为,现代派的出现,"也有台湾社会文化的特定背景","决不是纪弦个人的神功妙法","如果纪弦所说,纯粹是他个人的喜好,那么1962年解散现代派,1964年停掉《现代诗》诗刊,绝不是他心甘情愿,而是经过几个回合的辩论和挣扎,处于四面楚歌走投无路的困境下,他才承认失败的。纪弦和许多诗人一样,由于诗人富于激情和幻想,也就爱犯自大狂、不能正确看待自己的毛病"。[①] 这是对纪弦强调自己和现代派关系的一种反思,认为文学流派往往不是个人意志的结果,而是文学发展中多种因素影响而导致的。可以看出,古继堂对纪弦和"现代派",尤其是纪弦强调自己和现代派的特殊关系,是不认同的。作为学术研究,这种看法自有其道理。但不管怎样,台湾现代主义诗歌的实验,是和纪弦等人的倡导密切相关的。他长期的坚持和实验,在一定程度上为活跃当代台湾诗歌、诗学和推动当代诗歌艺术的发展是有功劳的。

当时的叶维廉还没有参与到这些讨论之中,不是"现代派"的成员,也没有明确表达自己的观点。纪弦提倡"现代派"的时候,叶维廉是刚刚从香港来到台湾不久的大学生,属于"外来者",和台湾地区

---

① 古继堂:《台湾现代派文学思潮批判》,载《洛阳师范学院学报》2002年第1期。

下编 在文本中寻美

的诗人也还不熟悉，甚至没有读过他们的作品。他说："我是《赋格》在香港《新思潮》（我和昆南、无邪等人办的杂志）上发表、被张默、痖弦和洛夫选入他们编的《六十年代诗选》之后才认识他们的，之前可以说没看过他们很多的东西，尤其是早期的，这样，我们之间的回响，更说明了危机感笼罩性之趋势。"[①] 但是，他当时创作的一些作品，尤其是《赋格》无意中参与到这场实验和讨论中，一方面说明当时的某种情绪和试验在不少诗人那里是共通的；另一方面也说明，他的实验可能和纪弦他们并不完全一样，也和批判者保持着一定的距离。他走的是属于自己的第三条艺术之路。

就美学特色来说，《赋格》不是纯西化的作品，没有完全配合"横的移植"的艺术主张，但和西方文化确实有着密切的关联。诗的题目就是来自西方的。赋格曲本来是一种音乐的样式，是复调乐曲的一种形式。"赋格"是拉丁文"fuga"的译音，法语、英语写作"fugue"，其词源学意义是"遁走"。赋格曲建立在模仿的对位基础上，是从16、17世纪的经文歌和器乐里切尔卡演变而成的。作为一种独立的曲式，赋格曲直到18世纪在J. S. 巴赫的音乐创作中才得到了比较充分的发展。巴赫丰富了赋格曲的内容，力求加强主题的个性，扩大了和声手法的应用，并创造了展开部与再现部的调性布局，使赋格曲达到相当完美的境地。笔者在音乐方面是外行，上面这些文字借鉴了音乐理论界的流行看法。但我们可以肯定的是，叶维廉是熟悉这种音乐样式的，也熟悉西方的现代主义文学，还翻译了艾略特、庞德等大量西方诗人的作品，因此《赋格》在结构、主题、表达等方面毫无疑问是借鉴了西方的音乐样式的，同时也接受了西方现代诗歌的影响。叶维廉在谈到这首作品时说："《赋格》这个题目取音义译自Fugue，意大利文是Fuga，意为飞翔或飞逸，是一种复音乐曲（亦译为'追逸曲'或'遁走曲'）。罗伦士·亚伯论巴哈的Fugue时指出，有几个主题，分别插入，像回音般应和着，和弦并不完全，可能只有一两个全音程较明显，第三个全音程要靠听众

---

① 叶维廉：《出站入站：错位、郁结、文化争战——我在五六十年代的诗思》，载《诗探索》2003年第1—2辑，第201页。

要想象加入"①。有学者认为,"在《赋格》中,以充满旋律的短语通过多种旋律的间歇重复为基础,叶尝试了一种近似于赋格曲的诗歌结构。这首诗包括三个部分(说明,发展与概括),氛围与意象在其中错综交织,融合为音乐的律动。每一部分又分为长度不等的段落或诗节,从一行两三个字到十三、十五个字。这首诗也受惠于打乱了的,变更了的或者转换了的传统诗律,以实现现代结构中旋律、语调色彩、响亮程度的多样性"。② 由此可见,这首诗在艺术上的融合特征是很明显的。

《赋格》和西方文化具有密切的关联。但是,就文本来说,诗人所采用的语言是中国的,甚至借用了他后来一直张扬的古典汉语的词汇和句子,所书写的情感也是现代的,是当时那种迷茫、飘零体验的艺术化。换句话说,《赋格》是将西方的艺术经验和中国人的体验进行了融合,既不偏向于纪弦他们倡导的"横的移植"的设想,也没有完全追随当时和后来流行的"纵的继承"的观念,而是尽可能实现借鉴与继承的融会、融通。从诗歌发展史来说,这样的探索具有转型意义。它使"横的移植"和"全盘西化"的极端化取向得到一定程度的纠正,也使"纵的继承"的追求具有了新的内涵。正是这种探索,使叶维廉在当时的诗坛上体现出自己的特点,但也使他在不同的诗歌思潮之间都很难进入领头人的角色:现代主义者、传统主义者都可能认为他不完全是自己的同路人,这样导致的结果就是叶维廉的诗所取得的成就和得到的关注显得很不平衡,甚至在大陆地区,他后来更多地是以学者的身份出现的。

张明晖(Julia C. Lin)在谈论叶维廉的《赋格》时说:"传统主义与现代主义结合成一个绝妙的协调。叶要使他的诗成为'走回中国丰富的诗学传统的桥梁'的决心在这里实现了。在这一点上,叶属于像庞德、艾略特那样的少见的诗人,他们在深入传统和现代性方面同时取

---

① 叶维廉:《出站入站:错位、郁结、文化争战——我在五六十年代的诗思》,载《诗探索》2003年第1—2辑,第203页。
② 张明晖:《叶维廉:诗人放逐者》(Wai-lim Yip: A Poet-Exile),蒋登科译,载《中外诗歌研究》2003年第4期。

得了成功"①。在她看来，叶维廉是一位融合中西诗艺、传统的诗人。传统与现代的融合，使他为中国现代诗歌的发展摸索了一条具有诗学意义的道路。在这一点上，张明晖的看法和我们所说的该诗带给中国诗歌的转型意义是一致的。叶维廉以《赋格》及其同时期的其他一些作品为代表所进行的探索，不只是他一个人的艺术收获，而是为中国新诗的发展提供了有益的范例。

三 现实体验的升华：根与根的寻觅

张明晖认为："《赋格》在其风格的高贵和神话、传说、历史、文化，以及时间与记忆，放逐与人类命运的宏伟主题方面，接近了史诗。在这一点上，这首诗类似于屈原的《离骚》。《赋格》也体现了经典传统中的高度严肃和克制的感情主义。虽然很难懂，但是这首诗在传达叶所感到的作为一个现代中国诗人被迫去表达的复杂情绪方面取得了成功"②。在将作品确定为难懂的同时，她也承认《赋格》具有独特的创造性，是成功的艺术尝试。她认为，这首诗以及诗人当时的很多作品所抒写的是一种"怀旧之情"，而《赋格》的"最后一个寒心之雨的意象强调了诗人放逐者的孤独和痛苦的感情"。③《赋格》是难解的，但也是丰富的。

在其学术生涯中，叶维廉研究了许多方面的问题，但如果细心观察就会发现，一直有一个核心话题渗透在叶维廉的创作和研究活动中，那就是对中国传统的先锋性的强调和张扬。在诗歌研究中，他特别关注语言尤其是传统汉语、文化尤其是道家文化在诗歌艺术建构中的特殊价值，强调语言的冒险性，强调艺术创造的自主、自由特征，而且认为，许多西方的现代主义诗歌的实验要么受到了中国诗歌、文化的影响，要么在中国文化和诗歌中其实早已存在。

---

① 张明晖：《叶维廉：诗人放逐者》（Wai-lim Yip: A Poet-Exile），蒋登科译，载《中外诗歌研究》2003 年第 4 期。
② 同上。
③ 同上。

《赋格》的诗学价值与文学史意义

　　和张明晖的意见差不多，不少诗人、学者把《赋格》与传统的关系作为重要的话题来探讨。事实正是如此，在《赋格》中，即使从表象看，诗人也和传统达成了某种特殊的交流。

　　传统意象的使用是这首诗的特色之一，"胡马""烽火"的战乱，"梧桐""蒲苇"的自然与文化蕴涵，"陋巷"与"故国"的怀念，等等，都使人感受到传统文明在诗人心灵上的印记。诗人甚至将一首古诗直接引用到诗中，他说："我的《赋格》在求索的游离中突然浮出一首少年时代念过的古诗：'予欲望鲁兮，龟山蔽之，手无斧柯，奈龟山何'也是'借语/借声'在无形的禁制下的转喻"[①]。这是从艺术技巧上谈的，涉及诗人和西方诗歌、和中国传统诗歌以及三四十年代诗歌之间的关系。即使从字面上，我们也可以感受到诗人对传统文化的依恋，对生命之根的寻觅。"鲁"是山东，是中国文化的源头所在，"龟山"象征阻挡诗人回到故土、回到传统文化的一切力量。对于两手空空的诗人，"奈龟山何"是一种无可奈何的心态。在当时的隔离状态之下，这首诗既联系了中国传统文化，又能够恰到好处地书写出诗人当时的情感状态，而且是具有双重（甚至多重）意味的：一是诗人在隔离状态下对故土和文化的怀念，二是诗人对于异化的文化的怀念与向往。

　　对古典词语、意象的使用，如果仅仅停留在传统意象上，那么叶维廉的诗可能就会成为旧体诗词的现代变体。但他在作品中其实又使用了大量的现代语汇，文言与白话的夹杂，使作品和那些一看即明的诗产生了距离，同时使诗篇在本质上表达的是诗人的现代情绪，比如"不要在阳光下散步"的提醒，"君不见有人为后代子孙/追寻人类的原身吗？/君不见有人从突降的瀑布/追寻山石之赋吗？/君不见有人在银枪摇响中/追寻郊禘之礼吗？"的追寻与省思。而诗人使用传统意象的目的，就是对传统精神失落进行追寻与拷问。自"五四"以来，外来文化的强势进入，使中国文化在异质文化的冲击下发生了裂变，也导致了中国传统的价值观、道德观发生了裂变。这个过程是痛苦的，因为我们

---

① 叶维廉：《出站入站：错位、郁结、文化争战——我在五六十年代的诗思》，载《诗探索》2003年第1—2辑，第199页。

下编　在文本中寻美

接受的外来文化在很大程度上是另一种具有宰制特征的文化。这种状况对于有些人来说，可能是一种革命性的新变，但对于具有文化自觉的诗人来说，却是一种新的痛苦代替旧的痛苦。在叶维廉看来："中国作品，既是'被压迫者'对外来霸权和本土专制政体的双重宰制做出反应而形成的异质争战的共生，所以它们一连串多样多元的语言策略，包括其间袭用西方的技巧，都应视为他们企图抓住眼前的残垣，在支离破碎的文化空间中寻索'生存理由'所引起的种种焦虑。……这些作品往往充满了忧患意识，为了抗拒本源文化的错位异化，抗拒人性的殖民化，表面仿佛写的是个人的感受，但绝不是'唯我论'，而是和全民族的心理情境纠缠不分的"[1]。《赋格》所具有的忧患意识是明显的，诗人对于"生存理由"的思考，体现出他对传统、对民族、对文化和对个人发展的深刻忧虑，甚至包含着绝望的情绪。

在作品中，"口语与传统语言的精巧混合"[2]，体现的是现代思想与传统文明的结合，中国文化与西方文化的纠结。对不断受到冲击的传统文化的追思、对面临着文化异化的现实的失望和对没有结局的未来的茫然，构成了这首诗明晰的主线，但它更隐含着一些无法从字面上读到却可以用心灵感悟的体验。这种写法就是"赋格曲"的方式：提供一些明晰的感悟，也隐藏、暗示一些需要认真揣摩才能感受到的体验。对于叶维廉来说，选择这种方式是具有多种原因的，除了上面提到的对文化异化的忧患之外，另一个重要原因就是当时置身台湾的诗人的特殊心理处境："五六十年代在台的诗人感到一种解体的废然绝望。他们既承受着'五四'以来文化虚位之痛，复伤情于无力把眼前渺无实质支离破碎的空间凝合为一种有意义的整体。在当时的历史场合，我们如何去了解当前中国的感受、命运和生活的激变以及忧虑、孤绝禁锢感、乡愁、希望、精神和肉体的放逐、梦幻、恐惧和游疑呢？我们并没有像有些读

---

[1] 叶维廉：《出站入站：错位、郁结、文化争战——我在五六十年代的诗思》，载《诗探索》2003 年第 1—2 辑，第 192 页。

[2] 张明晖：《叶维廉：诗人放逐者》（Wai-lim Yip：A Poet-Exile），蒋登科译，载《中外诗歌研究》2003 年第 4 期。

者所说的'脱离现实',事实上,那些感受才是当时的历史现实"①。面对这样的处境,单纯的赞美或者批判都不能深入心理体验的核心,有良知的诗人产生迷茫感、危机感甚至绝望的情绪才是正常的,因为他们没有随波逐流,他们在思考着,寻觅着,于是在艺术表现上,"很自然地便打破单线的、纵时式的结构,进出于传统与现代不同文化的时空,做文化历史声音多重的回响与对话,也因此,在语字上,在意象上,不少诗人企图通过古典语汇、意象、句法的重新发明与古典山水意识的重写来再现本源的视野来驯服凌乱的破碎的现代中国的经验"。② 这样的手法、经验不可能是单线条的,而是复合型的,是古今交融、中外互动的。

当时的许多诗人,尤其是身处台湾的诗人,在心理上、情感上都有一种被放逐的感觉。一是文化上的放逐,长期以来对传统文化的批判和对外来文化的接受使他们迷失了文化之根;一是现实中的放逐,失去了与家园的联系。这种放逐感必然导致种种情感、心理上的冲突,也会产生进一步的寻觅与反思。基于此,无论从人生体验、精神状态上看,还是从表达内涵的复杂性上看,诗人选择"赋格"式的抒写方式在当时都是一种必然。即使有些诗人没有使用"赋格"这样的标签,像纪弦、商禽、洛夫、痖弦等,他们的作品中所表现的情绪和表达这些情绪的方式在一定程度上也都是相通的:向内而不是向外,复杂而不是单纯,苦闷迷茫而不是盲目乐观。

张明晖在谈论《赋格》时说它包含了"宏伟主题"。早在该诗刚刚出现的时候,痖弦也有过类似评价,他在收录了《赋格》的《六十年代诗选》的序言中说:"叶维廉是我们诗坛一向缺乏的具有处理伟大题材能力的诗人,在中国,我们期待'广博'似较期待'精致'更来得迫切。"③ 他使用了"伟大题材"。无论是从主题看,还是从题材看,《赋格》都具有不同一般的特征,或者可以借用痖弦的"广博"一词来加以概括。诗的

---

① 叶维廉:《出站入站:错位、郁结、文化争战——我在五六十年代的诗思》,载《诗探索》2003年第1—2辑,第194页。
② 同上书,第195页。
③ 同上书,第203页。

下编　在文本中寻美

"广博"往往与它的深邃、开阔、独创有关，既可以是广博的知识背景、艺术背景，也可以是开阔的艺术视野，多样的表现手法；既可以是题材的大视角，也可以是内涵的深厚、思想的深邃与独创。这种具有史诗特征的诗篇，不只是痖弦他们所期待的，其实也是新诗史上不多见的。对于"广博"特征的评价，叶维廉本人是认同的："'广博'确是驱使、笼罩我当时创作的心境，'皇天之不纯命兮，何百姓之震愆，民离散而相失兮……去故乡而就远……'应该是以史诗的气魄去写它的。在这首诗的情况，我选择了近似西方交响乐的结构来呈现中国的情与景，也是文化争战融合的一种试探"①。换句话说，《赋格》不只是诗人对于个人命运的思考，而且包括对中国、中国文化的命运的关切与忧思。

《赋格》在精神上所依托的是深厚的中国文化，面对的是异化的文化和社会，寻觅的是中国文化和中国人的未来。诗人的多元思考是为了寻找一种文化的依托，一种精神之根、生命之根。在讨论叶维廉的创作心理的时候，我们要特别注意"愁渡"这个词。这个词是诗人反复使用的，也是他的一首诗和第二部诗集的名字。因为外在原因的逼迫，诗人在很小的时候就开始迁移出自己的家园，从大陆到香港，从香港到台湾，从台湾到国外……每次远离所带来的，不是心灵的更加充实，而是心灵的进一步虚空，尤其是前两次迁移，都使他产生了明显的无根和无家之感。对于早年的叶维廉来说，对传统文化的渴望与无奈以及二者的尖锐对立时刻交织在诗人的心灵和情感之中，逼迫他充满梦想去寻觅、反思，又无可奈何地面对文化失落的痛苦，各种体验、多种文化、多种艺术手段交织在诗中就成为必然。

按照诗人自己的说法，《赋格》这首诗交织着"历史记忆文化破碎意象的侵入缠绕，凝融中心的缥缈无着，生死的漂流，东冲西撞的求索，追望，失落，搅痛，伤情到彷徨问天……"②，这样的心态必然导致他的作品总是充满矛盾和纠结，充满危机与失落感，充满寻思和追

---

① 叶维廉：《出站入站：错位、郁结、文化争战——我在五六十年代的诗思》，载《诗探索》2003年第1—2辑，第203页。
② 同上。

问。张明晖说，"错综的音响方式——主要依靠重复和韵律对应——在强化意义和暗示力量的同时，产生了一种咒语式的效果。使用充满弦外之音的词语的连接，营造了一种难以忘怀的挽歌气氛。诗歌通过对体现过去的词语，或者意象以及从现在的真实概念中生长出来的形象的连续编排，创造了它的基本张力。被历史的狂暴驱赶为一个放逐者，截断了与文化传统的关系，面对无常的未来，在第一个乐章结束的时候，主人公屈服于怀旧之情的诱惑"。① 这里的"怀旧之情"其实就是对于具有生命力的传统文化的寻觅和依恋之情，它是诗人疗治心灵之伤的良药。虽然诗人当时的寻觅在心灵上并没有获得满意的结果，但这个过程实际上就是一种具有价值的创造。

四　现代诗的晦涩及其成因

20 世纪 80 年代初，大陆的"朦胧诗"刚刚出现的时候，人们对其批评最多的，就是它的"朦胧""晦涩""难懂"。这种批评可能有多种原因，比如，从客观事实看，有些作品确实比较朦胧、晦涩，一般读者很难读懂；又比如，读者和批评者因为长期接触某种类型的作品，像口号化的直白、缺乏个性的表达等，而一旦遇到新的诗歌现象，由于审美定势的影响，他们在短时间内难以进入其中。不过，经过一段时间的讨论，随着审美观念的变化，人们逐渐接受了"朦胧诗"和它代表的诗歌追求。而且到后来，有些人甚至认为，"朦胧诗"过时了，落后了，它与现实、政治结合得太紧密，还不是纯粹的艺术，于是在"pass"一些主流诗歌之后，又提出了"pass 北岛""pass 朦胧诗"之类的口号。这种转化提醒我们，艺术的发展一定和当时诗人的观念、读者的审美水准、社会语境等有着密切的关系，而随着时间的流逝和艺术的发展，很多评价都可能发生变化，甚至是相反的变化。

其实在台湾地区，类似话题的讨论至少从 20 世纪 50 年代后期就开始了。结果虽然不了了之，但人们从中获得了关于诗歌、关于艺术的更

---

① 张明晖：《叶维廉：诗人放逐者》（Wai-lim Yip: A Poet-Exile），蒋登科译，载《中外诗歌研究》2003 年第 4 期。

下编 在文本中寻美

为开阔、深入的思考。一些新的诗歌思潮、观念也是在这种讨论中不断被提出、丰富、完善和逐渐接受的。

《赋格》虽然影响很大，但它的难懂也是被人诟病的话题之一。古添洪在谈到该诗第二部分第一节的最后几个诗行时说："什么是'神圣的脸'，如果是卜者，为什么一定要用'神圣'？尤其是为什么一定要抚摸？如果这是一种特定的仪式，作者似乎应该做个注脚。并且，为什么一定要'有力的双手'呢？无力或普通的用力不行吗？我看不出这些形容词及动作的特别含义。这种表达，是不明晰的"①。张明晖认为："如果不是被它陌生的戏剧化和音乐所抓住，要读懂《赋格》是不可能的，但是，要解释其想象逻辑的顺序并不是很容易的。在对待叶的这些更朦胧的诗篇时，一定的猜测是必不可少的"②。由此可见，即使对于诗人同时代的读者和长期生活在西方的读者，晦涩、难懂也是《赋格》的基本特征之一。但是，诗人之所以这样写而不那样写，一定是有他的道理的。基于文本的"猜测"有时是诗歌解读所必需的方式之一，而对于文本背景的思考也是不可忽略的。

我们可以从以下几个方面来对《赋格》和现代诗的晦涩进行简要讨论。

一是由现代诗本身的特色所决定的。现代诗之现代，情形相当复杂，它要表达现代的复杂心态，复杂社会，复杂情感，单线条的表达肯定难以达到目的。这些特点在艾略特、庞德等人的作品中早有体现。英国诗人威廉·燕卜逊在其《晦涩的七种类型》（又译《朦胧的七种类型》）中专门论述了这一话题。在中国，李金发、卞之琳、冯至以及"九叶"诗人的作品中，也不断呈现出比较复杂的特点来。袁可嘉认为："现代化的诗是辩证的（作曲线行进），包含的（包含可能溶入诗中的种种经验），戏剧的（从矛盾到和谐），复杂的（因此有时也就晦

---

① 古添洪：《试论叶维廉〈赋格集〉》，原载《大地》1973 年第 5 期。本处引自廖栋梁、周志煌编选的《人文风景的镌刻者——叶维廉作品评论集》，文史哲出版社 1997 年版，第 72 页。
② 张明晖：《叶维廉：诗人放逐者》（Wai-lim Yip: A Poet-Exile），蒋登科译，载《中外诗歌研究》2003 年第 4 期。

涩的），创造的（'诗是象征的行为'），有机的，现代的"①。他认为穆旦的诗"晦涩而异常丰富"②，他肯定了晦涩有时是诗的特征之一，甚至将晦涩和诗的优劣联系在一起。当下的一些诗人仍然坚持这样的看法。黄灿然写过一篇短文，题目就叫《现代诗何以晦涩》，文章以简单的语句转换为例，讨论了诗的创造性和反常理特征，"对于现代诗人来说，写诗就是一种想象的冒险和勘探，是朝向未知领域的飞行，其中有紧张、有期待、有发现、有实验，当然还有飞回地面着陆（完成作品）那一瞬间的狂喜"。③ 因为面对的是未知世界，现代诗的晦涩在一定程度上就是必然的。美籍华人学者荣之颖在谈到叶维廉的创作时说："对《荒原》的翻译也许影响了叶本人的创作敏锐性。他回应了艾略特对于我们这个时代感性崩溃和社会秩序动荡的关注。虽然叶的《城望》没有艾略特的《荒原》那样的规模，但诗中的'尚未认知的城市'当然还是会使我们想起艾略特的'不真实的城'所隐含的主题"④。显然，叶维廉在进行艺术探索的时候，至少在创作《赋格》的时候，是熟悉西方现代主义文学传统的，而且受到其中一些观念、手法的影响。现代诗所表现的不是单一的情绪或感受，而是对于不断变化甚至动荡的历史、文化、现实、心灵的把捉，涉及的范围广，采用的手法新，和传统的、流行的诗歌及其表达方式相比，现代诗确实是综合的、复杂的，有时是难解的。因此，在大多数读者那里，现代诗出现晦涩、难懂的情形就是必然的。

二是由诗人的求真心态所决定的。在开始诗歌创作的时候，叶维廉

---

① 袁可嘉：《诗与民主》，天津《大公报·星期文艺》1948 年 10 月 30 日。
② 同上。
③ 黄灿然：《现代诗何以晦涩》，载《名作欣赏》2011 年第 9 期。
④ ［美］荣之颖：《台湾现代诗选》，美国伯克利加州大学出版社 1970 年版，第 170 页。荣之颖，英文名字为安吉娜·J. 帕兰得莉（Angela C. Y. Jung Palandri），美籍华人学者，1946 年在北京辅仁大学获得学士学位，1949、1955 年在美国华盛顿大学分别获得硕士、博士学位，其博士论文是《艾兹拉·庞德与中国》（*Ezra Pound and China*）。荣之颖教授主要从事中国诗（传统诗与现代诗）、中西比较文学及女性文学研究，论文、著作甚丰。曾在印第安纳、底特律等地担任公共图书馆馆员，1962 年起长期在美国俄勒冈大学担任副教授、教授，1973—1979 年担任该校东亚语言与文学系主任。

下编　在文本中寻美

对中国文化的失落和遭受的冲击充满忧患，对中国及其文化的未来充满迷茫，但不是所有人都具有这样的深度体验（这或许就是文化精英与普通人的差别）。他在谈到当时的一些创作现象时说："在我们被漩入这种犹疑不定的情绪和刀搅的焦虑的当时，流行的语言（所谓'反共文学'）却完全没有配合这个急激的变化；事实上，可以说完全失真。由于宣传上的需要，激励士气，当时一般在报章杂志上的作品，鼓吹积极意识与战斗精神，容或有某种策略上的需要，却是作假不真"[1]。如果说，这种"作假"是不少台湾诗人所共同面对的倾向的话，那么对于叶维廉，他的香港生活经历使他对于工业文明、都市文明、娱乐文化和精英文学有着更深一层的理解，英国殖民者"透过物化、商品化、目的规划化把人性压制、垄断并将之工具化的运作，便成了弱化民族意识的帮凶，殖民文化的利诱、安抚、麻木和文化高度的经济化、商品化到一个程度，使任何残存的介入和抗拒的自觉完全抹除。在文化领域上，报纸的文学副刊和杂志泛滥着煽情、抓痒式的商品文学，大都是软性轻松的文学，不是激起心中文化忧虑的文学，其结果是短小化娱乐性的轻文学，读者只做一刻的沉醉，然后随手一丢，便完全抛入遗忘里，在文化意识民族意识的表面滑过，激不起一丝涟漪！对历史文化的流失没有很大的悲剧感，偶然出现的严肃认真的声音，一下就被完全淹没"[2]。对文化异化的深度思考和痛苦，使诗人不愿意在浅层的文化中随波逐流，他要寻找真实的文化之根，思考文化与人生的走向，于是，他就不得不在浮躁的文化氛围之中进行更为深入、复杂的寻觅，再加上使用的抒写方式的新异，于是和流行的文化、诗歌相比，其作品中的犹疑、危机、焦虑的情绪自然成为陌生的，难懂的，甚至是晦涩的。从这个角度说，叶维廉他们的探索在当时是处于边缘的，而处于边缘的作品难以被多数人理解、接受是很正常的结果。

三是由外在环境所决定的，也可以说是诗人被迫进行的主动的艺术

---

[1] 叶维廉：《出站入站：错位、郁结、文化争战——我在五六十年代的诗思》，载《诗探索》2003年第1—2辑，第195页。

[2] 同上书，第201页。

行为。其原因之一就是政治语境的逼迫。古继堂对当时台湾的政治环境和诗人的关系进行过这样的评价:"社会文化上的白色恐怖和对大陆文化、文学的严酷封锁,迫使大批台湾文艺青年面向西方寻求出路"①。面对当时的政治和艺术语境,诗人只有三种选择,要么顺应,要么沉默,要么采取隐晦的方式来表达。不少年轻诗人采取的是在艺术方式上的变通策略。在50年代,"光复大陆"是官方提出的一个全民性的政治主张,曾经得到了不少人的认同和追随,纪弦的"六大信条"中的"爱国反共,追求自由与民主"就具有明显的政治色彩。但是,随着时间的流逝,人们发现,这个口号所对应的现实基本上没有实现的可能,于是在心里产生了"反攻无望"的情绪,而这种情绪是不能够直接表达出来的,否则就是政治错误,就是犯法的。叶维廉说:"最明显的例子是雷震的案子,他写的《反攻无望论》带给他10年的身入囹圄,1957年前后台湾现代诗中所发散出来比此更深的绝望感则安然过关"②。可以揣测,纪弦提出的"反共""自由""民主"的口号,很有可能是诗人为了诗歌艺术的探索而打出的一个"幌子",以便摆脱政治对艺术的过分干预。

面对这样的政治、文化处境,诗人当然要考虑自己的策略,他们可以借用诗歌自身的一些特点来发表他们的看法。"当时的诗人们,有意无意间采取了一种'创造性的晦涩'、'多义性的象征'与'借语/借声'"③。因为采取了含蓄甚至晦涩的表达方式,诗人的体验中和当时的政治意识相左的情绪得以隐晦地表达,而且因为有艺术探索的名分而没有受到政治的压制甚至打击。这是诗人被迫采取的一种策略,又恰好和现代主义诗歌的某些手法和特征达成了一致。这种内在、外在动力的共同作用,促成了台湾现代诗歌的繁荣,也促成了台湾现代诗歌独特的艺术风貌。

---

① 古继堂:《台湾现代派文学思潮批判》,载《洛阳师范学院学报》2002年第1期。
② 叶维廉:《出站入站:错位、郁结、文化争战——我在五六十年代的诗思》,载《诗探索》2003年第1—2辑,第195—196页。
③ 同上书,第195页。

下编　在文本中寻美

在《赋格》中，大量的传统文化意象和想象新奇的语词组合，暗示着历史和文化变异，暗示着诗人对中国传统文化的现状和未来的忧虑，暗示着诗人对中国未来的忧患甚至绝望，把飘零无依的感觉、根的追思、寻根的期盼抒写得非常强烈，但因为采取了含蓄的、象征的方式来表达，甚至借用了古人的诗句，至少在政治上无法直接找到挑剔的地方。因此可以说，这首诗中的晦涩、含蓄，除了诗人受到外国诗歌的一些影响之外，同样存在着不得不为之的人为因素。这种人为因素虽然是外在的，但是却为现代诗歌的发展提供了一些艺术上的支持，为现代诗歌打通和传统文化、西方艺术的联系进行了有益的尝试。

那么，具有晦涩特征的现代诗是不是就不可解读、没有价值呢？当然不是。庞德的《诗章》、艾略特的《荒原》等作品不断被后来者解读，成为现代诗歌的经典。叶维廉的《赋格》，在思绪上、情感上也是可以找到一些进入其中的线索的。全诗的三个乐章，分别抒写的是诗人的回忆、寻觅和反思，分别表达了欣赏（看风景）、失落（逃亡）、茫然与无奈等情绪，而且每个部分在表达方式上也存在差异，其间夹杂着情绪的交替、重叠，交织着语词、语气的复杂变化。诗中还使用了大量的问句，每个问句背后都包含着诗人复杂的情绪，如：

究竟在土断川分的
绝崖上，在睥睨梁欐的石城上
我们就可了解世界么？
我们游过
千花万树，远水近湾
我们就可了解世界么？
我们一再经历
四声对仗之巧、平仄音韵之妙
我们就可了解世界么？

这些问句都没有答案，需要读者自己去审视与把握，找出自己心中的答案。诗歌文本的形成，实际上只完成了诗歌创作的一半，另外一半需要读者去完成，通过阅读和理解形成自己心中的诗。读者是半个诗人，诗歌阅读是一种创造性活动。对于现代诗，很多语词、诗行、诗篇本身就不是单解的，诗人一般不是以导师甚至布道者的身份出现的，他只是通过艺术的手段提供了一些思考的元素和语境，更多的任务则留给读者去思考。而且，诗歌在很多时候是不需要答案的，准确的答案带来的可能是艺术的单一，是情感、思想的灌输。诗歌需要的更多是感悟、思考、启迪。在这几行诗中，"我们就可了解世界么？"这一问句分别有三个前提，而在诗人看来，即使拥有了这些前提，我们也不一定了解世界。按照这样一种思考路径，读者还可以结合自己了解、理解的世界，展开丰富的联想，提出更多的关于这一问题的前提，于是，经过读者阅读的诗篇就变得更加丰富，而不只是囿于诗人提供的感悟和思考的角度了。此外，三个结构相同的问句在一个诗节中相继出现，形成语感、旋律上的复沓效果，和诗人借鉴的音乐（比如赋格曲）形式形成呼应，增加了内部的迭架效果，丰富了诗篇的表达。

我们可以认为，诗歌艺术探索中的各种新的观念、手法的出现，都可能存在着深厚的、复杂的原因，有内在的也有外在的，有个人的也有时代的，有艺术的也有艺术之外的。对于任何新的艺术探索，我们不应该只注重其表达是否明晰，其观念、手法是否能够被当时的其他诗人和读者接受，或者武断地以既有的诗歌观念为标准对其加以否定，而是应该考察其之所以会出现的种种原因，考察其是否为诗歌艺术的发展提供了具有诗学意义的启示，最后才能逐渐对其作出符合艺术发展规律的评价。这样的评价，有时候可以在同时代的一些诗人和学者那里很快找到答案，有时候则需要经过很长时间的反复论争才能最终实现。

五 联想到大陆的当代诗歌

《赋格》的艺术实验使我们想到了当代台湾诗歌中的现代主义艺术探索，同时，也许有人会就整个中国当代诗歌的发展格局提出这样的问题：在 20 世纪五六十年代的中国大陆，政治、文化、社会等方面的压力在许多诗人那里同样是很强大的，但是为什么没有出现台湾那样的诗歌思潮、艺术实验呢？这个话题虽然是本文的题外话，但也不能说没有一点关系。

这个问题涉及的领域很复杂。笔者没有对此进行过深入的思考，突然面对这一问题，也觉得有些棘手，但这是诗歌史研究中不可回避的话题，所以还是试图简单归纳一下其中的原因。

从政治上讲，大陆是内战的胜利者，而台湾是内战的失败者，一般来说，胜利者多欢欣，长于总结各方面的经验，而且认为自己的经验是完全正确的；而失败者多苦恼，长于反思政治、文化上的失败。这种思想、精神上的不同向度导致了置身其中的人在情感方式、思维方式上的差异，是两岸诗歌走向差异的大背景。

从文化根源和地域看，中国大陆毫无疑问是中国历史和文化的中心，而台湾只是中国的一个区域。处于文化中心的人往往具有更大的优越感，一般不会感觉到文化变异、文化失落的痛苦；而处于边缘地区的诗人，文化的焦虑感、危机感肯定会严重得多，对于文化异化的负面思考也会多于正面的宣扬，由此引发的情感、心态等都会和中心区域的诗人存在差别，也会影响到他们在诗歌观念上的取向。

从文化、文学的交流看，中国大陆从20世纪50年代开始基本上就和西方的现代文学处于隔离状态，官方宣传、读者接受的主要是以苏联为代表的无产阶级文学、社会主义文学或者具有进步思想的一些诗人、作家的作品，其他思潮及其作品是作为资产阶级的、小资产阶级的甚至是反动的东西加以拒斥的，连穆旦、袁可嘉等倡导和试验过现代主义诗歌的翻译家在翻译路子上都出现了明显的狭窄化倾向，指向了官方所提倡的对象和主题。台湾的不少诗人、作家虽然也面临政治上的压力，但他们还可以接触到西方刚刚出现的文学思潮和作品，还可以翻译、研究艾略特、庞德等诗人的作品，艺术营养的来源相对来说要丰富一些。由于政治方面的原因，两岸的诗人也长期处于隔绝状态，基本上没有艺术上的交流。

从文学体制上看，大陆对文学、艺术的管理非常严格，20世纪50

年代以来的多次政治运动、批判运动都是从文学、艺术领域开始的，而且文艺领域遭受的灾难是最为沉重的，这对诗人的艺术探索肯定有很大的钳制作用。台湾当局对文学、艺术的管制也很严格，但只要不是直接反政府的文字（像叶维廉谈到的雷震的案子），一般不会被上纲上线，诗人们甚至可以编辑出版同人刊物，倡导先锋的艺术主张，这就使现代诗可以在夹缝中找到自己的存在空间，诗人们可以在艺术、学术的领域内进行相对自由的探索。

从文学史角度思考，也许还有其他许多原因值得我们关注。需要特别指出的是，我们说大陆诗坛在50、60年代没有出现过台湾诗坛那样的实验和论争，并不是说大陆就没有人在艺术探索上进行过尝试。在60、70年代，一些诗人就在"地下"进行着自己的写作实验，比如老一辈的曾卓、牛汉、蔡其矫、流沙河以及更年轻的食指、芒克、林莽等等，虽然他们的不少作品在当时无法公开发表，但最终还是在政治、文化语境合适的时候引发了"朦胧诗"思潮的出现。还有一些诗人，因为对创作语境的不适应，他们没有随波逐流，放弃自己的艺术主张，而是为了诗歌艺术的尊严而停止了诗歌创作，或者转行做了别的事情。在特殊的时代语境之下，这样的行为是值得尊敬的。

基于这样一些区别和诗歌艺术探索方面的差异，笔者曾听到过这样一种文学史观，认为大陆出版的文学史、诗歌史著作在谈到20世纪50年代到70年代的文学、诗歌发展时基本上没有多少具有艺术价值的东西，因此建议在文学史研究中把大陆、台湾的当代文学纳入一个整体来考察，在诗歌方面主要关注台湾诗人的艺术探索并以此取代主要对大陆诗歌的关注，并认为这种做法可以在诗歌史写作中弥补当代大陆诗歌发展的单薄。对于这种观念，我们应该重视。作为中国当代新诗的几个构成板块，把大陆和台湾地区（以及香港、澳门特区）纳入一个整体进行打量是可行的，也是应该的。事实上，从20世纪80年代开始，大陆出版的诸多当代文学史、诗歌史著作，有很多都设立了台港澳文学、诗歌的专门章节，大陆学者也撰写过研究台港澳文学、诗歌的专著。但是，由于种种原因，这几个地区的文学、诗歌在很长时期内毕竟是在不

下编　在文本中寻美

同的政治、文化语境中发展的，形成了各自的规律和特色。在中国当代文学史写作中，认为某一地区的诗歌创作成就较高，就应该作为主体甚至取代对其他地区诗歌的关注，是一件在短期内难以完成的设想，因为每个地区的情况都很复杂，即使在诗歌艺术探索方面取得的成就不那么突出，甚至出现过失误，也不能说明对其进行深入研究就没有价值。诗歌史研究是对诗歌发展历史的描述，涉及诗歌文本和它的生成语境，而不仅仅是对好诗的遴选与评价。当然，随着时间的流逝和诗歌艺术的发展，诗歌史研究中必然会出现优胜劣汰的情况，但那究竟会发生在什么时候，究竟会以怎样的标准进行选择，我们现在都还不得而知。

六　结语

笔者阅读过一些研究叶维廉诗论和诗歌的文章，包括一些大陆学者的文章，北京大学、首都师范大学还联合举办过叶维廉作品研讨会，甚至有人以叶维廉的诗学研究作为选题承担了国家社科基金项目[①]，这说明学术界对叶维廉所取得的成就越来越重视。但是，由于叶先生的诗歌创作和学术研究丰富而深刻，涉及领域多，涉及的理论遍及中外古今，对研究者的要求很高，加上资料不够充分，有些解读是存在误解的，有些讨论也和他的初衷存在不小的差异。在学术研究中，误读现象当然是正常的。不过，如果能够借鉴知人论世的观念，回到诗人生活、创作时的历史语境之中，对诗人及其作品有更准确、深入的讨论，尤其是在发掘其独创性的同时，思考他的尝试对于现代诗歌发展的启示，这样的研究将会有更大的价值。

于是，笔者在本文中试图围绕文本及其生成语境来讨论叶维廉的代表作之一《赋格》，还原其本来面貌，发掘它提供给我们的启示。我发现，要真正读懂这首诗，难度不小。问题主要不是出在对诗篇本身的解

[①] 比如广东外语外贸大学中文系李砾承担的"叶维廉诗学研究"（项目号：05BZW002）。国家社会科学基金项目是中国大陆人文社会科学领域的最高级别的科研资助项目，由国家社会科学基金委员会办公室接受申报，并组织全国专家进行匿名的通讯评审、会议评审，最后通过者由该委员会予以资助扶持。因为涉及学科甚多，每年资助的文学类项目并不是很多。许多高校和学者都以能够获得国家社科基金项目的立项资助为荣。

读,而出在对产生诗篇的人和他所处的文化、时代、艺术语境的把握。我们必须了解叶先生所处时代的政治、文化、艺术背景,了解他的心路历程,了解他对传统、文化、现实的态度,也了解他所熟悉的西方文化和艺术。这对我来说是一个很大的挑战。因此,这篇所谓的解读肯定是存在很多不足甚至错漏的,我只是希望通过自己的方式提醒热爱诗歌的人们,不要忘记了新诗史上的很多优秀的诗人和作品,不要忘记了我们的今天是很多前辈的艰辛付出(甚至是失败的付出)所换来的。如果能够在一定程度上实现这个设想,引起人们的进一步思考,那么,即使我的尝试是失败的,或者换来的是责骂之声,我也觉得是值得的。

2011 年 10 月 5 日,在重庆之北

论张新泉的诗歌创作

　　诗歌走向多元化以后，诗坛的确显得活跃起来，诗歌在艺术上的探索也不断取得新的收获。但是，对于许多读者，甚至一些诗歌研究者来说，要找到好读且耐读的诗又确实不容易。我们面对的情况是：好读的诗不耐读，要么流于俗套，要么浅白无物；而耐读的诗又往往不好读，内容上的远离人生和表达上的怪异有时候让人无法进入（是否可以说，这耐读只是一种假象）。这种悖论现象也许是由于许多诗的探索者把诗的文本价值与艺术功用对立起来而造成的。我随时都在寻找着能把这二者较好地融合在一起的诗，最后找到了张新泉，在众多的诗人中，他的诗基本上属于既好读又耐读的那种类型。

　　近些年来，张新泉一直是我投注目光较多的诗人之一。早在两年前，我就把他的所有诗集摆放在书架上最显眼的位置，有时间便慢慢品读并打算写下自己的感受。现在，张新泉的诗集又一次从书架上走到了我的案头，排列成诗人艺术探索的闪光足迹。按照出版顺序，计有《男中音和少女的吉他》《野水》《微雨·情诗73》[①]《95首抒情诗和7张油画》《人出在世》《情歌为你而唱》《宿命与微笑》《鸟落民间》。这些诗集的出版跨度从1985年到1995年，但它们涵盖的诗人的创作时间要长得多。不过，这10年确实是张新泉在创作上的调整收获期，也是他的诗艺探索的成熟期。

---

　　① 实收诗作74首，"73"似有误；诗集《95首抒情诗和7张油画》封面勒口上的"作者简介"中作《微雨·情诗79》，"79"亦似有误。为了不致引起误解，本文将错就错，使用《微雨·情诗73》。

论张新泉的诗歌创作

张新泉的诗歌创作大致可以划分为并不十分明晰的两个阶段，以1988年为界线。前阶段作品主要包括《男中音和少女的吉他》《野水》两部诗集，这些作品主要以自己的人生经历为底色，抒发对人生的感悟与思考。人与自然的对抗与交流是这时期作品的主要内涵，诗人以一个船工的艰辛、铁丘的刚毅、演员的投入深切地品味人生的种种滋味，有冲突，有怨艾，有沉思，也有着一种追求的情怀。

在《纤夫·姓名》中，诗人写道："纤夫姓名/是一只只不属于自己的船/姓名绑在桡片上/把漩涡搅成恐慌的命运/姓名吊在桅杆上/被拉成长纤/把张三、李四……勒给悬崖看/把那轮悲怆拉成淌血的霞/拉成一堆堆呼啸的篝火"，意象是独特的但不枯涩，情绪是悲壮的但不空洞，真切地写出了纤夫的艰辛与命运。《拉滩》一诗更是直接地写出了纤夫的内心感触："在滩水的暴力下/我们还原为/手脚触地的动物//浪抓不住我们/涛声嚎叫着/如兽群猛扑//一匹滩有多重/一条江有多重/我们　只有我们清楚//是的　这就是匍匐/一种不准仰面的姿势/一种有别于伟岸的孔武/……"纤夫的形象和内在的体验都这样活画了出来，人与自然的对抗、交流，因为诗人的创造而获得了诗意的阐释。

按照一般的理解，写纤夫生活的诗应该是粗犷、雄浑的。的确，张新泉的这类诗有着一些阳刚之气和雄浑之韵，但不是空吼大叫，而是将个人体验放置于生命的过程之中，因而较为细腻地透出了一些本质上的东西。由此可以看出，张新泉不是那种狂飙突进的、激情爆发的诗人，而是带着相当的忧郁气质，对人生，善于慢品细咽，善于微中见著。《少女和她的吉他》一诗把这些特点比较明晰地体现出来："望眼中的水鸟/总在音箱里盘旋/谁知是在解缆/还是在收纤//岸地起伏的线条/逼退江面的平淡/水手的缆绳抛来/变成她怀中的七弦//一颗温润的红豆/跳在海魂衫上面/铮铮琮琮的琴音/颤栗了所有的桅杆……"这是一首很美的诗。张新泉当过地方剧团演奏员，他有着音乐的耳朵，因此能为美妙的吉他声而感动。把"纤绳"与"七弦"对应，实际上是诗人创造的一种象征，尽量以轻柔去淡化豪壮，从而建构独特的艺术境界。因此，这首诗可以当成张新泉的一种艺术宣言来看待。

下编 在文本中寻美

张新泉在诗歌探索上的转向与定型正是以这样的艺术旨趣为基调的。这种转向较早地体现在他的诗集《微雨·情诗73》中。除了艺术旨趣的延展之外，在题材上也有较大变化。诗人走出山野江河，开始关注现实生活中的一切与人生有关的事象，开始对生命本身进行艺术的打量。"在这些诗中，那位拉过纤、打过铁、写诗豪壮的诗人不见了，站在我们面前的仿佛是一位饱经人世沧桑、体悟到了生命底蕴的柔情绵绵、浅吟低唱的诗人，他不是要向人们宣布这世界是什么模样，他只是要倾吐这世界在他心中翻动的缕缕清涟，娓娓道来，如微风拂荷，令人为之震颤"[①]。张新泉诗歌的这种特点得益于他的经历。在此之前的岁月里，人生的多种际遇他都曾体验过，因此，面对世界，他不会有突然的惊喜与失望，而是善于静静地沉思。这不是诗人的冷漠，而是深悟之后的一种超然之境。诗人在《你已不再是你》中写了这样一节：

生命本是一组／严格排列的琴键／一种不可动摇／无法更改的程序／亮丽的幸福紧靠着／纯黑的哀愁／相邻的台阶／你不踏响欢愉／便踏响忧郁……

这是诗人对生命的一种颇富辩证意味的思考。"幸福"与"哀愁"、"欢愉"与"忧郁"都是生命的滋味，而张新泉看到的欢愉往往是"小小的欢愉"（这是在他的许多诗中出现过的词组），因此，他的诗从此主要走向了"忧郁"。当然，忧郁不是绝望，它更多的是源自诗人的气质。这一点，可以从张新泉诗中一些颇富哲理的诗行中找到佐证。例如："看你浅浅的欢愉／被季风吹淡／最后的我守最后的门／守一册尘封的／百　年　孤　独"（《最后的门》）；"望成一座痴情／我还站在售票厅里／购不到一条追你的航路／我便月月年年／在这儿　等你……"（《只有那一刻最真实》）；"忘掉一个人，你竟要耗去／一生的时间?!"（《忘掉一个人》）；"回忆可以抵达的地方／长满荆丛和毒菌／一盏灯或者一滴

---

① 蒋登科：《画梦的诗人——读张新泉诗集〈微雨·情诗73〉》《星星》1991年第1期。

雨/让你感冒得一本正经"(《灯或者雨》)等,这些诗行都或多或少地带有一丝忧郁,但不是哀怨,而是以平静的心态漫品人生的底蕴,由此可以看出,"新泉不是一个故作高深的诗人,他的情感是自然地流露出来的,十分炽烈的情感又常常通过一种十分宁静的方式展示,静中现动,那份执着、那份眷恋越发显得清晰动人"①,事实上,张新泉后来的诗歌探索一直是沿着这个主要向度展开的。换句话说,在"后朦胧诗"思潮流行于世的时代,张新泉正是通过对平常人生的重视而获得艺术上的独创性的。

石天河以《宿命与微笑》《鸟落民间》两部诗集为例,把张新泉的诗称为"新现实主义诗歌",并将其特点概括为两个方面,"一、它根本没有涉及任何政治事件与有重大'史诗'意义的题材,只是从日常生活中极平凡的事境中去吸取灵感。这是它与过去那种'革命现实主义'诗歌的不同之处。二、它用通俗口语或浅近的文学语言表达,有适应于社会大众接受的可读性;但它又与那种标举'反崇高,反意象'的'后现代主义'口语不同,它不是那种玩世调侃自由嬉戏的诗风,它在密近生活真实的亲切抒叙中,仍然是以平常心去对待一切;在追求诗中情趣的新颖别致幽默隽永时,往往在诗的深层隐蓄着人生的感叹。而且,对传统的意象、情境等艺术手法与艺术结构技巧的运用,还有许多新的开拓"②。《宿命与微笑》是张新泉迄今最优秀的作品集,因此,以它为参照对象而获得的评价应该是比较切合诗人的创作实绩的。

在张新泉所处的时代(或者称我们的时代)里,浮躁是一种颇有代表性的情绪状态。在这样的状态中,各种各样的诱惑实在太多,要静下来透彻地思考一番人生,的确是一件不容易的事。因此。能于浮躁之中保持一种冷静,平常的心态本来就是一种独特品性的显现,张新泉还以这种心态去打量人生与现实,并且将这种打量用非功利(至少功利目的极小)的诗表达出来,足见诗人对人生的体验已经达到很高的境界。

追求柔和与冷静,雍容大度而不剑拔弩张,是张新泉诗歌的重要特

---

① 蒋登科:《画梦的诗人——读张新泉诗集〈微雨·情诗73〉》,载《星星》1991年第1期。
② 石天河:《张新泉近作与新现实主义诗歌》,载《当代文坛》1997年第1期。

点之一。他似乎有一种特别的化解功夫,能于刚毅之中感悟到柔曼,能于细柔之中暗示出刚强。或者说,诗人能用诗表达出人生的真正的滋味。《人生在世》集中的不少作品都具有这种特点,有几首以"好"字为题的诗作,可以给我们启示,如《好刀》写道,"凡是好刀,都敬重/人的体温/对悬之以壁/或接受供奉之类/不感兴趣",这是对回归人生本相的思考;《好人》写道:"好人其貌不扬/但绝对地/一身正宗人味/一脸光明热气/可惜许多好人/寿命都短",有欣赏,也有惋惜,对"人味"的肯定实际上是对与此相对的另一种状态的反叛。《好酒》写得更直接,"说得通俗些,好酒/就是纯粹的民间用纯粹的高粱/掺入大量的人情世态、正直刚烈/酿造出来,盛在瓦坛陶罐土碗海碗内/……那种液体,俗称老白干的/便是"。表面写酒,实际上写酒中的人情与文化。这些诗的共同特点,就是于种种世象之中,直接传达出诗人的人生思考与人生态度。轻松中含有凝重,浅淡中融进了深刻。

在平静与白描之外,诗人所要表达的是人生的真相,因而他往往能于静观中体会出一种哲理,不过,这种哲理不是靠思辨获得的,而是体现为诗人的一种态度。如《独唱》:"生命,各有各的旋律/有些歌,是要一个人唱的/华彩乐段一过/就是独唱的季节了",诗人所谓的"独唱",指的是一个人承担许多人生的责任与义务,"独唱"与"合唱"的变奏便是人生的真味。语淡而意深,这就是心灵流泻真情的一种境界。

不注重思辨,并不意味放弃理性。事实上,张新泉的不少诗是具有理性光彩的。理性光彩使他的诗显出深邃。而他的理性意识仍然是通过心灵熔铸来实现的。因此,他的诗并不在题材的独特性上刻意追求,而是试图在普通题材上发现挥/现新意。对于普通物象,学人不把它们抬升为"典型",而让其尽量保持本来面目。当然,本貌已并非客体本身,而是包容着诗人的人生评判和人生态度的艺术要素,更具体地讲,就是包含着一种人文关怀,对人文精神的重视是张新泉诗歌探索的重要内涵。

《一灯如豆》写的正好是对人生中某种温暖情怀的怀念:"打开历史/那盏灯就亮了/在一些寒窗之下/禅房之内/野渡舟头/沉静的一粒红

焰/内力充沛　恒定如一/表示着一种存在/一种执著/一份自信/或者什么也不表示/就是一盏灯　亮在/民间的檐下",这灯,便是人文的光亮,它烛照在历史的长河中,虽然如豆般微弱,却有巨大的力量,使"翻看历史的人/才不会感到太冷"。对"灯"的思索,实际上是对美好人生的渴求。这种关怀,对生活于缺乏关怀的氛围中的人来说,是一种难得的抚慰。

正是这种关怀,使张新泉的诗显得亲切而朴素。有时候,朴素是一种最真实的美,而亲切是诗人与世界与读者进行心灵的平等对话时最有效的方式。

也因为这种关怀,张新泉的诗回避对世界的尖刻的讥讽,虽然他的诗中有着对不正常世态的厌倦。相反,张新泉在诗中追求一种幽默风格。幽默是一种人生态度,也是一种人生智慧,它让人于轻松之中而不是像讽刺那样于狂笑之中获得对人生的慢慢品味。林语堂在论及幽默与讽刺之时说:"其实幽默与讽刺极近,却不是以讽刺为目的。讽刺每趋于酸腐,一去其酸辣而达到冲淡心境,便成幽默。欲求幽默,必先有深远之心境,而带一点我佛慈悲之念头,然后文章火气不太盛,读者得淡然之味。幽默只是一位冷静超远的旁观者,常于笑中带泪,泪中带哭"[①]。张新泉的诗正是追求平和冲淡的品格,最多只是以暗示、讽喻为手段表达诗人的评判,因而不体现为一种庄严的诗美效果,往往只是"会心的微笑"。如《各就各位》:"艾滋病一步到位/使无数灵魂纷纷落马//高消费迎风劲长/孔方兄却侏儒般/难以挺拔//化妆品涂得脸无完肤/整容师隆完鼻子/又挑剔嘴巴//书架上站满中外名著/热忱下孵一窝高僧武侠//跳罢迪斯科又去卡拉OK/寂寞的月亮依旧又圆又大//性在爱情的门外露宿/'我想有个家'……"题材是讽刺诗的题材,但表现却不是讽刺诗。诗人将种种事象罗列出来,它们自身就组合成一个现实世界,并于艺术中"各就各位"地体现出本质来,让人于轻松之中获得思考与选择。

[①] 林语堂:《论幽默》中,载《论语》1934年第33期。

下编　在文本中寻美

张放评张新泉诗歌的一篇文章定名为"文火美丽面刚强"[①]，实际上道出了张新泉诗歌的一大特点，表象是文弱的，内里是刚强的，这刚强也是来源于对人生的深悟，来源于以爱为核心的人文关怀。张新泉的《文火》一诗有这样的诗行："词典里说/文火是火中弱火//其实不然//在火族中　能燃烧得如此/漫不经心　风度十足者/必经多年锻炼/看那人定似的神态/不摇不曳　声息俱无／（与禅境无二）/任你周遭雨去风来/冷暖嬗变/依旧一副恬淡容颜……"，这"文火"的品格是一种工夫，可以看成诗人自己艺术之境的某种体悟，"攻心亦有奇效"可能就是诗人将他自己的艺术追求与"文火"相比较而获得的结论，也可以感受到诗人对自身艺术追求的自信与执着。历来攻心为上，何况诗歌呢？因此，张新泉的诗歌探索不但避免了后现代主义诗歌的失语现象，又较好地把中国文化传统中的有益营养给予了吸收和弘扬。

在对中国诗歌传统的现代化过程中，张新泉主要张扬了诗的意境与境界。现代诗歌比较注重知性而忽略悟性，而感悟恰好是中国诗歌的重要审美特点。在反传统的风浪之中，张新泉却对传统表现了特殊的兴趣。他曾说过："我画梦的技法不高，国产的多，进口的少，加之我的梦境缺乏色彩，所以常是白描，如促膝耳语，无法高声，无法时髦"[②]。这当然是自谦之词。正是这种特点，使他的诗于平常的意象与事件中显出含蓄与蕴藉的诗美张力。

《烤薯店》题材再平常不过了，诗人却写得诗意盎然："食客几乎全是打工的/店外北风飕飕/店内热气弥漫/中间一个大烤炉/烤薯，也烤各地方言/两块钱撑你成一条大红薯/再欢迎你围炉取暖//快乐的乞儿们满面红光/大嚼又热又酥的薯皮/把店堂的青石地板/义务得亮如镜面……//整个冬季，我都泡在这里/从炉里领取滚烫的圣餐/帮店主看火，与伙计唠家常/让自己像红薯一样变得浑身糙实，四肢香甜//我要走了，去了一个城市/最后一颗红薯吃得我满头大汗/我想我注定是民间的土著/离垄沟最近/离宴席很远。"诗人写的是一种很平常的心态。在

---

① 见张新泉诗集《人生在世》，花城出版社 1992 年版。
② 张新泉：《画梦》，载诗集《微雨·情诗73》代后记，四川文艺出版社 1990 年版。

这里,"店主""食客""乞儿"都生活得很融洽,既有生意场上的交往,又是充满生活情趣的沟通,因此,"我"也加入其中,并且很喜欢这种方式,把普通的红薯看成精神上的"圣餐",因为它的环境让诗人获得了"糍实"与"香甜"。诗人于简单之中建构了一种意境,并由此表达了更为深层的内蕴。这便是中国诗歌优秀传统的一种现代呈现,因为它已融入诗人的生命与观念之中,所以这种呈现没有任何刀削斧劈的痕迹,而是与题材、主题融为了一个整体。

注重意境创造的诗歌往往不注重推理与思辨,而是以整体性取胜。因而,张新泉的诗一般没有人们所说的"诗眼",也不有意在诗中加入一些哲理性诗行,即使有类似诗行,也是与整个诗篇融为一体的,而不是与诗篇的整体氛围相游离。所以,张新泉的诗一般不宜于一行一行地分开来解读或欣赏,而是要在诗人创造的艺术气氛中慢慢品味,这样才能真正悟出诗人的人生思索与艺术旨趣。

在张新泉的诗歌探索中,还有一个值得注意的趋向就是对口语的运用。在朦胧诗思潮之后,中国诗坛上曾出现过一种口语诗,把日常生活中的语言都用作了诗的表达,表面看来是在追求诗的通俗化,但就其本质来看,实际上是在对现实与艺术进行一种消解,既消解诗的崇高美,也消解诗的功用,从而把诗推向了带有游戏性质的东西,有的简直就是在玩诗,诗中所体现出来的调侃、讥讽、无意识等,使人们对人生与艺术都失去信心。应该说,这种追求对诗歌与诗学的发展并不具备建设性的诗学意义。

张新泉诗歌的口语化追求与这种口语诗不是一回事。张新泉对人生与艺术的思考是严肃的,一方面,他试图在平常的、普通的具体生活情景中发现诗意,而不是以此来消解人生与艺术,在这个层面上,石天河称他的诗为"新现实主义诗歌"是有道理的;另一方面,诗人是要追求一种亲切感,在简单中发现深刻,在朴素中传达真意,从而以独特的方式达成与世界的平等对话,将对善与美的追求于轻松中转达给诗的接受者。他有一首诗叫《民间事物》,最后一节是这样的:"向民间的事物俯首/亲近并且珍惜它们/我的诗啊,你要终生/与之为伍",正是诗人艺术追求的艺术写照。前面提到的《好刀》《好水》《烤薯店》等诗都具有这样的特点。

口语入诗（特别是以口语建构全诗），对诗人在修养上的要求是很高的。换句话说，要将平常口语转化为具有魅力的诗家语，言近而旨远，好读且耐读，要求诗人不但要具有人生智慧，而且要具有艺术上的机智。人生智慧使诗人具有独特的诗美发现能力，艺术机智则促成诗人在诗美传达上的与众不同。这两种能力的同时具备，往往是优秀诗人得以诞生的重要条件。

比如《关于水落石出》，似乎是在解读一句成语，实际上是在抒写人生的一种际遇与态度。"问题是那些水/就是不落下去/一年三百六十五天/天天都是汛期"，这是一种状态，也恰好是渴望"水落石出"的人时刻面临的"问题"，要解决这一"问题"确实不容易，除了水面上本已存在的种种风浪之外，"而你的存在，偏又/助长了水位；还有/凑热闹的溪流瀑布/附庸风雅的雨……"。如果我们把渴望"水落石出"看成人的欲望，诗人通过这种状态的抒写就已展现了现实世界的"热闹非凡"，然而，事实是，"有些石头要埋没很久/你得有这个准备/就像陷在词典中，经年累月/也无人去看看的/这个成语"，这又是对另一种状态的揭示，在所有的渴望之中，总有一些人是无法实现自己的渴望的。于是，诗人为这些无法"水落石出"者指出另一条路："就站在水下好了/过你风平浪静的日子/鱼、蟹，以及众多的水族/都是些厚道的邻居//只要你始终是一尊石头/保持着高度/出不出来有什么关系"，这充满人文关怀的升华境界，于峰回路转之中显示出诗人的人生态度，即追求一种自在的人生。路，就在自己脚下。作品意象并非古奥，表达也不是别出心裁，却将人生智慧与语言情趣有机融合，创造出了奇妙的诗意，读后令人有豁然开朗之感，特别是对那些自以为怀才不遇或者真的怀才不遇的人，这的确是一剂良药。

张新泉在口语入诗的探索中取得成功的另一重要原因就是他善于"隐忍"，即善于把握诗美传达的"度"，这是长时间的艺术经验积累的结果。隐忍，就是诗中"隐"与"显"的关系，特别是在以口语入诗的时候,"隐"与"显"的美学关系如果处理失当,诗人的创造就可能走向失败。在这两种诗美向度中,"隐"度的把握更为关键,因为口语本身是倾向于"显"而不是"隐"。因此,张新泉的诗总是要于简单的、普通的事象中隐含言外之意,这种"意"才是诗的主旨之所在,才是诗人的人生态度与人生评判。而这种"意"又不是外加上去的哲理的尾巴,或空洞的说教,诗人是以平常心态去对待人生的,因而往往把人生真意隐含在平常的事象之中,离现实的人生不太遥远,让每一个对人生有所思考的人都能有所感受。这或许就是人们常说的"雅俗共赏"的诗美效应吧。

在长时间的艺术探索中,张新泉的诗歌创作已步入佳境,可以说是开创了当代中国诗歌的一条新路。他回避浮躁,追求平和;拒绝空洞,寻觅心灵中最细微的体验;而善与美是他的诗赖以生存的根本。因此,在后现代主义诗潮受到不少人捧赞或责难的时候,张新泉获得的关怀却更多地来自民间和读者,他本人也很看重这种关怀。他说:"中国文人在乎的东西太多了,这太多的文字与生命之外的在乎,扭曲了文人形象,白白浪费了许多光阴。在这个信息十分发达,灵语的表述与传达却日渐苍白、困难的今天,我非常在乎那些天南地北,也许终生都不得一见的读者诸君。"[①] 与那些以做文本实验为目标的探索者相比,张新泉的追求似乎更具有诗学意义。

张新泉有《无名火》和《我和土豆》二诗,把这两首诗对比起来一读,就可以看出现在流行的诗风与张新泉的追求之间的差异。《无名火》:"并非来自某种/具体的灰烬//浑身发红的人/即使站在冰雪中/也烈焰腾腾//他要寻找的对手/总是不露面/而尖叫着破碎的器皿/迅速向无辜靠近……//月亮充血那年/他闻到一股普遍的糊味/无以名状的高热/把他当成了替身//……"这首诗写的似乎是某类诗人,他们故作苦吟乃至无病呻吟状,总是与想象中的虚设"对手"对抗到底,结果是竹箫"自行破裂"。《我和土豆》写道:"生存中有许多/必须就范的

[①] 张新泉:《关于这本书》,载《鸟落民间》,成都出版社1995年版。

具体/我灵感的两片翅膀/一片映入人间烟火/一片浮入高天的云霓/被土豆之类坠着/抽象总是无法到位/对汉堡包　牛排/缺乏由衷的食欲//如今　各式旗袍的开叉/已被主义们撩得很高了/我笔下的浓浓淡淡/依旧是家园背影/扫街人的布衣……//请用吧　这是我的/土豆　无黄油　无脂粉/香　是我自己的香/细腻　是国产的细腻",这可以看成是诗人对自己的艺术追求的概括。两相比较,张新泉的诗歌在当今中国诗坛上的独特地位就不言而喻了,而好读与耐读是他的地位得以不断巩固的根本。

在这里,我们不是要扬此抑彼。但是,在中国当代诗歌步入20世纪末期的沉寂的时候,张新泉的诗歌探索不断取得进展并获得关注,至少可以给我们一些思考与启示吧。

1997年6月23日晨2时完稿于西南师范大学梅园寒斋

傅天虹：多重身份下的诗意人生

傅天虹的许多诗都和他自己的人生经历融合在一起，可以说是诗人的自叙诗，使人读后充满感触，甚至会不由得联想起我们自己的人生。这样的诗不一定大气，不一定会成为人们所说的经典，但它们是好诗，因为带着生命的温度，带着梦想的光辉和行动的启迪。《酸果》是一首抒写自己心路历程的诗，开篇便是：

童年的我
是一棵扭曲的大树上
结出来的一枚酸果
人，不亲近我
鸟，不亲近我
风雨把我戏弄
霜冻把我折磨

我们可以从中读出诗人童年的孤独、艰辛与酸楚，读出诗人对于人生与现实的思考。在这样一种处境下，诗人没有消沉下去，在漫漫长夜，他仍然做着"金色的梦"，劫难"覆灭了我的梦幻"，同时也"唤醒了我的思索"，他在大树身上找到了力量，感受到"生命的寄托"，他从田野里感受到了"生机""振作""生存""拼搏"，相信"我一定能承受到太阳／充满珍爱的／抚摸……"。诗的最后一节重复第一节，形成复沓效果，既首尾照应，又再次强调自己的生命处境，提醒自己应该

下编　在文本中寻美

怎样选择人生。

在天虹的许多诗中，我们都可以读出类似的滋味，于逆境中奋起，于艰难中寻找，于迷茫中创造……诗中体现出来的自信也许是诗人最终走出一条充满诗意的人生之路的内在动力。早在1987年，诗人洛夫就曾经这样评价傅天虹的诗："他的诗不仅是个人在逆流中奋勇上游的纪录，同时也是一个苦难时代的见证，一个受伤民族的见证"。①

还有如《迷谷》，诗不长，引录如下：

> 我不相信山中无树
> 我不相信树上无花
> 我不相信花边无蜂
> 蜂儿不愿答话
> 一股清新的气息
> 漏出雾的网眼
> 在飘洒
> 生活就是一座迷谷
> 期待足音的考察
> 没有勇气走完全程
> 是自己误了自己
> 这个世界
> 不存在它杀

在诗人看来，人生是艰难的，这是他自己人生经历的写照，但是艰难之中仍然可能拥有美好的结局、拥有丰厚的收获，这主要是看自己以怎样的态度和行动去面对艰难与曲折。人生的失败主要不是外在原因，而是自己缺乏追求、奉献的内在力量，"是自己误了自己"。诗人向明认为："我们从整个傅天虹的创作来看，他的诗都是他人生阅历而来的

---

① 赵安琪记录：《傅天虹作品座谈小叙实录》，见《傅天虹诗存》，作家出版社2008年12月出版，第306页。

酸辛，看他的诗等于看了他这一代青年人灾难的阅历，读来很沉重，却充满着不屈的意志力"[1]。这样的评价抓住了傅天虹诗歌的精神内核。

尤其是对于那些在人生之路上处于迷惘、徘徊、怀疑状态的人，傅天虹的诗是可以提供思考、动力的。他自己就是这样走过来的。

我与诗人傅天虹是老朋友了，他1993年到中国新诗研究所出席93华文诗歌国际学术研讨会之前，我们就有了联系，其后的联系更密切。2007年3月、2008年5月，我又先后参加了他在珠海、澳门主持召开的"当代诗学论坛"。每次见到他，我都感觉到他总是充满激情，充满一股奋进的力量。

就我的了解，天虹这几十年过得并不容易，可以说是一路奔波，从大陆到香港，再到澳门，又回到大陆，但无论在何种情况下，他都保持着对诗的挚爱，为诗做了许多实实在在的事情，而且试图把这些事情都做到他能够做到的最好。这种追求也许是支撑他生命历程的支柱。他不会"自己误了自己"。

在数十年的诗歌历程中，傅天虹的身份是很复杂的。天虹出生在大陆，但后来去了香港、澳门，因此在不同时期，我们对他有过不同的称呼，先把他称为"香港诗人"，后来又称为"澳门诗人"，而现在，他又回到大陆从事教学、创作和研究工作，实在不能再以某个地区来区分他的身份了。我们只能称他为"华文诗人"或者"诗人"了，他把自己的人生之路、艺术之路由小走到了大，由个别走到了普遍。在这条充满坎坷也充满收获的人生之路上，天虹为诗歌所做的事情是不应该被忘记的。杨洪承教授说："傅天虹二十余年奉献于两岸四地诗坛，从大中国到大世界，立足全球化视野下的华文文学，对当代华文诗歌的发展起到了重要的推动作用。"[2] 这一评价是很高的，也是符合实际的。

傅天虹是诗歌活动家。从20世纪80年代到香港之后，他就经常来

---

[1] 赵安琪记录：《傅天虹作品座谈小叙实录》，见《傅天虹诗存》，作家出版社2008年12月出版，第307页。

[2] 杨洪承：《在两岸三地发现诗意——论傅天虹诗歌创作与新移民文学》，《广东社会科学》2007年第5期。

下编 在文本中寻美

往于大陆、香港、澳门等地，与诗歌界建立了广泛的联系，为大陆与台港澳地区的诗歌交流做出积极贡献。他的活动不仅仅是诗人之间的交流，他还努力为诗歌交流搭建平台，曾协助诗人蓝海文在香港创办了《世界中国诗刊》，该报所倡导的"新古典主义"诗歌和诗学曾受到广泛关注。1987年，他创办了《当代诗坛》杂志，诗人艾青题写刊名，该刊发表华文诗人、评论家的作品、诗论，团结了大批诗人和学者，而且一直延续到现在，成为当代诗歌界的重要刊物。从2007年开始，他还依托他所在的北京师范大学珠海分校华文文学发展研究所、当代诗学研究中心等单位，主持每年一届的"当代诗学论坛"，每届论坛除了关注当代诗歌的宏观发展之外，还确定一位具有影响的诗人作为研究对象，进行个案分析，已经先后研讨过简政珍、张默等诗人的作品，反响不错。

傅天虹是诗歌编辑、出版家。从20世纪80年代后期开始，由于社会的物质化发展，诗的出版越来越难。傅天虹主持的香港银河出版社在诗集的出版方面做出了积极贡献，除了出版单册的诗文著作之外，还从新世纪开始编辑出版可以称为"诗学工程"的大型丛书"中外现代诗名家集萃"，其中又包括"短诗精选系列""短诗自选丛书""世纪诗选"系列、"华夏诗丛系列"等，至今已经出版500余种，这在中国诗歌的出版史上是值得大书特书的事件。这个"工程"虽然名为"中外"，但从已经出版的诗集看，基本上都是华文诗人的作品。这一"工程"有几个明显的特点：一是选诗短小精粹，这符合诗歌这一文体的基本特征和规律，不但为读者理解新诗提供了范本，也为未来新诗的发展提供了参照；二是涉及范围广，从年龄看覆盖了老中青几代诗人；从地域看，涉及中国大陆、台湾、香港、澳门，以及许多其他国家的华文诗人；三是中英对照出版，为新诗走向国外创造了条件，这比"走向世界"的口号要实在得多。

傅天虹是诗歌评论家。因为有良好的诗歌活动、创作等方面的积淀，傅天虹对于诗歌本身和诗坛现状，他都有自己的见解。在与我的私下交流中，他说我们一定要尊重老一辈诗人和学者，但对于他们的观点，我们不一定全盘接受，而是要拿出自己的观点来。他所编辑的

《当代诗坛》在作品选择方面就是其诗学观念的直观体现，他从80年代开始还出版了系列诗学著作《诗学探幽》多部。在2007、2008年两届当代诗学论坛上，他分别就"中生代""汉语新诗"等话题发表了自己的意见，并形成了系列成果。《对"汉语新诗"概念的几点思考——由两部诗选集谈起》（刊《暨南学报·哲学社会科学版》2009年第1期），通过微观的作品解读，探讨比较宏观的理论问题，体现出诗人谈诗的特点。

傅天虹还可以被称为诗坛的"润滑剂"。诗人既简单又复杂。他们简单得像儿童，总是试图以天真的眼光去打量世界。但是，许多诗人也是自信甚至自大的，因为人生态度、诗歌观念的不同，诗人之间的关系又很微妙，整个诗坛因此又显得比较复杂，诗人的交往、活动往往可能分成许多"群"，"群"与"群"之间有时候存在壁垒。傅天虹有一首《距离》："同一座山／托起的两架峰／秀色各异／一架陡峭／一架峻奇／在独特的个性中崛起／近在咫尺／却有／永恒的／距离"，如果我们对其做一点世俗的理解，可以把诗中所写的情形比喻为诗人群体之间的关系。傅天虹和各路诗人的交往似乎都是游刃有余的，他编辑的刊物没有小群体观念，许多诗人都在上面露面；他出版的诗丛，也包括各种不同的思潮；参加他组织的活动的诗人、评论家也同样有许多是在观念、思潮上存在很大差异的。这种求同存异的宽容态度使天虹天生就是一种打破诗坛门派，促进诗人沟通、交流、融合的"润滑剂"。

对于任何一个人，这些身份中的任何一个都是值得骄傲和关注的。但对于傅天虹来说，上面的这些身份在很大程度上都只是他的外在身份。他的真正身份是诗人。

从20世纪70年代末期开始，傅天虹的诗歌作品就在海内外许多报刊发表，至今成诗四千多首，已经出版诗集30余部。

傅天虹的诗题材广泛。天虹长期行走在大陆和台港澳地区，对中国传统文化及其在大陆和台港澳地区的不同呈现有比较全面的了解，这为他的诗歌提供了重要的源泉。题材的广泛、视野的开阔成为他诗歌探索的重要特点之一。历史、现实、文化是傅天虹所关注的，爱情、亲情、

下编　在文本中寻美

友情是他所挚爱的，自然、山水、都市是他无法回避的……从他的作品中，我们可以读出个人的奋斗、历史的深度、现实的厚度和精神的力度。对于一个诗人来说，对自我的关注肯定是重要的。但是，如果他不能把自我放在历史、社会、文化之中加以比较甚至拷问，这样的自我就可能成为自恋。天虹的每一首诗都是他心灵的披露，但他没有自恋倾向，而是把自己放置于社会、历史的洪流之中来接受评判，因而才能为许多读者所关注和接受。

傅天虹的诗情感真挚，充满抗争、追求的意志力量。历史与现实，个人与群体也许都有推进进步、值得肯定的一面，但同时，任何人与事也都可能存在负面的力量。在这种时候，诗人的判断、选择就显得特别重要，是确定诗的精神向度之关键。傅天虹的诗朴素但却对现实和人生有着独特而深刻的理解，他可以从非常平凡的现象中发现诗意，因为他所追求的本来就是雨后彩虹般的诗意人生。我喜欢他的《雨》：

赶尽
飞鸟
扫荡过山地的
雨
又向大海
露出狰狞的面目

海，激动了
以高举的拳头
表达愤怒
无数朵晶莹的浪花
象征着
自由
永远不会枯萎

一次鞭打
就有一次崛起
汇编成
一部史书

　　诗人从日常所见的风雨中发现了诗意。我们经常赞美的"雨"在诗人眼里变成了有着"狰狞面目"的存在，这是诗人的新视角。诗人由此体会的不仅仅是"愤怒"与斗争，而是升华了对历史的理解。最后几行诗掷地有声，使人想起了鲁迅先生在《记念刘和珍君》中的几句话："真的勇士敢于直面惨淡的人生，敢于正视淋漓的鲜血"，"沉默啊，沉默！不在沉默中爆发，就在沉默中灭亡！"这是对一种生命意志的歌唱，也是对历史规律的总结。"一次鞭打／就有一次崛起／汇编成／一部史书"，诗人傅天虹也发现了这种规律，并以诗的方式抒写了这种规律，朴素中所透露的深刻是令人着迷的。

　　傅天虹的诗在对负面现象的解读中表达诗人的人生思考，体现出独特的诗美感受力。对于各种社会、文化现象，诗人不是随波逐流，而是通过对这些现象的反思，抒写自己的人生体验和精神追求，也给读者提供思考和启示。《透明的夜》写艺术的边缘化和诗人对此的态度："风雨协奏／艺术在贬值／被遗弃的春天和秋天／在接头扎寨／偌大的空间占据一隅／乐声是不死的王国／围绕着金钱解体／围绕着金钱重建／富于弹性的指尖／奏出东方古典／硬笔之力无法表达的／是一轮清唱／／大墙下的榕树头／无名小花夜夜开放／一曲曲民俗小调／打湿了星光。"《断章》写的是爱情观念的变化，蕴含诗人的忧思："不是再说／爱情／是大水冲不走的磐石／／要走　你就走吧／什么也不用。解释。"《盆景》不是赞美，而是写物质化语境下人的处境："山能卖钱／水能卖钱／在什么都能卖钱的世界上／人，仿佛盆景。"这样的作品确实可以看成是一种精神的清醒剂，带给人反思，也提供选择。

　　傅天虹的诗坚持诗的文体规范，在诗的限制中寻求自由。傅天虹的诗多为短章，一事一物一情往往就成一诗，不过度铺陈，这符合人们对

下编 在文本中寻美

诗歌文体的传统理解，也是许多现代诗人所认同的做法。这种追求使他的诗歌意象并不奇崛，意象的内涵比较单纯和明晰，他的诗在很多时候不是以语言文字的新奇取胜，而是以诗意发现的独特赢得关注。诗人洛夫曾对这种特点提出过批评："就诗的技术层面而言，傅天虹的语言似乎过于平实，颇欠提炼功夫，在意象与节奏的处理上也有待加强"。但他同时也认为："他这种语言的好处，乃在更能直接地表达强烈的感情，和坎坷的人生经验。更何况他的诗主要在言志，只要把诗中的信讯有效地传递给读者就够了"[①]。洛夫的批评是有道理的，但我们必须注意的是，任何诗的技巧并无优劣之分，主要看诗人的使用是否恰当，而这种恰当的标准就是是否最好地表达了诗人所要表达的主旨。应该说，傅天虹所使用的意象技巧、对音乐性的看重、对朴素风格的坚持等都符合诗人所要表达的主题，也是符合诗的艺术规范的。前面提到的《雨》，看似参差不齐，但我们从诗人的分行中，可以感受到诗人的强调，"赶尽""雨""自由"等词单独成行，是别具匠心的，体现了诗人在这些意象和感受上的特别用力。

读着傅天虹的诗，感受着他对人生与艺术的执着，我写下了上面这些文字。完全是感想式的，但都是真实感受。傅天虹在曲折之中寻觅、追求的精神，他超越挫折的意志和力量，都可以给我们启发和动力。我想借天虹《致贝多芬》中的诗句结束这篇阅读随笔：

海的胸膛／因你的指挥／而起伏／你的翅膀上／流云栖息／置身黑夜／曾渴望一个出口／今晚／你的月光／又照进了／所有的窗沿

2009年7月4日于重庆之北

[①] 赵安琪记录：《傅天虹作品座谈小叙实录》，见《傅天虹诗存》，作家出版社 2008 年 12 月出版，第 311 页。

简政珍:沉思者的诗艺探索

诗歌界的"中生代"一词是借用地质学名词而来的。这个名词在诗学领域已经普遍使用,但具体出自何人,现在难以确认。学者们对诗坛"中生代"的划分并没有确定的含义,因此在不同的人那里存在很大差异。郑慧如说:"简政珍在台湾 1950 到 1960 出生的中生代里,是最能以诗的形式彰显哲学厚度的诗人"[①]。这个界定可以说是对大多数台湾诗人、学者所认同的观念的总结。但在大陆地区,人们更多地把 1960 年代(及少数 1950 年代末期)出生的诗人称为"中生代"。《江汉大学学报》(人文科学版)2005 年第 5 期曾推出"关于'中生代'诗人"的专题研究,荣光启、西渡、王毅、耿占春等人发表了各自的意见,其"编者按"中说:"这个我们命名为'中生代'的诗人群体,以 1960 年代出生的诗人为主,他们的写作大多开始于 1986 年诗歌大展前后,1990 年代中期引起关注"。海峡两岸诗歌界对"中生代"内涵的不同理解,是因为 20 世纪 50 年代以来两岸诗歌发展所存在的差异,但共同使用这个命名,又说明两岸诗歌在发展轨迹上存在诸多相通之处。在地球进化的历史上,中生代(Mesozoic Era)是最引人注目的时代,它介于"古生代""晚生代"之间,具有承前启后的地位和作用,当代诗歌界的"中生代"大致也具有这样的作用。这个诗人群体是现代诗艺探索的创新与深化力量,而且已经取得很大的成绩。他们已经形成了比较成熟的美学追求。但是,需要注意的是,两岸诗人、学者对"中生

---

① 郑慧如:《意象逼视人生的美学深度——读简政珍的诗》,见简政珍诗集《当闹钟与梦约会》,作家出版社 2006 年版。

下编　在文本中寻美

代"的理解都是以诗人的出生年代来划分的,无论从哪个角度讲,同一个年代绝不是单一的,更不是单调的。这个命名并不揭示具体诗人的艺术风格、艺术成就,甚至不包含对这个群体的整体风格的评说,因此,是否可以把"中生代"作为一个整体来探讨,还值得我们进一步思量。但是,"中生代"中的一些优秀诗人肯定是可以作为研究对象的。在探讨"中生代"命名的同时,我们更应该讨论其中一些代表诗人在艺术探索上所取得的艺术实绩。这也许更有利于诗歌史的书写。

我选择了诗人简政珍。这既是"两岸中生代国际高层论坛暨简政珍作品研讨会"的一个重要话题,也是我为自己开辟新的学术领地的一次尝试。

对我来说,简政珍这个名字是非常熟悉的,他的诗歌和诗论经常出现在台港地区的许多诗歌刊物和诗歌选集中,我偶尔有所涉猎,其中的灵气与智慧给我留下了点滴但清晰的印象。也读过一些诗人、学者介绍简政珍的诗歌、诗学的文章,评价甚高。不过,由于学术信息交流方面的原因,我没有机会对他的作品进行系统阅读,更没有进行过学术性的思考。最近才找到他的一些作品进行较为系统的阅读、分析、思考,虽有更多更深的印象,但感受、认识上的错漏、粗浅肯定也是不少的,只能不揣谫陋,发表一点读后感想,和简政珍先生以及关注其作品的前辈、同行交流。

在台湾"中生代"诗人中,简政珍是一个值得关注的诗人和学者。他的诗与中国传统诗差异很大,与流行的诗歌风格也相去甚远。这或许与他的学习背景有关。简政珍既有中国传统文化的修养,也有深厚的西方文化、文学修养,而且他在其他艺术、学术领域(如电影研究)也取得了突出成就。他还是一位诗论家,善于总结他人和自己在诗歌艺术探索中的得失,并由此调整、丰富自己的诗艺探索。我一直赞同吕进教授的说法:诗人应是博识家。广博的知识和学养可以带给诗人观察的角度,思考的深度,表达的厚度。这在简政珍身上体现得相当明显。诗人洛夫对简政珍的诗歌创作与研究有过很高的评价:"在诗的创作上,简政珍最明显的一项特点,乃在于透过各种题材表述人、诗、现实三者之间的对话和辨认,因此这三者也就成了贯穿和建构他理论的基点。尤

352

有甚者，简政珍之理论能自成体系，乃基于他一份强烈的美学信念和明确的哲学理念，这就是诗艺与生命意识的结合。就一个诗人而言，简政珍的意象颇为冷峻，而内在的激情又处处可以感受；他强调诗是一种沉默的语言，而他的理论却极为雄辩，其立论之精确、辨析之缜密，几乎每句话都等于是一个完整的结论，其深度与高度自叶维廉以下少有能及者"[1]。他因此而占据了台湾诗学界"承先启后的关键位置"。在中国当代诗歌界，能获得这样评价的诗人兼学者似乎并不多。从这个角度说，简政珍属于当代诗坛的"中生代"，而且是"中生代"的代表诗人，这是毋庸置疑的。

智性沉思是简政珍诗歌的重要特色。其实，沉思可以成为所有诗歌的特色，但在简政珍那里，这种特色表现得尤其突出且具有个性。简政珍的诗是智性的诗，沉思的诗，哲学的诗。简政珍的诗不是上升的，而是下沉的；不是轻巧的，而是厚重的；不是向外的，而是向内的；不是关注现象的，而是深入本质的；不只是关注当下的，而且是关怀终极的；不仅仅是文学的，而且是哲学的。关于简政珍对诗的理解和创作，我们可以从他的大量作品和论著中获得细致深入的认识，也可以从他的一首诗中体会到。他曾写过一首"以诗论诗"的诗《诗学断想》[2]：

> 正要提笔写诗的时候
> 灯熄了
> 人说：黑暗中
> 眼睛最明亮
> 记忆总在光线下遁形
> 角落的影子
> 随着年岁的咀嚼
> 嗅出时间的气味
> 日轮的运转把历史曝光

---

[1] 洛夫：《简政珍诗学小探》，http://www.my285.com/sc/shilun/xinshi/22.htm。
[2] 原刊于香港《诗双月刊》，收入王伟明主编的《中国现代诗粹》，诗双月刊出版社1995年版。

> 只有在忽明忽灭的烛火中
> 看到生命
>
> 成长涂满一些
> 垃圾筒已不再愿意
> 容纳的文字
> 当文字变成口语，变成
> 口中的泡沫
> 只有在黑暗中才能
> 看到诗
>
> 当灯亮的时候
> 这一切都是不得不的
> 遗忘

　　诗中所写的"黑夜意识"其实就是一种清醒意识、创造意识，是一种不为表面所迷惑、善于发现真实的意识，更是一种思索生命本质、意义的现代意识。

　　"黑夜意识"是简政珍把握世界的思想基础。在他那里，这种保持个人独立思考的意识就是抛开表面，深入内里的独醒意识，是一种深刻的忧患意识，也是一种强烈的责任意识。顾城曾写过一首影响很大的短诗《一代人》："黑夜给了我黑色的眼睛，我却用它寻找光明"。简政珍就是用智慧的"黑眼睛"打量世界，不过，他比顾城更开阔。顾城打量和反思的主要是"文革"带给人的生命困顿，最终建构自己的童话世界；简政珍没有"文革"的背景，他所打量的是整个人类，关注的是生命的当下与终极。他没有创造诗意的童话，在"入世"中"出世"与升华是其诗歌的主要艺术姿态。有人对此作过中肯的概括："简政珍是极入世的诗人，其诗笔深入社会诸多面向，演绎社会风景。而其对现实入木三分的刻画，并不只是以诗人的文学地位咆哮现实的不公不义，而作一味批判，其在语言的背后所指涉的是人文关怀，通过深刻且真实地见证生命的苦难，为人如何在社会的光怪陆离中找到立足点提供思考的可能。基于对人世的关怀与美学的坚持，简政珍诗笔恢弘而自持，不易因一时情绪的升腾而轻易亵渎诗质发为对现实的'说教'，他的抒情是沉静的心绪而非情绪，一旦引发心中千锤百炼情感的升华，那积累诗中的余韵便久久不能退却"[①]。这段文字道出了简政珍的诗歌与社会、现实的美学关系，以及由此形成的沉思品格。

简政珍构建诗歌沉思品格的艺术手段是多样的。

意象思维是简政珍诗歌观照和把握世界的核心方式，它使诗人与外在世界保持着微妙的关系。简政珍认为，"写诗不是遁迹镜中的泪痕和梦幻，也不是申诉自己身世的委屈"，而是要"随着时代的脉搏呼吸"，伸出触角"接收周遭的音讯影像"，"针对人生的有感而发"[②]。意象的妙用可以使现实诗化，抛弃了单一的描写、照相式的观照。意象思维是抛弃表象的思维，是由现象深入本质的思维。与那种提倡"纯诗"的观念不同，简政珍没有把意象看得很神秘，而是注意保持意象与日常生活的沟通与联系。换句话说，意象是对日常生活本质的提升和诗化。因此，在他的作品中，我们很难清理出某种或者某几种主要的意象，因为现实生活是丰富而驳杂的，他的诗的意象因此而丰富和多样。可以说，他的每一首诗中的意象都因为诗人所处的环境、所观照的对象、所要表达的意蕴的不同而呈现出不同的风貌，他的诗因此而不断翻出新意。意象是形成简政珍诗歌的感与智、情与思融合的有效手段之一。

简政珍诗歌意象之间的关联常常显得异常奇妙，出人意料。这些意象既来自现实，又形成诗与现实之间的"空隙"。这是中国传统诗歌与绘画的空白技巧的现代化转化。这种方式使他的诗即使充满愤怒、苦闷、彷徨、讥讽等情绪，也不显得剑拔弩张。这是诗人控制感情、建构智性的重要手段。简政珍说："在好诗中，人的激情，自然的形象一旦

[①] 宋莹升：《诗与现实磨合的美学高度——阅读简政珍的诗》，香港《当代诗坛》2006 年第 45、46 期。

[②] 简政珍：《纸上风云·序》，书林出版公司 1988 年版。

步入文字构筑的形式,形象转化成意象,感情升腾成智能"①。这不但涉及感情与智性的关系,而且强调了形象、意象之重要。这种诗带给读者的不是表面的感受,而是向内的沉思。

《送别》显然是写给妻子的:

送走巴士的黑烟后
我就在地下室躲避变化的天色
你将在色彩缤纷的云天
似睡似醒,分不清
这季节性的穿梭
是归或是别的旅程

回来后
一对杯子还在茶几上对峙
洗碗筷的水流
冰冷地从指尖滑过
盘碟上油腻的形象很难洗尽
跨过千年的初春,冬天的身段犹在
放开热水竟然烫伤了手指
要找红花油
才想到它已经陪着你
没入晦色的天际

突然,冰箱声音大作
原来,你走后
里面的食物已空

---

① 简政珍:《诗心与诗学》,台北书林书店2000年版,第178页。

诗人写送妻子回家之后的事情，所使用的意象都是与日常生活有关的，很具体。其中包含着诗人对离人的思念和记忆，但我们很难从字面上感受到这一点，甚至无法读到情绪强烈的诗行。诗人的感受都隐藏在事件与文字的背后。只要细心阅读，每一个字都包含着诗人控制着的思念的意味。在第一节，诗人写"送走巴士的黑烟后/我就在地下室躲避变化的天色"，强调暗色的"黑烟""地下室"，其实就是抒写与之相似的体验；在第二节，茶几上对峙的一对杯子，冰冷的洗碗筷的水流，盘碟上油腻的形象，治疗烫伤的红花油等，都与日常生活中的妻子有关，反复抒写装卸物象，实际上包含着诗人的思念；尤其是最后一节，"突然，冰箱声音大作/原来，你走后/里面的食物已空"，通过更具体的事象暗示了妻子的离去以及诗人对妻子的思念。诗人通过具体意象抒写了内在体验，也把在一般诗人那里直接抒写的感情深蕴其间，使诗篇显得更凝重、内敛，更有耐品的诗意。

意象可以带来诗歌表达的具象化与戏剧化。叶维廉教授非常强调诗歌及其构成要素的"演出"特性。他说："景物演出可以把枯燥的说理提升为戏剧性的声音"[①]。"中国诗的艺术在于诗人如何捕捉视觉事象在我们眼前的涌现及演出，使其自超脱限制性的时空的存在中跃出。诗人不站在事象与读者之间缕述和分析，其能不隔之一在此。中国诗人不把'自我的观点'硬加在存在现象之上，不如西方诗人之信赖自我的组织里去组合自然。诗中少用人称代名词，并非一种'怪异的思维习惯'，实在是暗合中国传统美学中的虚以应物，忘我而万物归怀，溶入万物万化而得道的观物态度"[②]。在表达中，诗不一定需要诗人太多的主观直写，而应该尽量通过具体的物象、场景等的自身"演出"来揭示诗人的内在体验。这在西方被称为诗歌的客观化、戏剧化。客观化、戏剧化可以在很大程度上避免诗歌情感的泛滥、诗歌内涵的单一，从而构成诗

[①] 叶维廉：《中国古典诗中的传释活动》，《中国诗学》，生活·读书·新知三联书店1992年版，第34、35页。

[②] 叶维廉：《语法与表现——中国古典诗与英美现代诗美学的汇通》（1973），《比较诗学》，台湾东大图书有限公司1983年版，第43页。

下编 在文本中寻美

歌含蓄蕴藉的艺术张力，形成诗歌的沉思品格。意象、场景的独特创造往往是建构这种艺术效果的重要手段。

《读信》对于普通人来说是很平常的事情，但对诗人简政珍来说，却是一件体验、思考自己人生经历的大事。在诗中，诗人没有直接说出他和写信人的关系，但通过诗人创造的戏剧化场景，我们可以感受到，那是一个曾经在诗人心中占有重要位置的人。诗人对阅读这封信是极其严肃甚至有些庄重地对待的，他要等待天黑的时候才阅读，而且首先不是打开信笺，而是做了认真的准备，"让一束光从黑暗中／照亮信纸旁边／一切的等待——一张空白的稿纸／一个电话，和一支／拆信的小刀"；第二节最具戏剧性效果："小刀发出寒光／我看到一支在灯影下／徘徊的埃及斑蚊／我以读欣来驱逐睡意／也许蚊子体会窗外秋的讯息／它停留在我拿着信纸的左手上／我心里痒痒的／但蚊子必须为我手痒／付出代价／一块不大不小的血／适时遮住了／你对我熟悉的称呼"，在这里，从"心里痒痒的"到"手痒"有一个往往难以让人觉察的跳跃，形成双重意味，真正的心理期盼和蚊子叮咬的手痒重合了；而且"付出代价的"蚊子的血迹正好遮住了信上的称呼，这也许正是诗人试图遮盖的一个事实，但他没有表现出来，而是偶然出现的蚊子的血帮助了他，诗人究竟是怎么想的，在诗中没有直接交代，任读者去猜度。就现实来说，这样的戏剧性场景确实是可能出现的，而诗人正是利用了这种可能的现象，赋予其独特的诗意，暗示（而不是直接表达）了他内心的体验；这就是客观物象的"演出"所带来的独特的诗意效果。第三节是诗人对写信人处境和心境的揣测，可以看出他内心的牵挂。

如果按照传统的索隐方式考察，我们可以揣测，《读信》中所涉及的写信人应该是诗人的一个红颜知己，她在诗人心目中占有不小的位置，但诗人又试图掩藏这一段也许属于过去的历史。这时，戏剧化手段发挥了重要作用，适合了诗人的创作心境。戏剧化的诗在抒写诗人内在体验的时候，往往可以不露声色，而且能够形成诗歌的多种解读可能。换句话说，戏剧化可以促成诗歌的丰富、深刻。尤其是从日常现象中提升的戏剧化场景在创造诗意的同时，还可以打通诗人、诗与现实之间的复杂关系。戏剧化的诗一般不是直抒胸臆的诗，不是线性延展的诗，需要思考之后才能体会诗人所要表达的意味。因此，戏剧化的诗往往也是智性的诗，沉思的诗。

为了创造诗歌的沉思、内敛效果，简政珍采取的艺术手段是多样的，他甚至在标点的使用上下了一番工夫。中国传统诗因其诗体规则的模式性，是不使用标点符号的，也不分行排列。在现代新诗中，使用和不使用标点的情形都存在，但一般不能连句排列，需要通过分行来体现其在体式上的特点。简政珍的诗在行末一般不使用标点，但有一种情形除外，那就是问号。在诗歌写作中，问号、感叹号等具有情感意味的标点有时可以发挥特殊的表达作用，如果使用得当，可以增加诗的表现力。简政珍的诗喜欢使用问句，这是有其艺术上的效用的。问句可以表达诗人对于某些问题的思考、追问，而且一般不需要诗人作出回答，问题的最终答案是留给读者的。这就可以增加诗的含蓄性和包容性，拓展诗的内涵，给读者留下广泛的想象空间。《演出》：

>　　在危难的日子里
>　　我们如何调整自己的角色？
>　　先撕下一张脸皮
>　　贴在广告牌上？
>　　或是在荧光幕上堆砌粉墨？
>　　扮演一个有心的小民？
>　　或是没有心的偶像？
>　　演一出对得起自己的喜剧？
>　　或是对得起他人的悲剧？
>
>　　但，且慢，我们要为
>　　这五颜六色的脸谱
>　　打什么底色？

这是一首完全以问句构成的诗,有点类似于希腊诗人埃里蒂斯的《疯狂的石榴树》。在第一节,诗人以设问的方式设想了人们"在危难的日子里"可能表现出的种种"演出",也就是人们为自己五颜六色的人生所作出的选择,或者说是人们所佩戴的种种"面具"。这些问句不需要答案,也无法给出答案,每一个人都可以根据自己的情况作出判断。在第二节,诗人话锋一转,谈到了另一个话题,不管做出怎样的选择,都有一个根本的问题必须首先解决,那就是人生的"底色",这是生命的本真之色,是确定人生价值、意义的根本——"底色"决定人的选择方式和内容。问号在诗中扮演着重要角色,既确定了诗句的建构方式,也包含了诗人内在的思索,同时把答案留给每一个生活着的人。诗的内涵因此而深化,诗的包容性因此而广阔。

简政珍的诗在冷静中蕴含着热情,在表达上又控制着热情的流泻程度,形成了冷峻、深沉的客观化效果,把个人的日常体验、世俗观察深化为对人生、现实的哲学性思考。这是他的诗获得深度、值得反复阅读的重要艺术原因。他的诗,更多地属于知识分子的人生思考。但我们也发现,对于普通读者来说,他的诗在表达上有时似乎过于深刻,他们很难通过一般的阅读领会诗人的意旨,在诗人的实验、期望和读者的心灵需求之间存在一定的距离。这样的情形可能导致他的作品在一定时间内被忽视的命运,也可能成为被后来者重新发现的"化石"。这是诗歌史上经常出现的现象,是我们在进行诗艺探索的时候需要认真思考和对待的。

如果要在新诗历史上寻找某种相类的话,我们可以说,简政珍的诗歌创作、诗学主张与20世纪40年代出现的九叶诗派有诸多相通之处。他和九叶诗人都主张诗与现实的特殊关系,都主张中国传统与西方艺术经验的融合。袁可嘉在概括九叶诗派的艺术追求时说:"第一,在思想倾向上,既坚持反映重大社会问题的主张,又保留抒写个人心绪的自由,而且力求个人感受与大众心志相沟通;强调社会性与个人性、反映论与表现论的有机统一;这就使我们与西方现代派和旧式学院派有区别,与单纯强调社会功能的流派也有区别。第二,在诗艺上,要求发挥形象思维的特点,追求知性和感性的融合,主张象征和联想,让幻想与现实交织渗透，强调继承与创新、民族传统与外来影响的结合，这又与诗艺上墨守成规或机械模仿西方现代派有区别。"① 这似乎也可以用来概括简政珍的诗歌艺术探索之路。不同时代诗人的成功给我们提供了这样的启示：在文化开放语境和全球化时代，封闭只能导致艺术的萎缩，有效的继承和交流则可以促进艺术的繁荣发展。

2007 年 2 月 23 日，于重庆之北柳林苑

---

① 袁可嘉：《半个世纪的脚印——袁可嘉诗文选·自序》，《半个世纪的脚印》，人民文学出版社 1994 年版，第 2 页。

平凡的美丽与朴素的深刻[1]

——评王小妮的《十支水莲》

王小妮的诗平静、朴素、自然、深刻,在平凡的状态中独到地体察生活、领悟生命,寻求一种诗意的深刻和本真的美。纵观诗人的创作,她的诗歌经历了朦胧诗时代的抽象抒情,"第三代"浪潮下的沉着和新世纪以来的朴素澄明。在各种流派和理论层出不穷的艺术语境下,王小妮独自走出了一条属于她自己的艺术之路。在长期的诗歌艺术探索中,王小妮从来不追赶热潮,也没有进入过潮流的浪卷之中,而是沉静、从容地摸索着自己的道路;她的作品不多,但她的每一首诗都试图写出个性,写出真情,写出表面下的本质,写出生命的困顿与抗争,因而从来不缺乏诗坛和读者的关注。

王小妮曾说:"不体会到平凡,就不可能是个好诗人。"可以说,这是她做人的姿态,也是她诗歌创作的基本出发点。她在一首诗中写道:"把心放得很低。/我在青草岩层滴水以下行走/已经不能再低了。"(《飞是不允许的》)这恰好表明了诗人的这一态度,唯有平凡的生活是真实的,平凡素朴的诗句具有一种深刻的品质,所企及的是不平凡的美学高度。"让我喜欢你/喜欢成一个平凡的女人。/让我安详盘坐于世/独自经历/一些细微的乱的时候。"(《不要帮我,让我自己乱》)以一种置身低处的姿态来观察世界,远离高高在上的神圣,以一个平民的眼光,打量生活,洞悉人生。这就使她的诗折射出一种心气平坦的超然品质。

---

[1] 本文系与硕士生姚洪伟合作完成。姚洪伟现为西南医科大学副教授。

王小妮的诗歌旅程开始于20世纪80年代初朦胧诗一路狂飙猛进的行程中。当时，各种诗歌主张分立潮头，各种流派、旗帜割据山头，被人戏称为"各领风骚三五天"的时代。在风云巨变的诗坛，王小妮以《印象二首》为自己铺展开了一条诗歌大道。其平凡的句子里深藏着亮丽的刀锋，她先天的感觉切合了诗歌的某种精神，朴素清新的诗感、淋漓畅快的抒情，为诗歌的天空带来一朵轻盈纯粹的云彩。王小妮一开始就较少参与到流派的纷争之中，她关注的是一些底层普通人的生活，表达的是一些普通百姓朴素的情感，《碾子沟里蹲着一个石匠》《早晨，一位老人》《地头，有一双鞋》《送甜菜的马车》等诗给人一种平易亲切的感觉。随着20世纪90年代的到来，在经历了各种各样的生活变迁之后，王小妮的诗作越来越呈现出日常化的特征，语言效果达到越来越纯净的水准，在语言的运用上越来越克制和小心谨慎，这使得她的诗在平常的生活中更加具有了诗意的深度和多种可能，在日常生活中升华，以平凡的沉着姿态抵达生命的本质、本真状态。《一块布的背叛》《重新做一个诗人》是这一时期的代表作品。进入新世纪以来，王小妮的作品抵达了一个新的高度，对生活的表达更加细致和独到，在一种平静的氛围中用朴素的语言和感情，精确地传达出我们的时代和我们的处境。在日常生活中发现和寻找诗意的存在和可能，是王小妮诗歌创作一直坚守的艺术方向。《十支水莲》无疑是这一时期和这一方向最有特色的代表作之一。

读《十支水莲》（载《诗歌月刊》2001年第7期），有一种震颤，它几乎涵盖了我们整个的人生经验。这组作品也几乎融合了王小妮各个创作时期的多种特点，在日常生活中表达出朴素明净的情感，深刻、坚韧、宽厚，有着母性特有的温情和悲悯，也不乏对生活的反省和对自我的审视。

《十支水莲》在题材的选取上是很平常的，水莲是生活中常见的事物，由此体现了一种日常性。正如她自己所说："诗是现实中的意外。"《十支水莲》就是日常生活中的意外。在第一首《不平静的日子》里，王小妮把日常的生活放入一个不平静的环境中，通过水莲这一事物来渲染内心的某种焦躁不安。水莲的原初内涵在这里被诗人彻底抛开，它只是被诗人用来表达日常生活以及生命体验的一个艺术意象。水莲"站在液体里睡觉"，"跑出梦境窥视人间"，"把玻璃瓶涨得发紫"，这是以一个女性特有的细腻与敏感来观察这个充满奇幻的世界。一个平常的事物，通过诗人的想象立即生动起来，平凡的事物被赋予了奇特的诗意，这些都是源于诗人对"猜不出它为什么对水发笑"的奇想。正因为诗人"猜不出"，所以才有了到底"是谁的幸运"的疑问。这也许使诗人想起了早期的人生际遇，她所经历的那些坎坷和变故。一种复杂的情感聚集在内心深处，"这十枝花没被带去医学院/内科病房空空荡荡"。欣喜和失落夹杂在诗人的情感体验里，"没理由跟过来的水莲/只为我一个人/发出陈年绣线的暗香。/什么该和什么缝在一起？"平凡的事物水莲勾起了诗人无限的遐想，隐喻出人生的轨迹。"三月的风们脱去厚皮袍/刚翻过太行山/从蒙古射过来的箭就连连落地。/河边的冬麦又飘又远"。诗人笔锋一转，以一种看似轻松和愉悦的笔调写出春天的感受，以平静的心态衬托诗人的迷茫和懊恼。"军队正从晚报上开拔/直升机为我裹起十枝鲜花。/水呀水都等在哪儿/士兵踩烂雪白的山谷"。在这个纷繁复杂的世界里，这些是不平静的，在我们成长的生命历程里，如何坚持自己的操守，寻找人性的归属，王小妮的答案是明确而肯定的："水莲花粉颤颤/孩子要随着大人回家。"诗人通过对平静中的水莲的抒写表达了我们生活中的不平静，以一个平凡的现代人的视角揭示出了我们所面临的种种隐含着的矛盾。

在第二首《花想要的自由》里，诗人想借助诗歌打通一条生活之路，破解围困我们的生活之谜。"谁是围困者/十个少年在玻璃里坐牢"。在我们的日常生活中，被围困是每一个人都会经历的，尤其是无法找到围困者如玻璃般透明的困境，更是让我们迷茫和不知所措，怎样打开前行之门，击破如玻璃一样无法看见的牢笼，找出围困者，走出泥淖，是每一个人都要面临的问题。诗人转换视角由人及物，"看见植物的苦苦挣扎/从茎到花的努力/一出水就不再是它了/我的屋子里将满是奇异的飞禽"。这种挣扎与努力，使得每一种事物都深陷围困，水成了水莲的"牢"。然而只要它"一出水就不再是它了",而是突破牢笼后"奇异"的场景。我们的生活、人生甚至生命又何尝不是这样呢?现实仍然没有改变,"太阳只会坐在高高的梯子上",但诗人却"总能看见四分五裂/最柔软的意志也要离家出走",那些柔弱的花朵也要去寻求属于它自己的自由,想突破水的界限。而"水不肯流/玻璃不甘心被草撞破/谁会想到解救瓶中生物","水"和"玻璃"般的牢笼不会轻易被击破,那是无法逾越一条鸿沟。即使"它们都做了花了/还想要什么样子的自由?"能够得到什么样的自由我们不得而知,我们想要的只是像水莲突破"水"后的奇异景象。当诗人"放下它们/十张脸全面对墙壁/"的时候,突然发现"我也能制造困境"。在洞穿自己作为困境的制造者之一后,诗人意识到,"顽强地对白粉墙说话的水莲/光拉出的线都被感动/洞穿了多少想象中没有的窗口"。这是一种对生活的顿悟,使得诗人在被困多时以后产生了"我要做一回解放者/我要满足它们/让青桃乍开的脸全去眺望啊"的感想。把自己被困的角色转换成解救者的角色,这是诗人精神的一种升华,在看到水莲的突围精神后产生的一种自我救赎,平静、朴素、口语化的句子下面潜藏着一股巨大的力量,那是一种独特的人格的高度。

　　《十支水莲》的第三首《水银之母》的主题是诗人对生活的沉思和反省。诗人透过平凡生活的表面,深入生活事件的背后去寻求和发现它的密径。诗人通过围困水莲的水发现:"洒在花上的水/比水自己更光滑。/谁也得不到的珍宝散落在地。/亮晶晶的活物滚动。/意外中我发现了水银之母"。这种发现具有了更进一步的含义,水并非水,它是"亮晶晶的活物",是"水银之母",它在平凡的世界里闪烁着光华,吸引着人类,同时围困的陷阱仍然没有彻底根除,"光和它的阴影/支撑起不再稳定的屋顶。/我每一次起身/都要穿过水的许多层明暗。/被水银夺了命的人们/从记忆禁闭室里追出来"。善与恶、美与丑在反复无常中交替,在复杂的生命历程中,我们难以取得善、美,也难以避开恶、丑,因为我们的世界原本就是善与恶、美与丑纠集在一起的存在。诗人沉入生活的江底,以一种平常人、平常心姿态去宽容地看待自己身边的人和事。"我没有能力解释",其实,我们都没有能力去解释什么样的生活才是真正的生活,唯一能做的就是投入生活,"走遍河堤之东"。即使"没见过歌手日夜唱颂着的美人/河水不忍向伤心处流/心里却变得这么沉这么满",我们只有让生活继续,保持一种平凡人的心态,在日常的生活中平静地度过。接着,诗人的视角又回到了自己叙事的对象上,"今天无辜的只有水莲/翡翠落过头顶又淋湿了地。/阴影露出了难看的脸"。水莲是无辜的,它的命运不由自己主宰,被代表牢笼的水"淋湿"后只有"露出了难看的脸",其实,有这种感受的何止水莲?诗人一直在寻求一种根源,除了水莲的无辜和我们的无奈之外,真正的道理在哪里?诗人意识到,在我们的世界里,"坏事情从来不是单独干的。/恶从善的家里来。/水从花的性命里来。/毒药从三餐的白米白盐里来"。看来,一切事物都是关联着的,这个世界的关系不仅仅停留在水和水莲的层面。于是诗人反思:"是我出门买花/从此私藏了水银透明的母亲/每天每天做着有多种价值的事情"。诗人的反省和超脱,早在《重新做一个诗人》里就有所体现,我们所面对的一切都源于生活的琐碎,日常包蕴着万象,平凡见证真情。

一直以来,王小妮的诗歌都渗透出一种坚韧的力量,不论是对生活的表达,还是在语言的使用上,这种力量的魔力驱使着她不断对日常生活的片段进行挖掘,直至抵达事物的核心。《十支水莲》的第四首《谁像傻子一样唱歌》就呈现出这种诗美特质。"今天热闹了/乌鸦学校放出了喜鹊的孩子。"这种日常生活的场景以一种诙谐的语言表达出来,不论生活多么辛酸和艰苦,诗人内在的情绪一直是稳定的。诗人一直期盼的花终于"就在这个日光微弱的下午/紫花把黄蕊吐出来"。诗里流淌着一股暖暖的潜流,它一直没停留;诗人的内敛、沉默也发挥出坚韧的力量。这种无声的力量使诗人感到"谁升到流水之上/响声重叠像云彩的台阶。/鸟们不知觉地张开毛刺刺的嘴"。水莲的沉默一如诗人静谧的内心,在时光里慢慢地等待,诗人看到"不着急的只有窗口的水莲",因为"有些人早习惯了沉默/张口而四下无声"。这样一种平凡的常人心态,让诗人认清了眼前的事实,我们不必"以渺小去打动大",

尽管"有人在呼喊/风急于圈定一块私家飞地/它忍不住胡言乱语"。这是一种平静中的超脱，不具备坚韧品质的人是无法抵达这一境界的。在这个众声喧哗的年代，"一座城里有数不尽的人在唱/唇膏油亮亮的地方"，体现出一种对时代的对抗和对自己的重新认识。"天下太斑斓了/作坊里堆满不真实的花瓣"，诗人的情绪体验在对水莲的诗意挥洒中呈现出来，"我和我以外/植物一心把根盘紧/现在安静比什么都重要"。这是诗人对平凡生活的一种崇高理解，一种深刻的认知。

对所处时代的关心，对人类生命和生存的关怀是优秀诗人必须具备的人文品格。《十支水莲》第五首《我喜欢不鲜艳》正体现了王小妮诗歌的悲悯情怀，一种对生存的关注。由水莲花想到了种花人的际遇，"种花人走出他的田地/日日夜夜/他向载重汽车的后柜厢献花"。鲜花代表人们对美好事物的追求，也是光荣的象征。种花人在自己的田地里日夜劳作，只是出于生存的需要，不得不向汽车的后柜厢"献花"，而且"路途越远得到的越多/汽车只知道跑不知道光荣。/光荣已经没了"。既然光荣已经没有了，花还有什么值得骄傲的呢？这是诗人对种花人的一种关怀。"农民一年四季/天天美化他没去过的城市/亲近他没见过的人"，我们通过花感受到种花人的苦楚，这种源于生活的疼痛，其实不仅仅属于种花人，它具有一种普视意义。我们大多数人的生活与种花人相差无几。在"插金戴银描眼画眉的街市/落花随着流水/男人牵着女人。/没有一间鲜花分配办公室/英雄已经没了"。这是一种悲哀，但我们又能怨谁？在没有英雄出入的城市，鲜花还能代表无上的荣光吗？诗人看到，只有在平凡中坚守、坚持，在平凡中寻求不平凡的诗意，才能抵达诗意栖居的梦想。诗人喟叹："这种时候凭一个我能做什么？/我就是个不存在。"在这里，诗人把自己纳入平凡人的阶层，没有扮演救世主的角色，卸去了那些所谓济世救民的论调，回到平凡的现实生活中来。"水啊水/那张光滑的脸/我去水上取十枝暗紫的水莲/不存在的手里拿着不鲜艳。"诗人所喜欢的"不鲜艳"，其实是不喜欢被一些所谓的光环笼罩，更愿意以一种平民的姿态，享受平凡的生活。不论诗人在自然还是超然的情况之下，都应该具有悲悯情怀，去关注底层人的生存状态,这是诗歌应该具有的常态,更是诗人应该具备的品质。王小妮在其作品中对这种品格体现得相当充分。

生命的圆润完满是在对生活的不断追问中实现的。《十支水莲》的第六首《水莲为什么来到人间》恰好切合了生命的这一主旨。不管是预谋还是随意为之,《水莲为什么来到人间》都回答了诗人提前预设的一系列关于人生的问题。"许多完美的东西生在水里。/人因为不满意/才去欣赏银龙鱼和珊瑚。"诗人通过写水,准确表达了世间的一切都是不完美的,只有水里的幻想才令人满意,当然这也包括作为"牢"的水,因为有了围困才有接近本质的可能。"我带着水莲回家/看它日夜开合像一个勤劳的人。/天光将灭/它就要闭上紫色的眼睛/这将是我最后见到的颜色。/我早说过/时间不会再多了",巧妙地回答了《不平静的日子》里提出的"没理由跟过来的水莲"的缘由,并且在一种怜惜和不舍的口吻中抵达一种本真的状态。诗人看到"现在它们默默守在窗口/它生得太好了",并且在"晚上终于找到了秉烛人"。通过对比,诗人看到了自己,这也是人类在"夜深得见了底"的时候,发现"我们的缺点一点点显现出来"。这是被围困过后的清醒,也是通过不断的反思击破了"玻璃"般的牢笼。诗人突破困境后领悟到了"花不觉得生命太短/人却活得太长了"的真谛。因为"耐心已经磨得又轻又碎又飘",在这个浮躁的时代里,有多少人能够清醒地保持自己的德行操守?"水动而花开/谁都知道我们总是犯错误。"在追求完美的过程中,"怎么样沉得住气",怎样才能不落入世俗的骄躁,怎样才能破解围困生活的秘密,以一种坚韧的力量去执着于自己的信念,去"学习植物简单地活着",是诗人试图通过透彻的感悟告诉我们的。正如"水莲在早晨的微光里开了/像导师又像书童/像不绝的水又像短促的花"一样,以淡然的心去感悟平凡的人生,寻求完美的生命,也许才是生命的本质与价值之所在。

王小妮诗歌的成功在于:以一种平凡人的心态去体悟日常的生活,抵达一种自然和自在。把人生不同境遇化为心灵里平静的独处,把平凡的事物写得独到并且深刻,蕴含一种哲学的深度与理念的崇高。虽然细

368

腻、深刻是其诗歌的重要特色，但王小妮没有像其他一些女诗人那样，以女性性别的确认来思考人生、探索艺术，张扬一种与男性争夺话语权的对抗意识，而是默默地坚守自己的立场，独立思考，摆脱一切外在于诗的无关纠结，直指生命与诗歌的本质。这种独立，并不代表与世隔绝，而是与自己的日常生活结合起来，它是诗人个性的体现，也是诗人独特的眼光，它所体现的创造性也因此而无人可以替代。《十枝水莲》正是通过对复杂"关系"的揭示来发现生命的困顿与矛盾，回避了二元论者那种不好即坏、不美即丑的片面主张，也回避了那种先入为主，回避对象，仅仅依靠自己的感受来打量世界的局限，而是通过对象自身的"演出"，深入生命的复杂性，在大爱的烛照之中，于复杂的处境里揣摩生命的本质和流向，并由此创造诗意的生命场景，发掘生命的价值。她的诗的深度由此而来，广度由此而来，厚度也由此而来。

2008 年 8 月 10 日，于重庆之北

纯净语言、平和日常与时间智性[①]

——论李琦诗歌的审美理想

李琦在自述中将写作比作"擦拭银器的过程"。她的诗歌也像银器，流转静谧的光泽，同时传递朴素的生命哲学。第五届鲁迅文学奖对她作品的性灵有很好的概说：李琦"在一种灵动的日常书写里，隐藏着一种通透的生命哲学，也浸透着一种内在的知性情感和洞察世界的温润力量"[②]。李琦诗歌的确缺乏群体记忆、宏大叙事的参与，她也说自己"选择做一个很小的诗人"。她的诗本分、自如，令人心神安然，避开故布疑阵的意象森林，还原着诗歌与生活本真的模样。从家庭、家乡再到世界，她的文字一直"心平气和，优美而舒展"（《大海苍茫》）。写自然圣洁，写人世温情，诗人如何使文字获得游刃有余的呼吸感？又如何在不食人间烟火的超脱与质朴的俗世生活间转换？基于这样的意识，本文试图回归文本，还原李琦诗歌审美理想的构建轨迹。

一 纯净化与自然质地

杜甫《丽人行》有言"意远淑且真，肌理细腻骨肉匀"，李琦的诗歌正是这样干净舒展、骨肉匀停的美人，给人无负担的涤净，兼有回转的余味。在炫技逞词者众的诗歌潮流中，这种返璞归真宛如清风一缕。诗人在自述中说："要靠生命的真气而动人，不要有端或无端地被五颜六色惑乱成一片混沌。人生苦短，忘掉做作，忘掉噱头，忘掉虚伪吧。"

[①] 本文与硕士研究生蒋雨珊合作完成。
[②] 朱莹璞、张新颖：《李琦诗歌评论专辑》，《绥化学院学报》2011年第12期。

(《我·北方·诗》)可以看到，对于语词包装过盛于诗歌本义的危害，诗人有着清醒的警惕，再观其诗作，不难发现所谓"生命的真气"的重要来源，便是对自然的领会与感动。诗人赋予山川河流、一草一木以生命，《赛里木湖》《腊梅》《谈谈红松》《一棵树的修行》等作品皆是佳证。

自然景物抒写贯穿着诗歌发展的经脉，《诗经》开篇便是"关关雎鸠，在河之洲"，此后景、人、情交互的铁律百颠不破，山水风雨人人写，咏树木虫兽的能手也比比皆是。但翻检如今的诗歌，景色铺排老套，抒情单调、造作的创作危机隐现，大量同质化的作品让读者深感疲倦。在这样的乱景之中，李琦诗歌经营自然世界的路径有着相当的借鉴意义。

东北的风土人情给予了当地诗人丰富的精神养料，受同一方水土滋养，内容、风格也就难免趋同，罗麒说"多数东北诗人都沉溺在白山黑水、铁马冰河的壮美梦境之中，反复地歌唱着平原之阔与雪花之洁，或怀旧、或愉悦、或是思乡情，其中虽不乏精品，但终究是难以用华美的诗句勾勒出属于自己的名字"[①]。李琦的诗歌虽然地域色彩浓郁，却很好地规避了刻板的窠臼。居北寒之地，这里的诗人们咏雪、赞雪的篇章多如牛毛，李琦的"雪"却能自成一家，赞美雪山的"明哲而温柔"（《雪山》）也正是她诗歌的特质。经由作品，可以发掘她对"雪"的感情轨迹：从喜欢到迷恋，再到接近崇拜（《下雪的时候》）。除了地缘关系的亲近使然，雪本身的独特美感："那种安宁、伤感和凉意之美/那种让人长久陷入静默/看上去是下沉，灵魂却缓缓/飘升起来的感觉"，恰似诗人人格与审美追求的实体化。可以说，"雪"是李琦诗歌洁净空间里灵魂式的支柱，正是这种文字质地、风格趋向、诗人内心的高度一体化，让李琦的"雪"有了独家的烙印。

不仅是雪花，李琦笔下的北方冬景也不是一派肃杀，反而亲切得可爱。她在诗歌中打造出一个有温度的冬日王国：北风是"长发的摇滚

---

① 罗麒：《白山黑水间的温暖情歌———论李琦诗歌》，载《文艺评论》2017 年第 1 期。

歌手"(《高寒之地》);雪花是"让人心软"的轻盈舞者;腊梅"穿着小鸡雏的黄绒衣",是冬天的小酒窝(《腊梅》)。诗人甚至想让北方把自己重新雕塑,"雕成天真的小鹿/雕成自由的游鱼/雕成孔雀和燕子"(《冰雕》)。她使"凛冽硬朗"的北方变得温柔而忧郁,透过童真的想象、温柔细致的比喻,贡献出轻盈的、向上的阅读体验。

家乡景物之外,李琦写异地风光一样明净动人。《这是前所未有的体验》中她让森林呈现出教堂般的肃穆静然:自成世界的土地上,植物、溪流按照自己的模样生长或前行,动物或是藏起或是"抛头露面",诗人把它们放置进"生命的轮回和丰美"的历程,气息古朴却空间邈远。写呼伦贝尔,诗人不直接落笔写草原,而是写草原女人身上散发的"油脂、青草、大地"(《在草原和你们见了一面》)的气息,写她们朴素如"云朵、羊群、草木、河水",写她们的双手抚摸过"羊羔、牛犊、马驹儿",接近她们就是接近了"神或者事物的本质"。最后又将自己放置于渺小与伟大之间,"低于草"却"如此苍茫,远接着高远的云天",将草原的空旷、辽远的圣洁感无限放大。与此类似的还有《在这里,一切都是足够的》:"原野,花朵,果实,各民族的习俗","有鹰的呼吸,马的喘息,雪水化开的声音"。这些典型意象成组地出现,遵循着自然系统内的和谐,画面依次落成,文字的生命力就在此处。

李琦诗中的自然意象也并非全然简单的罗列,她常常一步一景地引领着,仿佛带读者漫步游览自己的精神栖息地。试看一例,《一个人在江畔》起笔先由独立江边的"我"的视线出发,投射到远处老船的残骸,心事与残骸,江水与人构成静默画面。下一节却以远处走来的小羊打破这一平衡,又顺着羊的视线,将读者的目光牵向远方,在几经转换中诗歌空间得到扩张,才发出戏谑:"如今真是现代/羊都开始深沉了",收场画面停在"后来我离去的时候/我发觉我们站过的地方/正长出新草来"。虽然诗歌整体描绘了一幅夕阳下的落寞童话,但笔锋一转,新草之绿意、生机,又给出了全新的希望的图景。

此外,植物的"人性化"也是李琦常挥的妙笔,如红松是"精神漫游者"(《谈谈红松》),被造物主赋予了世间最好的品质。李琦认可诗人最好的品质代言是"玉米",因为它和最好的人"一样的诚实,一样的朴素/还有,一样的让人放心"。作为诗人最爱的事物,玉米在她的诗歌里脱去农作物的一般外壳,剥露出一种内核机制——那些饱满的颗粒让庄稼人心里有底,清香唤起"大地的辽远和丰厚"。李琦善于将这样的小事物写出静穆的大美,透着淳朴的真实。因诗人眼中尘世奔波的自己是满面灰尘的,在自然的纯粹前常常自惭形秽,于是她借诗歌来淘洗自己。在其自述中,李琦说"一个诗人成长的过程应是人格净化的过程",还原于作品,这种不断的净化,造就了李琦诗歌那种瓜熟蒂落的美感,恰到好处的成熟,无纠葛的干净利落。

二 从容心与日常力量

李琦的诗歌画布永远以生活为底色,叙述的平静、节奏的轻快、情绪的稳定都给人以一种平和的享受。她的诗歌"触角"极其敏感,生活微小处一一手到擒来,经过诗人的雕琢,这些日常琐屑散发着细碎的光芒。哪怕是一只杯子被摔碎这样司空见惯的事情,诗人也能"从精美的器皿到透明的垃圾"(《一只杯子瞬间落地》)的无可挽回中捕捉诗意。虽然在李琦的诗歌中很少看到热血激昂的呼喊,但却积蓄着安静的能量,她心中的"诗歌之美"是"面目安静,其实最为迷人"(《我的诗正越写越短》)。但这种淡然并非袖手旁观,而是与生活和平相处。

生活视角可以说是女性写作中最易引发强共情的题材,李琦却难以归入典型的现代女性诗人创作队伍,她的作品中关于性别的思索并不凸显,也很难看到作为被压抑一方的呼喊,或是心底欲望与伤口隐晦表达。或许是生活对诗人的偏爱,让她避开了许多苦难的片段,虽然少了先锋意识的特立独行,但她如实呈现了女性诗人生活写作的另一面。青春、爱情、衣饰等元素都并未缺席,李琦的诗歌背后,形成的是一个大的家庭的整体语境。家庭是李琦创作的重要阵地,从女儿到母亲的身份转变给予她无数灵感。她质朴且浪漫地把自己和女儿比作"盛满野花的篮子"(《与女儿在郊外》),"夕阳从指缝间淌过/淌得你想一辈子/做扎着布围裙的女人/淌得你对一切/忽然充满了感激",李琦说"做了

下编　在文本中寻美

母亲之后，才体会到牵挂的含义"①，以母性的眼光去传递幸福，细节处的感染力四两可拨千斤。

女人与时间的对弈永远不会休止，李琦诗歌中的母亲——"我"——女儿仿佛构成一个圆，播放她关于光阴的感叹："五十年前我的母亲在江边跳绳／五十年后我的女儿在江上滑冰"（《新年快乐》），半个世纪的光阴快得"好像只亮了几个黄昏"；相似的还有《两串珍珠项链》一诗，"我"站在镜子前，看到年迈的母亲和不再年轻的自己这"两代佩戴珍珠项链的女人"，项链成为某种时光穿梭的介质。面对"老"这一永恒命题，李琦的姿态亦优雅。她在诗中回忆梦境，梦到从前喜欢的衣服一一列队而来，它们曾与自己亲密无间，"包裹着稚嫩、青春、光芒／一个女人饱满丰盈的岁月／优美地消失在尘埃里"（《真是奇异的梦境》）。她所希望的老去是"犹如名角谢幕"，"犹如瓜果成熟"，看这世界已经心平气和，"身姿谦和，自信在心／眼角眉梢，深藏历练后的从容"。世界永远年轻，诗人以认定轮回的眼光看待，老去就是时候"起身返回儿童"，"更趋近坦率而纯真"。

李琦和丈夫之间的爱情也广为人称道。诗人将恋爱中的女人的欢欣愁虑都寄托在诗里，异地恋时见爱人"星夜兼程我比电报还快"（《第一次去襄樊》），与爱人相拥时化成两枚飘向空中的羽毛，相思满溢的喜悦溢于言表，兼有北方女人的热烈直爽："我召之即来，奋勇前往。"写起情诗来，李琦既有少女的依恋与崇拜，又不忘其纯真本色。她赞美爱人年少的时候"五官端正／换上古装，就是一个俊朗的书生"，岁月过去他是"一匹恋家的老马"。她又像一个小孩，一口气罗列出十五条"喜欢他的理由"，从小习惯到善良的心底，甚至倔强的脾气，连誓言都朴实无比："我和你／就像两只在土里生长的红薯／神情笃定，彼此根茎缠绕／面貌朴素，把底气藏住"（《我和你》）。

诗歌视野的开阔，很大程度上得益于诗人本人见闻的丰富，李琦作品中行吟诗篇目众多。据诗人自己所言，她"内心澎湃，外表平静／逃

---

① 李琦：《从前的布拉吉·牵挂》，中国国际广播出版社1997年版，第72页。

跑的根基,流人的天性/喜欢走路,向往异乡/肌体里藏着大风和波浪"(《我喜欢在这世间散步》)。这种流浪的天性,或许与北方诗人常有的流浪情结有关,李雪在相关研究中认为:"北大荒原本就是边疆苦寒之地,清朝末年大量的流人和流民来到此地,建国后更有持续不断的军人、知识青年以及底层民众移民大潮滚滚而来。因此,相对于中原和南方汉人的安土重迁而言,北大荒人身上大都具有一种流浪情结,一种不屈的追求精神。与中原、南方女作家的安稳和封闭相比,北大荒女作家也似乎都天生具有一种难以遏制的流浪情结,有一种超然绚丽的生命激情"。[1] 李琦不是北大荒人,但她是典型的东北诗人,她的创作似乎为也可以为这种说法提供良好的注释。

在吉林省梨树县的采风活动中,李琦登上辽金时期的"偏脸城"古城墙遗址,留下"到达梨树,再一次知道/不要只看事物的表面"的感慨(《梨树印象》);同样乘飞机过天山,诗人的心境却不同于普通乘客,在高空中俯视"雪峰,日光,大地的神迹"(《飞过天山》),让诗人心生冒犯的惶恐,在圣洁的奇迹面前她体察到自身的卑微;《野花谷》一诗,诗人落眼于鲜花,却悲悯着身埋此处的背井离乡的人们,他们曾经穷苦而粗糙地活,如今"魂魄变成野花/隆重开放"。大凡诗人行处,皆留下句章来做剪影,在李琦的诗歌版图中这种"地标"在不断被点亮,从家乡出发,指向世界。

作为东北诗人,李琦对俄国的风物人情非常"熟稔",在诗人心里"俄罗斯,那是普希金的祖国;那是托尔斯泰最喜欢赤脚站立的土地;那是卓娅和保尔情愿献出一切的地方;那是茨维塔耶娃眼含泪水深深眷恋的家园。俄罗斯,它对于我来说,有一种无边的魅力和恩情"[2]。童年时,李琦幻想中的俄国是有很多鹅的地方,而 2008 年,诗人在莫斯科体验到这个民族的浪漫天性,酩酊大醉的朋友告诉她喝醉的原因"你要问问我心头的乌云"(《这么多醉倒的男人》),这个诗歌与烈酒的国度给了李琦重要的精神和文化养分,"可以分明感到她对俄罗斯白

---

[1] 李雪:《黑土地上的温情与韧性———北大荒女性写作论》,载《文艺评论》2011 年第 11 期。
[2] 李琦:《云想衣裳》,百花文艺出版社 2003 年版,第 144 页。

下编　在文本中寻美

银时代作家那高贵、高洁人格的继承，对正义、良知的坚守和对人类各种朴素情感的体察，发之为诗，简朴沉静、庄严厚重"①。

异国风情是李琦诗歌中一股鲜活的血液，差异化的体验能够有效刷新阅读感知，也避免了审美的疲倦。在旅行中，西班牙热情的弗拉明戈，舞蹈演员们"携带着魅惑和充沛的元气"，歌手们沙砾质感的声音（吉他手和歌者），激活了一个诗人的浪漫血液。她把自己当作"流浪者的后代"，在异族的舞蹈和音乐中"召唤出我身体里的尘土和云朵/以及那些，良民不宜/向往自由和远方/不肯安分的天性"《这个让人沉迷的夜晚》。风土见闻在她的诗中俯拾皆是，甚至在机场被困的经历也被李琦收纳进诗歌，诗人没有蹉跎的焦急，反倒安慰自己有了时间静坐，还祝福着静观的旅客，并在目送中悟得禅机："或者到达，或者启程/反正都是在删减生命的尺寸"（《法兰克福机场》）。《去以色列经历机场安检》又可以看到诗人不同的心得，机场安检手续严格又复杂，她没有不耐烦，反而心生尊敬，"一个丧失过太多的民族/警惕的基因，让细密的睫毛/都自觉的变成防线"。在以色列的国土上，她感应到这个民族最深刻的痛苦和最坚韧的信念。在罗振亚看来，李琦能够"化平凡为神奇"的根源在于，"强调对事物现成的先在意义的反抗和拒绝，凭借自身经验思考的参与创造，使其生成并呈现出与自我相关的意义来。这样她笔下的意象大多绝非可有可无的点缀与摆设，貌似信手拈来实则都内涵着人生的彻悟与情思的体验，独到的思索与发现，所以能在人们熟稔的事物中标示出人们一直忽视的东西"②。

但李琦并非全然沉浸于自然和个体的"我"的空间，诗人也以自己隐晦的锋芒来针刺社会的痛脚。2013 年作品《这个冬天》就充满对现代社会的反思，诗中提到"客车爆炸、矿难、空气污染"等事件，整首诗却没有严词厉语去指责现代社会的问题，只说严冬的那种冷是被我们"慢慢养起来的"，一个"养"字便痛击了人心积弊的弱处。《看京剧的经历》一诗下笔华丽畅快，从风花雪月写到慷慨悲歌的戏台，

---

① 叶君：《泪光闪耀的诗意》，载《文艺批评》2017 年第 1 期。
② 罗振亚：《雪夜风灯——李琦论》，黑龙江人民出版社 2002 年版，第 71 页。

极大地调动起读者对文明古国的热血与崇拜,尤以两句直接引用的唱句现场感极强,诗行末节却停在散场的观众为争出租车爆粗口的画面,剧场和人间的对比,幻梦与现实的冲击感增强,我们"迅疾露出了真实的形貌":"不仅没有荣耀,而且尽失尊严",对人性的揭露点到即止却回声悠长。

此外,与日常相熨帖的还有李琦口语化的言说风格,浅近直白,一览下去毫无障碍。她常常以老友漫谈的语调向读者讲述,节奏轻快自在,有时犹如歌谣般朗朗上口,如:"老妇人一柄油伞/老汉们一顶竹笠/年轻人漂亮的风雨衣/像一群群大尾巴的热带鱼/南方啊/总是淅淅沥沥"(《江南雨》)。这样的风格恰恰体现了诗人对情感与语言的驾驭力,大巧不工的浑然一体,才般配其不动声色的沉静。

三 哲理性与时间智思

李琦的创作材料皆拾自日常片段,如何在有限的生活范围内打开诗境,成为诗人突破艺术层级的关隘。李琦锻造诗歌品质的装置是"以理性力量沉淀情感经验,调节抒情节奏,保证情感经验能够上升为诗性经验,从而沉潜出一种智慧从容的超脱风度"[1]。她在平凡生活的间隙,地域流浪的转换中,不断注入对时间的思考,使看似淡然的诗歌大有余味可嚼。她翻开年少的懵懂爱恋,再回首"捕蜻蜓的岁月已变成了茶叶"(《第三只蜻蜓》),"望着窗外不语的景色/我懂得了为什么/总是捉不到那/第三只蜻蜓"。诗人言止于此,只说懂了,却不说懂得什么。少年时的稚嫩誓言在夜晚给出提示,未完成才是人生的意义所在。

李琦诗歌的哲理精神常在于强调对自我的关照,一种"善利万物而不争"(老子)的姿态。名作《白菊》中,她放弃往常钟爱的玫瑰,把花店里所有的白菊都抱回家,因为她将"柔弱却倔强"的白菊当作诗人的化身,认为白菊虽然寂寞独守角落,却有着热烈绽放自我的愿望。散文《从一束白菊开始》里,李琦自己也表明这种追求:"花儿到

---

[1] 罗麒:《白山黑水间的温暖情歌——论李琦诗歌》,载《文艺评论》2017年第1期。

底是为什么开放呢？它是为自己，这是花的本性。就像诗人写诗，为什么呢？也是为自己。花儿的心，诗人的心。都具有特殊灵性，都有一种皎洁、一种孩子气的任性、一种徐徐绽放之美。"一只不装鲜花只装着半瓶清水的花瓶，就是诗人个人理想的化身，只看着它"花就在我的眼睛里长了出来"（《我最喜欢的这只花瓶》），无花似有花，虚与实的对照，颇具哲学意味。诗人用最喜欢的花瓶，承接世间"最没力气"的花朵——雪花，将"从天而降的纯洁"留在小小的天地里，在滚滚红尘里隐姓埋名地开放，罗振亚称此诗中已有"亦禅亦道的机锋"。

从诗中可以看到，李琦以一种审视的目光游走于时间，并且将这种目光投向自我、人性与社会。一次意外的脚踝受伤，让她联想起"人间的道路，我从未阔步前进/却总是伤筋动骨，时有意外发生"（《养伤的时光》），"年过半百，仍不知天命，常四顾茫然/深一脚浅一脚，怅惘前行"，乍看似抒发受伤后的感慨，却描绘了摸索行进的世人群相。她回忆自己读书时代被评价为"太有个性"（《生活流程》），年长后却被认为"随和可亲"，对立的形象却塑造出一个动态的"我"。标签的变化使她敏锐地察觉到"平庸的力量也可以滴水石穿"，还用"中老年妇女"称呼自嘲一番，最后总结出生活的流程是："寥寥者信守依旧/多数人只剩下一声叹息，满脸倦容。"时间也让诗人悟出语言深层的门道，例如学会区分"疼痛"两个字，"哪种是疼，哪种是痛"（《一个人一生总该大错一次》），并且指出人自我更新的渠道——"你将会成为自己的遗址"，即从"旧我"中脱胎出"新我"，在犯错中不断由死而生地代谢。

随着年纪的增长，李琦诗歌中关于死亡的描写逐渐增多。朋友、亲人的病重、离世都让诗人对生命有了更深入的体悟，祖母的离世让她不得不脱下"任性的小孩"的保护色（《因为你的长寿》）。但这并未引发诗人的恐慌，从她用"晶莹如玉的颗粒"来形容祖母的骨灰便可见得。《参加葬礼》一诗中，众人唏嘘墓地使人活得明白，但诗人更加清醒，"明白"是多么短暂的事情，面对他人的死亡带来的自省转眼就会被人类健忘的天性所战胜，"我们还会一切如故/继续不舍地追逐，那些过眼烟云",对人性的洞察不可谓不深刻。

诗人喜欢到墓地,这一直面生死的"界线性"场所,它符合诗人想象所呼唤的时间通道的特质,姜超认为,李琦诗歌对死亡和时间的展现主要依靠"在场诗学",即"在瞬间时刻把握事物的本质,她以内在时间的深刻体会来超越外在世界时间的无情流逝。李琦诗歌的此在在世的方式有三种,即现身、领悟和沉沦。李琦'现身'诗性表现,展示了生命处于被抛的洪流。于本真来说体现为'畏',抒发的是无来由的生命直觉"①。这种"超越"也许源自诗人的天分,也许还源自为人的善良与细腻。清明扫墓时,李琦的视线游移于祖父母的石碑,使她回念长辈恩德,自省做"善良纯正的人"(《我喜欢墓地》)的同时,还发现一旁的墓碑前常有鲜花和水果,不禁浪漫主义地猜测,墓主人是如何的美丽与善良,才有如此生死不忘的深情。

李琦眼中墓地给人安全感的缘由或许有些孩子气:"再不用起床,也不用熄灯。"她把墓地看作净土,是"真正宽容和息事宁人的地方",这种"人世之外的辽阔/不动声色的,浩瀚和深"才能沉淀下社会生活的浮渣。而这种喜欢对诗人来说是自发的寻求,《我发现其实是我需要》中,李琦说去墓地是自己需要,不是为了某人。墓园的意义在于"抚慰",是对心灵的"沉淀和清洗"。墓地给生人的悲伤已经抚平,在这片没有回答的地方,人可以去"忏悔、告白",李琦相信逝去的长辈们会赐予她"明智和勇气"。2013年清明,诗人想起海明威的墓志铭"恕我不起来了"(《想起海明威》),虽然倦怠、失望地表态"我也不起来了",却"还是得起来",尽好本职,也为亲人和众生祈祷。虽然心怀悲凉,李琦还是相信海明威所说"这个世界是一个美好的地方,值得你为之奋斗"。这种相信与热爱,是李琦哲思游走的羽衣下踏实的骨架,让诗歌回到人间,接上地气。

李琦诗歌的哲学是在追昔抚今中显露的知性状态,平易近人却充满不动声色的力量。《这就是时光》是诗人对自己以往人生下的注脚:

---

① 姜超:《李琦诗歌:时间、记忆、静思的美学合奏》,载《文艺评论》2017年第1期。

"我和岁月彼此消费/账目基本清楚。"这种和时间打个平手的自信与坦然,也许来自生活对她的厚待,她常在诗中透露一个幸运儿的感恩:"世界待我,真是恩重如山"(《我所热爱的事物》),除了幸福的家庭,还有"大地、山河、花朵与诗歌"。所以即使时间的力量使人不得不敬畏,她仍拥有"变"中的"不变"——诗人所热爱的诗歌、亲人、真理。

早在1997年,张景超、温汉生就提出李琦是在中国物化时代,较早表现出,在逐渐异化的现代社会中保有纯真与善良,试图摆脱"物"的奴役和重压而寻求诗意的居住,诗性文化胎动的诗人[1]。二十余年时间过去,作品已自动成为她这一超脱品质的证言。在《李琦近作自序》中,诗人写道:"现实生活是一个世界,舞蹈或写作是另一个世界。我们是拥有两个世界的人。现实生活里经历的一切,会在另一重精神世界里神秘地折射出来。实际上,只有在这个虚幻的精神世界里,我们才能蓬勃而放松,手臂向天空延长,目光朝远处眺望。这才真正是诗意栖居。"[2] 诗人的任务即是打通这两重世界,将其负载的内涵举重若轻地流泻于文字,还原生命流动的光彩。

舒展自然的静美是李琦诗歌的美学外衣,包裹着诗人关于时间深刻思考的生命内核,最终构成了其特有的纯净化的智性感动。李琦曾说:"写诗不是技术,是来自你对生命的感动……表达自己灵魂的那种特殊需要,使诗人成为诗人。"[3] 李琦能够常怀善意体贴之心,她是智慧的,不试图扎进时代使命与社会性呼喊的洪流,而是在自然与日常中独占一隅,在小世界中经营自己的大美学。

2019年4月9日,于重庆之北

---

[1] 张景超、温汉生:《物化时代里返璞归真的诗——李琦创作论》,载《文艺评论》1997年第4期。
[2] 李琦:《李琦近作选》,时代文艺出版社2008年版,第2页。
[3] 罗振亚:《雪夜风灯——李琦论》,黑龙江人民出版社2001年版,第171页。

民族精神:作为母题与参照

——论吉狄马加的诗歌创作

在中国新时期以来的少数民族青年诗人中,吉狄马加是很有成就的一位。吉狄马加在大学时代开始诗歌创作,至今已出版诗集《初恋的歌》《一个彝人的梦想》《罗马的太阳》《吉狄马加诗选译》《吉狄马加诗选》等。并且他的作品获得过多次国家级、省级大奖:诗集《初恋的歌》获中国第三届新诗(诗集)奖;组诗《自画像及其他》获中国第二届民族文学诗歌一等奖;组诗《一个彝人的梦想》获中国作家协会《民族文学》"山丹"奖;组诗《吉狄马加诗十二首》获四川省文学奖;《罗马的太阳》获首届四川省民族文学奖;诗集《一个彝人的梦想》获中国第四届民族文学诗集奖。吉狄马加在新诗创作上的追求展示了新时期民族诗歌发展的新路向,这种路向是皈依与突破的融合,是继承与超越的交接。

吉狄马加的诗歌所受到的影响是多方面的,有本民族文化的影响,有外国艺术的影响,他把从各种文化形态中获得的影响交汇在一起,去关注人的命运,寻找"真正的交流","探索生命的意义",由此而获得对民族、历史、人类的审美认识。

在众多影响之中,我们可以发现这样的脉络,吉狄马加的诗立足于彝族文化的优秀传统,由此去审视中华民族文化甚至世界文化精华。所以,民族精神成了吉狄马加诗歌的母题和审视他种文化的参照系,并由此建构了新的文化意识。

因此,研究吉狄马加的诗,必须从民族文化精神辐射开去,方能把握诗人在艺术创造上的独特贡献与价值。

民族文化精神的衍化方式

每一个民族的文化精神都有其存在方式，包括民族的图腾、生活方式、精神寄托与向往、文化典籍等。过去的一些民族诗歌更多的是对民族的特征的"再现"，这自然是有价值的，不过，这种价值主要不是艺术的审美价值，而是文化价值。

诗歌是以审美为主旨的艺术，因此，单纯以一个民族的传说、故事和生存方式为依傍的诗并不一定就能展示该民族的本质精神。因为诗歌所要表现的是一种精神，而不是种种外在现象。诗人的心态与感情是属于他自己的民族的，他无论审视哪一个民族，哪一种生活，这种心态与感情都是他评判人生的标准。从艺术发展的角度看，诗人在接受本民族文化熏陶的同时，更应该走出自己的民族，在更广泛的领域审视和反思自己民族的精神，这样写出来的诗，不仅具有开阔的视野与意识，也能更深刻地展示民族精神的生命活力。

吉狄马加似乎深悟了这种艺术哲学。他的诗充满对民族的思索与厚爱，他不是复述本民族的传说和故事，而是审美地反思和深沉地打量，这就使他诗中的民族精神显得很深厚。

像《一个猎人孩子的自白》，"爸爸/我看见了那只野兔/还看见了那只母鹿/可是/我没有开枪"，因为"野兔"与"母鹿"让诗人看见了世界的美好，看见了人性中的优美。"就在这时我把世界忘了/忘了我是一个猎人/没有向那只野兔和母鹿开枪"，展示了诗人对美与善的崇尚与赞美，但是，诗人并不是对一切野性的东西都袒护，他接着唱道：

爸爸/要是你真的要我开枪/除非有一天/我遇见一只狼/那时我会瞄准它/击中桃形的心脏/可是今天/我不愿开枪/你会毁掉这篇/安徒生为我构思的/森林童话吗

爸爸/我——不——能/——开——枪

在这首诗中，诗人对"猎人"形象进行了重新建构。可以说，作品充满了浓郁的民族气息，但这种民族精神是诗人在文化积淀中进行的心灵选择。

在新时期诗坛上，各种流派、主张汗牛充栋，吉狄马加没有把自己的艺术探索冠以任何主义，而在诗坛上产生了广泛的影响，一个重要的原因就是诗人始终坚持着自己内心的思索，用现代人的心灵对民族文化进行着审美打量，由此而凸现出自己独特的艺术个性。

在吉狄马加的诗中，民族精神在更多的时候是以具有民族文化意味的诗歌意象展示出来的，除了由彝文直接翻译过来的神名、人名、地名等外，还经常出现"猎人""猎枪""森林""大山""鹰"以及与这些形象相关的一些物象。虽然不能说这些意象就是彝民族精神的完全展示，但它们至少具有几重特殊的艺术效用：①展示诗人独特的艺术选择力与创造力；②构成彝民族特有的文化与精神依存方式，使民族精神时刻渗透在作品中；③由于是创造的而非复述的民族精神，就有利于诗人对民族精神作出符合艺术规律的审美评判；④这些意象大多与大自然及人的生存有关，因此有利于诗人在审视本民族文化的同时又延伸开去审视他民族以及全人类，从而使这些意象成为彝民族精神与他民族精神在吉狄马加诗中的交汇点。凡此种种，使诗人打破了狭隘的民族意识，将自己的民族纳入更开阔的领域内加以审视。

试看《猎人岩》。这首诗写的是猎人的生活与体验，具有典型的彝民族风味，但诗的内涵还更深沉、广远。"篝火是整个宇宙的/它噼噼啪啪地哼着/唱起了两个世界/都能听懂的歌。"这"两个世界"是神秘的，"里面一串迷人的火星/外面一条神奇的银河"，可以看作是猎人内心与外在的双重体验，既美丽，又沉重，既愉快，又艰难。从这个意义上讲，这首诗所歌唱的就不止于一个民族或者某一类人了，而是对人类生存的一种思考，因此，在诗的最后，诗人才这样写：

飘了好多好多年／假如有一天猎人再没有回头／它的篝火就要熄了／只要冒着青烟／那猎人的儿子／定会把篝火点燃

诗人展示了人类对美好与光明追求的永恒性。

在这首诗中，诗人用"猎人岩"的意象与自己的民族精神相通，又与人类的追求相连，作品的艺术张力由此而获得提高。因此，在吉狄马加的诗中，那些承载民族精神的意象往往都具有双重性，把民族与世界沟通，这样的诗既是民族的，也是世界的。甚至连《泸沽湖》《老去的斗牛》《死去的斗牛》《失落的火镰》等特具彝族风情的作品也由此而具有了超越民族界限的艺术风采。

由此可见，在吉狄马加的诗中，民族精神占着举足轻重的地位，但它在诗中的衍化方式又很出色，这就使吉狄马加的作品具有了立足民族又超越民族的独特风姿。

生命意识与使命意识的交会

生命意识是对生命的关注与揭示，具有相对的抽象性与永恒性；而使命意识是注重对某种现实或精神的关注与矫正。前者具有更多的描述意味，后者则更多地体现诗人的人格目标。在诗中，单有生命意识，便显得空妙，有时甚至流于虚无；单有使命意识，有时候又会丧失艺术规律，导致诗的公式化、概念化。因此，优秀的诗作常常是将生命意识与使命意识融为一体，从对生命的体悟中展示使命，从对使命的强化中张扬生命。

吉狄马加不只是对本民族的文化现象有所认识，他更试图认识一种精神，甚至生命。诗人说："我写诗，是因为我早就意识到死。""我写诗，是因为我相信万物有灵。"这种体悟可以说是很深刻的。

然而，吉狄马加同样重视使命意识，他说："我写诗，是因为我天生就有一种使命感，可是我从来没有为这一点而感到过不幸。""我写诗，是因为我们生活在一个有核原子的时代，我们更加渴望的是人类的和平。""我写诗，是因为对人类的理解不是一句空洞无物的话，它需要我们去拥抱和爱。"这种对人类命运的关注与思考,决定了吉狄马加会从心灵深处去呼唤人类的美好,去为人类的前途与生存而歌唱。

因此,在吉狄马加的诗中,生命意识与使命意识是不可以分开的。因为他意识到生命之易逝,才想用艺术将它塑造成为永恒;他因为感悟到人类生命之艰难,才试图去寻找人类真正获得生命解放的路径。而这二者又与他自己对民族精神的理解与思索相关联,这就确定了吉狄马加作为一个民族诗人的艺术目标与方向。

像《死去的斗牛》,全诗写一头"等待着那死亡的来临""一双微睁着的眼/充满了哀伤和绝望"的斗牛,在冥冥之中突然听到了某种呼唤,在戏弄声、侮辱声、咒骂声中奋蹄而起,冲向原野,"在它冲出去的地方/栅栏发出垮掉的声音/小树发出断裂的声音/岩石发出撞碎的声音/土地发出刺破的声音",展示了一种强大的生命力。在诗的最后,诗人写道:

> 当太阳升起的时候/在多雾的早晨/人们发现那头斗牛死了/在那昔日的斗牛场/它的角深深地扎进了泥土/全身就像被刀砍过的一样/只是它的那双还睁着的眼睛/流露出一种高傲而满足的微笑。

在这里,死并不是生命的终结,而是生命的升华。因此,在对生命的体认中,体现出了诗人对生命的热切歌赞和呼唤。

吉狄马加歌唱与呼唤的生命是善与美融合的生命,这当中自然就包含了诗人的选择,也包含了诗人张扬生命的使命意识。在献给汉族保姆的《题辞》一诗中,诗人刻画了一个饱经磨难但心存美好的女性形象:

> 就是这个女人,历尽了人世沧桑和冷暖
> 但她却时刻都梦想着一个世界
> 那里,充满着甜蜜和善良,充满着人性的友爱
> 就是这个女人,我在她的怀里度过了童年
> 我在她的身上和灵魂里,第一次感受到了

>   超越了一切种族的、属于人类最崇高的情感
>   就是这个女人，是她把我带大成人
>   并使我相信，人活在世上都是兄弟

　　这里充满赞美与深情，这种精神正是诗人所呼唤与寻找的，因此，当她死去，虽然大地并没有"感到过真正的颤栗和悲哀，""但在大凉山，一个没有音乐的黄昏/她的彝人孩子将会为她哭泣/整个世界都会听到这忧伤的声音"。

　　从诗人对美好的呼唤中，我们深深地感受到诗人渴望净化人的心灵，净化这个世界的强烈的使命意识。

　　生命意识使吉狄马加的诗显得厚实、凝重又充满灵气；而使命意识又使他的诗具有一种超越现实的态势，从而充满理想光辉，充满引人思索与奋进的人格力量。生命意识与使命意识的融合使吉狄马加的诗具备了优秀的艺术气质，既没有回避现实而完全呈现为一种单纯的浪漫情调，又没有躺在现实与生命的怀抱里而找不到飞翔腾越的艺术翅膀。他的诗是现实与理想的交汇，是生命与使命的沟通。

民族精神与人类意识的融合

　　吉狄马加说："对人的命运的关注，哪怕是对一个小小的部落作深刻的理解，它也是会有人类性的。对此我深信不疑。"这是诗人对民族意识与人类意识的理解。

　　任何一个民族都不能孤立地存在于这个世界上，它总是与他民族发生着这样那样的关系，因此，优秀的民族总是在弘扬自己民族文化传统的同时，又善于从他民族吸收有利于促进本民族发展的文化精神要素。

　　吉狄马加对此深有体会。他的诗总是在审视民族文化的同时展示人类共同的心声。

　　首先，通过本民族的历史、文化、生活等展示全人类的追求与渴望。人类所共有的东西很多，集中在精神领域，可以界定为对美好生命的向往，对优美人性的呼唤，而吉狄马加正是在这两个方面取得了民族

与人类的沟通。《我渴望》一诗就直接地表达了这种追求与呼唤：

> 我渴望/在一个没有月琴的街头/在一个没有口弦的异乡/也能看见有一只鹰/飞翔在自由的天上/但我断定/我的使命/就是为一切善良的人们歌唱。

在诗中，"街头""异乡"并非确定的地方，而是虚指有人类生存的地方。诗篇所展示的是对美好人性的歌唱。正因为有这种由民族情怀而发生的人类意识，吉狄马加才可以那么自由地把自己的民族与其他民族沟通，体认他民族的历史与现实，文化与精神。像《致印第安人》，诗人写道："灿烂的玛雅文化/一条人类文明的先河/它从远古的洪荒流来/到如今气势照样磅礴/不绝的民族/传统的儿子/人类因为你/才看到了自己的过去/童年的自己"。诗人从印第安人的历史中找到了与自己民族共同的东西，因而他的心充满挚情与赞美："因为在东方/因为在中国/那里有一个彝族青年/他从来没有见到过印第安人/但他却深深地爱着你们/那爱很深沉……"

诗人还通过对历史、土地的歌唱展示他的人类意识。在《古老的土地》一诗中，诗人"站在凉山群峰护卫的山野上"视通万里，联想到整个世界的历史，心中充满凝重而深邃的情思：

> 古老的土地，/比历史更悠久的土地，/世上不知有多少这样古老的土地，/在活着的时候，或是死了，/我的头颅，那彝人的头颅，/将刻上人类友爱的诗句。

如果没有对人类命运的关注，诗人是无法唱出这些发自内心的赞美之歌的。

其次，直接涉笔人类生活或他民族的文化，以一个中国彝族诗人的心灵与评判去呼唤人类共有的精神。对这一点，吉狄马加一直都非常重视，特别是1988年，诗人应邀访问意大利之后，这方面的作品就更多、

下编　在文本中寻美

更有深度。比如《罗马的太阳》：

> 神秘的太阳，缥缈的太阳/为所有的灵魂寻找归宿的太阳/远处隐隐的回声/好像上帝的脚步/就要降临光明的翅膀/告诉我，快告诉我/那里是不是有一片神圣的上苍

诗人通过对太阳的急切询问，表达了内心向往美好的情怀。

吉狄马加歌唱诗人萨巴，因为萨巴的爱心："先生，它没有什么标志/它有的只是一张/充满了悲戚的脸庞/那是因为他在怀念故土、山岗/还有那牧人纯朴的歌谣"（《山羊》）。诗人歌唱南方，因为南方是美丽的："南方啊，你是生命中的遥远/眼睛般多情的葡萄/柠檬花不尽的芬芳/你是竖琴手一生吮吸的太阳/南方啊，你有青铜和大理石的古老/尽管你伤痕累累但从未停止过对明天的向往"，因此，他渴望南方"接受一个中国彝人的礼赞"（《南方》）。但是，对那些阻止人类生命发展的要素，诗人则给予了指责：

> 只要人类的良心/还没有死去/那么对暴力的控诉/就不会停止。
> ——《基督和将军》

因为诗人明白：

> 在这个世界上/追求幸福和美好/是每个民族的愿望。
> ——《意大利》

吉狄马加既爱人类的命运，也爱人类。因此，在他的诗中，对自己民族的关心和对人类命运的关注是合二为一的：关心自己的民族，其中包含着开阔的意识；关心人类的命运，其中又有诗人自己民族的投影。这二者的交融，构成了吉狄马加诗歌独特的民族特色和开阔意境。

多重文化的撞击中寻找心灵归宿

在人类文明的进程中,人类时刻面临着新旧文化的冲撞,特别是在现代社会,一切都在发生着巨变,这就对传统文明提出了强烈挑战。这种挑战所带来的就是人们对历史与现实的双重反思,即反思传统的价值与现实中的真伪,由此而给现代艺术增添了浓厚的忧患意识。

吉狄马加生活在这个充满矛盾的世界,他敏感的心灵不会回避这些矛盾,他要在种种撞击中作出自己独特的评判与选择。

从吉狄马加的创作动机和创作心态上,我们可以深深体悟到这一点。他说:"我写诗,是因为我的语言中枢中混杂有彝语和汉语。""我写诗,是因为我承受着多种文化的冲突。""我写诗,是因为多少年来,我一直想同自己古老的历史对话。""我写诗,是因为在现代文明与古老文化的反差中,我们灵魂中的阵痛是任何一个所谓文明人永远无法体会得到的。我们的父辈常常陷入一种从未有过的迷惘"。

吉狄马加的心中时刻充满两种不同层次的撞击,一是本民族文化与他民族文化的撞击;一是古老文化与现代文明的撞击。这两种文化撞击是现代人类所共同面临的,因此,吉狄马加通过对它们的思索而步入对人类命运的思索。

同许多人一样,吉狄马加对自己的民族有着深厚的爱:

听别人说我的背影/很像很像你的背影/其实我只想跟着你/像森林忠实于土地/衣憎恨/那来自黑夜的/后人对前人的叛逆
——《孩子和猎人的背》

诗中的"猎人"可以看成是诗人自己民族的象征,诗人热爱自己的民族,甚至在面对死亡的时候,诗人也"要对着世界大声地宣布/我的族籍是古老的古老的彝族"(《猎人的路》)。然而,正因为深爱,诗人才无法回避民族所承受的艰难与悲壮:

> 有一天当一支摇篮曲/真的变成相思鸟/一个古老的民族啊/还会不会就这样/永远充满玫瑰色的幻想/尽管有一只鹰/在雷电过后/只留下滴血的翅膀（我看见一个孩子站在山岗上/双手拿着被剪断的脐带/充满了忧伤）
>
> ——《一支迁徙的部落》

这被剪断的"脐带"可以看成是与传统文化的分离，诗人在这里感受到了现代文明对民族文化的冲击。像《史诗和人》："最后我看见一扇门上有四个字/《勒俄特依》/于是我敲开了这扇沉重的门/这时我看见远古洪荒的地平线上/飞来一只鹰/这时我看见未来文明的黄金树下/站着一个人"。历史与现实的对比，"鹰"与"人"对比，正是现代文明与古老文化的撞击。

但是，现代文明的步履是无法遏止的，吉狄马加把对民族与传统的爱融入对现代文明的体认之中，同时在更开阔的艺术视野中关注人类命运，关注现代文明带给人类的美好与悲哀：

> 此时它多么想来一声/狂野而尽情的吼叫/但是凭着它的敏感和直觉/它完全知道/在这个喧嚣的地方/除了食客、贩子和屠手的恶/没有一个人会给它一丝善良。
>
> ——《被出卖的猎狗》

> 啊。那一声被压低的尾音/几乎让我热泪长淌/而这一切，又是多么令人惆怅/只是这一个夜晚/我和他都会梦见/木勺和温暖的火塘。
>
> ——《列车在凉山的土地上》

这些诗表现的是困惑是迷茫，是现代文明带给人类的艰难，更确切地说，是现代文明与传统文化的冲撞。诗人表现这些，并不是对现代文明的否定，而是对自己民族的一种依恋，是对生命自由与生命自然的热切期盼。沉重中透露的思绪可以让我们对传统文化与现代文明有一种很清晰的认识，其中心就是对真实生命的歌唱。

因此，读诗人在故乡之外、民族之外思念故乡与民族的诗，我们的心灵会受到巨大的震动。

诗人歌唱群山：

> 那是自由的灵魂／彝人的护身符／躺在它宁静的怀中／可以梦见黄昏的星辰／淡忘钢铁的声音
> ——《群山的影子》

诗人歌唱故乡：

> 我想对你说／故乡达基沙洛／既然是从山里来的／就应该回到山里去／世界是这样的广阔／但只有在你的仁慈的怀里／我的灵魂才能长眠
> ——《我想对你说》

两相对比，我们可以深深感受到诗人的心灵评判。面对纷繁复杂的世界，面对历史与现实，如果看不到其间的矛盾与冲突，那是可悲的；如果只看到矛盾与冲突，而无法找到生命的依托和向往，那也是可悲的。吉狄马加既看到了冲突，又能从自己民族和人类精神中找到依托，因此，他的诗才显得充实，凝重而又透出些微亮色，给人们一种很有意味的审美暗示。

几句简单的结语

对吉狄马加的诗，我们把握的是这样一条线索：民族精神与人类意识的沟通与冲突。

吉狄马加是具有民族特色的诗人。他立足彝族悠久而又丰厚的民族文化，通过自己的心灵歌唱了民族的历史、文化、过去、现在与未来，对民族表现了浓厚的爱恋。这是作为一个优秀的民族诗人所不可或缺的。

吉狄马加的诗所展示的不是狭隘的民族意识，他从对自己民族的审视出发，又审视全人类，思索人类的命运。同时，在对现代文明与传统文化的冲突的揭示中，诗人对两种文化现象都进行了审美评判，而对优美的人性、真善美的向往给予了更多的肯定。诗人所呼唤的是生命的自由发展，是生存所需要的充满压力的文化与现实环境。

在吉狄马加的诗中，民族精神是他的诗歌母题；而在歌唱人类命运的时候，优秀的民族精神又成了他评判历史与现实的标准与参照系。这种对待民族传统与精神的态度是符合艺术与心灵发展的要求的，更可以显示民族文化强大的生命力。

面对日益变化的时代，面对飞速发展的现代文明，具有使命意识的吉狄马加肯定不会沉默，相信他会在更多的诗篇中展示他对民族文化与现代文明的更富诗学意义的审美评判。

1994 年 3 月，于重庆之北

后　　记

经常听朋友说，现在要想出版一本书，太难了。

这是事实。在过去，出版似乎相对容易，只要有一定的资助，什么人都可以出书，但有些图书的质量确实不敢恭维。现在的趋势是，国家在通过一定的方式控制出版物的数量，试图以此来提升出版物的质量，和过去相比，图书出版自然会困难一些。

我曾经有十多年从事期刊编辑工作，从事图书出版工作才刚刚四年，属于幼儿园水平。但在这短短的时间里，我已经深深体会到出版人的艰辛，他们中的很多人没有假期，没有周末，甚至晚上也要加班，即使这样，他们还是提心吊胆的，总是担心某一句话甚至某一个词使用不准确，会因为编校质量问题而给自己和单位带来不好的影响。很多编辑都是在这样一种紧张的心理状态下工作的，其压力之大，是外人所难以了解和理解的。

在过去的工作中，我是一个相对自由的人，可以尽情地参加各种活动，尽情地和朋友们谈诗说文，有非常充裕的时间读书、写文章，而现在，我几乎每天都要坐在办公室，接待作者，寻找选题，处理各种各样的事情。在这种氛围中，肯定难有诗意的心情，也很难有整块的时间写点自己感兴趣的东西。偶尔写写，都是利用晚上和周末的时间加班，主要是想通过这种方式提醒自己，有些东西还是不能忽略了，更不能忘记。

早在今年暑假开始的时候，熊辉教授就告诉我，新诗研究所将组织一套丛书，每个老师都可以出版一本。在大家都说出版很难的时候，这当然是好事。对于置身出版行业的我，也是如此。熊辉教授接替我担任

后 记

中国新诗研究所所长以来，我从来不参与和干预他们的具体工作，但给过他一个建议。我发现，研究所的老师们在研究方向、研究成果等方面显得比较分散，如果一直这样各自为阵，就很难体现出研究所的特色和团队的力量，所以建议他们，如果有机会，一定要让新诗研究所的老师和他们的成果以团队的方式呈现出来。最近这些年，新诗研究所组织出版了多套集体参与的图书，比如2016年在人民出版社出版专著12部，2019年在西南师范大学出版社出版专著4种（6卷），还集体承担了"中国新诗序跋选"课题，而今年又要组织一套新书，可以看出，33岁的中国新诗研究所依然坚守在诗歌研究的前沿，依然保持着活力。按照研究所的要求，暑假结束前要统一提交书稿，而我没有假期，虽然一直在收集、整理相关资料，但经过了差不多半年时间，才算完成了这项基础性的工作。我突然觉得，除了出版很难，对于一个天天忙于出版工作的人来说，把自己已经写出来的文字编辑成册也是很难的。

我讲述这段经历，主要是希望有出书计划的朋友，也能够多多理解出版人面临的压力。

在这半年时间里，要我重新写一本书，肯定是不可能。三十多年来，我写过不少与诗相关的文章，这些文章只是在报刊上发表过，但没有结集出版过。于是，我翻出成果目录，大致梳理了一下，发现可以结集出版的文字，大概超过了一百篇。按理来说，在这些稿子中选出一本书稿并不麻烦。不过问题又来了，过去的很多文章根本就没有电子文本，而且注释的格式、内容不统一，如果重新录入、校对、补充注释，那么花费的时间就更多。于是决定首先找出那些有电子文本的稿件，选择一部分谈论诗坛现象的，也选择一部分诗人研究的，合并起来即可，书名就定为《文体意识与精神疆域》。"上编"是对一些诗歌现象的思考；"下编"是对一些诗人的评论。在确定"下编"的入选文章时，我首先按照诗人的出生时间排了一个顺序，然后从出生时间最早的诗人选起，根据书稿字数的要求，选到谁就到谁截止。

其实，关于当代诗歌现象和诗人创作，我关注得不算少，有一些文章已经收录在其他一些书中了，比如，关于九叶诗人的个案研究，出版了《九叶诗人论稿》(2006);关于重庆诗人的评论,大多数都收在《重庆新诗的多元景观》(上、下册,2017)中;而为一些诗集、诗选、诗论集撰写的序言,则收进了《诗艺的丛林》(2019),如果加上最早出版的一些小书,如《寻找辉煌》(1990)、《新诗审美人格论》(1992)、《诗美的创造》(1993)等,关于诗人个案的文章还真不少。这本书收录的基本上都是没有选入以前的个人著作的一些文章。

我是一个天赋不高的人,但我自认为是一个勤奋的人。在学习诗歌的过程中,我往往都是采用比较笨的办法,就是不断阅读作品,对有些作品甚至读过很多次,通过阅读来培养自己的诗感,也发现一些有趣的问题和话题,之后再把阅读感想梳理出来,慢慢写成文章。指导研究生,我也采用了这样的方式。在他们具有一定的理论素养之后,我就要求他们不断阅读作品,通过阅读来学习解读作品的方式。有时候,我会给他们布置任务,比如专题阅读一些诗人的作品,并按照我对诗人及其作品的感受和初步思路对这些诗人进行解读和讨论,有些还要求他们起草成文稿,我们再不断修改、完善。书中有一些文章就是我和同学们通过这种方式共同完成的,为了记载我们共同学习和进步的经历,也为了表达对同学们的尊重,我以脚注的方式将他们的名字标注在书中。他们中的很多人现在都发展得不错,作为老师,这是最感幸福的事情。

感谢中国作家协会党组成员、副主席、书记处书记、全国人大常委会委员吉狄马加先生,他是我的四川老乡,我们在20世纪80年代就有联系,当时他还在西昌担任《凉山文艺》的主编。在2019年5月份的一次会议上,我说打算出版一本书,希望他能够写一个序言。他爽快地答应了,而且在我把书稿交给他之后,他很快就把序言文稿发给了我。从各种文学活动的报道中,我们就知道马加有多忙,但他一直没有放下诗歌创作,这是值得我们学习的。

书中收录的文章,在写作时间上跨越了30年,在这三十年间,新诗艺术发生了很多变化,我们所处的环境、我们的人生也经历了很多变化,其中的一些看法可能已经过时,但在收入本书的时候,除了文字错漏之外,基本上保持了原貌,也算是对历史的一种记录吧。不当之处,

后 记

敬请读到本书的朋友们批评指正。

  时光匆匆,岁月奔忙,只有诗歌永远年轻。但愿我们能够在诗歌的世界里,以出世的智慧入世,以纯净的心灵修炼自我,在奔忙中活得更有价值一些。

2019 年 12 月 10 日,于重庆之北